야쿠비얀 빌딩

THE YACOUBIAN BUILDING
by
ALAA AL ASWANY

야쿠비얀 빌딩

'IMĀRAH YA'QŪBIYĀN

알라 알아스와니 지음 · 김능우 옮김

❖ 을유문화사

옮긴이 **김능우**

한국외국어대학교 학부 아랍어과와 대학원 아랍어문과를 졸업하였다. 수단 카르툼 국제 아랍어 연구소에서 아랍어교육학 석사 학위를, 요르단 대학교 대학원에서 아랍어문학 전공으로 문학 박사 학위를 받았다. 현재 서울대학교 인문학연구원 HK연구교수로 재직 중이며 한국외국어대학교 학부 아랍어과, 대학원 중동어문학과, 통역 대학원 한국어–아랍어과에서 강의를 하고 있다. 저서로 『아랍 시(詩)의 세계』, 『한국어–아랍어 사전』(공저), 『중동 여성 문학의 이해』(전3권)(공저) 등이, 역서로 『황금 마차는 하늘로 오르지 않는다』, 『세계 민담 전집–아랍 편』(편역)이 있으며 「소설 『야쿠비얀 빌딩』에서 포착된 이집트 사회의 문제점에 관한 연구」, 「레반트 민담 텍스트를 통해 본 레반트인의 의식 구조 연구」, 「중세 아랍 시에 나타난 '몽골과 이슬람 세계와의 충돌'에 관한 연구: 13세기 초~15세기 초」, 「아랍 가잘(연애시)의 발전 과정 연구」 등을 비롯한 여러 논문이 있다.

을유세계문학전집 43
야쿠비얀 빌딩

발행일·2011년 5월 20일 초판 1쇄 | 2022년 12월 30일 초판 3쇄
지은이·알라 알아스와니 | 옮긴이·김능우
펴낸이·정무영, 정상준 | 펴낸곳·(주)을유문화사
창립일·1945년 12월 1일 | 주소·서울시 마포구 서교동 469-48
전화·02-733-8153 | FAX·02-732-9154 | 홈페이지·www.eulyoo.co.kr
ISBN 978-89-324-0373-1 04890 978-89-324-0330-4(세트)

차례

9쇄 머리말   • 9

감사의 글   • 11

제1부   • 13

제2부   • 157

주   • 355

해설 용기 있는 치과의사가 쓴 아랍 혁명의 예언서   • 363

판본 소개   • 381

알라 알아스와니 연보   • 383

나의 수호천사 이만 타이무르*에게 바친다

『야쿠비얀 빌딩』 출간 전에 나는 몇 개의 작품을 펴내 큰 성공을 거두었고 그중 일부는 쇄를 거듭하기도 했습니다. 『야쿠비얀 빌딩』 집필을 끝내고 나는 이 소설이 이전의 내 작품들이 거둔 정도의 성과라도 거두었으면 하는 바람을 가져 보았습니다. 이 소설은 처음에 『문학 소식지』에 연재되었다가 이어 단행본으로 출간되었는데 엄청난 반향을 얻었습니다. 1쇄는 두 달 만에 매진되었고 연이어 2, 3, 4쇄까지 출간되었습니다. 지금 나는 9쇄의 머리말을 쓰고 있습니다.

『야쿠비얀 빌딩』은 이집트와 아랍 세계에서 베스트셀러가 되었고 지난 4년간 이 작품에 관해 여러 나라 언어로 된 2백여 편의 논평이 나왔습니다. 프랑스어, 영어, 스페인어, 이탈리아어, 노르웨이어, 독일어로 번역되었고 지금도 많은 외국어로 번역 중에 있습니다. 2년마다 아일랜드 정부가 주최하는 더블린 제전에서 『야쿠비얀 빌딩』은 아랍 소설로는 유일하게 세계에서 널리 출판된 132

개 주요 소설 중 하나로 선정되었습니다. 이 소설은 뉴욕의 하퍼 콜린스 출판사에서 페이퍼백으로 출간될 예정입니다. 아시다시피 이 출판사는 세계적인 큰 출판사로서 가브리엘 가르시아 마르케스, 이사벨 아옌데, 파울로 코엘료 등 기라성 같은 작가들의 작품을 출간한 곳입니다.

이러한 모든 성과는 대단하게 생각되기도 하고 두렵게 여겨지기도 합니다. 대단하다는 것은 그런 성과야말로 세계의 모든 작가가 궁극적으로 소망하는 바이기 때문이고, 두렵다는 것은 이런 성과가 나로 하여금 향후 험난한 과제에 도전하도록 만들기 때문입니다. 그리고 다음 작품들에서도 이 성과를 지속해야겠지요. 질문이 생깁니다. 대체 이 소설이 이러한 성공을 거둔 이유는 무엇일까요? 답하기 어려운 질문입니다. 이 소설을 쓴 장본인으로서 내가 작품에 대해 칭찬의 말을 할 수 없기 때문입니다. 다만 나는 우선 그 공을 우리의 지고하신 주님께 돌리고자 하며, 주님만을 한껏 찬미할 따름입니다. 나는 3년에 가까운 기간 동안 매일 이 소설에 매달렸고, 마지막 페이지를 끝내는 순간 나는 내가 할 수 있는 모든 노력을 기울였다는 자부심이 들었습니다.

이제 여기 『야쿠비안 빌딩』의 9쇄 본을 여러분 앞에 내놓습니다. 사랑하는 독자 여러분, 부디 이 소설이 여러분 마음에 들기를 바라 마지않습니다.

2006년 9쇄를 출간하며
알라 알아스와니

감사의 글

여러 친구들의 도움이 없었다면 이 소설은 결코 빛을 보지 못했을 것이다. 그들 중 첫째 분은 나의 친구이자 나의 은사이기도 한 알라 알딥으로, 내가 문학에서 이룩한 모든 성과는 그분 덕택이다. 그리고 용감하게 내 소설을 『문학 소식지』에 게재하는 책임을 감당해 주신 자말 알기타니 선생님이 계시고, 또한 내 소설에 열렬한 애정을 갖고 여러 출판사에 추천해 주신 잘랄 아민 박사님이 계시다. 그리고 내 친구들인 빌랄 파들, 칼리드 알시르자니, 라잡 하산, 믹카위 사이드, 마흐무드 알와르다니, 무함마드 이브라힘 마브룩의 도움을 잊지 않을 것이다. 그들 모두에게 깊은 감사를 드린다.

알라 알아스와니

제1부

자키 베* 알두수키가 거주하는 바흘라르 로(路) 구역과 야쿠비
얀 빌딩 내 그의 사무실은 백 미터도 안 되는 거리이지만 그는 매
일 아침 한 시간이나 들여 그 거리를 지난다. 친구들인 옷 가게와
신발 가게 주인들, 그곳에서 일하는 남녀 점원들, 젊은 사환들, 극
장 직원들, 브라질산 커피점을 찾는 이들, 그리고 심지어 문지기
들, 신발닦이들, 구걸하는 자들, 교통경찰들과 인사를 나누어야만
하기 때문이다. 그들의 이름을 줄줄 꿰고 있는 자키 베는 그들에
게 인사말과 안부를 나눈다. 자키 베는 술라이만 파샤* 가(街)*에
오랜 기간 거주해 온 사람들 중 하나이다. 그는 프랑스 유학을 마
치고 1940년대 말에 그곳으로 온 이후 한 번도 그곳을 떠나지 않
았다. 그는 술라이만 파샤 가의 거주자들로부터 대중적 인기를 한
몸에 받는 인물이다. 여름 겨울 할 것 없이 그는 자신의 빈약한 몸
을 감추어 주는 양복 정장 차림으로 사람들 앞에 나타난다. 또한
정성스레 다림질한 손수건이 늘 상의 주머니에 들어 있고 그와 같

은 색상의 넥타이를 매고 있다. 잘나가던 시절에 피우던 유명한 쿠바산 고급 시가는 지금은 형편없는 향에 잘 빨리지 않는 저급 국산 담배로 바뀌어 있다. 자키 베의 얼굴은 쭈글쭈글 주름져 노년의 기색이 역력하며, 알이 두꺼운 안경을 쓰고 번쩍이는 의치를 끼고 있다. 머리카락은 검게 염색을 했고 넓은 대머리를 감출 요량으로 머리칼 몇 가닥을 왼편에서 오른편 끝으로 가지런히 쓸어붙여 놓았다. 한마디로 말해 자키 베 알두수키는 어찌 보면 전설적인 인물로서, 그의 출현이 고대되면서도 온전히 비현실적인 것으로 여기게 하는 면이 있다. (마치 그는 어느 한순간 자취를 감출 것 같은, 극중 인물을 맡은 배우 같다. 즉 그는 극이 끝나면 무대의상을 벗고 평상복으로 갈아입을 것이다.) 그런 점들 외에 자키 베는 쾌활한 기질의 소유자이면서 거침없는 음담패설을 즐기는 자로서, 그가 만나는 어느 누구와 대화를 하더라도 마치 오랜 지기(知己)로 여기게 할 만큼 뛰어난 화술(話術)을 갖춘 자이다. 그런 점 때문에 거리에서 자키 베를 만나는 모든 이들이 그토록 그를 환영해 마지않는가에 관한 비밀을 감지할 수 있다. 정말로 자키 베가 아침 10시경 거리 초입에 등장하자마자 사방에서 아침 인사가 울려 퍼진다. 근처 가게에서 일하는 젊은 점원들 중 몇몇은 자키 베에게 달려가서는 농담조로 자신들에게 궁금하기 짝이 없는 성(性) 문제를 묻기도 한다. 그쯤 되면 자키 베는 자신이 알고 있는 엄청난 양의 성 지식을 동원해 장황하고 맛깔나게, 그리고 모두가 들을 수 있는 큰 소리로 청년들에게 성에 관한 세세한 비밀들을 알려 준다. 때로는 종이와 연필을 가져오라고 해서 (그러면 그들은 눈 깜짝할 새에 종이와 연필을 가져온다) 자신이 젊은 시절에 직접 시도해 보았던 특이한 성교 체위들을 그림으로 그려 가면서 청년들에게 설명해 주기까지 한다.

* * *

자키 베 알두수키에 관해 중요한 내용이 남아 있다. 그는 여러 차례 장관 직을 수행한 바 있는 저명한 와프드당* 당수인 압둘 알 파샤 알두수키의 막내아들이다. 압둘 알 파샤 가문은 혁명 전에 대부호들 중 한 사람으로 면적이 5천 팟단*이 넘는 최상의 농경지를 소유하고 있었다.

자키 베는 프랑스의 파리 대학교에서 공학을 공부했다. 당연히 그는 부친의 영향력과 부를 이용해 이집트 내에서 탁월한 정치적 역할을 수행할 것이라는 기대를 받고 있었다. 그러나 갑자기 혁명이 발발했고 상황은 돌변했다. 압둘 알 파샤는 체포되어 혁명 재판에 회부되었다. 그에 대한 정치 부패의 혐의는 입증되지 않았지만 그는 한동안 구금 상태로 지냈고, 그의 재산은 대부분 몰수되어 농지 개혁 정책에 따라 농민들에게 분배되었다. 그러고 나서 얼마 되지 않아 압둘 알 파샤는 자신에게 닥친 일의 여파로 세상을 떠나고 말았다. 부친의 죽음은 아들 자키 베에게 충격을 주었고, 곧이어 야쿠비얀 빌딩에 차렸던 엔지니어링 사무실은 파탄 지경에 이르러 흐르는 세월 속에 그가 하루 중 여가를 보내는 장소로 변모하고 말았다. 자키 베는 그곳에서 신문을 읽고 커피를 마시고 친구들과 애인들을 만났으며, 사무실 발코니에서 몇 시간 동안씩 술라이만 파샤 거리의 행인들이나 자동차들을 응시하며 지내곤 했다.

그러나 엔지니어 자키 베 알두수키가 업무상 겪은 실패의 원인은 비단 혁명의 발발에만 있지는 않았다. 근본적인 원인은 일에 대한 열의가 부족하다는 점과 향락에 몰두한다는 점에 있었다. 사실을 말하자면, 온갖 희비가 섞인 사건들이 교차하면서 지금까지 65년간 이어져 온 그의 인생은 '여자'라는 한 단어를 축으로 삼아 돌아갔다고 할 수 있다. 그는 처음부터 끝까지 여자라는 달콤한 마수에 사로잡힌 자였다. 그에게 여자는 때때로 불타오르다 충족되고 나면 사그라지는 탐욕의 대상이 아니다. 그에게 여자는 다양한 매력에서 끝을 모르는 모습으로 늘 새로워지는 완벽한 매혹의 세계이다. 맛난 포도알처럼 봉긋 솟은 젖꼭지가 달린 풍만한 가슴. 마치 그가 뒤에서 불시에 힘차게 달려들기를 기다리는 듯, 연하디연하면서 탄력 있게 출렁대는 엉덩이. 키스를 음미하고 그 쾌락에 탄성을 내지르는 루주 바른 입술. 온갖 모양의 머리칼. 얌전히 흘러내린 긴 머리칼, 머리 타래가 흐트러진 채 야성미가 흐르는 긴 머리칼, 중간 정도의 길이로 안정된 가정주부형 머리, 좀처럼 볼 수 없는 종류로 어린애의 느낌을 주는 소년 타입의 짧은 머리. 눈으로 말하자면. 아! 진실된 눈길과 뭔가를 감추는 거짓 눈길, 음탕한 눈길, 부끄러움을 타는 눈길. 심지어 책망하며 화를 내고 불쾌해하는 듯한 눈길조차 그 얼마나 아름다운가!

이 정도로, 아니 그 이상으로 자키 베는 여자들을 사랑했다. 그는 모든 종류의 여자들을 경험한 바 있다. 그중엔 먼저, 전(前) 왕의 외사촌인 귀족녀 카밀라가 있다. 자키 베는 그녀와 함께하면서 밤새 켜 놓은 촛불과 욕망의 불을 붙여 주고 두려움을 없애 주는 프랑스산 포도주, 동침하기 전에 뜨거운 물로 목욕하기, 그러면서 몸에 크림과 향수를 바르는 등의 왕실 침실 예법과 의식(儀式)을 배운 바 있다. 자키 베는, 걷잡을 길 없는 욕정을 지닌 귀족층 여성 카밀라에게서 남자가 어떻게 작업을 시작하고, 언제 멈추는지, 여자 쪽에서 극히 감미로운 프랑스어로 가장 광(狂)적인 성애 장면을 어떻게 요구하는지를 배웠다. 또한 자키 베는 모든 계층의 여자들과도 동침해 보았다. 벨리 댄서들, 서양 여자들, 사회의 저명한 여성 인사들, 존경받는 고귀한 남자들의 부인들, 여고생들과 여대생들, 그 밖에 창녀들, 농촌 아낙네들, 하녀들. 여자들은 저마다 다른 맛이 있다. 자키 베는 침실 의식을 따르던 귀족녀 카밀라와 걸인(乞人) 여자를 자주 비교하면서 웃음을 짓곤 했다. 어느 날 밤 자키 베는 술 취한 상태에서 자신의 뷰익 승용차에 여자 걸인을 태워 바흘라르 로 구역에 있는 자신의 아파트로 데려간 적이 있었다. 그녀를 데리고 욕실로 들어가 직접 몸을 씻겨 주려 했을 때, 자키 베는 그녀가 하도 가난해 시멘트 포대로 만든 속옷을 입고 있음을 알았다. 자키 베는 아직도 애정과 슬픔이 교차하는 가운데 그녀가 '포틀랜드 시멘트―투라' 라고 큰 글씨가 쓰인 속옷을 벗으며 당황해하던 모습을 기억한다. 자키 베는 또한 그녀야말로 그가 알고 지냈던 이들 중에서 가장 아름답고 사랑에 가장 뜨거웠던 여자였음을 기억한다.

이처럼 다양한 체험들은 자키 베로 하여금 여자에 도가 튼 자로 만들었다. 그는 자신이 명명한 '여성학' 분야에서 남이 인정할 수도 부정할 수도 있는 낯설고 특이한 이론을 가지고 있다. 그러나 그 이론은 분명 숙고해 볼 가치는 있다. 예를 들어 자키 베의 견해에 따르면, 미모가 출중한 여자는 대개 침대에서 쌀쌀맞은 반면, 보통 수준의 외모를 지녔거나 조금 못생긴 여자들은 십중팔구 매우 뜨거운 사랑을 나누는데, 이는 그런 여자들이야말로 실제로 사랑을 필요로 하고 애인을 만족시키기 위해 최선을 다하기 때문이라는 것이다. 그리고 자키 베는 여자가 s 발음을 하는 것을 보면 그녀가 어느 만큼 사랑의 열기를 지녔는지를 알 수 있다고 생각한다. 가령 '수수(susu)'*나 '바스부사(basbusa)'** 같은 단어를 떨리고 도발적인 음색으로 발음하는 여자는 침대에서 타고난 끼가 있는 것이고 그 역(逆)도 성립하는 것으로 이해하면 된다. 또한 자키 베는 믿고 있다. 지구 상의 모든 여자 주변에는 어떤 영기(靈氣)의 공간이 있으며, 그 영역에는 보이지도 들리지도 않지만 어렴풋이 감지되는 파동이 지속적으로 일고 있다고. 그래서 그런 파동을 읽어 내는 훈련을 쌓은 자는 그 여성의 성적(性的) 만족도를 감지해 낼 수 있다고. 아무리 지체가 높거나 고상한 여자라 해도 자키 베는 그녀 목소리의 떨림이나 긴장되고 과장된 듯한 웃음에서, 심지어 그녀와 악수할 때 손에서 퍼져 나오는 체온을 통해 그녀의 성에 굶주린 정도를 느낄 수 있다. 결코 목마름이 가시지 않을 악마적 욕구에 사로잡힌 여자들은 자키 베가 프랑스어로 일컫는 소위 '팜 파탈' 들이다. 이 모호한 여자들은 애욕의 침대 위에서가 아니면 자신들의 실존을 깨닫지 못하는 자들로, 인생에서 성(性)을 그 어떤 다른 향락과 대등하게 놓지 않는다. 이 불쌍한 존재들은 향락에 너무 목말라해서 놀랍고도 결정적인 운명을 걷게 되어 있다. 이런 유형의 여자들로 말하자면 자키 베는 그들의 얼굴이 서로 다르긴 해도 기본 형태는 하나라고 단언한다. 이 사실을 의심하는 자들이라면 신문에 게재된, 연인과 공모하여 남편을 살해한 죄목으로 사형 선고를 받은 여자들의 사진을 보라. 조금만 주의 깊게 보면 그녀들 모두 하나의 생김새임을 발견하게 된다. 입술은 대부분 도톰하고 감각적이며, 닫혀 있기보다는 벌어져 있다. 이목구비는 거칠고 탐욕스러우며, 시선은 굶주린 야수의 눈매처럼 빛나고 휑하니 비어 있다.

* * *

오늘은 일요일. 술라이만 파샤 가의 상점들은 문을 닫았고 바와 극장들은 들락거리는 손님들로 만원이다. 닫힌 상점들과 고색창연한 유럽풍 건물들이 들어선 텅 빈 거리는 어둠이 깔리면서 마치 서구 멜로 영화의 한 장면 같아 보인다. 하루가 시작되면 문지기 노인 알샤들리는 자기 의자를 엘리베이터 옆에서 야쿠비안 건물 앞쪽의 보도로 옮긴다. 그곳에서 그는 휴일 중 건물에 출입하는 사람들을 지켜본다.

자키 베 알두수키가 정오가 되기 전 사무실에 도착했다. 사무실 사환인 아바스카룬은 단번에 상황을 눈치챘다. 자키 베 밑에서 20

년 동안 일해 온 터라 아바스카룬은 한눈에 자키 베에 관련된 일을 이해할 수 있게 되었다. 그는 주인이 특별 행사를 위해 간직해 온 고급 향수를 풍기며 한껏 우아한 차림으로 사무실에 올 때의 의미를 알고 있다. 자키 베가 잔뜩 긴장해 안절부절못하고 신경을 곤두세운 채 걸어 다니고, 즉흥적이고 퉁명스러운 태도로 초조함을 감추려 하는 행동. 그것은 자키 베가 새 애인과의 첫 만남을 기다리고 있음을 의미했다. 이로 인해 아바스카룬은 자키 베가 이유 없이 자신을 모질게 대해도 화를 내지 않았으며, 사태를 이해한다는 표시로 고개를 끄덕거렸다. 아바스카룬은 재빨리 거실 청소를 끝내고 자신의 목발을 집어 들었다. 그는 목발로 긴 홀의 바닥을 힘차고 빠르게 두드리며 걸어가서 자키 베가 앉아 있는 큰 방에 이르렀다. 아바스카룬은 경험상 어떻게 해야 자신이 이 일에서 멀찍이 떨어져 있을지를 잘 알고 있는 목소리로 말했다.

"주인님, 회의가 있으신가요? 주인님을 위해 필요한 것들을 준비해 둘까요?"

자키 베는 아바스카룬 쪽을 바라보더니 잠시 생각에 잠겼다. 마치 속으로 답변하기에 알맞은 말투를 고르려는 것 같았다. 자키 베가 한 군데도 아니고 여러 군데 기운 아바스카룬의 질밥*과 목발, 그의 절단된 다리 지점, 흰 수염이 달린 그의 늙은 얼굴, 영악하게 생긴 가느다란 두 눈, 그에게서 떠나지 않는 애처롭고도 겁먹은 그 미소를 바라보았다.

"회의에 필요한 것을 빨리 준비해."

자키 베는 발코니로 들어가면서 간결하게 말했다. 그 '회의'는 두 사람의 공동 사전(辭典)에 따르면, 자키 베가 사무실에 여자와 단둘이 있는 것을 의미했다. '필요한 것'은 자키 베가 사랑을 나누기에 앞서 아바스카룬이 준비하는 특정 의식(儀式)을 가리킨다. 그 의식은 수입산 '트라이비(Tri-B)' 비타민을 주사하는 것으로 시작된다. 그 약은 궁둥이 근육에 주사하는데, 할 때마다 자키 베는 아파서 고성을 내지르며 아바스카룬에게 난폭하고 거친 손을 가진 당나귀라고 욕을 퍼부어 댄다. 그런 다음 너트메그(육두구) 향을 넣고 원두로 만든 블랙커피 한 잔이 준비되고, 자키 베는 천천히 커피를 마신다. 자키 베는 혀 밑에 작은 아편 조각을 놓고 그 액을 짜낸다. 의식은 식탁 한가운데에 큰 샐러드 한 접시와 그 옆에 블랙 레벨의 위스키 한 병, 빈 술잔 두 개, 얼음으로 그득 채워진 샴페인 술병용 그릇을 놓는 것으로 일단락된다.

아바스카룬은 정성을 기울여 필요한 물품을 준비하기 시작했고, 그동안 자키 베는 술라이만 파샤 가가 내려다보이는 발코니에 앉아 담배에 불을 붙인 뒤 행인들을 관찰하였다. 그의 감정은 멋진 만남을 향한 강렬한 열망과, 혹시 애인 라밥이 약속을 어겨 꼬박 그녀를 따라다니면서 한 달간 기울인 노력을 물거품으로 만들지는 않을까에 대한 걱정 사이를 오갔다. 자키 베는 알타우피키야 광장의 '카이로 바'에서 접대부로 일하는 라밥을 보자마자 그녀를 향한 사랑의 노예가 되었다. 바에서 일하는 라밥은 자키 베를 완전히 홀렸고, 그는 그녀를 보기 위해 매일같이 바를 드나들었다. 자키 베는 동년배의 친구에게 라밥을 묘사한 적이 있었다.

"라밥은 천박함과 섹시함을 모두 갖춘 통속적인 매력을 지닌 여자야. 그녀는 마치 마흐무드 사이드가 그린 그림에서 막 튀어나온 것 같단 말이야."

그러고는 친구에게 설명하듯 말을 이어 갔다.

"자네는 자네 집에서 일하던 그 하녀를 기억하나? 청년 시절 자네의 성적 환상을 꼬드기던 그 하녀 말이야. 당시 자네는 간절히 바랐잖아. 그녀가 부엌 개수대에서 설거지를 하고 있을 때 그 부드러운 엉덩이에 몸을 밀착시킨 뒤 손으로 크고 녹신녹신한 젖가슴을 잡기를 말야. 그러면 그녀는 자네가 더 밀착하도록 몸을 구부리고 자네에게 몸을 맡기기 전에 섹시하게 거절하면서 '주인님, 이러시면 안 돼요'라며 속삭이고 말야. 나는 라밥에게서 그런 보물을 찾아냈어."

그러나 보물을 찾았다고 해서 반드시 그것을 소유한다는 걸 뜻하지는 않는다. 애인 라밥을 위해 자키 베는 온갖 불편을 참아 내야만 했다. 그는 카이로 바처럼 불결하고 좁은 데다 조명과 환기 장치가 형편없는 장소에서 여러 날 밤 시간을 꼬박 보내곤 했다. 그는 북적대는 사람들과 자욱한 담배 연기로 숨이 막히는 듯했고, 천박하고 추잡한 노래들을 잠시도 멈추지 않고 틀어 대는 녹음기의 큰 소리 때문에 귀가 거의 들리지 않을 지경이었다. 그뿐인가. 가게를 찾은 이들끼리 욕하고 손찌검을 해 대며 싸우는 모습은 어떻고. 그들은 숙련 노동자들, 범죄 혐의자들, 외국인들로 뒤섞여 있다. 게다가 자키 베는 위(胃)에 불을 지르는 저질 브랜드 술을 마지못해 마셔야 했다. 계산서에 적힌 터무니없는 바가지요금을 자키 베는 두 눈 딱 감아 주며 오히려 한술 더 떠 가게 주인에게 많은 액수의 팁을 남기고 또한 라밥이 입은 원피스의 가슴 쪽 열린 틈에도 더 많은 액수의 팁을 찔러 넣어 주었다. 손가락으로 그녀의 탱탱하고 출렁거리는 젖가슴을 만질 때, 자키 베는 그 즉시 혈관에서 뜨거운 피가 솟구치는 것을 느끼고 거센 욕구의 힘이 너무도 강력하게 재촉하는 바람에 통증을 느꼈다.

이 모든 것을 자키 베는 라밥을 위해 감당했다. 자키 베는 한 번이고 두 번이고 여러 차례에 걸쳐 라밥에게 가게 밖에서 만나 달라고 졸라 댔다. 그때마다 그녀는 교태를 부리며 거절하고 그는 희망을 잃지 않고 또다시 데이트를 청하고, 결국은 어제 라밥이 청을 수락하여 그의 사무실로 찾아오겠다고 했다. 자키 베는 너무 기뻐서 그녀의 가슴에 50기네* 지폐 한 장을 찔러 주었다. 그는 후회하지 않았다. 그러자 라밥이 다가왔고 그녀의 숨결이 그의 얼굴에 닿았다. 그녀는 윗니로 아랫입술을 깨물면서 자키 베의 마음을 어지럽히는 섹시한 목소리로 속삭였다.

"자기, 그동안 나를 위해 애쓴 데 대해 내일 보답할게."

자키 베는 그 아픈 '트라이비' 주사를 참았고 입속에서 아편 즙을 짜냈다. 그는 위스키 첫 잔을 천천히 마시더니 이어 두세 잔을 거푸 들이켰다. 곧바로 그는 긴장감에서 벗어났고 안락함이 밀려왔다. 마치 친근한 선율처럼 여러 생각들이 그의 머리에 슬며시 장난을 걸기 시작했다. 라밥과의 약속은 1시였다. 벽시계가 두 번 울리고 자키 베가 희망을 거의 잃어 가고 있을 때 아바스카룬의 목발이 홀의 타일 바닥을 두드리는 소리가 들렸다. 곧이어 아바스카룬의 얼굴이 문틈으로 보였다. 아바스카룬은 기쁜 소식을 가져왔다는 듯이 흥분해서 숨을 헐떡거리며 말했다.

"주인님, 라밥 부인이 도착하셨습니다."

* * *

1934년 당시 이집트 내 아르메니아 교민 회장이었던 백만장자 하굽 야쿠비얀은 자기 이름을 딴 주거용 아파트를 지을 구상을 했다. 그는 술라이만 파샤 가에 있는 중요 지점을 건물 부지로 택했고 공사를 위해 유명한 이탈리아의 건축 사무소와 계약을 체결했다. 그 회사는 야쿠비얀 빌딩을 고전적 유럽풍의 거대한 10층 고층 건물로 아름답게 설계했다. 발코니들은 석재로 된 그리스인 얼굴 조각상들로 장식하고 기둥들과 계단, 복도 등은 모두 천연 대리석을 사용했으며, 엘리베이터는 최신형 쉰들러 상표가 붙은 것이었다. 건물 공사는 만 2년의 시간이 걸렸고 마침내 건축상의 예술 작품이 탄생하였다. 그 건물은 모든 예상을 뛰어넘었는데 건물주는 이탈리아 엔지니어에게 자신의 이름 '야쿠비얀'을 커다란 라틴어 문자로 정문 안쪽에 새겨 달라고 주문하기까지 했다. 그 글자는 마치 그의 이름을 영원토록 전하고 자신이 그 걸작의 임자임을 강조하듯 밤에는 네온사인으로 빛을 발했다.

야쿠비얀 빌딩에는 장관, 대지주(大地主) 파샤, 외국의 상공업자들, 유대인 거부(巨富) 두 사람 — 그중 한 명은 유명한 무시리 가문 사람이다 — 같은, 당시 사회의 명사들이 거주했다. 건물 아래층은 넓은 차고와 대형 상점으로 균등하게 분할되었다. 뒤편으로 여러 개의 문이 나 있는 차고에는 거주자들의 자동차가 — 대부분 롤스로이스, 뷰익, 시보레 같은 대형차들이다 — 밤에 머문다. 대형 상점은 건물 정면에 세 개의 전면을 가진 구조로 되어 있는데 야쿠비얀은 그곳을 자신의 공장에서 생산하는 은제품 전시장으로 이용하였다. 이 전시장은 40년간 내내 잘 운영되다가 이후 사업이 점차 악화되자 결국에는 핫즈* 무함마드 앗잠이 전시장을 매입하여 옷 가게로 새로 개장하기에 이르렀다. 빌딩의 널찍한 옥상에는 기본 시설이 갖추어진 방 두 개가 건물 문지기와 그의 식솔이 살도록 할당되었다. 옥상의 다른 편에는 건물 내 아파트 수에 맞춰 50개의 작은 방이 지어졌다. 각 방은 폭과 길이가 2미터도 안 되는 것으로 벽들과 문들은 모두 강철로 되어 있고 문은 자물쇠로 잠근 뒤 열쇠는 아파트의 주인들에게 건넸다. 당시 그 쇠 방들은 식품 자재 보관용으로, 그리고 덩치 크고 사나운 개를 키우는 개집으로 사용하는 등 그 용도가 다양했다. 또 전기세탁기가 보급되기 이전인 당시, 빨래를 전담하던 여자들은 그 방에서 옷을 세탁한 뒤 옥상을 가로질러 쳐진 기다란 줄 위에 빨랫감들을 널곤 했다. 쇠 방들은 하인들의 숙소로는 절대 사용되지 않았는데 아마도 당시 그 건물에 살던 귀족층 사람들과 외국인들로서는 그처럼 좁은 방에 사람이 잘 수 있다고는 상상조차 해 본 적이 없었기 때문일 것이다. 빌딩 내 거주자들은, 때로는 내부 층계로 이어진 2층 구조에 여덟 개나 열 개 정도의 방이 있는 자신들의 호화롭고 넓은 아파트 안에 하인용 방을 별도로 마련해 두었다.

1952년의 혁명으로 모든 것이 변했다. 유대인들과 외국인들이 이집트를 떠나기 시작했다. 주인들이 떠나자 야쿠비얀 빌딩 내 모든 아파트는 텅 비었고 당시 영향력을 지닌 자들인 군 장교들 중 한 명이 아파트 한 채를 차지했다. 그 결과 1960년대가 되었을 때 건물 내 절반가량의 아파트에는 막 결혼한 중위, 대위에서 소장에 이르는 다양한 계급의 장교들이 살게 되었다. 소장들은 자신들의 대가족을 데리고 그 건물로 이사했으며, 한때 무함마드 나깁* 대통령의 실장이었던 알다크루리 소장은 10층에 나란히 이웃한 대형 아파트 두 채를 차지하여 하나는 자기 가족의 거주용으로 다른 하나는 오후에 업무차 찾아오는 사람들을 접견하는 사무실로 사용하였다.

장교 부인들은 다양한 용도로 옥상의 쇠 방을 사용하기 시작했다. 그래서 처음으로 그 방들은 집사들, 요리사들 그리고 장교 가족의 집안일을 돕기 위해 시골에서 데려온 나이 어린 식모들이 거주하는 장소가 되었다. 또한 서민 출신의 일부 장교 부인들은 체면 염치 불고하고 쇠 방에 토끼나 오리, 닭 같은 가축을 키웠다. 카이로 서쪽 구역 관공서에는 거주자들로부터 많은 고소가 제기되었다. 옥탑에서 가축 사육을 금지시켜 달라는 청원이었다. 그러나 관공서는 항상 장교들의 영향력을 우선시하는 관행을 일삼았다. 결국 거주자들은 알다크루리 소장에게 청원했고, 소장은 장교들에게서 차지하는 자신의 위상에 힘입어 비위생적인 그런 일을 금지시킬 수 있었다.

그 뒤 1970년대 개방의 시대가 도래하였고 부자들은 도심으로부터 알무한디신 지역이나 나스르 시티 지역으로 나가 살기 시작했다. 야쿠비얀 빌딩 내 아파트를 소유한 부유층 사람들 중에는 아파트를 매각하는 자들도 있고, 막 대학을 졸업한 자식들의 사무실이나 개인 병원으로 아파트를 내주거나 아랍 관광객들을 위한 가구 딸린 집으로 임대를 놓는 자들도 있었다. 그 결과로 쇠 방과 건물 내 아파트들 간의 연관성은 점차 단절되었고 이전부터 살던 집사들과 하인들은 자신들의 쇠 방을 시골에서 막 올라오거나 또는 도심지 내에서 일하기 때문에 거리가 가깝고 값싼 거처를 필요로 하는 가난한 자들에게 돈을 받고 넘겨주었다.

그렇게 쇠 방을 양도하는 것이 쉬워진 데에는 건물 대리인인 아르메니아 사람 무슈 그리고르의 죽음이 일조했다. 그 대리인은 거부인 하굽 야쿠비얀의 재산을 지극히도 성실하고 세심하게 관리하면서 매년 12월에 부동산 수입을 혁명 후 야쿠비얀의 상속자들이 이주해 살던 스위스로 송금하는 일을 해 주고 있었다. 그리고르가 맡던 야쿠비얀 건물의 대리 업무를 승계한 사람은 변호사 피크리 압드 알샤히드였다. 그는 돈을 받는 조건이라면 무엇이든 가리지 않았다. 그는 쇠 방의 임대 계약서를 작성해 주면서 방 양도자와 새로운 세입자 양쪽으로부터 거액의 수수료를 받았다.

일이 이렇게 진행된 결과, 옥상에는 새로운 사회가 생겨났다. 그 사회는 건물 내 나머지 부분과는 완전히 독립된 형태였다. 일부 세입자들은 이웃한 쇠 방 두 개를 빌려 화장실, 욕실 등의 시설을 갖춘 작은 거주지 한 채를 만들어 냈다. 한편 극빈층에 속하는 일부 사람들은 함께 힘을 모아 세 개 또는 네 개의 방들마다 하나의 공동 화장실을 만들기도 했다. 옥상 사회는 이집트 내 그 어떤 다른 서민 사회와 다름없게 되었다. 아이들은 맨발로, 반쯤 벌거 벗은 채로 옥상의 사방을 뛰어다니고 여자들은 음식을 준비하면 서 낮 시간을 보내고 햇볕이 내리쬐는 곳에 모여 앉아 험담을 해 댄다. 여자들은 심하게 말다툼을 벌이고 그러는 동안 상대방의 인 격을 건드리는 추악한 욕설과 비방을 서로에게 퍼붓는다. 그런 뒤 여자들은 언제 그랬느냐는 듯 서둘러 화해하고 서로 다정스럽게 대한다. 한술 더 떠 상대방의 볼에 뜨거운 입맞춤을 몇 번에 걸쳐 장단 맞추어 해 대며, 또한 너무 감격하고 사랑에 겨운 나머지 울 기까지 한다.

남자들은 여자들의 말다툼에는 도통 관심도 없다. 그들은 여자 들이 싸우는 것은 예언자의 말씀대로 단지 여자들의 머리가 모자 라서 그런 것이려니 치부해 버린다. 옥탑의 남자들은 모두 빵 한 덩어리를 얻기 위해 힘들고도 고통스러운 투쟁 속에 하루를 살아 간다. 그들은 하루가 끝날 무렵 녹초가 돼서 귀가해 자신들만의 작은 향락 세 가지를 찾는다. 그중에는 뜨겁고 맛난 음식과 수연 관(水煙管) 위에 얹어 피우는 담배 파이프 몇 개, 또는 여유가 있 다면 해시시가 있다. 그들은 여름철 밤에 옥상에서 함께 그런 것 을 피우며 밤 시간을 보낸다. 그리고 세 번째 향락은 섹스이다. 옥 탑 사람들은 퍽이나 섹스를 반기는 편으로, 분위기가 허용되는 한 성에 관해 숨김없이 얘기하는 것을 하등 부끄러이 여기지 않는다. 여기에는 모순되는 점이 있다. 옥탑에 사는 주민들 중 남자는 서 민 관습대로 다른 남자들 앞에서 자기 아내의 이름 대는 것을 부 끄럽게 여긴다. 그래서 자기 아내를 '아무개 엄마'라고 말하거나 아내를 일컫는 말인 '이얄 *이라고 말한다. 그래서 예를 들면 "이얄이 물루키야*를 만들었어"라고 말하면 사람들은 그가 자기 아내 이야기를 하고 있다고 이해한다. 바로 그 남자는 남자들이 모인 자리에서는 스스럼없이 자신이 아내와 가진 은밀한 관계에 대해 아주 자세히 말을 해 댄다. 그래서 옥탑 남자들은 서로 간에 그들의 성관계에 대하여 모조리 알고 있다. 여자들로 말하자면, 그들은 종교적 독실함이나 도덕적 엄수 태도를 떠나 모두 다 섹스를 무척 좋아한다. 그들은 침대에서의 일을 자세히 소곤소곤 말한다. 그러고는 즐거운 웃음을 터뜨리는데, 자기들끼리 있는 경우 음탕할 정도로 웃기도 한다. 여자들이 그토록 섹스를 좋아하는 것은 단지 성욕을 달래려 해서가 아니다. 그것은 섹스가, 그리고 남자들이 자신들을 갈구하는 것이 그녀들로 하여금 쪼들리는 궁핍한 생활 속에서도 그나마 자신들이 여전히 아름답고 남편들이 탐할 만한 여자들이라는 느낌을 갖게 해 주기 때문이다. 아이들이 저녁 식사를 하고 하나님을 찬양하는 기도문을 읽은 뒤 잠든 그 시간. 집에는 일주일 이상 먹어도 충분한 음식이 있고 만일의 사태에 대비해 모아 둔 돈도 조금 있다. 한 가족 모두가 거하는 방은 깨끗하게 정돈되어 있다. 목요일 밤이 되면 해시시의 약 기운으로 기분이 좋아진 남편은 무엇보다 먼저 아내를 찾는다. 그러면 아내는 남편의 부름에 화답하여 목욕과 화장을 하고 향수를 바른다. 행복에 찬 이 짧은 시간은 아내로 하여금 그녀의 빈곤한 삶이 모든 어려움에도 불구하고 일단 그나마 지낼 만하다는 느낌을 갖게 해 준다. 이제 뛰어난 화가를 데려다가 금요일 아침 옥탑에 사는 한 여자의 얼굴을 우리에게 그려 달라고 해 보자. 그녀의 남편은 예배를 드리러 아래층으로 내려온다. 아내는 사랑의 흔적을 씻어 내고 옥상에 나와 세탁한 침대 홑이불을 넌다. 젖은 머리와 빨갛게 달아오른 피부, 맑은 눈의 그녀는 그 순간 아침 이슬을 머금고 한껏 자라나 물이 오른 한 송이 장미 같아 보인다.

* * *

칠흑의 밤은 새 아침을 알리며 물러갔고 옥상 위에는 희미한 작은 불빛이 건물 문지기 알샤들리의 방 창문에서 퍼져 나왔다. 그의 젊은 아들 타하는 고민에 휩싸여 그날 밤을 뜬눈으로 새웠다. 타하는 새벽 예배와 이슬람 관습에 따른 두 번의 라크아*를 행했다. 그런 뒤 하얀 질밥을 입고 침대에 걸터앉아 『화답하는 기도에 관한 책』을 읽었다. 그는 방 안의 적막 속에서 간청하며 속삭이는 듯한 목소리로 구절을 되뇌며 읽었다.

"알라*시여, 오늘 아침 당신께 복을 간구하옵니다. 당신께 의지하오니 오늘의 악에서, 오늘 있을지 모를 악에서 저를 구하소서. 잠들지 않는 당신의 눈으로 저를 지켜 주소서. 당신의 능력으로 저를 용서하시고 제가 파멸되지 않게 하소서. 당신은 저의 희망이옵니다. 주님! 거룩함과 관용을 가지신 분이시여! 당신께 저의 얼굴을 향하오니, 당신의 고귀한 얼굴로 다가오셔서 당신의 용서와 숭고함으로 저를 맞아 주소서. 제게 웃어 주시고 당신의 자비하심으로 저를 기쁘게 여기소서."

타하는 아침 햇살이 방 안에 퍼질 때까지 쉬지 않고 기도문을 읽어 내려갔다. 이어 조금씩 쇠 방들에서 인기척이 나기 시작했다. 사람들의 목소리, 외침 소리, 웃음소리, 기침 소리, 문이 닫혔다가 열리는 소리, 뜨거운 물과 샤이*와 커피, 숯, 담배 등의 냄새는 옥상의 주민들에게 새로운 하루의 시작을 알리는 신호였다. 타하 알샤들리는 평생 이어질 자신의 운명이 오늘 결정되리라는 것을 알고 있었다. 몇 시간 후면 그는 경찰 대학의 면접 심사를 받게된다. 이는 그가 그토록 오랜 기간 품어 온 희망을 실현하기 위한 마지막 관문이다. 그는 어렸을 때부터 경찰 장교가 되는 꿈을 꾸어 왔고, 그 꿈의 실현을 위해 자신이 할 수 있는 최대한의 노력을 기울였다. 일반계 고등학교에서 공부에 매진했고 그 결과 — 아버지가 힘들게 마련한 돈으로 학교 내에서 행하는 일부 보강 수업을 받았던 것을 제외하면 — 개인 과외 수업을 받지 않고도 문과에서 89점의 성적을 받았다. 타하는 여름 방학에 월 10기네의 이용료를 내고 압딘 청년 헬스 센터에 가입하여 몸만들기를 위한 가혹한 훈련을 참아 낸 결과, 경찰 대학의 체력 시험에 적격한 신체 조건을 갖추기도 했다.

꿈을 이루기 위해 타하는 구역 내 경찰 장교들과 친하게 지냈고 그래서 카스르 알닐 구역 담당 부서나 그곳에 속한 코트시카 지국에서 일하는 장교들 모두 타하의 친구가 되었다. 그들에게서 타하는 경찰 대학 입학시험에 관한 모든 상세한 정보를 얻을 수 있었다. 또한 부유한 사람들이 자기 아들들을 경찰 대학에 입학시키려고 2만 기네 — 그만한 액수의 돈이 있다면 얼마나 좋을까 — 를 뇌물로 지급한다는 이야기도 알아냈다.

타하 알샤들리는 자신의 꿈을 위해 야쿠비얀 건물 주민들의 졸렬함과 거들먹거림도 참아 냈다. 그는 어릴 때부터 아버지를 도와 잔심부름 일을 했다. 타하가 총명하고 공부에 출중하다는 소식이 알려지자 주민들은 그 사실에 대해 갖가지 반응을 보였다. 그들 중 일부는 타하에게 열심히 하라고 격려하며 선물을 주거나 그의 밝은 미래를 내다보기도 했다. 상당수의 다른 이들은 '문지기의 뛰어난 아들'이라는 점을 의식하며 불편한 심기를 드러냈다. 그들은 타하의 아버지에게 중학교를 졸업하면 공업 학교에 보내라고 설득했다. "타하가 공업을 배우면 당신이나 아드님 자신에게도 큰 도움이 될 겁니다." 그들은 노인네 알샤들리를 동정하는 척하면서 이렇게 말했다. 고등학교에 입학한 타하가 계속해서 수석을 차지하자 그들은 시험 기간에 타하에게 일을 시키고 시간이 오래 걸리는 힘든 일을 맡겼다. 몇 푼의 바크쉬시*를 주며 타하를 꾀어내려는 사람들의 마음속에는 그의 공부를 방해하려는 은밀하고도 사특(邪慝)한 바람이 들어 있었다. 타하는 돈이 필요해서 그런 일들을 수락했고, 그러면서도 공부에 몰입하여 하루 혹은 이틀간 잠을 자지 않는 경우가 비일비재했다.

고등학교 성적이 나왔는데 타하는 당시 건물 내 많은 주민들의 자식들보다 훨씬 높은 성적을 받았다. 그러자 심사가 뒤틀린 이들은 대놓고 말하기 시작했다. 그들 중 한 사람은 엘리베이터 앞에서 다른 한 사람을 만나면 그에게 냉소적인 질문을 던졌다. 타하가 우수한 성적을 받았는데 그의 아버지에게 축하의 말은 해 주었느냐고. 그런 다음 조롱하듯 문지기의 아들이 머지않아 경찰 대학에 입학할 거고, 어깨에 별 두 개를 단 장교가 되어 졸업할 거라고 한마디 덧붙인다. 그 말을 들은 사람은 그 화제에 대해 불쾌감을 역력히 드러낸다. 그는 먼저 타하의 성품과 노력의 자세를 칭찬한다. 그러고 나서, 마치 그의 관심사는 원칙이지 사람이 아니라는 듯 진지한 자세로 말을 덧붙인다. 경찰이나 사법에 관련된, 일반적으로 민감한 직책들은 특정 사람들의 자식들에게만 한정되어야 하는데, 그 이유는 만일 문지기나 세탁 일 하는 이들의 자식들이 권력을 잡게 되면 그들은 자신들이 자라면서 겪어 온 결손이나 심리적 열등감을 만회하기 위해 그 권력을 이용할 거라고. 그런 다음 그는 무상 교육을 도입했던 가말 압델 나세르*를 원망하며 말을 끝내거나 하나님의 사도가 하신 말씀인 "비천한 자들의 아이들을 교육시키지 말라"는 구절을 인용한다.

주민들은 성적이 나온 뒤에 타하의 감정을 직접 건드리기 시작했다. 그들은 타하가 세차를 하고 바닥 매트를 제자리에 놓는 것을 잊는다거나, 먼 곳에 심부름을 보냈는데 몇 분 늦는다거나 또는 시장에서 열 가지 품목을 사 오라고 했는데 그중 한 가지를 잊고 사 오지 않는다거나 하는 일처럼 아주 사소한 꼬투리를 잡아 타하를 야단쳤다. 그들은 보란 듯이 노골적으로 타하에게 모욕을 가했다. 그렇게 해서 타하가 자신은 배운 자로서 그런 수모를 더이상 받지 않겠노라고 그들에게 대들면 그들로서는 절호의 기회를 잡게 되는 것이다. 그때 그들은 타하에게 사실대로 말할 것이다. "더도 덜도 아니고 단지, 문지기의 아들인 주제에…… 일이

맘에 안 들면 그 일을 하려는 다른 사람에게 넘겨주지그래"라고. 하지만 타하는 그럴 기회를 아예 주지 않았다. 그들의 분노에 대해 조용히 머리를 숙이고 다소곳이 미소 짓는 것으로 화답했다. 그럴 때면 그의 잘생긴 갈색 얼굴은 자신을 겨냥한 비아냥거림에 응하지 않겠다는, 그리고 충분히 자신은 그런 모욕을 해 댄 자에게 그대로 되갚아 줄 수는 있지만 웃어른인 점을 감안해 그렇게 하진 않겠다는 인상을 주곤 했다.

이런 행동은 타하가 난처한 지경에 처했을 때 심중에 있는 바를 표출하는 동시에 문제점을 무마하려는 자기방어 장치로서 그가 스스로 연기하는 상황들 중 하나였다. 그는 여러 상황을 연기하기 시작했으며, 곧이어 마치 진짜인 것처럼 실제 연기를 했다. 예를 들어 보자. 타하는 주민 한 사람마다 예의를 갖추려 마지못해 자리에서 일어나는 게 싫어 문지기용 의자에 앉아 있는 것을 좋아하지 않았다. 만일 의자에 앉아 있을 때 주민이 지나가면 그는 자리에서 일어날 수 없을 만큼 바쁜 척했다. 그리고 타하는 주민들에 대해 철저히 정해진 범위에서 예의를 갖추어 말하는 습관을 지님으로써, 하인이 주인을 대하는 방식이 아니라 직원이 사장을 대하는 자세로 주민들을 대하려 하였다. 타하는 같은 건물에 사는 자기 또래들과는 아주 친하게 지냈다. 그는 친한 친구를 대하듯 그들의 이름을 불렀고, 그들과 얘기하고 장난을 했다. 또 그는 자신이 필요하지 않아도 그들에게서 교과서를 빌리기도 했는데 그렇게 하는 것은 자신이 문지기 아들의 신분이긴 하지만 공부 친구라는 점을 그들에게 상기시켜 주기 위해서였다.

그의 일상생활은 그랬다. 가난과 고된 일, 주민들의 오만한 태도. 아버지가 토요일이면 그에게 주는 꼬깃꼬깃한 5기네짜리 지폐. 타하는 그 돈으로 일주일간 버티기 위한 천 가지의 방법을 궁리한다. 주민 한 사람이 도와주려는 듯 차창 밖으로 따뜻하고 부드러운 손을 내밀어 타하에게 팁을 주는 장면. 그럴 때면 타하는 어김없이 손을 들어 크게 인사를 건네고 그 베푼 자에게 열의와 큰 소리로 감사를 표해야만 한다. 그리고 학교 친구들이 집에 놀러 와 그가 옥상의 문지기 방에서 살고 있다는 사실을 알았을 때 친구들의 눈에서 감지되는 시선. 그것은 고소하다고 말하는 듯 건방진 시선이거나, 또는 사실을 알고 난 뒤 어쩔 줄 몰라 하며 겉으로 드러내지는 않지만 안타깝게 여기고 동정하는 듯한 시선이다. 그리고 건물 밖에 사는 사람들이 그에게 던지는 "너 문지기니?"라는 추악하고 성가신 질문. 건물 안으로 들어오는 주민들이 일부러 내보이는 힘겨운 듯한 모습. 그러면 타하는 서둘러 그들에게 가서 들고 있는 물건이 아무리 가볍고 사소한 것이라 해도 받아서 들어 준다.

이렇게 타하는 일에 시달리며 하루를 보낸다. 늦은 밤 잠들 시간이 되면 그는 저녁 예배를 드린 후 항상 정결하게 씻은 상태에서 오랫동안 방의 어둠을 응시한다. 조금씩 그는 공중 높이 날아가고 상상의 눈으로 경찰 장교가 된 자신을 본다. 멋진 제복을 자랑스레 입고 으쓱거리며 걸어가고 어깨에는 동(銅)으로 만든 별이 번쩍이며 허리띠에는 위엄 있는 관급(官給) 권총을 차고 있다. 그는 상상 속에서 애인 부사이나 알사이드와 결혼하여 시끄럽고 지저분한 옥상의 삶과 멀리 떨어진 고급 동네의 멋진 아파트로 이사한다.

타하에게는 하나님이 그의 꿈을 모두 이루어 주시리라는 확고한 믿음이 있었다. 왜냐하면 첫째, 그는 최선을 다해 하나님을 경외하며 죄악을 멀리하고 종교 의무를 지키기 때문이다. 코란의 하나님께서는 당신의 신실한 종들에게 "그 마을의 사람들이 믿음이 있고 경건하면 우리는 그들에게 하늘과 땅으로부터 축복을 열어 줄 것이니"라는 기쁜 소식을 전해 주셨다. 둘째, 타하는 하나님의 선하심을 믿기 때문이다. 전능하시고 영광스러운 하나님께서는 예언자에게 내린 성스러운 말씀을 통해 강조하셨다. "나의 종이 나를 선하다 여기면 나는 선이고, 나를 악이라 여기면 나는 악이리니." 그래서 하나님께서는 약속을 지키셔 타하로 하여금 고등학교에서 공부를 잘하게 해 주셨다. 그리고 하나님 덕분에 경찰대학의 모든 시험을 통과하였고 이제 남은 것은 위원회 면접 심사로, 그것도 오늘 하나님의 허락하심으로 통과할 것이다.

타하는 자리에서 일어나 새벽 예배를 드리며 두 번의 라크아를 했고, 또한 자신의 일이 잘되기를 바라는 두 번의 라크아를 행했다. 그런 뒤 그는 몸을 씻고 면도를 하고 양복을 입었다. 그는 면접 심사를 위해 회색 양복과 새하얀 와이셔츠, 멋진 초록색 넥타이를 새것으로 구입했다. 마지막으로 거울에 비친 자신의 모습을 바라보니 정말 멋져 보였다. 그는 어머니에게 인사로 입맞춤을 했다. 어머니는 타하의 머리에 손을 얹고 주문을 외운 뒤 열렬히 기도를 드렸다. 타하의 심장은 어머니의 뜨거운 기도로 쿵덕거렸다.

건물 입구에서 타하는 여느 때처럼 의자에 책상다리 자세로 앉아 있는 아버지를 보았다. 노인은 천천히 의자에서 일어나 타하를 잠깐 쳐다보고는 아들의 어깨에 손을 얹고 미소를 지었다. 노인의 흰 콧수염이 흔들렸고 치아가 빠진 입이 드러나 보였다. 아버지가 자랑스레 말했다. "장교님, 미리 축하드립니다."

시간은 이미 10시를 지났고 술라이만 파샤 거리는 자동차와 행인들로 붐볐다. 대부분의 가게들도 문을 열었다. 타하는 면접시험 시간까지 딱 한 시간의 여유가 있다고 생각했다. 그는 혼잡한 대중교통 속에 양복이 구겨질까 걱정되어 택시를 타기로 했다. 그는 남은 시간을 부사이나와 함께 보내고 싶었다. 둘이 정한 방식은 부사이나가 일하는 샤난 옷 가게 앞을 타하가 지나가고, 그를 보게 된 부사이나가 가게 주인 탈랄에게 창고에서 물건을 가져오겠다는 핑계를 댄 뒤 알타우피키야 광장에 있는 신(新)공원 안의, 두 사람이 좋아하는 장소에서 타하를 만나는 것이다.

타하는 정해진 방법대로 해서 15분가량 약속 장소에서 기다렸고 이어 부사이나가 모습을 드러냈다. 타하는 그녀를 보자 심장이 뛰었다. 타하는 부사이나의 걸음걸이를 좋아했다. 그녀는 보폭을 좁게 하여 천천히, 그리고 마치 어떤 일로 인해 부끄럼을 타는 듯 또는 뉘우치는 듯 고개를 떨군 채 걷는다. 또 그녀는 깨지기 쉬운 어떤 표면 위를 걷다가 자신의 걸음으로 그 면이 깨지지나 않을까 무척 조심하며 걸어가는 것처럼 보인다. 타하는 부사이나가 몸매가 훤히 드러나 보일 정도로 몸에 달라붙는 빨간색 원피스를 입고 있는 것을 보았다. 넓게 파인 옷의 앞부분으로 부사이나의 토실한 가슴이 보였다. 타하는 화가 치밀었다. 이전에도 그런 옷을 입지 말라며 그녀와 다퉜던 일을 떠올렸다. 하지만 그는 분노를 억눌렀다. 분위기를 망치고 싶지 않았다. 부사이나는 미소를 지었다. 그녀의 가지런하고 빛나는 치아들, 그리고 입과 짙게 칠한 입술을 감싸고 있는 예쁜 두 보조개가 선명했다. 부사이나는 공원의 낮은 대리석 담 위, 타하 옆에 앉았다. 그런 다음 타하 쪽으로 몸을 돌리고는 놀란 듯 갈색의 두 눈을 크게 뜨고 바라보며 말했다.

"웬일로 이렇게 멋져?"

타하는 속삭이면서도 불타오르는 목소리로 대답했다.

"나 지금 면접시험 보러 가는 중이야. 널 보고 싶었어."

"잘되길 바랄게."

부사이나는 진실된 마음으로 말했다. 타하의 심장은 세차게 뛰었고, 순간 그는 부사이나를 가슴에 안고 싶은 생각이 간절했다.

"걱정돼?"

"하나님께 내 모든 일을 맡겼으니, 주님께서 하시는 대로 나는 기꺼이 받아들일 거야. 인샤 알라.*"

타하는 마치 미리 준비된 답을 하거나 자신을 안심시키려는 듯이 재빨리 말했다. 그런 뒤 잠시 침묵하다가 부사이나의 눈을 바라보며 부드럽게 말을 이었다.

"날 위해 기도해 줘."

"타하, 하나님께서 도와주실 거야."

부사이나는 따뜻한 정을 담아 대꾸한 뒤, 자신의 감정을 너무 많이 드러냈다고 느꼈는지 말을 이었다.

"이제 가 봐야 해. 가게 주인 탈랄 씨가 기다리고 있어서."

부사이나는 일어서려 했지만 타하는 좀 더 있으라고 했다. 그러나 그녀는 손을 내밀어 타하와 악수를 했다. 타하의 눈을 쳐다보려 하지 않는 눈치였다. 그러고는 의례적인 평범한 말투로 말했다.

"잘되길 바랄게. 인샤 알라."

그러고 난 뒤 타하는 택시 안에 앉아 생각에 잠겼다. 자신을 대하는 부사이나의 태도가 변했으며, 이는 간과할 수 없는 사실이었다. 타하는 부사이나를 잘 안다. 한 번만 쳐다봐도 부사이나의 깊은 마음속까지 꿰뚫어 볼 수 있다. 그는 부사이나의 모든 표정을 외고 있다. 행복감으로 빛난 얼굴과 슬픔에 잠긴 얼굴, 어리둥절한 듯한 미소, 부끄러워할 때 빨개지는 얼굴, 화났을 때의 성난 시선과 침울한 — 그런데도 예쁜 — 얼굴……. 심지어 그녀가 막 잠에서 깨어났을 때 타하는 그 모습을 바라보기를 좋아했다. 그럴 때면 얼굴에 나타나는 졸린 듯한 표정은 그녀를 말 잘 듣는 유순한 어린아이 같아 보이게 했다.

타하는 부사이나를 사랑했고, 그녀의 어린아이 적 모습을 기억 속에 간직해 왔다. 어릴 때 부사이나는 옥상에서 함께 놀며 그의 뒤를 따라 뛰어다녔다. 타하는 일부러 그녀에게 바짝 접근했는데 그녀의 머리에서 풍기는 비누 냄새가 그의 코를 간질였다. 또한 타하는 부사이나가 상업 고등학교 학생이었던 시절의 모습도 기억한다. 그녀는 하얀 셔츠와 파란색 치마를 입고, 검은색 구두에 짧은 흰색 양말을 신었다. 부사이나는 불룩해진 젖가슴을 가방으로 감추려는 듯 가방을 가슴에 안고 걸어갔다. 또 그 아름다운 장면도 기억한다. 둘은 강둑길과 동물원에서 함께 거닐었다. 그날 둘은 서로의 사랑을 확인하며 결혼을 약속했다. 그 후로 부사이나는 타하에게 애착을 보였고 그의 인생에 대해 자세히 물었다. 그녀는 마치 남편의 일에 관심을 기울이는 어린 아내 같았다. 둘은 미래의 모든 일에 대해 한마음으로 얘기를 나누었다. 심지어 앞으로 애를 몇 명 낳을지, 애들의 이름은 어떻게 지을지, 결혼해서 살 아파트의 구조 등에 대해서도.

그러던 그녀가 돌연 변했다. 그를 향한 관심이 줄어들었던 것이다. 그녀는 둘의 앞으로의 계획에 대해 건성으로, 비웃는 태도로 얘기를 나누었고, 자주 그와 말다툼을 했으며, 온갖 핑계를 대고 그와의 만남을 피하려 했다. 그런 일은 그녀의 아버지가 죽은 직후에 일어났다. 왜 그녀는 변했을까? 둘의 사랑은 성인이 되면서 겪게 되는 사춘기의 통과 의례 같은 것이었을까? 아니면 그녀가 다른 남자를 사랑하게 된 것일까? 이러한 상념은 가시처럼 타하를 찔러 상처를 안겼다. 타하는 부사이나가 일하는 가게 주인인 탈랄의 모습을 상상해 보았다. 시리아인 탈랄이 신랑복을 입고, 부사이나가 팔짱을 낀 장면이었다.

타하는 무거운 고민거리가 심장을 억누르는 것을 느꼈다. 택시가 경찰 대학 건물 앞에 멈춰 서자, 타하는 생각을 접고 정신을 차렸다. 그 순간 타하에게 건물은 위엄 있어 보였고 역사적인 것으로 다가왔다. 건물은 마치 타하의 앞날을 결정짓는 운명의 성채 (城砦) 같았다. 정문에 다가설수록 다시 시험에 대한 걱정이 들어 타하는 코란의 '왕좌(王座)' 구절*을 속으로 읊기 시작했다.

* * *

청년 시절의 아바스카룬에 관해 아는 내용은 극히 적은 편이다.

우리는 그가 마흔 살 이전에 무슨 일을 했는지, 그리고 그의 오른쪽 발이 절단된 배경에 관해 알지 못한다. 우리가 알고 있는 내용은 20년 전 비가 내리던 겨울의 그날부터 시작된다. 그날 아바스카룬은 사나 파누스 부인의 검은색 시보레를 타고 야쿠비얀 건물에 도착했다. 사나 부인은 사이드* 지역 출신의 부유한 콥트*계 미망인이다. 부인에겐 두 아이가 있었는데 남편 사망 후 그녀는 그 둘을 키우는 데 전념하였다. 하지만 그녀는 아이를 돌보는 중에도 이따금 육체적 충동에 응하였다. 자키 베 알두수키는 자동차 클럽에서 그녀를 만나 한동안 그녀와 친하게 지냈다. 사나 부인은 관계를 즐기는 만큼 종교적으로 양심의 괴로움을 겪었다. 그녀는 쾌락의 시간을 보낸 후 자주 자키 베의 품에 안겨 고통스러운 눈물을 흘렸다. 그녀는 교회를 통해 많은 자선 행위를 함으로써 죄의식을 달랬다. 그 후 자키 베 사무실의 하인이었던 부라이가 사망하자 그녀는 아바스카룬을 고용해 달라고 자키 베에게 졸랐다. 교회에서 도움을 필요로 하는 사람들의 명단에 아바스카룬의 이름이 올라 있던 차였다. 아바스카룬은 자키 베를 처음 만나는 자리에서 생쥐처럼 조용히 고개를 숙이고 위축된 자세로 서 있었다. 자키 베는 아바스카룬의 남루한 차림새와 절단된 다리, 그리고 거지 같은 인상을 주는 두 개의 목발을 보고 실망감에 사로잡혔다. 그는 여자 친구인 사나 부인에게 프랑스어로 놀리듯 말했다.

"자기야, 나는 자선 단체가 아니라 사무실을 운영하는 사람이
야."

부인은 자키 베에게 아양을 떨면서 승낙을 얻어 내려 했고, 그
는 결국 마지못해 아바스카룬을 고용하기로 했다. 그의 생각엔 며
칠 동안만 그녀의 기분을 맞춰 주다가 파면하면 되는 것이었다.
하지만 그것은 당치도 않은 생각이었다. 아바스카룬은 첫날부터
보기 드문 역량을 보여 주었다. 그는 연이어 힘든 일을 해내는 특
출한 능력을 지니고 있었다. 심지어 그는 매일같이 자키 베에게
응당 해야 될 일들 외에 새로운 일을 달라고 요구할 정도였다. 명
민함과 수완, 재치를 지닌 그는 늘 상황에 정확히 부합하는 처신
을 했다. 그는 입이 무거워서 자기 눈앞에서 일어나는 일에 대해
서는, 심지어 그것이 살인죄라 할지라도 보려고도 들으려고도 하
지 않는다.

이러한 엄청난 장점에 힘입어 몇 달 되지 않아 자키 베는 한시
도 아바스카룬 없이는 지낼 수 없게 되었다. 심지어 자키 베는 아
파트의 부엌에 벨을 설치해 아바스카룬이 필요할 때마다 부르곤
했다. 자키 베는 아바스카룬에게 급여를 후하게 주었고 그가 사무
실에서 지내도록 허락했다. 자키 베는 이전에 어느 누구에게도 이
처럼 배려한 적이 없었다. 아바스카룬은 첫날부터 자키 베의 성격
을 간파했다. 아바스카룬은 주인이 제멋대로 구는 자이고 향락을
즐기는 자이며 충동적이고 변덕스럽다는 것을 알아냈다. 그리고
자키 베의 머리는 마약의 효과에서 벗어나는 일이 드물다. 아바스
카룬이 인생에서 얻은 폭넓은 경험에 따르면, 이런 유의 남자들은

급히 화를 내고 성격이 날카롭지만 해를 입히는 경우는 드물다. 그런 자들로부터 당하는 수모란 기껏해야 욕설이나 심한 꾸지람 정도이다. 아바스카룬은 절대 주인과 말싸움을 하지 말 것, 주인이 원하는 바에 대해 재차 물어보는 일이 없을 것, 항상 자신이 먼저 주인에게 사죄하고 애원해서 주인의 호감을 얻자고 스스로 다짐했다. 아바스카룬은 주인과 말할 때 '주인님'이란 단어를 꼭 사용한다. 그는 자신의 입으로 말하는 모든 문장에 이 단어를 넣는다. 가령 자키 베가 "지금 몇 시인가?" 하고 물으면 아바스카룬은 "주인님, 5시입니다"라고 답한다.

그야말로 아바스카룬이 사무실에서 자기 업무에 적응하는 것은 어찌 보면 생물학적 현상처럼 보인다. 낮 시간 동안 아파트에는 적막한 어둠이 깔리고, 낡고 습한 가구 냄새와 자키 베의 지시로 화장실 청소에 사용하는 농축 페놀 냄새가 뒤섞여 생긴 썩은 곰팡이 냄새로 뒤덮여 있다. 그런 분위기 속에 아바스카룬은 아파트 한구석에서 목발을 짚고 불결한 질밥 차림에, 노쇠하고 처량한 얼굴과 아부하는 듯한 웃음을 띤 모습을 드러낸다. 그럴 때 그는 마치 물속의 물고기나 하수도에 사는 곤충처럼 마치 자연 속 자신의 영역에서 열심히 일하는 것처럼 보인다. 그가 어떤 일로 야쿠비얀 빌딩 밖으로 나와 행인들과 시끄러운 자동차 소리의 한복판에서 햇볕이 내리쬐는 거리를 걸을 때 그의 외모는 마치 백주에 나온 박쥐처럼 친숙하지 않고 이례적으로 보인다. 그는 어둠과 습기 속에 몸을 감추고 20년의 세월을 보낸 사무실로 돌아올 때에야 비로소 자신의 균형 잡힌 모습을 되찾는다.

그러나 우리는 자칫 깜빡 속아 아바스카룬을 고분고분한 하인으로 여기는 잘못을 범해서는 안 된다. 사실 그는 겉으로 보이는 것 훨씬 이상의 사람이다. 약해 보이고 굽실거리는 외모 뒤에는 강인한 의지가 숨어 있고, 자신이 용감하고 악착같이 싸워서 성취해야 할 뚜렷한 목표가 있다. 그는 딸 셋을 키우고 교육시키는 일 외에 동생 말라크와 동생의 식솔까지 돌보아야 할 책임을 떠맡고 있다. 여기서 그가 매일 저녁 자신의 작은 방에 혼자 있을 때 무얼 하는지를 알아보자. 그는 질밥 주머니에서 낮 동안 생긴 수입을 꺼낸다. 키르시* 동전들과 땀에 절어 꼬깃꼬깃 접힌 지폐들. 그것은 직접 받은 팁이거나 또는 사무용품을 사면서 슬쩍 빼낸 돈이다. 물품 구입 과정에서 아바스카룬의 방법은 뛰어나고 정교한 속임수의 전형이다. 그는 풋내기들처럼 구매하는 물건의 가격을 부풀리지 않는다. 가격은 뻔히 정해져 있고 언제든 확인할 수 있기 때문이다. 그는 커피나 샤이, 설탕을 사면서 눈에 띄지 않을 만큼의 소량을 매일매일 슬쩍 빼낸 다음 훔친 식품을 새 봉지에 넣어 다시 포장한 뒤 그것을 자키 베에게 되판다. 그러면서 거리에 있는 식료품 가게와 담합하여 구한 진짜 영수증을 건넨다.

아바스카룬은 저녁에 잠들기 전 정성스레 돈을 두 번 세어 보고 늘 귀 뒤에 꽂아 두는 파란색 카피 펜슬을 꺼내 수입을 기록하고 그중에서 저축할 돈을 떼어 둔다. (그는 그 떼어 둔 돈을 일요일에 통장에 넣을 것이고 그 후엔 두 번 다시 그 돈을 만지지 않을 것이다.) 그런 다음 그는 머릿속으로 남은 돈에서 자신의 대가족을 위해 지출할 돈을 챙겨 둔다. 그러고 나면 돈이 조금 남을 수도 있고 그렇지 않은 경우도 있다. 기독교 신자인 아바스카룬은 잠들기 전에 주님께 감사의 기도를 꼭 드린다. 고요한 밤에 그의 목소리가 울려 퍼진다. 그는 경건한 마음가짐으로 부엌 벽에 걸린 예수 십자가 상 앞에서 속삭인다.

"오, 주님. 당신께서는 저와 저의 자식들에게 먹을 것을 주셨습니다. 저는 하늘나라에 계신 당신의 이름을 높이 찬양하옵니다. 아멘."

* * *

말라크에 관해서는 꼭 해야 할 이야기가 있다.

손가락들은 저마다 모양이 다르지만 모두 혼연일체가 되어 작업을 수행하기 마련이다. 축구 경기장에서 미드필더는 자로 잰 듯 정확하게 공격수의 발 앞에 공을 이어 주고 그 선수는 골을 성공시킨다. 그런 식으로 아바스카룬과 동생 말라크의 관계는 일사불란하게 이루어진다.

어릴 적부터 셔츠 공장에서 재단 일을 배웠던 터라 말라크에게는 여러 집에서 하인 일을 해도 그의 형처럼 천하다는 느낌이 없다. 솔직히 말해 말라크는 작은 키와 거무스름한 서민 복장, 불룩한 배, 잘생긴 구석이라곤 한 군데도 없는 살찐 얼굴로 인해 그를 처음 보는 순간 불편하다는 인상을 준다. 하지만 그는 만나는 사람 누구에게나 활짝 웃는 얼굴로 대하고 열의를 다해 악수를 나누며, 친근하게 말을 건네고 상대방을 칭찬하고 존경을 표하며, 자신과 실제적인 이해관계가 없는 한 상대방의 의견에 전적으로 동의한다. 그런 다음 그는 상대방에게 선뜻 클레오파트라 담배를 권한다. (그는 주머니에서 꾸깃한 담뱃갑을 정성스럽게 꺼내 귀중품이라도 되는 듯 매번 담뱃갑이 이상 없는가를 확인한다.) 하지만 말라크가 보여 주는 극도의 친절은 또 다른 면이 있다. 만일 필요한 경우가 생길 경우 말라크는 쉽사리, 모든 기본 교육을 길거리에서 받은 사람처럼 파렴치한으로 돌변한다. 그는 악랄함과 소심함, 상대방에게 해를 입히려는 강한 욕구와 그 결과에 대한 커다란 두려움, 그런 두 가지 모순을 한 몸에 지닌 자이다. 그는 싸움에서 상황이 허용하는 한 공격하는 것이 몸에 밴 자였다. 만일 상대의 저항이 없으면 그는 두려움을 모르는 자처럼 최소한의 인정도 없이 공격해 댄다. 그러나 상대방으로부터 강한 저항이 있음을 알게 되면 생각할 겨를도 없이 즉시 후퇴한다. 말라크의 이러한 모든 고도의 기술은 아바스카룬의 지혜와 교활함에 힘을 보탠다. 두 사람은 완벽한 팀워크를 갖추어 일을 수행하는데 정말로 놀랄 만한 성과를 가져온다.

사실을 말하자면 두 형제는 야쿠비얀 빌딩 옥상 위에 있는 작은 방 하나를 얻고 싶어 했다. 둘은 여러 달 동안 계획을 세우며 궁리했고, 드디어 오늘 실행의 순간이 온 것이다. 라밥이 자키 베의 방으로 들어가자마자 아바스카룬은 문지방에 서 있다가 몸을 구부리면서 음흉하고 가벼운 미소를 지으며 말했다.

"주인님, 일이 있어서 좀 나갔다 와도 될까요?"

말이 끝나기도 전에 애인에게 몰입한 자키 베는 가라는 신호를 주었다. 아바스카룬은 살며시 문을 닫았다. 그는 목발로 방바닥을 두드리며 걷기 시작했다. 그는 마치 자신의 얼굴을 바꾸는 것처럼 보였다. 천하고 구걸하는 듯한 미소 대신 진지하고 근심 어린 표정이 나타났다. 아바스카룬은 아파트 입구 곁에 있는 작은 부엌으로 향했다. 그는 주의 깊게 주변을 둘러보고는 목발에 의지해 위쪽으로 팔을 뻗어 벽에 걸린 성모 마리아 사진을 살며시 떼어 냈다. 사진 뒤에는 구멍이 있었다. 그는 그 안으로 손을 넣어 커다란 현금 뭉치 몇 다발을 꺼낸 뒤, 그것을 정성스럽게 자신의 조끼와 주머니에 감추었다. 그러고 나서 아파트 문을 살며시 당겨, 꽉 닫고 밖으로 나왔다. 건물 입구에 이르자 그는 목발을 오른쪽으로 돌려 문지기실로 다가갔다. 그러자 그를 기다리던 동생 말라크가 나타났다. 형제는 눈빛으로 통했다. 몇 분 후 둘은 야쿠비얀 건물의 대리 책임자인 피크리 압드 알샤히드 변호사를 만나러 술라이만 파샤 거리를 지나 자동차 클럽으로 향했다.

둘은 더 이상 말을 나눌 필요도 없을 만큼 여러 달 동안 이 만남을 준비했고 그에 대해 얘기를 나눈 터였다. 둘은 묵묵히 걸어갔다. 다만 아바스카룬은 마리아와 구세주 예수에게 일을 성사시켜 달라는 기도를 입안에서 읊조렸다. 한편 말라크는 피크리 베와 대화를 시작할 때 어떤 말로 시작해야 효과가 있을지에 대해 머리를 짜내고 있는 중이었다. 말라크는 지난 몇 주간 피크리 변호사에 관한 정보를 모아 왔고, 그가 돈이 되는 일이면 뭐든 하며, 술과 여자를 좋아한다는 사실을 알아냈다. 말라크는 카스르 알닐 거리에 있는 피크리 변호사의 사무실을 찾아가 그를 만난 자리에서 건물 옥상 입구에 있는 쇠 방 얘기를 꺼내기에 앞서 고급 올드 파 (Old Parr) 위스키를 선물하기도 했었다. 그 쇠 방은 그곳에 혼자 살던 신문 판매원 아티야가 죽은 후 다시 건물 주인에게 귀속되었다. 말라크는 그 방을 갖고 싶어 했다. 어릴 적 형편에 따라 이 가게 저 가게 옮겨 다녔던 그로선, 나이 서른이 넘자 그 방을 이용해 셔츠 가게를 차리고 싶은 생각이 간절했다. 말라크가 얘기를 꺼내자 피크리 베는 잠시 생각할 시간을 달라고 했다. 말라크와 그의 형이 한참을 조른 끝에 변호사는 한 푼 에누리 없이 6천 기네에 방을 주는 데 동의했다. 그는 자신이 일요일마다 점심을 먹는 자동차 클럽에서 두 사람을 만나기로 약속을 정했다. 형제는 클럽에 도착했다. 아바스카룬은 클럽의 웅장함에 압도되었다. 그는 벽과 바닥을 덮은 천연 대리석과, 엘리베이터가 있는 곳까지 길게 펼쳐진 푹신푹신한 붉은색 카펫을 응시했다. 말라크가 형이 주춤대는 것을 알아채고 힘내라는 뜻으로 형의 팔을 꽉 잡았다. 그런 뒤 말라크는 앞으로 걸어 나가 클럽 문지기와 뜨겁게 악수를 나누고는 피크리 압드 알샤히드에 관해 물었다. 말라크는 오늘을 대비해 지난 두 주 동안 자동차 클럽의 직원들을 알아 두었다. 그는 입에 발린 얘기를 하면서, 그들에게 흰색의 질밥 몇 벌을 선물하는 방법으로 그들의 환심을 사 둔 터였다. 그래서 웨이터들과 직원들은 앞다투어 두 형제를 맞이했고 두 사람을 2층 식당으로 안내했다. 식당에서는 피크리 베가 흰색 피부의 뚱뚱한 여자 친구와 점심 식사를 하고 있었다. 당연히 두 형제가 그 자리에 뛰어든다는 것은 그리 좋아 보이지 않았다. 그래서 둘은 직원을 시켜 피크리 베에게 자신들이 왔음을 알리고 옆방에서 기다렸다.

몇 분 지나지 않아 비대한 몸에 넓은 대머리, 서양인처럼 붉은 빛이 감도는 흰색 얼굴을 한 피크리 베가 나타났다. 형제는 그의 두 눈이 충혈되어 있고 말이 조금 어눌한 것으로 미루어 술을 많이 마셨음을 단번에 알아챘다. 아바스카룬이 인사와 아부 섞인 말을 건네고 나서 피크리 베를 칭송하는 긴 막간극을 시작했다. 그의 마음씨가 얼마나 좋은지, 그리고 그의 일거수일투족을 보면 구세주 예수와 얼마나 닮아 있는지에 대해 말했다. 의뢰인들이 억압받고 돈을 지불할 형편이 안 되는 가난한 자들이라는 점을 피크리 베가 알고 나서 어떻게 그 많은 의뢰인들에게 힘든 소송 사건들의 비용을 면제해 주었는지에 대해 아바스카룬은 계속 말을 해 댔다. (그러는 동안 동생 말라크는 감탄해 마지않는다는 표정을 지으며 형의 말을 경청했다.)

"말라크, 너 아니? 가난한 의뢰인이 돈을 내려고 하면 피크리 베께서 그자에게 뭐라고 말씀하시는지를."

아바스카룬은 이렇게 묻고 나서 곧바로 자기가 대답했다.

"베께서는 의뢰인에게 말씀하시지. 주님께서 이미 소송 비용을 모두 치러 주셨으니 가서 예수 그리스도를 위해 감사의 기도를 드리기나 하라고."

말라크는 놀란 듯 입술을 쩝쩝거리면서 두 손을 깍지 끼어 자신의 불룩한 배 위에 모은 채 고개를 숙였는데, 얼굴에는 감동한 듯한 표정이 역력했다. 그는 말했다.

"진짜 그리스도 님이 여기 계시군요."

그러나 피크리 베는 취했음에도 불구하고 이야기의 궤적에 주목하고 있었으며 두 사람이 해 대는 말에 담긴 의미에 크게 만족하지 않았다. 피크리 베가 일을 마무리하기 위해 진지한 어조로 말했다.

"합의한 대로 돈은 가져왔소?"

아바스카룬이 외쳤다.

"물론입죠, 나리."

아바스카룬은 종이 두 장을 건네며 말을 이었다.

"선생님과 합의한 대로 여기 계약서가 있습니다. 주께서 축복하시길."

그런 뒤 아바스카룬은 돈을 꺼내려고 조끼 안에 손을 넣었다. 그는 합의한 6천 기네를 가져왔지만, 별도의 작전 수행을 위해 돈을 옷 속 이곳저곳에 분산시켜 놓았다. 그는 4천 기네를 꺼내 조심스레 피크리 베에게 내밀었다. 그러자 피크리 베가 화를 내며 소리쳤다.

"이게 뭐야? 나머지 돈은 어디 있지?"

그러자 두 형제는 한마음이 되어 움직였다. 둘은 단시(短詩)를 노래하듯 함께 간청하기 시작했다. 아바스카룬은 숨넘어가는 듯한 쉬고 숨찬 목소리로, 말라크는 높고 크고 예리한 목소리로. 두 형제가 하는 말은 서로 뒤섞여 알아들을 수 없을 정도였다. 그러나 둘은 자신들의 가난을 강조함으로써 피크리 베의 동정을 사려고 했다. 말인즉, 살아 있는 그리스도께 맹세코 그 돈도 빌렸으며, 확신컨대 그 이상의 금액은 지불할 수 없다는 것이었다. 피크리 베는 잠시도 부드러워지기는커녕 더 화를 내며 말했다.

"장난하고 있군. 말도 안 되는 소리를 해 대고 있어."

변호사는 몸을 돌려 다시 식당 안으로 들어가려 했다. 하지만 그 동작을 예측하고 있던 아바스카룬이 피크리 베 쪽으로 힘껏 몸을 던졌다. 변호사가 비틀거리며 쓰러질 정도였다. 아바스카룬은 재빠른 동작으로 질밥 주머니에서 1천 기네의 돈뭉치를 추가로 꺼내 앞서 꺼낸 다른 뭉치들과 함께 피크리 베의 주머니에 밀어 넣었다. 피크리 베는 화가 치민 상태였지만 별다른 저항을 보이지 않았다. 그는 자기 주머니에 돈이 들어가게 내버려 두었다. 그때 아바스카룬은 동정을 구하는 또 한 편의 막간극을 시작했다. 그는 베의 손에 여러 번 입맞춤을 한 다음 꼭 필요한 경우를 위해 마련해 둔 특별한 동작으로 뜨거운 간청을 끝마쳤다. 아바스카룬은 갑자기 몸을 뒤쪽으로 빼더니 두 손으로 자신의 해지고 불결한 질밥을 잡아당겼다. 그러자 칙칙하고 거무스름한 의족이 연결된 절단된 다리가 드러났다. 그는 동정심을 일으키는, 잠깐씩 끊기는 듯한 쉰 목소리로 소리쳤다.

"나리, 주님께서 나리의 자녀분들을 보호해 주시길 바랍니다. 나리, 저는 약한 자입니다. 다리도 잘렸고…… 아무것도 할 수 없습니다. 제겐 먹여 살려야 할 식솔도 있습니다. 동생 말라크는 노모와 더불어 네 식구를 먹여 살리고 있습니다. 나리께서 그리스도를 사랑하신다면 저를 절망한 상태로 돌려보내지 마시기를 바랍니다."

피크리 베가 감당하기에는 벅찬 행동이었다. 잠시 후 세 사람은 자리에 앉아 계약서에 서명하고 있었다. 피크리 압드 알샤히드는 — 후에 그가 일컫기를 — '감정에 호소한 공감'을 당하여 화가 치민 채 자신의 여자 친구에게 일어났던 일을 말했다. 말라크는 야쿠비얀 빌딩 옥상 위에 얻은 자신의 새 방에서 실행할 첫 번째 일들을 구상하고 있었다. 아바스카룬은 얼굴에 최후의 감동적인 모습을 간직했다. 그것은 상심하고 슬픔 어린 시선으로, 마치 자신의 문제에 짓눌리고 자신이 감당하기 어려운 일을 떠맡은 것 같아 보였다. 그러나 아바스카룬은 내심 쪽방 계약서에 서명을 했고, 수완을 발휘해 1천 기네의 돈 꾸러미를 건질 수 있어 기뻤다. 그는 자신의 질밥 왼쪽 주머니에 들어 있는 남은 돈 꾸러미의 감칠맛 나는 온기를 느꼈다.

* * *

도심(都心)은 최소한 백 년 동안 내내 카이로의 상업과 사회의 중심지였다. 시내에는 대형 은행들과 외국 회사, 상점, 개인 병원, 저명한 의사들과 변호사들의 사무실, 영화관, 고급 음식점들이 위치해 있다. 이집트에서 옛날의 엘리트층은 카이로 시내를 유럽풍 구역으로 설계했다. 그래서 유럽 국가의 모든 수도에 가더라도 카이로의 거리와 비슷한 거리들을 발견하게 되며, 건물 형태와 유구한 역사를 지닌 벽면 처리도 동일한 것을 알 수 있다. 1960년대 초까지 시내는 그 순수한 유럽풍 특징을 간직하고 있었으며, 당시 살았던 사람들은 그 우아한 모습을 기억하고 있음에 의심의 여지가 없다. 당시에는 이집트 현지인이 질밥을 걸치고 시내를 돌아다니는 것은 말도 안 되는 일이었다. 그리고 이집트인이 서민 복장을 하고 '그로피(Groppi's)'나 '알라메리켄(À l'Américaine)', '오데온(Odeon)' 등의 음식점에 들어가는 것은 불가능했다. 심지어 '메트로(Metro)', '세인트 제임스(Saint James)', '라디오(Radio)' 등의 영화관 입장도 불가능했다. 이런 곳에 가려면 남자의 경우 양복 정장을, 여성의 경우 야회(夜會)용 드레스를 입어야 했다. 상점들은 일요일엔 모두 문을 닫았다. 크리스마스나 신년 초 같은 가톨릭 기독교 축일 같은 때의 시내는 통째로 장식되어 마치 서양의 한 수도에 있는 도심처럼 보였다. 쇼윈도마다 프랑스어, 영어로 적힌 축일을 기념하는 글과, 크리스마스트리, 산타클로스 인형들로 장식되어 번쩍거렸다. 음식점과 바들은 마시고 노래하고 춤을 추며 연말연시를 축하하는 외국인들과 귀족들로 붐볐다.

　시내에는 늘 작은 바들이 가득했었다. 바에서 사람들은 휴식과 여가 시간에 적당한 가격으로 술 몇 잔과 구미를 당기는 맛자* 몇 접시를 맛볼 수 있었다. 1930년대와 1940년대 일부 바들은 음료와 함께 그리스나 이탈리아의 연주가, 이스라엘 여자 무용단의 작은 여흥 공연을 보여 주기도 했다. 1960년대 말까지 술라이만 파샤 거리 한 곳만 해도 열 개가량의 작은 바들이 있었다. 그리고 1970년대가 되자 시내는 점차 그 중요성을 잃기 시작하여 카이로의 중심부는 신흥 엘리트들이 사는 알무한디신이나 나스르 시티 같은 곳으로 옮겨 갔다. 그리고 이집트 사회에 경건주의의 엄청난 파도가 들이닥쳤고 음주는 사회적으로 더 이상 용납되지 않았다.

잇따른 이집트 정부들은 종교적 압력에 순응하였고(그리고 아마 정부 측도 반정부 이슬람주의* 세력에 대해 정치적 공세를 가했을 것이다), 그 결과 술 판매를 호텔이나 대형 음식점에 한정시켰으며 새로운 바들에 대한 영업 허가서 발급을 금지했다. 대부분의 경우 외국인인 바의 주인이 사망하면 정부는 바의 영업 허가를 취소하고 사업 승계자로 하여금 다른 업종으로 전환해야 한다는 조건을 제시했다. 그 외에도 경찰은 바에 대한 상시 단속을 시행했다. 경찰 장교들이 바에 드나드는 자들을 검문하여 신분증을 조사했고, 때로는 수사할 목적으로 그들을 경찰서로 데려가기도 했다.

이렇게 1980년대에 이르자 시내에는 몇 개의 바만 제외하곤 대부분의 바들이 남지 않게 되었다. 남은 바의 주인들은 종교적 조류(潮流)와 정부의 압력에 굳건히 버틸 수 있었는데 그것은 두 가지 방법, 곧 위장(僞裝)과 뇌물로 가능했다. 시내의 그 어느 바도 이제는 더 이상 자신의 존재를 밝히지 않았다. 간판에서 '바'라는 단어는 음식점이나 커피숍으로 교체되었다. 그리고 바나 술 창고의 주인들은 고의로, 병 안의 내용물이 보이지 않게 가게에서 파는 술병에 짙은 색을 입히거나, 또는 자신들의 본업이 드러나지 않게 하는 종이 냅킨이나 다른 상품을 술병 앞에 두었다. 이제는 그 어떤 고객도 바 앞의 보도나, 심지어는 거리가 내려다보이는 열린 창가에서 술 마시는 것이 허용되지 않았다. 이슬람주의 소속 청년들에 의해 몇몇 술 가게에 대한 방화 사건이 있고 나선술집 주인들의 경계 조치가 더한층 강화되었다.

한편, 몇 개 남지 않은 바 주인들은 계속 사업을 하기 위해 자신들과 관련된 형사들이나 구역 담당 책임자들에게 정기적으로 거액의 뇌물을 상납하는 것도 어려워졌다. 그것은 저렴한 국산 술을 팔아 봤자 뇌물 상납에 충분할 만큼의 수익이 생기지 않았기 때문이다. 바 주인들은 부득이하게 수익을 확충하기 위한 '또 다른 방법'을 강구했다. 그들 중 일부는 술을 팔 때 창녀를 고용하는 방법을 택했다. 이런 일은 알타우피키야에 있는 카이로 바, 이마드 알딘에 있던 미도 바, 푸시캣 바에서 이루어졌다. 또 다른 업주들은 이익을 배가시키기 위해 술을 구입하는 대신 원시적인 형태의 양조장에서 술을 제조하기도 했다. 이런 방식은 알안티크카나 거리의 할리지얀 바, 샤리프 거리의 자마이카 바에서 일어났다. 이렇게 제조된 저질 술은 안타까운 사건으로 이어지기도 했는데, 그 대표적인 예가 할리지얀 바에서 상한 브랜디를 마신 직후 시력을 상실한 젊은 미술가 사건이다. 당시 검찰은 해당 업소의 폐쇄를 명했다. 하지만 업소 주인은 그 후에 익히 알려진 기존의 방법으로 다시 가게를 열 수 있었다.

이처럼 시내에 남아 있던 작은 바들은 과거와 달리 이제는 더이상 기분 전환을 위한 저렴하고 깨끗한 장소가 아니었다. 조명 시설이나 환기 장치가 제대로 갖추어져 있지 않았고 대부분의 경우 천민들이나 범죄 혐의자들이 찾는 소굴로 변했다. 이러한 흐름 속에서 드물게 예외가 있기는 했다. 그 예가 카스르 알닐 거리와 술라이만 파샤 거리 사이에 있는 맥심 바, 야쿠비안 빌딩 지하에 위치한 셰누 바이다.

* * *

　'셰누(chez nous)'는 프랑스어로 '우리 집에서'라는 뜻이다. 바는 거리의 지표면에서 몇 계단 아래쪽에 있다. 조명은 낮 시간에도 희미하고 어두운 편이다. 두꺼운 커튼이 쳐져 있고 왼쪽에 큰 바가 있으며, 짙은 색을 칠한 천연목으로 만든 탁자들이 벤치들처럼 놓여 있는 탓이다. 또한 벽에는 오스트리아 빈식의 고색창연한 등(燈)과, 나무나 청동에 조각한 미술 작품들이 걸려 있으며, 종이 테이블보와 커다란 맥주잔에는 라틴어가 쓰여 있다. 이 모든 것은 셰누 바가 영국식 술집 형태를 지닌다는 인상을 준다. 여름철 당신이 술라이만 파샤 거리의 소음과 더위, 수많은 인파를 뒤로하고 셰누 바로 들어와 적막함과 세찬 에어컨 바람, 희미하고 안락한 조명 가운데 냉장된 술을 한잔 들이켜려고 자리에 앉는다면 곧바로 당신은 어떤 의미에서 일상생활로부터 '잠적해 버렸다'는 느낌을 갖게 된다. 특히 이러한 느낌이야말로 셰누 바의 특징을 가장 두드러지게 해 주는 부분이다. 기본적으로 셰누 바는 동성애자들이 만나는 장소로 유명했으며, 그곳의 이런 특징은 서양의 여러 관광 안내 책자에도 소개된 바 있다.

　셰누 바 주인의 이름은 아지즈로, 그는 '영국인'이라는 별명을 갖고 있다. (흰 피부와 노란색 머리카락, 푸른 눈이 영국 사람과 닮았다 해서 이런 별명이 생겼다.) 그는 동성애의 피해자이다. 사람들은 그가 바의 원래 주인이었던 그리스 노인과 함께 지냈는데, 그 노인에게 사랑을 받았고 죽기 전에 바를 물려받았다고 말한다.

풍문에 따르면, 그는 아랍인 관광객들에게 동성애자들을 소개하는 문란한 파티를 연다고 한다. 또한 동성애 알선 사업을 통해 벌어들인 엄청난 수입으로 뇌물을 제공해 정부의 단속에도 아랑곳하지 않은 채 안전하게 바 사업을 해 나간다고도 한다. 그는 인물도 좋고 수완도 뛰어나다. 그의 주도와 후원 속에 동성애자들은 세누 바에서 만나 우의를 다지고, 자신들의 성향을 공개하지 못하게 하는 사회적 억압에서 해방된다.

해시시 소굴, 도박패 소굴처럼 비정상적인 자들이 모이는 장소를 찾는 사람들은 숙련공, 기술직 종사자를 포함해 사회적으로 다양한 계층에 속하며 연령층도 다양해서 젊은이들도 있고 노인들도 있다. 비정상이라는 점이 그들 모두를 하나 되게 만든다. 또한 깡패나 소매치기, 그리고 법이나 관습에서 이탈한 무리들처럼 비정상적인 사람들은 자신들만을 위한 특별한 언어를 만들어 낸다. 그들은 그 언어로 자신들만 이해하는 방식으로 다른 사람들이 있는 가운데서도 자신들만의 의사소통이 가능하다. 그들은 수동적 동성애자를 '쿠드야나'라고 칭하며, 무리 중에 서로를 인식하기 위해 수아드, 인지, 파티마 등과 같은 여성 이름으로 호칭한다. 능동적 동성애자에 대해서는 '부르굴'*이라는 명칭을 붙인다. 만일 그자가 무지하고 순박한 남자라면 '거친 부르굴'이라는 명칭이 붙는다. 그리고 동성애 행위에 대해 그들은 '접속'이라는 용어를 사용한다. 그리고 그들은 손동작으로 서로를 알아가면서 비밀스러운 대화를 주고받는다. 만일 악수하는 동안 한 사람이 다른 사람의 손을 지그시 누르며 손가락으로 손목을 희롱한다면

이는 그가 상대를 갈망한다는 것을 의미한다. 만일 대화 중에 동성애자가 손가락 두 개를 모아 움직인다면 그것은 대화 상대자를 '접속'에 초대하고 싶다는 의사이다. 만일 손가락 한 개로 자신의 심장을 가리킨다면 그것은 상대방이 자신의 마음을 사로잡았음을 의미한다.

이처럼 '영국인' 아지즈는 셰누를 찾는 고객들을 편하고 즐겁게 해 주려 했다. 하지만 그런 만큼 동시에 아지즈는 고객들 간의 일탈 행위를 허용하지 않았다. 밤이 깊어 가고 손님들이 더욱 술을 마시게 되면 그들의 소리는 높아지고 커지며 서로 뒤섞이게 된다. 모든 바에서 그렇듯, 그들은 얘기하고 싶은 욕구에 늘 사로잡혀 있기 때문이다. 하지만 셰누에서 술 취한 자들은 취기와 함께 성적 욕구에 사로잡힌다. 그들은 사랑의 밀어(密語)나 노골적인 농담을 주고받는다. 그중 어떤 자는 자신의 손가락을 내밀어 친구의 몸을 조롱하기도 한다. 이럴 때면 아지즈가 즉시 개입하여 점잖게 속삭이듯 타이르거나, 골치 아픈 고객은 바에서 쫓아내겠다고 위협하는 등 질서를 잡기 위해 온갖 방법을 동원한다. 아지즈는 흥분해서 얼굴이 붉으락푸르락해지는 가운데 탐욕이 일었던 그 동성애자를 심하게 나무란다.

"이봐, 이곳에 좀 더 있고 싶으면 체면을 차려야지. 자네 친구가 마음에 들면 자리에서 일어나 함께 나가라고. 바 안에서 친구 몸에 손을 대는 일은 하지 말고……."

'영국인' 아지즈가 이처럼 엄격히 구는 것은 당연하게도 그가 미덕을 중시해서가 아니라 사업의 손익을 따져서이다. 형사들은 자주 바에 들르는데 대개 먼발치에서 바 안을 죽 둘러보기만 할 뿐, 결코 고객들을 성가시게 하지는 않는다. (이는 그들이 받는 거액의 뇌물에 힘입은 것이다.) 그러나 만일 바 안에서 불미스러운 행위가 일어나는 것을 보게 되면 형사들은 바 안을 발칵 뒤집어 놓는다. 그들은 아지즈를 약취할 기회가 왔다고 생각해 이참에 더 많은 뇌물을 받아 내려 한다.

* * *

자정 직전에 바 문이 열리면서 하팀 라쉬드가 갈색 피부의 20대 청년과 함께 나타났다. 청년은 간소한 옷차림에 머리는 군인 스타일로 깎은 모습이었다. 술 취한 손님들의 고함과 노랫소리가 커지던 중에 하팀이 들어오자 시끄럽던 그들의 목소리는 잠잠해졌고, 호기심과 두려움의 기색으로 그를 응시하기 시작했다. 그들은 하팀이 '쿠드야나'임을 알고 있었다. 하지만 그들이 그를 격의 없이 대하지 못하게 하는 엄격하고 자연스러운 장벽이 있었다. 심지어 가장 파렴치하고 제멋대로 구는 손님들조차 그를 정중히 대할 수밖에 없었다.

그 이유는 많다. 하팀 라쉬드는 유명한 언론인이며 카이로에서 프랑스어로 발간되는 신문인 『르 케르(*Le Caire*)』의 편집장이다. 그는 유서 깊은 귀족 출신으로 어머니는 프랑스 사람이고 부친은 1950년대에 법대 학장을 지낸 유명한 하산 라쉬드 법학 박사이다. 그뿐이랴. 하팀은 — 표현이 맞다면 — 보수적인 동성애자에 속하는 자이다. 즉 그는 많은 쿠드야나들과 달리 천(賤)하게 굴지 않고, 얼굴에 분가루를 바르지도 않으며, 도발적으로 보이기 위해 교태를 부리는 동작을 하지 않는다. 그는 외모와 행동 면에서 항상 우아함과 여성다움 사이를 오가는 능수능란함을 발휘한다. 예를 들면 밤에 그의 양복은 붉은 포도주 색깔인 짙은 빨간색이고, 가느다란 목에는 노란색 스카프를 둘렀는데, 스카프의 대부분은 분홍색 천연 비단 셔츠 밑에 들어가 있다. 그리고 폭 넓은 셔츠 깃의 두 끄트머리는 재킷 앞쪽에서 펄럭거린다. 우아함과 멋진 몸매, 프랑스 사람의 세세한 용모로 그는 빛을 발하는 영화배우처럼 보인다. 단, 부침(浮沈)의 인생이 얼굴에 남겨 놓은 주름살과, 늘 동성애자들의 얼굴을 뒤덮는 모호하고 가증스러우며 처량한 침울함만 없다면 말이다.

'영국인' 아지즈가 반기며 다가오자 하팀 라쉬드는 그와 다정하게 악수를 나누었다. 그리고 자신의 젊은 친구 쪽으로 우아하게 손을 뻗으며 말했다.

"이쪽은 내 친구 압두 랍부흐. 중앙 보안군에서 현역으로 복무하고 있지."

"어서 오세요."

아지즈는 미소를 지으며 답했다. 그는 강하고 단단해 보이는 청년의 몸을 훑어보고는 두 손님을 바의 끝에 있는 조용한 테이블로 안내한 뒤 주문을 받았다. 하팀은 뜨거운 맛자와 함께 자신은 진토닉 한 잔을, 압두 랍부흐에게는 수입 맥주 한 병을 시켰다. 손님들은 조금씩 두 사람에게서 시선을 돌려, 하던 얘기를 다시 이으며 요란한 웃음을 터뜨렸다.

두 친구는 마치 장시간에 걸쳐 진을 빼는 토론을 벌이는 것 같았다. 하팀은 친구를 바라보며 나지막한 목소리로 설득하고 있었다. 그러나 압두 랍부흐는 관심 없다는 듯 듣고 있다가 날카롭게 반응하였다. 하팀은 잠시 고개를 떨구고 침묵을 지키다가 다시 설득하는 자세를 취했다. 이런 식으로 약 30분 동안 얘기가 진행되었다. 두 친구는 그러는 동안 맥주 두 병과 진토닉 세 잔을 마셨다. 끝 무렵 하팀은 의자에 등을 기댄 채 압두*에게 그윽한 시선을 보냈다.

"그게 너의 최종 결정이야?"

빠르게 술기운이 오른 압두가 큰 소리로 대답했다.

"그래요."

"압두, 오늘 밤은 나와 함께 가고, 내일 아침에 얘기해 보자."

"안 됩니다."

"제발, 압두."

"안 돼요."

"좋아. 우리 조용히 서로 이해해 볼까? 그렇게 열 내지 말고."

하팀이 애교를 부리며 속삭였다. 그리고 자신의 손가락으로 테이블 위에 놓인 친구의 큰 손을 어루만졌다. 그렇게 재촉하자 압두는 갑갑한 듯 손을 잡아 뺐다. 그러고는 한숨을 내쉬며 난처한 듯 말했다.

"당신과 밤을 보낼 수 없다고 이미 말했잖아요. 지난주에도 당신 땜에 세 번이나 늦게 귀대했어요. 상관으로부터 징계를 받을 거예요."

"아무 걱정 하지 마. 내가 상관과 연결해 줄 사람을 만나 보았으니까."

"맙소사."

압두가 답답하다는 듯 고함을 지르며 손으로 맥주 컵을 밀어 버리다가 쿵 하고 큰 소리를 내며 고꾸라졌다. 그러고는 화난 눈초리로 하팀을 쳐다보며 자리에서 일어나 서둘러 출구 쪽으로 갔다. 하팀이 지갑에서 지폐 몇 장을 꺼내 테이블 위에 던져 놓고는 친구 뒤를 급히 따라갔다. 바에는 잠시 정적이 감돌더니 술 취한 자들의 언성이 터져 나왔다.

"이보게들, 부르굴이 짝을 찾고 있구먼."

"사랑하되 사랑을 얻지 못한 자가 너무 불쌍해."

"자기야, 자기가 내 돈 다 가져가면 나는 어떡해?"

남자들은 웃으며 떠들다가 낯 뜨거운 노래를 큰 소리로 열심히 불러 대기 시작했고, 결국 '영국인' 아지즈가 질서를 잡기 위해 나서야만 했다.

* * *

자동차 클럽의 요리사 보조였던 무함마드 알사이드는 시골에서 상경하는 대부분의 이집트인들처럼 오랫동안 주혈 흡충증(主血吸蟲症)으로 고생했다. 그 병은 이후 간의 염증과 기능 장애로 이어져 나이 50에 사망하는 원인이 되었다. 그의 큰딸 부사이나는 라마단* 달의 그날을 기억한다. 그날 부사이나의 가족은 야쿠비얀 건물 옥상에서 두 개의 방과 화장실로 이루어진 작은 집에서 이프타르*를 먹었다. 식사 후 아버지는 마그립 예배*를 드리려고 자리에서 일어났다. 그런 뒤 가족들은 갑자기 육중한 무언가가 땅에 쓰러지는 소리를 들었다. 부사이나는 엄마가 애타는 목소리로 소리치던 일을 기억한다.

"가서 아버지를 도와드려라."

부사이나와 사우산, 파틴은 물론 막내 무스타파까지 포함해 식구들 모두 아버지가 있는 쪽으로 달려갔다. 아버지는 하얀 질밥을 입은 채 침대에 누워 있었다. 아버지의 몸은 아주 조용했고 얼굴은 푸른색을 띠고 있었다. 사람들이 응급실 의사를 데려왔다. 당황한 기색의 젊은 의사가 재빨리 진단한 뒤 비보를 전했다. 딸들은 큰 소리로 울어 댔고 엄마는 통곡하며 자신의 얼굴을 힘껏 때리더니 결국 바닥에 쓰러졌다.

당시 부사이나는 상업 고등학교에 다니며 미래의 꿈을 키우던 학생이었다. 그녀는 꿈의 실현 가능성에 대해 한시도 의심한 적이 없었다. 자신은 고등학교를 졸업하고, 타하 알샤들리는 경찰 대학을 졸업한 후에 둘이 결혼하는 꿈이었다. 둘은 옥탑방을 떠나 넓고 멋진 아파트에서 살 것이고, 아들과 딸 하나씩 낳아 잘 키울 것이다. 두 사람은 그러기로 마음을 합친 상태였다. 그런데 아버지가 돌연 사망했고 상(喪)을 치르는 동안 부사이나의 가족은 헐벗은 채로 내버려졌다. 생계가 궁핍해졌고 학비와 음식, 의복, 월세 자금도 부족했다. 엄마는 금세 변했다. 엄마는 검은 상복을 절대

벗지 않았고 몸은 바짝 말랐다. 엄마의 얼굴은 가난한 미망인임을 식별케 하는 엄하고 괴팍스러운 남자 같은 특징을 띠게 되었다. 엄마는 점점 짜증을 내고 딸들과 말다툼을 벌이는 일이 많아졌는데 심지어 막내 무스타파조차 엄마의 구타와 욕설에서 벗어나지 못했다. 그렇게 소란을 벌인 직후에 엄마는 오랫동안 통곡해 댔다. 엄마는 더 이상 망자에 대해 이전에 그랬듯이 큰 애정을 갖고 말하지 않았다. 다만 죽은 아버지에 대해 쓰디쓴 고통과 절망을 안겨 준 사람이라고 말했다. 마치 아버지가 자신의 뜻대로 엄마를 몰고 가서 이러한 시련 속에 내버려 두었다는 듯. 그런 다음 엄마는 일주일에 2~3일간 온종일 종적을 감추기 시작했다. 아침에 외출해서 밤늦게 지친 모습으로 아무 말 없이 넋 나간 표정으로 돌아왔다. 그때 엄마 손에는 쌀밥, 채소, 그리고 소고기나 닭고기 조각 등 조리된 음식이 뒤섞여 있는 봉지를 들고 왔다. 엄마는 그 음식을 데워 아이들에게 먹였다.

부사이나가 무사히 상업 학교 졸업장을 취득한 날, 엄마는 밤이 되어 식구들 모두 잠들 때까지 기다렸다가 부사이나를 데리고 옥상으로 나갔다. 한여름 무더운 밤이었다. 남자들은 물담배를 피우며 이야기를 나누고 있었고 몇몇 아낙네들은 좁은 쇠 방의 더위를 피해 밖으로 나와 앉아 있었다. 엄마는 여자들에게 인사를 건넨 뒤 부사이나의 손을 잡아끌어 저만치 구석으로 데리고 갔다. 모녀는 담 옆에 멈춰 섰다. 부사이나는 그날 밤 옥상 위에서 내려다보던 술라이만 파샤 거리의 자동차들과 불빛들을 떠올린다. 그날 엄마는 찌푸린 얼굴이었고, 눈길은 근엄하게 뜯어보는 듯했으며, 목

66

소리는 쉬어 낯설게 들렸다. 엄마는 죽은 아버지가 홀로 자신에게 안겨 준 근심거리에 대해 부사이나에게 얘기하면서, 자신은 알자말렉에서 마음 좋은 사람들 집에서 일하고 있노라고 알려 주었다. 또한 엄마는 자신의 일에 대해 사람들에게 말하지 않았다면서, 그렇게 한 것은 사실이 알려져 사람들이 엄마가 하녀로 일한다는 것을 알게 되면 앞으로 부사이나와 여동생들이 결혼하는 데 좋지 않은 영향을 주기 때문이라고 했다. 그런 다음 엄마는 부사이나에게 내일부터 스스로 일자리를 찾아보라고 당부했다. 부사이나는 대답하지 않고 엄마를 잠깐 응시하다가 엄마를 향한 격렬한 애정을 느끼면서 몸을 기울여 엄마를 안아 주었다. 부사이나는 엄마에게 입맞춤을 하면서 엄마의 얼굴이 푸석해지고 거칠어졌음을, 그리고 엄마 몸에서 새롭고 낯선 냄새가 풍긴다는 생각이 들었다. 그 냄새는 하인들의 몸에서 나는 흙먼지와 뒤범벅된 땀 냄새였다.

다음 날부터 부사이나는 일자리를 찾기 위해 모든 노력을 기울였다. 그녀는 1년 동안 변호사 사무실의 여비서, 여자 미용실의 보조원, 치과의 초급 간호사 등 여러 일자리를 전전했다. 부사이나는 이 모든 일자리를 동일한 이유로 그만두었다. 같은 일이 반복되었던 것이다. 사장의 뜨거운 환영과 열띨 만큼의 지대한 관심, 다정함, 선물, 몇 푼의 금전 보너스, 그 밖의 뭔가 더 주겠다는 암시 등, 그런 것에 대해 부사이나 쪽에서 보인 반응은 ─ 일자리를 잃지 않기 위해 ─ 상냥한 태도로 거부하는 것이었다. 하지만 사장은 줄곧 지근거리고 마침내 상황은 그 한계에 달하고 만다. 그것은 부사이나가 혐오하고 두려워하는, 그리고 늘 일어나는 마

지막 장면이다. 나이 많은 남자가 텅 빈 사무실에서 강제로 부사
이나에게 키스를 하려 들거나 그녀에게 몸을 밀착하려 하고, 또는
바지 지퍼를 열고 그 자리에서 그녀와 일을 치르려 하기도 한다.
그러면 부사이나는 그를 밀어 버리고 소리를 지르거나 이 일을 퍼
뜨리겠다고 위협한다. 그렇게 되면 남자는 태도가 돌변해 복수심
에 찬 얼굴을 드러내며, 부사이나를 '카드라 알샤리파'*라고 조롱
한 후 해고한다. 또 어떤 경우, 남자는 부사이나의 도덕성을 시험
해 보려 했다고 둘러대거나 그녀가 딸 같아서 좋아한다고 밝힌다.
그런 다음 ─ 추문이 들통 날 위험이 사라진 후에 ─ 기회를 잡아
다른 이유를 들어 부사이나를 해고한다.

　올해에 부사이나는 많은 것을 배웠다. 예를 들어 자신이 아름답
고 매혹적인 몸을 갖고 있음을, 자신의 커다란 꿀색 눈과 도톰한
입술, 풍만한 가슴, 둥글고 출렁대는 궁둥이와 부드러운 엉덩이
살, 이 모든 것이 사람들과의 업무에서 중요한 요소임을 알게 되
었다. 그녀에게 확실해진 게 있었다. 남자들은 제아무리 겉모습이
근엄하고 지위가 높더라도 하나같이 예쁜 여자 앞에서는 무력하
기 짝이 없다. 그래서 그녀는 악의적이고 흥미진진한 실험을 하기
에 이르렀다. 그녀는 위엄 있는 노인 남자를 만나면 그를 시험하
며 재미있어 한다. 귀여운 목소리를 내고 애교를 부리며 풍만한
가슴을 내민 다음 곧바로 근엄한 노인의 태도를 감상하며 즐긴다.
노인은 온순해지고 음성은 떨리며 두 눈은 욕망에 가득 차 흐려진
다. 남자들이 그녀를 애타게 갈구하는 모습은 그녀로 하여금 앙갚
음과 고소함에 가까운 쾌락으로 충만하게 했다. 또한 부사이나는

올해 들어 엄마가 완전히 변했음을 알게 되었다. 부사이나가 치근 대는 남자들 때문에 직장을 그만두었을 때 엄마는 노기 띤 침묵으로 그 소식을 받아들였다. 그런 일이 반복되자 한번은 엄마가 부사이나에게 말했다. 그때 부사이나는 방을 나서려고 자리에서 일어나던 중이었다.

"네 동생들은 네가 일해서 버는 동전 한 닢이라도 필요로 하고 있는데…… 생각 있는 딸년이라면 자신도 지키고 일자리도 지킬 거다."

그 말을 들은 부사이나는 슬프고 당황스러웠다. 그녀는 속으로 말했다.

'바지를 벗어 대는 가게 주인 앞에서 어떻게 나 자신을 지킨단 말인가?'

부사이나는 몇 주 동안 당황한 채로 지냈다. 그러던 중 같은 옥상에 사는 이웃으로, 세탁 일을 하는 사비르 씨의 딸 피피가 그녀 앞에 나타났다. 피피는 부사이나가 일자리를 찾고 있다는 걸 알고 있었다. 피피는 부사이나에게 샤난 옷 가게에 판매원 자리가 있다고 알려 주었다. 부사이나가 피피에게 이전의 가게 주인들과 있었던 문제를 말하자 피피는 한숨을 쉬더니 부사이나의 가슴을 치며 면전에서 한심하다는 듯 소리를 질렀다.

"이 계집애야, 너 바보 아냐?"

피피는 확신에 찬 목소리로 부사이나에게 알려 주었다. 가게 주인들 중 열의 아홉이 젊은 여직원들과 그 짓을 한다고, 거부하는 여직원은 쫓겨나는데, 그 자리에 오려는 여자들이 백 명이나 있다고. 부사이나가 설마 하며 얘기를 들으려 하지 않자 피피가 비웃듯이 물었다.

"아씨께선 아메리칸 대학교 경영학과를 졸업하셨나? 거리의 거지들도 너처럼 상업고 졸업장 정도는 갖고 있어."

피피는 부사이나에게 확실히 말했다. '적당한 선에서' 가게 주인과 동반자 관계를 유지하는 게 현명한 짓이라고, 실제 세상과 이집트 영화에서 보는 사회는 전혀 별개라고 피피는 강조했다. 자신은 샤난 가게에서 여러 해 동안 일한 많은 여자애들을 알고 있는데, 그 애들은 가게 주인인 탈랄의 요구에 '적당한 선에서' 응해 주었다고, 그 여자애들은 지금은 행복한 아낙네가 되어 아이들과 집, 아내를 무척 사랑해 주는 어엿한 남편이 있다고. 피피는 "왜 내가 에둘러 얘기하지?"라고 스스로에게 물으며 자기 자신을 직접 예로 들었다. 피피 자신도 그 가게에서 2년 전부터 일하고 있는데 월급은 백 기네이지만 '영리한 짓'으로 월급의 세 배를 벌고 있으며 그 외 선물도 받고 있다고. 그럼에도 불구하고 자신은 여전히 스스로를 지키고 있으며 어엿한 처녀로서, 만일 그녀의 품행에 대해 왈가왈부하는 사람이 있으면 그자의 눈을 손가락으로 찔러 버리겠다고, 특히 그녀와 결혼하고 싶어 하는 수많은 남자들이 있다고, 그녀는 혼숫감을 준비하려고 계(契) 모임을 만들어 저축도 하고 있다고.

다음 날 부사이나는 피피와 함께 탈랄의 가게로 갔다. 그는 마흔이 넘은 나이에 흰 얼굴, 초록색 눈에 대머리였고 몸이 비대했다. 납작한 코에, 입 양옆으로 검은색의 커다란 수염이 달려 있었다. 탈랄은 결코 잘생긴 얼굴이 아니었다. 부사이나가 알고 있는 바에 따르면, 그는 이집트와 시리아의 통일 시절 시리아에서 건너와 이집트에 정착해 이 가게를 열었던 시리아인 핫즈 샤난의 여러 딸들 가운데 있는 외동 아들이다. 핫즈 샤난은 나이가 들자 가게 일을 아들에게 맡겼다. 부사이나는, 유부남 탈랄에겐 두 아들을 낳아 준 미모의 이집트인 아내가 있는데, 그럼에도 불구하고 여자에 대한 그의 탐욕은 끝이 없다는 것도 알았다. 탈랄은 부사이나와 악수를 나누면서 그녀의 손을 꽉 쥐었다. 그는 부사이나와 말하는 동안 그녀의 가슴과 몸에서 눈을 떼지 않았다. 몇 분 후, 부사이나는 새 일자리를 얻었다.

몇 주가 지났을 무렵 피피는 부사이나에게 해야 할 일을 알려 주었다. 외모를 어떻게 관리해야 하는지, 손톱과 발톱에 매니큐어를 칠하는 것, 가슴 부분을 조금 열어 두는 것, 원피스의 허리를 조여 엉덩이 부위를 튀어나오게 하기 등등. 부사이나는 아침 시간에 다른 여자 동료들과 함께 가게를 열고 걸레로 매장 닦는 일을 했다. 그러고는 멋진 옷을 입고 가게 문 옆에 서 있었다. 그것은 모든 옷 가게에서 고객을 끌어들이기 위한, 익히 알려진 방식이다. 손님이 들어오면 부사이나는 손님에게 친절히 대하고 부탁을 들어주면서, 손님이 최대한 많은 양을 구매하도록 설득한다(그녀에게는 판매 금액의 0.5퍼센트가 주어진다). 물론 그녀는 고객들의 치근거림이 제아무리 불쾌해도 눈감아 주어야 한다.

업무는 이렇고, '또 다른 일거리'가 있었다. 탈랄은 부사이나가 오고 3일째 되는 날 그 일을 시작했다. 때는 오후 시간이었고 가게에는 손님들이 없었다. 탈랄은 물품의 종류를 설명해 주겠다면서 함께 창고에 가자고 했다. 부사이나는 말없이 그를 따라갔다. 피피와 부사이나는 다른 여직원들의 얼굴에서 비아냥대는 투의 웃음기를 눈치챘다.

창고는 다름 아닌, 술라이만 파샤 거리의 아메리칸 카페에 이웃한 건물 1층에 있는 커다란 방이었다. 탈랄은 그녀를 들여보내고 방 안쪽에서 문을 닫았다. 부사이나는 주위를 돌아보았다. 방은 습기 차고 채광과 통풍 상태가 좋지 않았다. 방은 천장까지 닿을 만큼 쌓아 놓은 물품 상자들로 꽉 차 있었다. 그녀는 무슨 일이 일어날지 눈치채고 있었다. 그녀는 창고로 오는 도중에 마음의 준비를 하고 있었다. 그녀는 머릿속에서 엄마가 한 말을 떠올렸다. "네 동생들은 네가 일해서 버는 동전 한 닢이라도 필요로 하고 있는데…… 생각 있는 딸년이라면 자신도 지키고 일자리도 지킬 거다." 탈랄이 다가왔을 때 그녀에게는 강하고도 상반되는 느낌이 밀려왔다. 주어진 기회를 잘 이용해 보자는 결심과, 모든 것에도 불구하고 그녀를 쥐어짜고 그녀로 하여금 숨차게 하고 구역질 같은 것을 느끼게 하는 두려움이 그것이었다. 또한 그녀에게는 탈랄이 그녀와 함께 있을 때 어떤 행동을 하는지 알아보자는 그녀의 뇌리를 자극하는 호기심이 있었다. 그는 사랑한다고 말하면서 그녀에게 구애를 할까, 아니면 다짜고짜 키스를 해 댈까? 그 대답은 빠르게 왔다. 탈랄은 뒤쪽에서 그녀를 덮쳤다. 그녀가 아플 정도로 힘껏 껴안고 몸을 밀착시키면서, 한마디 말도 없이 그녀의 몸을 애무했다. 그는 탐욕을 위해 저돌적이고 성급했고 일은 2분 만에 끝났다. 부사이나의 옷이 더럽혀졌다. 그가 숨을 헐떡거리며 속삭였다.

"화장실은 복도 끝 오른편에 있어."

부사이나는 물로 옷을 씻어 내면서 생각했다. 일이 생각보다 간단하네. 빈번히 일어나는 일로, 버스 안에서 남자들이 그녀의 몸에 바짝 붙으려 하는 것과 비슷한데. 부사이나는 탈랄과의 만남 후에 해야 할 일에 대해 피피가 일러 준 것을 떠올렸다. 부사이나는 탈랄에게 돌아가 최대한 나긋하고 매혹적인 목소리로 말했다.

"사장님, 20기네가 필요해요."

탈랄은 잠시 부사이나를 바라보더니, 그녀의 요구를 예상하고 있었다는 듯 재빨리 주머니에 손을 넣었다. 그러고는 부사이나에게 지폐 한 장을 건네주면서 담담한 어조로 말했다.

"아니, 10기네면 충분하지. 내가 나간 뒤 옷이 마르는 대로 가게로 와."

그는 밖으로 나가면서 문을 닫았다.

* * *

한 번에 10기네. 탈랄은 일주일에 두 번, 때로는 세 번 그녀를 찾는다. 피피는 부사이나에게 가끔씩 가게에 진열된 옷이 마음에 든다고 탈랄에게 말해 옷을 선물로 받으라고 했다. 부사이나는 예쁜 옷들을 받아 입었고 엄마는 흡족해했으며 딸에게 돈을 받아 가슴에 넣어 두는 것에 기뻐했다. 그런 뒤 엄마는 딸을 위해 열렬히

기도를 한다. 엄마의 기도 앞에서 부사이나는 사악하면서도 모호한 욕구에 사로잡힌다. 그 욕구는 부사이나로 하여금 엄마에게 그녀와 탈랄의 관계를 은근히 드러내도록 하는데, 엄마는 그 메시지를 묵인한다. 부사이나는 비밀스러운 관계를 넌지시 비치려 애쓰고 마침내 엄마의 묵인은 드러나 극도로 약해지고 만다. 그렇게 되면 부사이나는 마치 엄마의 얼굴에서 순진함의 거짓 가면을 벗겨 내고 엄마가 자신의 범죄에 공모했음을 확인한 듯 마음이 편해진다.

시간이 흐를수록 창고에서 탈랄과의 만남은 부사이나의 마음속에 예상치 못한 여파를 남기기 시작했다. 그녀는 자신이 행하는 유일한 종교 의무인 아침 예배를 드릴 수 없었다. 마음속에서 '우리 주님'을 대할 면목이 없었기 때문이다. 그녀는 우두*를 하면서도 자신이 불결하다는 느낌이 들었다. 악몽이 덮쳐 와 두려움에 사로잡힌 채 잠에서 깨어나기도 했고, 며칠 동안 우울해지고 슬픔에 잠기기도 하였다. 하루는 엄마와 함께 알후세인* 사당을 찾았다. 부사이나가 사당 안에 들어가 유향과 불빛에 감싸이고, 마음을 가득 채우며 깊숙이 자리 잡은 감추어진 실재를 느끼자마자 그녀는 길게 이어지는 울음을 한바탕 터뜨렸다.

그러나 다른 한편으로 부사이나는 더 이상 물러설 수도, 죄책감을 견딜 수도 없었다. 그래서 단호하게 죄책감에 맞서기 시작했다. 그녀는 여러 집들을 다니며 집안일을 해 준다고 말하던 어머니의 얼굴을 떠올렸고, 세상에 관해 그리고 세상이 어떻게 돌아가는지에 관해 피피가 하던 얘기를 떠올렸다. 그리고 부사이나는 가게를 찾는 우아하고 부터 나는 여성 고객들을 자주 응시하면서 악의에 찬 질문을 자신에게 던져 본다. '이 여자는 돈을 벌기 위해 몇 번이나 자신의 몸을 내맡겼을까?'

죄책감에 대한 이처럼 강력한 저항은 부사이나에게 씁쓸함과 가혹함을 남겨 주었다. 부사이나는 더 이상 사람들을 믿지 않게 되었고, 그들에게 더 이상의 변명을 허락하지 않게 되었다. 그녀는 자주 하나님께서 그녀의 파멸을 원하셨다고 생각했다. (그러고는 용서를 빌었다.) 만일 하나님께서 그렇게 하지 않고자 하셨다면 그녀로 하여금 부자가 되게 하셨거나, 그녀 아버지의 죽음을 몇 해 연기해 주셨을 것이다. (이는 하나님께 너무도 쉬운 일인 것을!) 그런 뒤 점차 그녀의 원망은 애인인 타하에게 이르렀다. 부사이나는 자신이 타하보다 훨씬 더 강하다는 묘한 느낌이 들었다. 그녀는 성숙했고 세상을 알게 되었다. 그런 자신에 비해 타하는 단지 꿈만 있는 순진한 청년이다. 그녀는 미래에 대한 타하의 낙관적 태도에 신물이 나서 그에게 발끈하며 그를 조롱하기도 했다.

"너는 스스로 압둘 할림 하피즈,* 즉 노력으로 자신의 모든 꿈을 실현할 가난하고 근면한 청년이라고 믿고 있어."

타하는 부사이나가 그 쓰디쓴 말을 하는 이유를 알 수 없었다. 부사이나의 조롱은 타하의 심기를 건드려 둘은 자주 말다툼을 했다. 한번은 타하가 부사이나에게 탈랄의 평판이 좋지 않으니 그의 가게에서 일하는 것을 그만두라고 요구하였다. 그러자 부사이나는 도도하게 타하를 쳐다보면서 말했다.

"예. 주인님, 그러지요, 내가 탈랄에게서 버는 250기네만 네가 준다면. 너는 내가 너 말고 다른 사람에게 얼굴을 보여선 안 된다는 말을 하고 있어."

타하가 이해할 수 없다는 듯 잠시 그녀를 응시하였다. 화가 치민 타하는 부사이나의 어깨를 떠밀었다. 그녀는 소리치고 욕을 했다. 그런 뒤 타하가 얼마 전에 사 주었던 은반지를 빼어 그에게 던졌다. 그녀는 속으로 그와의 관계를 끊어 버리고 싶은 마음이 간절했다. 그렇게 해서라도 그를 볼 때마다 자신을 괴롭히는 고통스러운 죄책감에서 벗어나고 싶었다. 하지만 그녀는 그를 떠날 수도 없었다. 그녀는 그를 사랑했고 둘 사이에는 아름다운 순간들로 가득한 지난날들이 있었다. 부사이나는 슬퍼하거나 걱정하는 타하를 보면 그 즉시 모든 것들을 잊고 밀려오는 진실된 애정으로 마치 엄마인 양 그를 감싸 주었다. 두 사람 사이에 제아무리 심한 말다툼이 있더라도 그녀는 그를 용서하고 그에게로 돌아오곤 했다. 두 사람 사이는 보기 드물게 놀라울 만큼 순수한 순간들이 있어 왔지만 그것이 다시 악화되는 것도 얼마나 빠르게 이루어졌던지!

부사이나는 오늘 아침 타하에게 모질게 굴었던 자신을 탓하며 온종일을 보냈다. 타하는 그녀도 알다시피 여러 해 동안 기다려 왔던 시험을 보는 입장에서 부사이나에게서 격려의 말을 듣고 싶었다. 한데 자신은 얼마나 매정하게 굴었던가! 그녀가 한마디 말과 미소로 타하를 격려했다면, 그리고 만일 그와 함께 잠시라도 시간을 보내 주었다 한들 그녀에게 무슨 해라도 된단 말인가. 그녀는 근무가 끝난 후 그를 만나 보려 했다. 그녀는 알타우피키야 광장으로 갔다. 그리고 두 사람이 매일 저녁 만나던 공원 울타리에서 타하를 기다렸다. 이미 밤이 되었고 광장은 행인들과 상인들로 붐볐다. 그녀는 혼자 앉아 있는 동안 남자들로부터 숱한 치근거림을 당했다. 그녀는 30분 정도 기다렸지만 그는 오지 않았다. 그녀는 아침에 자신이 그를 낙심케 해서 타하가 자신에게 화가 나 있음에 틀림없다고 생각했다. 그녀는 자리에서 일어나 옥상의 타하의 방으로 올라갔다. 방문은 열려 있었고 타하의 어머니가 혼자 앉아 있었다. 노모의 얼굴에는 잔뜩 근심이 서려 있었다. 노모는 부사이나를 안아 주고 볼에 입맞춤을 한 뒤 소파 위 자신의 옆에 그녀를 앉히고 말했다.

"부사이나야, 무척 두렵구나. 타하가 아침에 시험장에 간 뒤 아직까지 안 돌아왔어. 애야, 주님께서 우리 아들을 보호해 주셔야 할 텐데."

* * *

핫즈 무함마드 앗잠은 그의 많은 나이나 외모에 새겨진 역경의 시절의 흔적만 아니라면 연예계 스타나, 당당함과 몸에 밴 침착함을 지닌 왕처럼 보일 것이다. 그는 우아한 풍채에 부터 나는 모습으로 매우 건강해서 얼굴에 홍조가 돌고, 그가 매주 한 번씩 들르는 알무한디신 지역 피부 미용 센터 전문가들 덕분에 빛나고 반들거리는 피부를 갖고 있다. 또 그에게는 백 벌 이상의 최상품 양복이 있어 매일 화려한 넥타이와 단아한 외제 구두와 함께 양복을 입는다.

매일 아침 시간 술라이만 파샤 거리에는 그의 빨간색 메르세데스 벤츠가 아메리칸 카페 방향에서 도착한다. 그는 차 뒷좌석에 앉아 손에서 놓지 않는 호박 구슬로 만든 작은 묵주를 들고 신을 찬미하는 기도에 몰두한다. 그는 자신의 부동산을 돌아보는 것으로 하루를 시작한다. 그에게는 두 개의 대형 옷 가게가 있는데 하나는 아메리칸 카페 앞에, 다른 하나는 그의 사무실이 위치한 야쿠비얀 건물 아래층에 있다. 그에겐 자동차 판매를 위한 두 개의 전시관이 있고, 마으루프 거리에는 여러 채의 자동차 부품 가게가 있다. 게다가 시내에 자기 소유로 된 많은 부동산들과, 현재 지어지고 있고 조만간 완공될 '앗잠 계약 회사'의 상호를 내걸 고층 건물도 갖고 있다. 차가 들어와 가게 앞에 멈추면 차 주변에 직원들이 모여들어 핫즈 앗잠에게 열심히 인사를 한다. 앗잠은 눈에 잘 띄지 않을 정도로 슬쩍 가벼운 손신호로 화답한다. 즉시 차창으로 최고참 직원이나 최고령 직원이 다가와 핫즈 앗잠에게 허리를 굽히고 업무 상황을 보고하거나, 그에게 특정 문제에 대한 의견을 묻는다. 그때 핫즈 앗잠은 주의를 기울여 듣는다. 그는 고개를 숙이고 짙은 두 눈썹 사이의 미간을 찡그리고 입술을 다문 채, 회색 여우의 눈을 닮고 해시시 약 기운으로 늘 충혈된 가느다란 눈으로 마치 지평선의 뭔가를 관찰하듯 먼 곳을 응시한다. 그런 뒤 마침내 말을 꺼낼 때 그의 목소리는 쉰 듯하고 톤은 딱 부러지며 말수는 적은 편이다. 그는 수다나 소음을 견디지 못한다.

몇몇 사람들은 그가 침묵을 좋아하는 것에 대해, 경건하고 교리를 엄수하는 그가 하디스*에서 "너희들 중 어느 한 사람이 말을 하려면 선(善)을 말하거나 그게 아니면 침묵하라"라는 말씀을 실천하기 때문이라고 설명한다. 또 그는 자신의 엄청난 부와 막강한 영향력 덕분에 실제로도 많은 말을 할 필요가 없는 자이다. 왜냐면 그의 말은 대부분 결정이나 실행할 사항에 관한 것이기 때문이다. 이 외에도 그는 풍부한 인생 경험을 통해 어떤 일들에 대해 한눈에 파악할 수 있는 자이다. 나이 예순이 넘은 이 백만장자 노인은 30년 전 수하그 도(道)를 떠나 카이로로 생계를 찾아 상경한 일용직 잡부로 인생을 시작했다. 술라이만 파샤 거리의 고령자들은 당시 그의 모습을 기억한다. 그는 질밥과 조끼에 터번을 걸치고 아메리칸 카페 통로 바닥에 앉아 있었고, 그의 앞에는 작은 나무통이 있었다. 그곳에서 그는 구두닦이로 시작했다. 그는 한동안 바빅 도서관에서 심부름꾼으로 일하기도 했다. 그 후 20년 이상 모습을 감추었다가 갑자기 나타났는데 엄청난 부를 이룬 상태였다. 핫즈 앗잠은 자신이 걸프 국가에서 일했었노라고 말했다. 그러나 거리의 사람들은 그 말을 믿지 않았고, 그가 마약 거래 혐의로 형을 선고받아 수감되었었다는 소문을 퍼뜨렸다. 일부 사람들은 그가 지금까지도 마약 거래를 하고 있다고 확신한다. 그들은 그에 대한 증거로 늘어만 가는 많은 부를 든다. 그 부의 규모는 그가 가진 가게들의 매출 규모나 그의 회사들의 이익과 들어맞지 않는다. 이 점은 그의 상업 활동이 단지 돈세탁을 위한 간판에 불과하다는 것을 보여 준다.

소문의 사실 여부를 떠나 핫즈 앗잠은 논의할 여지 없이 술라이만 파샤 거리의 거물이 되었다. 사람들은 자신들의 일을 해결하기

위해 혹은 자신들의 갈등을 처리하기 위해 그를 찾아온다. 그의
영향력은 최근 그가 민족당에 가입하고, 그의 막내아들 함디가 검
사가 되어 사법부 라인에 들어감으로써 확고부동해졌다. 핫즈 앗
잠에게는 시내의 부동산들과 상점들을 매입하려는 거센 성향이
있다. 그렇게 하는 것이 자신이 가난하고 무일푼이었던 시절 지냈
던 그곳에서 자신의 새로운 위상을 확인해 주는 일인 양.

2년 전쯤의 일이다. 핫즈 앗잠은 평상시처럼 새벽 예배를 드리
기 위해 자리에서 일어났다. 그런데 속옷이 축축하다는 느낌이
들었다. 그는 안절부절못하며 자신에게 병이 생겼다고 생각했다.
그러나 씻으려고 화장실에 들어갔을 때 그는 욕정으로 인해 옷이
젖었음을 알게 되었다. 그는 꿈에서 보았던 벌거벗은 여인의 까
마득하고 아뜩한 모습을 떠올렸다. 이런 낯선 현상은 그처럼 나
이 예순이 넘은 노인에게 충격으로 다가왔다. 그러고 나서 그는
사업으로 분주한 일상 때문에 그 일을 잊었다. 하지만 그런 현상
은 이후에도 여러 번 일어났고, 그는 매일같이 새벽 예배를 드리
기 전에 몸에 묻은 불순물을 씻기 위해 목욕을 해야 했다. 문제는
거기서 멈추지 않았다. 그는 여러 차례 마음을 다잡으면서도 가
게 안에서 일하는 여직원들의 육체를 훔쳐보았다. 일부 여직원들
은 본능적으로 그의 욕정을 감지해서 그를 유혹하기 위해 살랑거
리며 다가와 다정하게 말을 건네었고 그는 마지못해하면서 그녀
들을 물리쳐야만 했다.

갑작스러운 이러한 거센 욕구는 핫즈 앗잠을 무척 괴롭혔다. 첫
째, 그 욕구는 자신의 나이에 맞지 않는다. 둘째, 그는 평생을 곧

게 살아왔다. 그는 자신의 정직성과 하나님을 분노케 하는 일을 멀리한 것이 성공의 주원인이었다고 믿는다. 그는 절대 술을 마시지 않았다. (그가 피우는 해시시 같은 경우, 많은 이슬람 법리학자들은 그것이 혐오스러운 것일 뿐 불결하거나 금지된 사항은 아니라고 단언한 바 있다. 또한 그것은 술과는 달리 이성을 잃게 하지 않고 인간으로 하여금 몹쓸 짓이나 범죄를 저지르게 하지도 않는다. 정반대로 해시시는 사람의 신경을 진정시키고 평정심을 갖게 하며 정신이 더 맑아지게 한다.) 앗잠은 살아오면서 한 번도 간통한 적이 없고 사이드 사람들의 관습처럼 조혼(早婚)을 통해 자신을 지켰다. 그는 그동안 펼쳐진 인생에서 부유한 남자들이 성적 욕구에 굴복하여 엄청난 재산을 탕진하는 것을 숱하게 보아 온 터였다.

앗잠은 자기만큼 나이 많은 친구들에게 자신의 성욕 문제를 슬쩍 털어놓기도 했다. 친구들은 그것이 일시적으로 일어나는 현상으로, 시간이 지나면 곧 사라질 것이라고 알려 주었다.

"그건 나이 들어 잠깐 반짝하는 현상이야."

시멘트 사업을 하는 그의 친구 핫즈 카밀이 웃으며 말했다. 그러나 성욕은 날이 갈수록 계속 살아 있고 오히려 강해져서 그에겐 골치 아픈 짐이 되기에 이르렀다. 또한 그 점은 그보다 몇 년 나이가 적은 아내인 핫자* 살리하와 여러 차례 말다툼을 유발했다. 아내는 남편의 갑작스러운 힘에 기겁했고, 자신이 남편을 만족시켜 줄 수 없자 귀찮아 했다. 아내는 여러 번 남편을 나무라며 두 아들도 모두 장성했으니 이제 부모로서 위엄 있게 보여야 한다고 말했다.

앗잠은 유명한 이슬람 법리학자이자 이슬람 자선 협회장인 셰이크* 알삼만과 상의할 수밖에 없었다. 앗잠은 세상일과 신앙생활 등 모든 문제에서 셰이크를 자신의 영적 스승 겸 상담자로 여기고 있었다. 심지어 앗잠은 자신의 업무나 인생 문제에서 셰이크에게 상의하지 않고 결정하는 일이 없을 정도였다. 앗잠은 수만 기네의 돈을 셰이크가 알아서 자선과 관련된 일에 마음대로 쓰게끔 해 주었을 뿐 아니라 셰이크의 기도와 축복으로 좋은 계약이 성사될 때마다 그에 따른 값진 선물을 셰이크에게 주었다.

나스르 시티에 있는 '평화 사원'에서 셰이크 알삼만이 인도하는 금요 예배와 주일 종교 강론이 끝난 후 핫즈 앗잠은 셰이크와 단독 면담을 청했다. 앗잠은 셰이크에게 자신의 문제를 털어놓았다. 귀 기울여 듣고 난 셰이크는 잠시 침묵하더니 노기를 띤 강한 어조로 말했다.

"오, 알라시여! 이보게, 왜 그렇게 자신을 옥죄고 있는 게야? 하나님께서는 자네에게 관대하시다네. 자네는 왜 죄를 범하도록 자네를 부추기는 사탄을 위해 문을 열려는 게지? 하나님께서 명하신 대로 자네는 스스로를 지켜야 하네. 하나님께선 자네가 공평할 거라는 조건하에 한 명 이상의 여자와 결혼해도 된다고 하셨어. 하나님께 의지하고, 금지된 일에 빠져들기 전에 서둘러 허용된 바를 행하게."

"저는 나이도 많습니다. 또 제가 결혼하면 사람들이 뭐라 말할지 두렵습니다."

"내가 자네의 성실함과 경건함을 모른다면 자네를 한참 잘못

짚은 게지. 이보게, 사람들의 말과 하나님의 분노하심 중 어느 것이 두려워할 만한 가치가 있겠는가? 자네는 하나님께서 허용하신 바를 하지 않겠다는 겐가? 자넨 능력도 있고 건강도 좋고 여성에 대한 욕구도 있어. 결혼한 다음에도 부인들을 공평하게 대해 주게. 하나님께서는 허용하신 바가 합당하게 받아들여지기를 원하신다네."

핫즈 앗잠은 한참을 망설였다. (아니면 그런 척했다.) 셰이크 알삼만은 계속 그를 설득했고, 또한 고맙게도 앗잠의 세 아들인 파우지, 카드리, 검사인 함디를 설득하는 일도 떠맡았다. 둘째와 셋째 두 아들은 결혼하겠다는 아버지의 바람을 놀란 표정으로 접하면서도, 하는 수 없다는 듯 상황을 받아들였다. 맏아들이자 업무에서 아버지의 오른팔 격인 파우지는 반대 의사를 나타내지 않았지만 난색을 표했다. 그러다가 파우지는 마침내 마지못해 의견을 표명했다.

"아버님께서 반드시 결혼하시겠다면 최선의 선택을 하셔야 할 겁니다. 자칫 아버지의 인생을 망쳐 놓을 수 있는 못된 여자를 만나시는 일이 없도록 말입니다."

그렇게 해서 원칙이 정해졌고, 앗잠은 아내감이 될 만한 여자를 물색하기 시작했다. 핫즈 앗잠은 믿을 만한 지인들에게 자신을 위해 정숙한 여자를 찾아봐 달라고 부탁해 두었다. 몇 개월 동안 그는 많은 후보들을 만나면서 폭넓은 경험에 비추어 행실에 흠 있어 보이는 여자는 거절했다. 이 여자는 미모는 빼어난데 뻔뻔하고 얼굴을 노출시키고 있어서 내 명예를 지키기에는 맞지 않아. 이 철없는 어린 여자는 요구 사항이 많아서 나를 피곤하게 만들 거야. 이 탐욕스러운 여자는 돈을 밝힐 게야…… 등등. 이런 이유로 앗 잠은 모든 후보 여자들을 거부했다. 그러다가 알렉산드리아의 '하누' 상점에서 판매원으로 일하는 수아드 자비르를 만나게 되 었다. 그녀는 이혼녀로서 아들이 하나 있었다. 앗잠은 그녀를 보 자마자 넋을 빼앗기고 말았다. 흰 피부에 토실토실하고 미인인 데 다 히잡*까지 쓰고 있다. 머리칼은 검고 부드러우며 길게 늘어뜨 려져 있고 히잡 아래로 머리 타래가 나와 있다. 검은 눈동자의 크 고 매력적인 두 눈에, 도톰하고 관능적인 입술. 알렉산드리아 지 역 여자들이 그렇듯 그녀는 깔끔해 보였고, 몸 구석구석에 최대한 신경을 쓴 흔적이 역력했다. 손톱과 발톱은 정돈되어 있고 정성 들여 깨끗이 관리했다. 손톱에 매니큐어는 바르지 않아 매니큐어 가 우두의 물을 막지 않게 했다. 손은 야들야들하고 크림을 발라 매끄러웠으며, 발뒤꿈치는 너무 깨끗해서 부드럽고 갈라짐 없이 단단한 데다, 돌로 문지르고 난 뒤의 흔적으로 약간 붉은 기운을 띠고 있었다.

수아드는 앗잠의 마음에 야릇하고 묘한 자취를 남겼다. 특히 가 난과 힘든 생활고로 인해 그녀가 안고 있는 절망감이 그의 마음을 끌었다. 앗잠은 그녀의 지난 삶이 흠될 게 없다고 생각했다. 그녀 는 페인트공과 결혼하여 아들을 낳았는데, 남편은 그녀를 두고 이 라크로 간 뒤 연락이 끊겼다. 법정은 혹 그녀에게 있을 불미스러 운 일을 우려해 그녀에게 이혼 판결을 내렸다.

앗잠은 몰래 사람을 보내 그녀의 일이나 거주지에 대해 알아보게 했다. 사람들마다 수아드의 성품에 대해 칭찬 일색이었다. 앗잠은 복을 기원하는 예배를 드렸다. 꿈속에서 수아드 자비르가 아름다운 자태로 나타났다. 그러나 꿈에서 수아드는 앗잠이 늘 꿈에서 보았던 여자들처럼 벌거벗고 천한 모습이 아니라 고결한 모습이었다. 핫즈 앗잠은 하나님께 간구한 다음 시디 비쉬르에 있는 수아드의 집을 방문했다. 그는 수아드의 큰오빠로, 알만쉬야에서 카페 점원으로 일하는 알라이스* 하미두와 자리를 같이했다. 두 사람은 모든 사안에 동의했고 핫즈 앗잠은 습관처럼 계약에서 분명하고 솔직했으며, 일구이언하지 않았다. 그는 수아드 자비르와의 결혼에 다음과 같은 조건을 달았다.

첫째, 수아드는 카이로에서 그와 함께 살고, 그녀의 어린 아들 타미르는 알렉산드리아에 있는 친정집에 맡긴다. 단 '상황이 적절할 때에' 수아드는 아들을 보러 갈 수 있다.

둘째, 핫즈 앗잠은 1만 기네의 결혼 예물을 사고, 2만 기네의 마흐르*를 지불한다. 단, 혼인 후불금* 액수는 5천 기네를 넘지 않도록 한다.

셋째, 결혼은 비밀에 부쳐야 하며, 만일 그의 첫째 부인인 핫자 살리하가 두 번째 결혼에 대해 알게 될 경우 부득이하게 수아드와는 즉시 이혼한다는 점을 명시한다.

넷째, 그는 하나님과 예언자의 관습에 따라 결혼하는 것이다. 그러나 자식은 절대로 낳지 않는다.

핫즈 앗잠은 마지막 조항을 관철시켰다. 그는 자신의 나이로 보나 상황으로 보나 현재로선 새 아이의 아버지가 될 수 없다고, 또한 만의 하나 수아드가 임신할 경우 그것은 곧 둘 사이의 계약을 파기하는 것임을 하미두에게 분명히 납득시켰다.

* * *

"무슨 일이에요?"

두 사람은 침대에 있었다. 수아드는 풍만하고 출렁이는 가슴과 희디흰 허벅지와 두 팔이 드러나는 초록색 잠옷을 입었고, 그 곁엔 흰색의 질밥을 걸친 핫즈 앗잠이 바로 누워 있었다. 매일 갖는 두 사람만의 시간이었다. 앗잠은 사무실에서 오후 예배를 드린 뒤 건물 7층에 그녀를 위해 마련해 준 대형 아파트로 올라간다. 그는 점심을 먹고 저녁 전까지 그녀와 잠자리를 함께한다. 그런 뒤 다음 날을 기약하고 방을 나선다. 이것이야말로 그가 가족과의 생활에 지장을 받지 않고도 수아드를 보러 갈 수 있는 유일한 일정이었다.

하지만 오늘따라 그는 평소와 달리 지치고 걱정이 있어 보였다. 그는 낮 동안 몰두했던 일을 떠올리고 있었다. 그는 생각하느라 피곤했고 식후에 궐련을 몇 개비 피운 여파로 두통과 역겨움을 느꼈다. 내심 그는 수아드를 놔둔 채 잠깐 잠을 자고 싶었다. 그런데 그녀가 손을 뻗어 향기가 풍겨 나오는 부드러운 손바닥으로 그의 머리를 붙잡았다. 그러고는 큰 눈으로 앗잠을 곰곰이 살피더니 속삭였다.

"여보, 무슨 일 있어요?"

앗잠은 웃으며 중얼댔다.

"골치 아픈 일이 많아서……."

"그래도 건강이 제일 중요하지요."

"그렇긴 해."

"하나님께 맹세코, 세상살이는 단 1초도 근심할 만한 가치가 없어요."

"당신 말이 맞아."

"그럼 그 골치 아픈 일이 어떤 건지 말해 주세요."

"당신도 문제가 있을 텐데 나까지……."

"그렇지 않아요. 내게 당신보다 중요한 것이 있나요?"

앗잠은 가벼운 웃음과 함께 고맙다는 표정으로 그녀를 바라보았다. 그러고는 가까이 다가가 그녀의 뺨에 키스를 해 주고 머리를 조금 뒤로 빼고는 진지한 목소리로 말했다.

"글쎄, 국회 의원에 나서 볼까 해."

"국회 의원요?"

"그렇다니까."

수아드는 잠시 당황했다. 예상치 않은 일이어서였다. 그녀는 이내 정신을 가다듬고 얼굴에 환한 웃음을 지으며 명랑한 어조로 말했다.

"여보, 정말 좋은 날이에요. 내가 자가리드*를 할까요? 아니면 뭘 해 드릴까요?"

"내가 당선되도록 주님께 기원하자고."

"하나님의 허락하심으로 꼭 잘되길 바랄게요."

"수아드, 알고 있겠지만 만일 내가 국회에 들어가면 나는 수백만 기네 규모의 사업을 할 수 있을 거야."

"암요, 당신은 국회에 들어가실 거예요. 당신보다 나은 사람이 또 누가 있나요?"

그러더니 그녀는 마치 어린아이에게 말을 걸듯 입술을 쑥 내밀고는, 여성과 대화하듯 다정하게 말을 걸었다.

"자기, 근데 나 걱정되는데, 만일 자기가 텔레비전에 나오고 사람들이 달덩이같이 멋진 자기 모습에 반해 내게서 자기를 빼앗아 가 버릴 것 같아서 말야."

앗잠은 함박웃음을 터뜨렸다. 그는 가까이 다가온 수아드의 몸에서 끓는 열기를 느꼈다. 수아드는 길고도 노련하며 신중한 농익은 애무를 하며 그에게 손을 뻗었다. 그녀는 그를 보며 농염한 웃음소리를 냈다. 그녀가 앗잠을 바라보자 그에게 열정이 일어났다. 그는 질밥을 벗다가 너무 서두르는 바람에 머리가 옷의 목 부분에 걸리고 말았다.

* * *

마치 당신은 한 편의 영화를 본 것 같았다. 당신은 그 영화에 몰입하고 흥분했었다. 영화가 끝나 불이 켜지고 당신은 현실로 돌아오고 영화관을 나선다. 자동차와 행인들로 가득한 거리에서 차가운 공기가 당신을 스친다. 그리고 모든 것은 그 본래의 크기를 되찾고, 당신은 일어났던 모든 일들이 단지 한 편의 영화나 연출된

연극에 불과하다고 여기며 돌이켜 본다.

이렇게 타하 알샤들리는 그날의 일들을 되돌려 본다. 경찰청 심사단, 붉은 양탄자가 깔린 긴 복도, 높다란 천장이 있는 크고 널찍한 방, 마치 법정의 단상과 비슷해 보일 정도로 바닥에서 높이 솟은 커다란 책상, 그가 앉았던 높이가 낮은 가죽 의자, 크고 비대한 몸집과 빛나는 구릿빛 단추와 계급장, 가슴과 어깨에 번쩍거리는 훈장이 달린 흰 제복의 소장 세 사람. 그중에서 위원장을 맡은 소장이 단련되고 정교하게 계산된 듯한 미소로 타하를 맞아 준다. 그러더니 심사 위원장은, 책상에 팔을 기댄 채 대머리를 앞으로 내민 오른쪽 위원에게 신호를 보낸다. 그 위원은 타하에게 질문을 하기 시작하고 다른 두 소장은 타하를 살펴본다. 그 둘은 마치 타하가 발언하는 모든 말 한마디 한마디를 측정하고 타하의 얼굴에 나타나는 모든 표정을 관찰하는 것 같다. 타하가 예상했던 질문이 나왔다. 타하의 경찰 친구들은 경찰청 심사 위원회의 질문은 늘 반복되는 통상적인 내용이라는 점을 그에게 강조했다. 또한 시험은 단지 형식적인 절차여서 국가 안보 보고서에 근거하여 극단 분자를 배제한다거나, 영향력 있는 자들을 통해 운 좋게 뽑힌 자들의 입학 여부를 확인하는 절차라는 점도 강조하였다. 타하는 예상 질문에 대한 모범 답안을 만들어 외우고 또 외웠다. 그는 위원회 앞에서 자신 있고 침착하게 대답했다. 그는 자신이 일류 대학에 들어갈 만큼 높은 점수를 얻었지만 경찰 장교의 신분으로 국가에 봉사하기 위해 경찰 대학을 택하게 되었다고 말했다. 또한 타하는 경찰 업무가 많은 사람들이 생각하는 것과는 달리 안전 보장 외에도 사회적,

인본주의적 역할을 한다고 강조했다. 타하는 그 말의 의미에 대한 예도 들었고, 그런 다음 예방 안보에 대한 정의(定義)와 방법을 중심으로 말했다. 심사 위원들의 얼굴에 만족스럽다는 기색이 역력했다. 마침내 위원장이 타하의 답변에 수긍한다는 듯 고개를 두 번 끄덕거렸다. 그러더니 처음으로 입을 열어 타하에게 질문을 던졌다. 만일 타하가 범인을 체포하러 갔는데 그가 어린 시절 친구라면 어떻게 하겠느냐는 것이었다. 타하는 그 질문을 예상하고 있던 터였다. 그는 대답을 이미 준비해 두었지만 심사 위원들에게 강한 인상을 주기 위해 잠시 고민하는 척하다가 대답했다.

"예, 장군님, 의무는 친구나 친척을 불문합니다. 경찰관은 전투에서의 군인과 같습니다. 그는 하나님과 국가를 위해 모든 요소를 배제하고 자신의 의무를 수행해야 합니다."

위원장은 미소를 지으며 더없이 좋은 답변이라는 듯 고개를 끄덕였다. 심사가 끝나기 전 침묵이 흘렀다. 타하는 가도 좋다는 지시가 내릴 것으로 예상했다. 그러나 위원장이 갑자기 서류를 주시했다. 뭔가 찾아냈다는 듯한 표정이었다. 그는 자신이 읽은 내용이 사실인지를 확인하려는 듯 잠깐 서류를 들어 보였다. 그러더니 타하의 눈을 쳐다보면서 질문했다.

"타하, 부친의 직업이 뭔가?"

"예. 일반 종업원이십니다."

입학 서류에는 이렇게 적혀 있었다. 타하는 그 서류에 서명을 받기 위해 마을의 셰이크에게 백 기네를 뇌물로 지불하였다. 소장은 서류를 다시 자세히 읽어 보더니 타하에게 질문을 던졌다.

"종업원이라……. 건물 수위 아니신가?"

"……."

타하는 잠시 침묵하더니 이어 약한 목소리로 말했다.

"네. 저의 아버지는 건물 수위이십니다."

위원장은 미소를 짓더니 곤혹스럽다는 표정을 지었다. 그는 고개를 숙여 서류들을 살펴보고 주의 깊게 뭔가를 기록했다. 그리고 조금 전과 같은 미소를 지으며 머리를 들고는 말했다.

"고맙네, 젊은이. 이만 가 보게."

* * *

어머니는 탄식하며 코란 구절을 읊었다.

"너희들에게 좋은 일이건만 너희들이 그것을 싫어할 경우도 생기나니."

부사이나가 날카롭게 소리쳤다.

"경찰 장교 된다고 해서 뭐 특별한 거 있나? 흔해 빠진 게 경찰 장교야. 돈 몇 푼 번다고, 네가 경찰 제복 걸친 모습을 본다고 해서 내가 기쁘겠어?"

타하는 거리를 배회하며 낮 시간을 보내느라 심신이 녹초가 되었다. 그는 옥탑으로 돌아와 말없이 고개를 숙인 채 소파에 앉았다. 아침에 입었던 양복 차림 그대로였다. 양복은 이제 그 화사함을 잃고 축 늘어졌으며, 싸구려 티가 나고 별 볼일 없어 보였다. 어머니는 타하의 마음을 달래 주려 하였다.

"애야, 넌 필요 이상으로 복잡하게 생각하는구나. 경찰 학교 말고도 좋은 대학들이 많이 있건만…….'

타하는 고개를 떨구고 침묵했다. 어머니가 말하는 것 이상으로 심각해 보였다. 어머니는 이내 부엌으로 갔고 타하는 부사이나와 남게 되었다. 부사이나가 소파에서 타하의 옆으로 다가가 다정하게 속삭였다.

"타하, 너무 상심하지 마."

그녀의 목소리에 감정이 움직인 타하가 괴로워하며 소리쳤다.

"나는 나 자신이 헛된 노력을 한 것 땜에 화가 난 거야. 그들이 처음부터 아버지의 직업을 조건으로 내세웠다면 나는 안 될 걸 알았을 텐데……. 그들은 문지기의 자식들은 안 된다고 말했는데, 그 말은 법에 어긋난 거야. 변호사에게 물어봤더니, 변호사는 내가 그들을 상대로 소송을 걸면 이길 거라고 했어."

"소송이고 뭐고 필요 없어. 내 생각을 들어 볼래? 너는 네 성적으로 좋은 대학교에 들어가. 그리고 우수한 성적으로 졸업해 돈 잘 버는 아랍 나라에 가서 일한 뒤 다시 이곳으로 돌아와 왕처럼 살면 돼."

타하는 부사이나를 유심히 쳐다보고는 다시 고개를 숙였다. 부사이나가 다시 말을 이었다.

"잘 들어 봐, 타하. 나는 너보다 한 살 어리지만 일해 본 경험이 있고, 그러다 보니 배운 것도 있어. 타하, 이 나라는 우리 서민의 나라가 아니야. 이곳은 돈 있는 사람들의 나라야. 만일 네가 2만 기네가 있어서 그들에게 뇌물로 그 돈을 준다면 그들 중 어느 누가 네 아버지 직업에 대해 묻겠어. 타하, 돈을 벌어. 그러면 모든 일이 풀릴 거야. 만일 네가 가난하게 산다면 넌 짓밟히는 거야."

"난 그들에 대해 침묵할 수 없어. 고소(告訴)할 거야."

부사이나가 씁쓸한 표정으로 웃었다.

"고소? 누구한테, 누굴 위해서? 부질없는 생각 말고 내 말 좀 들어 봐. 너는 부지런히 공부해서 학위를 따고 꼭 부자가 되어 이 곳에 돌아오는 거야. 아예 돌아오지 않는다면 더 좋고."

"네 말은 나더러 다른 아랍 나라에 가라는 거야?"

"물론이지."

"그럼 나와 함께 떠날래?"

부사이나는 질문에 놀라 말을 더듬었다. 그녀는 타하의 눈을 피하려 했다.

"글쎄……."

타하가 상심한 듯 말했다.

"부사이나, 넌 나를 대하는 태도가 변했어. 난 알아."

부사이나는 자칫 또다시 말다툼이 일어날 것임을 알아채고는 일어서며 말했다.

"넌 지금 지친 것 같아. 어서 가서 잠자고 아침에 얘기하자."

그녀는 갔지만 타하는 잠을 이루지 못했다. 그는 생각에 잠겨 밤을 지새웠다. 심사 위원장인 소장의 얼굴을 일백 번이나 떠올려 보았다. 위원장은 타하를 모욕하는 것을 즐기듯이 태연히 질문했었다. "젊은이, 부친께서 건물 수위 아니신가?" 수위. 그건 타하가 생각지도, 예상하지도 못했던 낯선 단어였다. 단어 하나가 그의 인생 전체였다. 그는 그동안 여러 해를 살면서 운명의 발 아래 짓밟혔고, 사력을 다해 그것에 맞섰고, 지난 세월에서 벗어 나려고 노력했었다. 그는 경찰 대학의 구멍을 통해 버젓하고 품 위 있는 인생으로 들어가 보려고 부지런히 살았다. 그러나 한 단 어 '건물 수위'라는 말이 그 고단한 경주의 골인 지점에서 그를 기다리고 있었고, 그것은 마지막 순간에 모든 것을 악화시켰다. 왜 그들은 처음부터 알려 주지 않았던가? 소장은 왜 끝날 때까지 타하를 그냥 내버려 두었을까? 왜 그는 타하의 답변에 감탄한 표 정을 짓고 있다가 마지막에 그에게 비수를 겨누었던 것일까? "이 봐, 문지기 아들, 내 앞에서 일어나게. 문지기 아들 주제에 경찰 대학에 들어가길 원해? 문지기 아들이 경찰 장교가 된다? 그건 말도 안 되지."

　타하는 방을 서성대기 시작했다. 그는 뭔가 하리라 마음먹었다. 그는 속으로 말했다. '그들은 이런 식으로 나를 모욕할 수 없고, 나는 침묵할 수 없어. 또한 나는 한시도 내 노력을 헛되이 할 수 없어.' 점차 그는 상상 속에서 복수하는 장면을 그리기 시작했다. 타하는 자신의 모습을 본다. 그는 심사 위원들인 소장들에게 하나 님과 예언자께서 가르치신 기회의 동등함과 진리, 정의에 관해 힘 을 실어 한마디 한다. 그는 계속해서 소장들을 나무라고 그들은 자신들의 행동에 대해 난처한 표정으로 기가 죽어, 그에게 사과한 뒤 타하가 경찰 대학에 입학하게 되었음을 공표한다. 마지막 장면 에서 타하는 자신이 위원장의 멱살을 잡는 모습을 상상한다. 타하 는 면전에서 소리친다. "우리 아버지 직업이 뭐든 그게 당신과 무슨 상관이야. 뇌물만 받아먹는 이 악당 놈아"라고. 그런 다음 소장의 얼굴을 몇 차례 가격하자 그는 피범벅이 되어 곧장 바닥에 쓰러진다. 타하는 평소에도, 자신이 타개할 수 없는 어려운 상황에 처할 때 이렇게 상상 속으로 장면을 그려 보는 습관이 있었다. 그러나 강도 높게 복수 장면을 상상해 보았는데도 이번 경우는 그의 갈증을 해소시켜 주지 못했다. 그가 느낀 모욕감이 여전히 그를 짓눌렀다. 그러다가 한 가지 생각이 떠올라 그를 부추겼다. 타하는 자신의 작은 책상에 앉아 종이와 펜을 꺼내 종이 상단에 큰 글씨로 '자비롭고 자애로운 알라의 이름으로. 대통령께 제출하는 호소문'이라고 적었다. 타하는 잠시 멈추었고 머리를 뒤쪽으로 움직이더니 정중하고도 위엄 있는 어휘에 안도감을 느끼고는 이어 글 쓰는 작업에 몰두했다.

* * *

나는 이 지면에 무슨 말을 써야 할지 몰라서 그냥 빈칸으로 남겨 두었다. 단어라는 것은 평범한 슬픔이나 기쁨을 묘사하는 데 적절하다. 자키 베 알두수키가 애인 라밥과 지낸 것과 같은 더할 나위 없이 행복한 순간들을 펜으로 묘사한다는 것은 실제로 어려운 점이 있다. 고통스러운 일이 있음에도 불구하고 자키 베는 아름다운 라밥을 앞으로도 계속 떠올릴 것이다. 황갈색의 매력적인 얼굴과 크고 검은 눈, 도톰한 심홍색 입술. 그녀는 머리를 풀어 등으로 늘어뜨렸고 그의 앞에 앉아 위스키를 마시면서 도발적인 목소리로 그에게 장난을 걸었다. 그런 다음 화장실에 다녀오겠다고 하고는 다시 돌아와 야한 부위를 드러내는 짧은 잠옷을 걸쳤다. 장난스러운 미소를 띠며 그녀는 "우리, 어디에서 잘까요?"라고 자키 베에게 물었다. 그녀의 여리고 따뜻한 육체는 그에게 격렬한 쾌락을 제공했다. 자키 베는 사랑을 나누던 황홀한 장면들을 자세히 기억한다. 그러다가 갑자기 머릿속에서 장면이 뒤죽박죽되고 격렬하게 동요가 일어난 다음 사진은 잘리고 그 뒤에 어두운 공백과 심한 두통, 그리고 토할 것 같은 느낌을 남긴다. 그가 마지막으로 기억하는 것은 자신이 희미한 소리를 들었고, 뒤이어 곧바로 코의 점막을 진동시키는 강한 냄새가 났다는 것이다. 그 순간 라밥은 마치 뭔가를 조사하는 것처럼 모호한 눈매로 자키 베를 주시했다. 그러고 나서 자키 베는 아무것도 기억하지 못한다.

그는 어렵사리 깨어났고 망치로 내려치듯 강한 두통이 머리를 세게 때렸다. 얼굴에 걱정스러운 표정을 지은 아바스카룬이 곁에 서 있었다. 그가 다급히 속삭였다.

"주인님, 피곤해 보이십니다. 의사를 부를까요?"

자키 베는 힘겨운 듯 무거운 머리를 흔들었다. 그는 흩어진 정신을 모으기 위해 엄청난 힘을 쏟고 있었다. 오랫동안 잠들었다고 생각한 그는 몇 시인지 알고 싶어 손목에 찼던 금시계를 보았다. 그러나 시계가 보이지 않았다. 그는 곁에 있는 테이블에 놓아둔 지갑도 없어진 것을 알았다. 그는 자신이 도둑맞았음을 알고는 없어진 물품을 하나하나 살펴보았다. 금시계와 지갑에 있던 5백 기네 외에 자키 베는 '크로스(Cross)' 상표가 찍힌 금장 펜 세트(사용하지도 않았던 것으로 박스째), '페르솔(Persol)' 상표의 선글라스를 분실했다. 무엇보다 큰 일은, 누나 다울라트 알두수키의 다이아몬드 반지를 도난당한 것이었다.

"아바스카룬, 나 도둑맞았네. 라밥이 내게서 도둑질했어."

자키 베는 이렇게 되뇌면서, 조금 전까지만 해도 사랑을 나누던 보금자리였던 소파 모서리에 벌거벗은 채 앉았다. 순간 그의 속옷과 가냘픈 몸매, 다물어진 텅 빈 입이 드러났다. 그는 애인에게 키스하려고 의치를 빼놓은 상태였다. 그는 막간에 휴식을 취하고 있는 희극 배우와 비슷해 보였다. 그는 극도의 피곤을 느끼면서 손으로 머리를 감쌌다. 아바스카룬은 크나큰 사건으로 흥분해 있었고 우리에 갇힌 개처럼 긴장한 표정이었다. 그는 자신의 목발로 바닥을 두드리며 방의 곳곳을 훑어보기 시작했다. 그러다가 주인에게 허리를 굽혀 숨가쁜 목소리로 말했다.

"주인님, 이 못된 여자를 경찰에 고발할까요?"

자키 베는 잠시 생각하더니 그러지 말라는 표시로 고개를 저었다. 그는 침묵을 지키고 있었다. 아바스카룬이 더 가까이 다가와 속삭였다.

"주인님, 그녀가 주인님께 뭔가를 마시게 했거나, 주인님 얼굴에 뭔가를 뿌리던가요?"

자키 베 알두수키는 자신의 화를 분출하기 위해 이런 질문을 필요로 하고 있었다. 그는 불쌍한 아바스카룬에게 욕을 퍼부어 댔다. 그러나 어쨌든 자키 베는 아바스카룬에 의지해 자리에서 일어나 옷을 입었다. 그는 방을 나서기로 마음먹었다.

때는 한밤중이었고 술라이만 파샤 거리의 가게들은 이미 문을 닫은 뒤였다. 자키 베는 두통과 녹초가 된 몸으로 비틀거리며 발을 질질 끌기 시작했다. 차츰 그의 마음에는 엄청난 분노가 쌓였다. 그는 라밥을 위해 쏟은 노력과 재물, 그녀가 훔쳐 간 값비싼 물건들을 떠올려 보았다. 그런 모든 일이 어떻게 자신에게 일어난단 말인가? 저명인사인 자키 베 알두수키, 여자들에게 매력 만점의 남자이자 귀족층 여성들의 연인, 그런 자신을 천한 창녀 하나가 기만하고 도둑질했다. 아마도 그녀는 지금 자기 애인과 함께 있으면서 그자에게 '페르솔' 선글라스와 한 번도 사용하지 않은 '크로스' 상표의 금장 펜 세트를 선사하고 있을 게다. 둘은 잘도 속아 넘어간 어리석은 노인네 얘기를 하며 함께 웃고 있겠지.

더 화가 치민 것은 스캔들이 날까 두려워 경찰에 신고하지도 못한다는 것이다. 안 좋은 소문이 나면 결국 그 여파가 다울라트 누나에게 미칠 게 뻔하다. 또한 자키 베는 라밥을 추적하여 잡을 수도 없고, 그녀가 일하는 카이로 바에 가서 그녀에게 따질 수도 없다. 자키 베는 바 주인과 그곳에서 일하는 직원들이 범죄를 일삼거나 전과가 있는 자들이라는 것을 알고 있기 때문이다. 아마 라밥의 절도 소행은 그자들의 계산하에 이루어졌을 수도 있다. 그들은 그 어떤 경우에라도 라밥을 상대로 자키 베를 두둔할 리 만무한 자들이다. 도리어 그들이 자키 베를 두들겨 줄 가능성이 더 많다. 자키 베는 이전에 그들이 말썽을 부리는 손님들을 상대로 그런 짓을 하는 것을 직접 본 일이 있었다.

그렇다면 자키 베에게 남은 일은 사건을 깡그리 잊어버리는 것뿐이다. 그런데 잊는다는 게 얼마나 어렵고 고통스러운 일인가. 더구나 다울라트 누나의 반지를 도난당해 마음을 짓누르는 근심은 어떻고. 자키 베는 자신을 탓하기 시작했다.

"보석 세공인 파파시안에게서 반지를 수리하고 받아 놓았을 때 왜 그것을 다울라트에게 빨리 돌려주지 않고 사무실에 두었던가? 이제 어떻게 한다? 새 반지를 살 수도 없고. 설령 다른 것을 산다 해도 다울라트가 자기 자식을 알아보듯이 자기 장신구는 알아볼 텐데."

자키 베는 그 어떤 일보다 다울라트를 대면하기가 두려웠다. 바흘라르 로의 자기 집에 도착했을 때 그는 주저하며 입구 앞에 멈춰 섰다. 그는 친구 집에 가서 잘까 하는 생각이 떠올라 그렇게 하려 했다. 그러나 시간도 늦었고 너무 피곤해서 집으로 올라가는 쪽으로 생각이 기울었다. 그는 올라갔다.

* * *

"신사 양반 나리, 대체 어디에 계셨어?"

자키 베가 아파트에 들어서자마자 다울라트는 시비를 걸었다. 그녀는 거실에서 문을 마주 보는 의자에 앉아 자키 베를 기다리고 있었다. 그녀는 밤색으로 염색한 머리를 귀고리 위로 말아 올렸고 주름진 얼굴에는 분가루를 두껍게 바른 모습이었다. 그녀의 입 한쪽에는 작은 금색 빨부리에 빨갛게 타오르는 담배가 매달려 있다. 그녀는 자신의 마른 몸매를 덮는 푸른색의 실내 가운을 걸치고 있었고, 두 발은 흰색 토끼 모양의 실내화에 밀어 넣고 있었다. 그녀는 앉아서 트리코 바늘 두 개를 이용해 양털 실로 뜨개질을 하고 있었는데, 두 손은 마치 몸에서 분리된 것처럼 빠르고 기계적으로 거침없이 움직이고 있었다. 그녀는 습관대로 늘 담배를 피우며 트리코로 뜨개질을 하면서 동시에 말을 할 수 있었다.

"잘 지냈어?"

자키 베는 재빨리 말하면서 곧장 자기 방으로 가려고 했다. 그런데 다울라트가 즉시 퍼부어 대기 시작했다. 그녀는 그의 면전에서 소리를 질렀다.

"동생은 대체 뭐 하는 사람이야? 호텔에 사는 게야? 동생, 정신 좀 차려. 세 시간이나 문과 창문 사이를 오가며 널 기다렸어. 경찰에 전화하려고도 했지. 난 네게 뭔 일이 있다고 여겼어. 못된 자 같으니라고. 내가 병들겠어. 동생은 내가 죽었으면 해? 오, 주님, 제게 자비를……. 오, 주여, 저를 어서 데려가 쉬게 하여 주소서."

이것은 아침까지 이어지는 네 단계로 이루어지는 싸움의 짧은 서막이었다. 자키 베는 빠르게 거실을 통과하면서 말했다.

"미안해, 누나. 내가 워낙 피곤해서. 자고 나서 아침에 무슨 일이 있었는지 말해 줄게."

그러나 다울라트는 본능적으로 동생이 피하려 든다는 것을 알아챘다. 그녀는 손에서 뜨개바늘을 집어 던지고는 자신이 낼 수 있는 가장 큰 목소리로 소리 지르며 그에게 돌진했다.

"뭣 땜에 그렇게 피곤해? 동생이 개처럼 킁킁거리며 냄새를 맡으려는 여자들 땜에? 이봐요, 늙은 동생. 내 말 잘 새겨들으라고. 동생은 이제 그 어느 때라도 죽을 나이가 됐어. 우리 주님을 만나면 대체 뭐라고 변명을 늘어놓을 거야? 이봐, 늙은 양반."

이렇게 마지막 소리를 지르고 다울라트는 자키 베의 등을 힘껏 밀었다. 그는 조금 휘청거렸으나 힘을 다잡아 자기 방으로 내달았다. 다울라트의 거센 저항에도 불구하고 자키 베는 안에서 문을 잠그는 데 성공했고 열쇠를 주머니에 넣었다. 다울라트는 계속 소리치며 문을 열려고 문손잡이를 잡아 흔들고 있었다. 그러나 자키 베는 이젠 살았다고 느끼며 머지않아 누나가 기진맥진해서 가 버릴 거라고 혼잣말을 했다. 그런 뒤 자키 베는 옷을 입은 채 침대에 누웠다. 피곤하면서도 슬펐다. 그는 낮의 일을 곰곰 생각하기 시작했고 프랑스어로 중얼거렸다. "*Quelle journée horrible*(힘든 하루였어)!" 그런 다음 그는 다울라트를 생각하며 스스로에게 물었다. "사랑스럽던 누나가 어찌해서 이토록 가증스럽고 사악한 노파로 변한 거지?"

그녀는 자키 베보다 만 세 살 많다. 그는 가냘프고 예쁘장했던 소녀 시절의 누나를 아직도 기억한다. 누나는 '메르 드 디외(Mère de Dieu)' 학교의 노랑과 감색이 들어간 교복을 입었고, 동물에 관한 라퐁텐의 시 구절을 외우고 있었다. 여름철 저녁 모임에서 누나는 알자말렉에 있는 오래된 그들의 집(혁명 뒤에 아버지는 그 집을 팔았다) 거실에서 피아노를 연주했다. 누나의 연주 실력은 뛰어나서 음악 선생인 마담 셰디드가 아버지에게 따님이 파리에서 열리는 아마추어 국제 경연 대회에 참가해도 된다고 말할 정도였다. 그러나 아버지는 안 된다고 했다. 얼마 안 있어 다울라트는 비행기 조종사인 하산 샤우카트 대위와 결혼하여 아들 하니와 딸 디나를 낳았다. 그 뒤 혁명이 일어나 샤우카트는 왕가와의 밀접한 관계 때문에 퇴임하였고 얼마 안 있어 마흔다섯 살이 될 무렵 갑자기 사망하고 말았다.

다울라트는 이후 두 차례 재혼했고 자식은 더 이상 낳지 않았다. 두 번의 재혼 실패는 그녀에게 인생의 쓸쓸함과 신경 증세, 흡연 중독을 남겨 주었다. 그녀의 딸은 자라서 결혼하여 캐나다로 이민을 갔다. 그녀의 아들이 의대를 졸업할 무렵, 다울라트는 아들의 이민을 막기 위해 격렬한 싸움을 벌여야 했다. 그녀는 울며 소리를 질렀고, 모든 친척들에게 아들이 그녀와 함께 남아 있도록 설득해 달라고 간청도 했다. 하지만 그 세대의 대부분 젊은이들이 그러하듯 젊은 의사 아들은 절망할 정도로 이집트의 상황을 싫어했다. 그는 이민을 결정했고 엄마에게 함께 떠나자고 했으나 그녀는 거절하고 혼자 남았다.

그 후 그녀는 가든 시티에 있는 자신의 아파트를 가구 딸린 채로 임대를 놓고, 자신은 시내에 있는 자키 베의 집으로 옮겨 와서 살았다. 첫날부터 늙은 누이와 남동생은 말다툼을 멈추지 않았다. 둘은 흡사 불구대천의 원수 같았다. 자키 베는 독립되고 자유로운 삶에 익숙해 있었다. 그는 누군가가 자신의 삶에 끼어드는 것을 받아들이기 어려웠다. 마지못해 취침과 식사 시간을 지켜야 하는 것도, 외박하고 싶을 때 다울라트에게 미리 알려 줘야 하는 것도. 그녀가 있어서 그는 애인들을 집으로 데려올 수도 없었다. 다울라트가 그의 사소한 일까지 대놓고 간섭하면서 그를 통제함으로써 그의 고뇌는 늘어만 갔다.

한편, 다울라트는 외로움과 낙담으로 고민하고 있었다. 결혼에 실패했고 아이들도 늙은 자신을 내버려 두고 떠난 후 얻은 것도, 이룬 것도 없이 자신의 생을 마감한다 생각하니 서글펐다. 그녀를 더욱 화나게 하는 것은 동생 자키 베는 죽을 때가 돼 가는데도 여전히 노인처럼 보이지 않는다는 점이었다. 그는 아직도 향수를 바르고 멋지게 차려입고 여자들을 따라다닌다. 자키 베가 거울 앞에서 웃고 콧노래를 부르면서 옷매무새를 고치는 모습을 보거나, 그가 즐거워하고 기분 좋은 모습을 볼 때 그녀는 곧바로 화가 치밀고 마음의 안정을 잃어, 그에게 대들고 험한 말을 해 댄다. 그녀는 자키 베의 철없음과 변덕에 대해 공격을 퍼붓는데, 그것은 그녀가 도덕성을 고려해서가 아니라 단지 그가 물불 안 가리고 이런 식으로 사는 것이 그녀가 느끼는 절망과 어울리지 않기 때문이다. 다울라트가 자키 베에 대해 반발하는 것은 장례식에서 슬픔에 잠긴 조문객들이, 큰 소리로 깔깔 웃어 대는 한 남자에 대해 갖는 분노와 유사하다.

두 노인 사이에는 노년과 더불어 생기는 짜증과 인내심 부족, 외고집이 있고, 게다가 두 사람이 필요 이상으로 서로 가까이 있는 데서 늘 생겨나는 긴장감이 있게 마련이었다. 둘 중 하나가 오랫동안 화장실을 차지하고 다른 한 사람도 그것을 사용하고자 할 때가 그렇고, 아침잠에서 깨어날 때 한 사람이 수심에 잠긴 다른 한 사람의 얼굴을 볼 경우, 그리고 한 사람은 침묵을 원하는데 다른 한 사람은 주절대려고 하는 경우에도 그렇다. 다른 한 사람의 존재가 주야로 당신에게서 떠나지 않고, 당신을 주시하고 당신에게 달려들며, 당신이 말하는 동안 당신을 살펴본다면 어떨까. 앉아서 함께 식사하는 동안 음식을 씹는 그의 어금니에서 나는 소리는 당신의 신경을 건드리고, 심지어 그의 숟가락이 접시에 부딪는 소리도 성가시건만.

자키 베는 지난 일들을 떠올리며 침대에 누워 있었는데 조금씩 졸음이 밀려왔다. 하지만 그의 운 나쁜 하루는 끝나지 않았다. 막 잠이 드는 둥 마는 둥 하는 상태에서 곧 그는, 여벌의 열쇠를 놓아 둔 곳을 알아낸 다울라트가 그 열쇠를 들이밀어 철컥거리는 소리를 들었다. 그녀는 문을 열고 그에게 다가왔다. 노기 띤 그녀의 두 눈은 커져 있었다. 그녀는 흥분해서 숨찬 소리로 말했다.

"자키, 반지 어디 있어?"

* * *

이렇게 대통령 각하께서는 당신의 아들과 같은 저 타하 무함마드 알샤들리가 경찰 대학 선발 시험 위원회 위원장으로부터 제 권리에 대한 부당하고 불공평한 처사를 받았음을 이해하시리라 생각합니다. 사도님께서는 진리의 하디스에서 말씀하셨습니다. "그대들의 조상들은 이러했다. 만일 귀족이 도둑질을 하면 그자를 내버려 둔다. 만일 가난한 자가 도둑질을 하면 그에게 처벌을 내린다. 만일 무함마드의 따님인 파티마가 도둑질을 하면 그녀의 손을 자른다. — 하나님의 사도께서는 진실하시니"라고요.

대통령 각하, 저는 열심히 노력하여 문과에서 총 89점을 얻었습니다. 저는 하나님의 은총으로 경찰 대학 입학을 위한 모든 시험에 통과할 수 있었습니다. 그러나 대통령 각하, 정직한 저의 부친이 단지 가난하고, 건물 수위로 일한다고 해서 제가 경찰 대학 입학 자격을 박탈당하는 것이 과연 정의입니까? 건물 수위는 떳떳한 직업이 아닙니까? 모든 직업은 떳떳하고 소중하지 않습니까, 대통령 각하? 각하, 자식이 부당한 처사를 당하는 것에 대해 결코 기뻐하지 않는 애정 어린 아버지의 눈으로 저의 고소장을 검토해 주시기를 소원하는 바입니다. 대통령 각하, 저의 미래는 각하의 결정에 달려 있습니다. 저는 하나님의 허락하심으로 각하께서 친히 저의 문제를 공정하게 해결해 주시리라 믿습니다.

하나님께서 이슬람과 무슬림들을 위한 보배이신 각하를 지켜 주시기를 간구합니다.

각하의 성실한 아들

타하 무함마드 알샤들리

주민 번호: 19578, 카스르 알닐

주소: 카이로 탈라아트 하릅 가(街) 34 야쿠비얀 빌딩

* * *

마치 그는 고된 전투를 치른 뒤 자신이 정복한 도시로 들어가는 승리의 행렬 가운데에 있는 지휘관 같았다. 건물 옥상의 새 방을 인수하러 와 있는 말라크 킬라의 표정은 행복하고 밝아 보였다. 그는 행사를 위해 아껴 두었던 초록색 전통 의상 차림에, 목에는 긴 줄자를 걸고 있었다. 줄자는 그에게 장교의 군 계급장이나 의사의 청진기처럼 셔츠 재단사로서 자신의 직업상 특징을 나타내는 표지였다. 그날 아침에 방의 설비를 갖추기 위해 그는 일꾼들을 데려왔다. 그들은 대장장이, 전기 기사, 배관공, 그리고 나이 어린 소년 보조원 몇 명이었다.

숙련된 셔츠 재단사 말라크는 동정녀 마리아와 구세주 예수에게 읊조리며 감사 기도를 했고, 이어 손을 내밀어 처음으로 방문을 열었다. 안의 공기는 신문 판매원 아티야가 죽은 이후 꼬박 1년간 닫혀 있었기 때문에 곰팡이가 슬어 있었다. 말라크는 아티야의 개인 물품 몇 가지를 발견하고 어린 보조원들을 시켜 단단한 종이로 만든 커다란 상자에 주워 담게 했다.

말라크는 방 한가운데에 섰다. 그는 창문을 열었고 햇살이 방

안을 채웠다. 그는 일꾼들에게 해야 할 일에 관해 상세하고도 꼼꼼하게 알려 주며 지시 사항을 전달했다. 때때로 옥탑 거주자들이 멈춰 서서 호기심에 무슨 일인가 하고 살폈다. 몇몇 거주자들은 잠시 지켜보더니 가 버리고, 다른 몇 사람은 새 방을 얻은 말라크에게 축하 인사를 건네고 성공을 기원하며 악수를 나누었다.

그러나 옥탑 거주자들 모두가 상냥한 것은 아니었다. 30분도 안되어 옥상에는 소식이 퍼졌고 곧이어 방문턱에 두 사람이 나타났다. 둘의 표정에는 새 입주자를 반기는 기색이 전혀 보이지 않았다. 그 두 사람은 하미드 하와스 선생과 운전기사 알리였다.

그중 첫 번째 사람 하미드 하와스는 국립 하수 처리청 직원인데 청장의 분노를 사는 바람에 그가 살던 알만수라에서 카이로로 전근해 와 있었다. 옥상에 방을 하나 빌려 혼자 살고 있는 그는 자신의 강제 전근을 철회시키고 자기 고장으로 돌아가기 위해 1년 이상 애를 쓰고 있었다. 하미드 하와스 선생은 공식 고소장 작성의 대가이다. 그는 고발할 만한 건수를 골라 멋들어진 말로 서류를 작성하는 일에서 진정 큰 즐거움을 찾는다. 그는 그 문서를 읽기 쉽게 정갈한 서체로 작성한 뒤, 아무리 힘들어도 아랑곳하지 않고 끝까지 일을 관철시킨다. 그가 그렇게까지 하는 이유는, 그가 살고 있는 지역이나 심지어 그가 지나쳐 가는 그 어떤 지역에서 모든 공중 시설물의 사용상 안전 문제에 대해 자신이 어느 정도 책임이 있다고 자임하기 때문이다. 그는 늘 시간을 내어 매일같이 동네와 구역의 행정처와 시설 관리 경찰서를 순회한다. 시설 관리 경찰서에서 그는, 자신의 거주지와는 아주 멀리 떨어진 곳에서 물건을 파는 거리 행상들을 상대로 고발 문서를 제출하고 그 일을 끈기와 집중력을 갖고 추진한다. 하지만 그는 지치지도 지겨워하지도 않은 채 끊임없이 고발장을 제출해서 이러한 위법자들을 몰아내는 것을 자신의 의무로 여긴다. 결국 시설 관리 경찰서는 행동을 개시해 행상들을 검거하고 그들의 물품을 압수하기에 이른다. 그럴 때면 하미드 선생은 먼발치에서 그 광경을 지켜보며 자신의 의무를 철저히 수행한 자로서의 안도감을 갖는다.

운전기사 알리로 말하자면 그는 쉰 살이 넘은 술주정뱅이다. 그는 미혼으로 의약품 지주 회사에서 운전기사로 일하고 있다. 그는 매일같이 퇴근하자마자, 그가 점심을 먹곤 하는 알타우피키야의 우라비 바로 가서 한밤중까지 술을 들이켠다. 외롭게 지내 오고 저질 술에 중독된 여파로 인해 그는 괴팍하고 표독스러운 사람이 되었다. 그는 습관적으로 싸움거리를 찾아 그 싸움 속에 자신의 적대적인 에너지를 쏟아 붓는다. 하미드 하와스 선생이 말라크에게 다가와 인사를 건네고는 지극히 예의 바른 자세로 말을 꺼냈다.

"이보시오, 이 방 말이오. 당신이 이곳을 상업적 용도로 사용해도 된다는 내용으로 집주인과 맺은 계약서가 있소?"

"물론, 계약서를 갖고 있습니다."

말라크는 힘주어 답한 뒤 작은 가죽 가방에서 피크리 압드 알샤히드와 서명한 계약서 사본을 꺼냈다. 종이를 받아 든 하미드는 눈에 돋보기안경을 걸치고 주의 깊게 살펴보았다. 그런 다음 손을 내밀어 말라크에게 건네주며 조용히 말했다.

"이 계약서는 무효요."

"무효라뇨?"

말라크는 걱정하는 기색으로 되뇌었다.

"당연히, 무효지요. 법 규정에 따르면 옥탑은 거주자를 위한 공공시설이고, 공공시설을 상업용으로 임대하는 것은 허용되지 않소."

말을 이해하지 못한 말라크는 화가 치밀어 하미드 선생을 주시했다. 하미드가 자신 있게 말했다.

"이번 사안은 파기(破棄) 법원*에서 여러 차례 판결을 내린 바 있고, 이 사안은 이미 종결되었소. 따라서 계약은 무효고, 당신에겐 그 방을 이용할 권리가 없소."

"좋소. 당신들도 옥상에 거주하고 있으면서, 난 왜 안 된단 말이오?"

"우리는 거주 목적으로 방을 쓰고 있소. 이건 합법이오. 그런데 당신은 상업용으로 방을 이용하려고 하기 때문에 불법이오. 우리는 그걸 허용할 수 없소."

"좋소. 고소하려면 집주인을 상대로 하시오. 주인이 내게 계약서를 주었으니."

"물론, 그건 아니지요. 법에 따라 원칙적으로 당신은 방을 이용할 수 없소. 우리는 피해를 당하는 거주자 입장에서 반드시 당신을 막을 것이오."

"그게 무슨 말이오?"

"말인즉, 좋게 말할 때 알아서 꺼지라는 말이오."

운전기사 알리가 대들듯이 말라크를 바라보며 쉰 듯한 목소리로 말했다. 그는 대놓고 협박하는 자세로 말라크의 어깨에 손을 올려놓고 말을 이었다.

"어이, 잘 들으쇼, 여기 옥상은 어엿한 가정집들이 있는 곳이야. 당신은 절대로 이곳에서 가게를 열 수 없어. 오가는 우리 부인네들을 당신 일꾼들과 손님들이 쳐다볼 거 아니오. 이제 말귀를 알아듣겠어?"

말라크는 상황이 심각함을 깨닫고 재빨리 답했다.

"선생님, 우리 일꾼들은 모두 다 제대로 교육 받은 자들입니다. 정말이지, 그들 모두 점잖고 사려 깊은 자들입니다. 그리고 옥상의 주민들과 여성분들은 제가 깍듯이 대하겠습니다."

"잘 들으쇼, 더 이상 잔말 말고. 더 말할 필요도 없으니, 당신 물건 챙겨서 가 보쇼."

"어 참, 이게 대체 무슨 일인지? 폭력을 쓰겠단 말이오?"

"그래, 폭력이다, 이 자식아."

운전기사 알리가 말하더니 말라크의 멱살을 잡고는 싸움의 시작을 알리듯 손바닥으로 그를 쳤다. 알리는 쉽고 능숙하게 싸움을 벌였다. 마치 판에 박힌 단순한 일을 수행하거나 또는 게임을 즐기는 듯한 자세였다. 알리는 정확하게 말라크의 머리에 박치기를 가하는 것을 시작으로 배에 두 대를 먹인 뒤 이어 울리는 소리가 실린 세 번째 강력한 주먹을 코에 날렸다. 말라크의 얼굴에 한 줄기 피가 흘렀다. 말라크는 저항해 보았고 상대방 얼굴을 향해 주먹을 날렸지만 주먹은 빗나 가면서 알리를 맞히지 못했다. 말라크는 거센 연타를 맞으면서도 소리치며 항의했다. 소동이 벌어지자

일꾼들은 사태를 피해 도망치듯 빠져나갔다. 사방에서 사람들이 싸움을 보려고 몰려들었다. 갑자기 아바스카룬이 옥상에 나타나 울부짖으며 도움을 청하기 시작했다. 그러나 싸움은 계속되었고 결국 운전사 알리는 말라크를 방 밖으로 내몰아 버렸다.

싸움이 시작되자 하미드 하와스 선생은 이미 자리를 빠져나가 건물 맞은편에 있는 담배 가게에서 전화로 경찰을 불렀다. 곧이어 젊은 경찰 장교 한 명과 경찰 군인 여러 명, 졸개들이 와서 싸움을 벌였던 말라크와 그의 젊은 일꾼들, 아바스카룬, 운전사 알리 등 전원을 체포했다. 하미드 하와스는 경찰 장교에게 다가가 깍듯이 인사한 뒤 말했다.

"장교님, 장교님께서는 법을 아시지요. (말라크를 가리키며) 그런데 이 친구가 옥탑에 가게를 차리려고 합니다. 옥탑은 공공시설물이라 상업용으로 활용할 수 없게 돼 있지요. 당연히 장교님도 아시다시피, 이는 범죄에 해당하고, 법률을 적용하면 이것은 소유물 강탈이고, 그 형량은 3년 정도의 징역형이죠."

"당신 변호사요?"

경찰 장교가 묻자 하미드 선생은 확신에 차서 답했다.

"아닙니다, 장교님. 저는 하미드 하와스라고 하는데, 국립 하수 처리청 알만수라 지부의 시설물 검사처 처장입니다. 저는 옥상 공공시설물에 대한 권리를 강탈당해 피해를 본 주민 중 한 사람이죠. 장교님, 건물주가 어찌하여 상업용으로 옥탑을 임대해 준단 말입니까? 이는 거주자를 위한 공공시설물에 대한 명백한 침해입니다. 그렇게 되면 엘리베이터도, 건물 입구도 임대할 수 있단 말입니까? 나라법을 두고 대체 이게 뭡니까?"

하미드 선생은 연극을 하는 것처럼 질문을 던지면서 모여든 주민들을 부추기듯 바라보았다. 그의 말에 흥분한 주민들이 불안해하더니 웅성거리며 항의했다. 청년 장교의 얼굴에는 당황한 표정이 역력했다. 장교는 잠시 생각하더니 넌더리 난 표정으로 말했다.

"좋소. 모두 경찰서로 갑시다."

* * *

하산 라쉬드 박사는 이집트와 아랍 세계에서 이름이 알려진 법률가 중 한 사람이었다. 그는 타하 후세인,* 알리 바다위,* 자키 나기브 마흐무드* 등과 같은 반열에 속하는 인물로, 서구에서 학위를 마치고 고국으로 돌아와 이집트 대학교에서 그동안 자신의 학문 분야에서 배운 지식을 활용한, 1940년대 원로 지식인들 중 한 명이다. 그런 사람들에게 '진보'와 '서구' 두 단어는 거의 동의어로서, 긍정적이고 부정적인 행동 양식에 관련된 모든 의미를 띠는 것이었다. 그들은 민주주의, 자유, 정의, 근면, 평등 같은 서구의 위대한 가치들을 신성시하는 한편, 민족 유산은 무시하고 민족의 관습과 전통을 경멸했다. 그들은 그러한 민족 전통이야말로 우리를 낙후된 상태에 붙들어 두는 족쇄이기 때문에, 부흥을 이룩하기 위해서는 그것에서 벗어나야 한다고 여겼다.

라쉬드 박사는 파리에서 수학하는 동안 프랑스 여자 자네트를 만나 사랑하게 되었다. 그는 그녀와 함께 이집트로 와서 결혼했고 두 사람은 외아들 하팀을 낳았다. 하팀 가족은 내면적으로나 외형상으로나 모두 서양식 삶을 영위했다. 하팀은 부친 라쉬드 박사가 예배를 드리거나 단식하는 것을 본 기억이 전혀 없다. 아버지의 입에서는 담배 파이프가 떨어지지 않았고 식탁에는 늘 프랑스산 포도주가 있었다. 파리에서 발매된 최신 레코드판이 집 안 가득 울려 퍼졌고 집 안 대화에서 주로 사용하는 언어는 프랑스어였다. 서양인들의 방식처럼 가족생활의 모든 것이 일정과 계획에 따라 이루어졌다. 심지어 친구나 친지와의 만남이나 개인적인 편지 쓰기도 마찬가지였다. 라쉬드 박사는 매주 편지를 쓰기 위해 일정한 시간을 할애하고 있었다.

사실, 라쉬드 박사는 비범한 지적 능력과 더불어 지속적으로 일하는 엄청난 에너지를 지니고 있었다. 그는 20년이라는 기간 동안 이집트 민법 연구에서 실질적인 성과를 이룰 수 있었다. 그의 별은 시간이 지나면서 빛을 발하여 그는 카이로 대학교 법과 대학 학장 직을 맡기에 이르렀다. 또 파리의 국제 법학회는 그를 세계에서 가장 탁월한 백 명의 법률가 중 한 사람으로 선정하였다.

그는 항상 연구와 강의에 몰두해 지냈고, 아내 자네트는 프랑스 대사관에서 통역관으로 일하느라 대부분의 시간을 보냈다. 때문에 아들 하팀은 슬프고 고독한 유년기를 보내야 했다. 심지어 하팀은 모든 어린아이들과는 정반대로 학교생활을 좋아했고 함께 놀 친구들 없이 홀로 보내야 하는 긴 여름 방학을 싫어했다. 고통스러운 외로움과 낯선 느낌, 그리고 혼혈아들이 겪는 정신적 혼란이 수반되었다.

어릴 적 하팀은 많은 시간을 하인들과 보냈다. 늘 바쁘기만 한 부모는 남자 하인들 중 한 명에게 하팀을 데리고 알게지라 클럽이나 영화관에 가게 했다. 어린 하팀은 집에 있는 하인들 중에서 식탁 담당인 이드리스를 좋아했다. 이드리스는 흰색의 헐렁한 카프탄,* 폭 넓은 빨간색의 허리띠, 긴 타르부시* 모자를 쓰고 있었고 큰 키에 훤칠하고 단단한 체격, 잘생긴 갈색 얼굴, 총명하게 빛나는 두 눈, 희고 가지런한 반짝이는 이를 드러내는 밝은 미소의 소유자였다. 이드리스는 술라이만 파샤 거리가 내다보이는 하팀의 넓은 방에서 시간을 보내곤 했다. 둘은 함께 놀이를 했고 이드리스는 하팀에게 동물 이야기를 들려주고 아름다운 누비아*족 노래를 들려주면서 가사의 의미를 설명해 주었다. 이드리스가 자신의 어머니와 형제들, 그리고 그가 어려서부터 여러 집들을 전전하며 하인으로 일하기 전에 살던 마을 이야기를 할 때면 그의 목소리는 떨렸고 눈에는 눈물이 글썽거렸다. 하팀은 이드리스를 사랑했고 둘의 관계는 단단해져 갔다. 둘은 매일 오랜 시간을 함께 지냈다. 이드리스가 하팀의 얼굴과 목에 입을 맞추면서 "예쁘구나. 너를 사랑해"라고 속삭일 때도 하팀은 그 어떤 불쾌감이나 두려움을 느끼지 않았다. 오히려 친구 이드리스의 호흡이 그의 몸에 남기는 뜨거운 열기는 모호한 느낌과 함께 그를 흥분시켰고 둘 사이에 입맞춤이 이어졌다. 어느 날 이드리스는 하팀에게 옷을 벗으라고 했다. 그때 아홉 살이던 하팀은 부끄러움과 당혹감이 들었다. 그러나 결국 하팀은 재촉하는 친구의 말에 따랐다. 하팀의 부드럽고 하얀 육체는 친구를 흥분시켰고 이제 둘이 만나는 시간 동안 이드리스는 쾌락 속에 숨을 헐떡이며 알 수 없는 누비아족 말을 속삭였다. 탐욕스럽고 폭력적이기는 했어도 이드리스는 하팀의 몸 안으로 조심스럽게 들어왔다. 이드리스는 만일 조금이라도 아프면 알려 달라고 했다. 이 방법은 성공적이었다. 하팀은 지금 이드리스와의 첫 만남을 추억하면서, 그날 처음 알게 된 그 뭔가에 찔리는 듯한 생경한 느낌이 다시 찾아온다. 하지만 그는 통증을 느꼈던 기억이 전혀 없다.

이드리스가 일을 끝낸 후 하팀을 돌려세우더니 뜨겁게 입술에 키스했다. 그러고는 하팀의 눈을 바라보며 속삭였다.

"너를 사랑해서 그랬어. 네가 나를 사랑한다면 누구에게도 우리 일을 얘기해서는 안 돼. 만일 네가 사람들에게 말하면 그들은 너를 때리고 나를 쫓아낼 거야. 그리고 네 아버지는 나를 감옥에 가두거나 죽일 거야. 그렇게 되면 우리는 앞으로 절대 만나지 못할 거야."

하팀과 이드리스의 관계는 몇 해 동안 이어졌다. 그러다가 라쉬드 박사가 일에 몰두한 나머지 과로로 인한 뇌출혈로 갑자기 사망했다. 미망인은 비용 감당이 버거워 많은 하인들을 집에 둘 수 없었다. 이드리스는 집을 떠났고 소식이 끊겼다. 이드리스의 공백은 하팀의 심리에 악영향을 주었다. 그 결과, 그해에 하팀은 일반 고교 과정 총점에서 형편없는 점수를 받았다. 이후 그는 극도로 비정상적인 삶에 빠져들었다. 그로부터 2년 후 모친이 세상을 떠났고 그렇게 되면서 그는 자신의 쾌락을 옥죄던 마지막 족쇄로부터 벗어났다. 그는 신문사에서 받는 급여 외에 안락한 생활을 보장해 주는 고정적인 수입을 상속받았다. 그는 야쿠비얀 빌딩에 있는 자신의 큰 아파트의 구식 모양을 없애고 새롭게 단장했다. 그의 아파트는 안정된 가정집보다 보헤미안 예술가의 외딴집에 가까웠다. 이제 그는 며칠간 때로는 몇 달 동안 자기 침대에 연인들을 불러올 수 있게 되었다. 하팀은 많은 남자들을 알고 지냈으며 또한 이런저런 이유로 그들과 헤어졌다. 그러나 그의 잠재된 사악한 욕정은 식탁 담당 하인 이드리스와 늘 닿아 있었다. 남자가 여러 여성들에게서 처음 쾌락을 알게 해 준 첫 애인의 모습을 찾으려고 하듯, 하팀은 모든 남자들에게서 이드리스를 찾으려 했다. 이드리스는 문명에 의해 다듬어지지 않은 강인함과 거친 모습, 폭력성 등 모든 것을 구비한 원시적이고 투박한 그런 남자였다. 하팀은 이드리스에 대한 생각을 한시도 멈춘 적이 없다. 그는 강렬하고도 감칠맛 나는 그리움 속에 그때의 느낌을 여러 번 떠올렸다. 그는 마치 운명에 맡긴 토끼 새끼처럼 방바닥 위에 배를 깔고 반듯이 누워서 양탄자에 새겨진 페르시아 문양을 눈으로 응시하고 있고, 그러는 동안 이드리스의 뜨겁게 달아오른 몸이 하팀에 바짝 붙어 그를 압착하고 녹였다. 이상한 것은 둘의 성관계가 수차례 있었음에도 늘 방바닥에서 이루어졌다는 점이다. 둘은 한 번도 침대에 올라가지 않았다. 그 주된 이유는 이드리스가 자신은 하인으로서 미천하다고 여겨 심적으로 감히, 심지어 주인과 동침하면서도 주인 침대를 사용할 수 없다고 생각해서였으리라.

몇 개월 전 어느 날 밤이었다. 술을 마시고 취기에 사로잡힌 하팀에게 강한 욕정이 밀려왔다. 그는 밤 10시에 집에서 나와 시내를 배회하였다. (그 시간은 경찰 군인의 경비 근무 교대 시간으로, 시내의 모든 동성애자들이 그 점을 잘 알고 있어 그 시간에 군인들 중에서 애인감을 구하려 애쓴다.) 하팀은 막 경비 근무를 끝내고 자리를 뜨려는 어수룩해 보이는 병사들을 살펴보았다. 그리고 이드리스와 많이 닮은 압두 랍부흐를 보았다. 하팀은 차에 그를 태워 갔다. 하팀은 압두에게 돈을 주면서 줄곧 농담을 걸고 하던 끝에 그를 유혹할 수 있었다.

그 후 압두 랍부흐는 하팀과의 관계를 청산하려고 수차례에 걸쳐 노력했다. 그러나 하팀은 동성애의 오랜 경험으로 미루어 압두 랍부흐 같은 초보 동성애자인 부르굴은 흔히 엄청난 죄책감에 사로잡히지만 그런 죄책감은 곧 괴로움이나, 그를 유혹한 동성애자 쿠드야나에 대한 짙은 혐오감으로 변한다는 것을 알고 있었다. 하팀은 부르굴에게 있어 그러한 동성애 경험은, 그가 처음에 제아무리 그것을 증오하고 거절하려 해도, 계속 반복되는 가운데 그 맛을 알게 되면서 점차 정상적인 욕구로 바뀐다는 것도 알고 있었다. 이렇게 하팀과 압두의 관계는 이어졌다 끊어졌다 하는 상황을 오갔다.

어제 압두는 하팀에게서 도망치려 세누 바를 떠났으나 하팀은 그를 따라가 조른 끝에 결국 그를 데리고 아파트로 갔다. 둘은 사랑을 나누기 전 함께, 강한 프랑스산 포도주 한 병을 마셨다. 다음날 아침 하팀은 욕실에서 축 늘어져 샤워에서 쏟아지는 뜨거운 물줄기에 몸을 맡긴 채 누워 있었다. 그는 몸을 때리는 샤워 물이 스멀스멀 기분 좋게 하는 개미 군단 같다고 느꼈다. 그는 미소를 지으며 압두와 보낸 뜨거운 밤을 돌이켜 보았다. 술은 압두의 욕정에 불을 지폈고 압두의 육체는 여러 차례에 걸쳐 이어진 격정으로 소진되었다. 하팀은 거울 앞에 서서 몸을 말리며 은밀한 신체 부위를 정성 들여 매만지고 향기 나는 크림을 발랐다. 그런 뒤 분홍색 캐시미어 가운을 걸치고 욕실에서 나와 침실로 갔다. 그리고 잠들어 있는 압두를 찬찬히 살펴보았다. 압두의 짙은 갈색 얼굴과 두툼한 입술, 넓적한 흑인의 코, 강인한 인상을 주는 두꺼운 눈썹. 하팀은 압두에게 몸을 굽혀 키스를 했다. 압두가 잠에서 깨어 천천히 눈을 떴다.

"좋은 아침이야, 봉주르."

하팀은 압두에게 미소를 지으며 감미롭게 속삭였다. 압두는 살짝 몸을 일으켜 침대 등판에 기댔다. 많은 털로 덮인 짙은 색의 널찍한 가슴이 드러났다. 하팀은 키스를 하며 그에게 몸을 붙였다. 그러나 압두는 손으로 하팀의 얼굴을 밀치며 울부짖는 듯한 괴로운 표정으로 말했다.

"하팀 선생님, 저는 궁지에 놓였습니다. 내일 장교가 저를 징벌위원회에 회부할 겁니다."

"아니야, 압두. 장교 건에 대해 우리 다시 말해 보자고. 내가 말했지. 아무 걱정 말라고. 내가 장교와 연줄 있는 자를 알아 뒀어. 부처에 있는 요직의 장성이지."

"선생님께서 그 연고자에게 말해 주시기 전에 저는 감옥에 들어갈 겁니다. 선생님, 고향의 제 처와 어린 아들이 제게 기대서 살아가고 있습니다. 저는 오늘 당장 군대를 그만둘 생각입니다. 제가 감옥에 가면 우리 가족은 끝장입니다."

하팀은 다정하게 그를 쳐다보며 미소를 지었다. 그런 뒤 천천히 일어나 작은 손가방 쪽으로 가서 백 기네짜리 지폐 한 장을 꺼냈다. 그는 압두에게 돈을 주면서 말했다.

"받아. 아내와 아들에게 그 돈을 보내. 가족을 위해 필요한 것은 무엇이든 해 줄게. 내일은 내가 친척인 장군을 만날 거고 우리가 장교에게 너에 대해 말해 둘 테니. 그러니 제발, 압두, 너무 괴로워하지 말고."

압두는 말없이 고개를 떨구며 조용히 감사의 말을 했다. 하팀이 그에게 다가갔고 두 사람의 몸은 완전히 밀착되었다. 하팀은 압두의 거친 입술에 접근하며 프랑스어로 중얼거렸다. "*Quelle belle journée* (참 좋은 아침이야)."

* * *

카이로 탈라아트 하릅 가(街) 34 야쿠비얀 빌딩
타하 무함마드 알샤들리 씨 귀하

안녕하십니까.
귀하가 경찰 대학 입학시험에서 탈락한 것에 대해 대통령실에 제출한 고소장과 관련해, 경찰 대학장과 사안을 검토한 결과 고소 사안이 부정확함이 판명되었기에 이를 귀하에게 통고하는 바입니다.
건승하시기를 바라오며,

귀하에게 깊은 경의를 표하는 바입니다.

대통령실 시민 고소 담당 부장

하산 바자라아

* * *

이웃 사람들은 자키 베 알두수키와 그의 누이 다울라트의 싸움 소리를 듣는 데 익숙해 있었다. 싸움은 예삿일이 되어 이제 더 이상 놀라움이나 호기심을 일으키지 않았다. 그러나 이번 싸움은 이전과 달라서 깜짝 놀라게 하는 폭발에 가까운 것이었다. 고함과 심한 욕설, 주먹다짐하는 큰 소리가 들리자 주민들은 문을 열고 무슨 일인가 궁금해하며 밖으로 나왔다. 몇몇 사람들은 초조한 표정을 지으며 참견할 채비를 하고 있었다. 다울라트가 성난 목소리로 소리를 질렀다.

"나쁜 놈아, 내 다이아 반지를 잃어버렸다고?"

"말할 때 품위 좀 지키라고, 누나."

"아마 네 여자 친구인 창녀한테 반지를 주었겠지."

"제발, 품위를 지키라니까."

"네가 어떻게 생각하든 나는 품위 있는 사람이야. 사람들의 비웃음과 조롱거리를 만들고 있는 건 바로 너지. 내 집에서 나가. 이 개자식아, 마약 상습자야."

"이 아파트는 내 거야."

자키 베가 기진맥진한 목소리로 외쳤다.

"이놈아, 이건 존경해 마지않는 우리 아버지 집이야. 너는 아버지의 이름에 먹칠이나 해 댔고."

그런 뒤 치고 받는 소리가 이어졌고 아파트 문이 열렸다. 다울라트가 소리를 지르며 자키 베를 밖으로 밀어내기 시작했다.

"나가. 두 번 다시 네 꼬락서니를 보고 싶지 않으니까. 알겠어? 나가."

밖으로 나간 자키 베는 모여든 이웃 사람들을 보았다. 그는 뒤를 돌아보며 말했다.

"예. 잘 알겠습니다, 다울라트 여사. 나가지요."

다울라트는 문을 세차게 닫았다. 걸쇠가 찰칵 잠기는 소리가 들렸다. 이웃 사람들이 자키 베에게 다가와서 말했다. 이런 소동은 만부당하다. 제아무리 어떤 갈등이 있더라도 자키 베나 그의 누나인 다울라트처럼 점잖은 분들이 이런 식으로 싸운다는 것은 사리에 맞지 않는다고. 자키 베는 그 자리를 피하면서 슬픈 표정 속에 미소를 지으며 고개를 끄덕였다. 그는 엘리베이터를 타기 전에 이웃들에게 사과하듯 다정한 어조로 말했다.

"여러분, 소란을 피워서 미안합니다. 단지 오해가 있었습니다. 잘 마무리될 겁니다."

* * *

카말 알풀리에 관해 회자되는 많은 이야기들을 통해 확인된 내용은 다음과 같다. 그는 알미누피야 지역, 쉬빈 알쿰 출신으로 지독히도 빈곤한 집에서 태어났다. 가난했지만 매우 영리했고 야망이 있어 전국 순위에서 우수한 등급으로 1955년 일반고 졸업장을 취득했다. 그는 법대에 입학하자마자 정치에 뛰어들었다. 카말 알풀리는 민족 해방 연합 단체, 사회주의 연합, 전위대, 그 뒤 중앙 설교단, 이집트당, 그리고 마지막으로 민족당 등 모든 권력 조직에 차례대로 들어갔다. 이러한 변화를 거치는 동안 그는 늘 정부여당의 원칙에 열렬한 지지자였고 나세르 시절 가장 목소리를 높이던 자였다. 그는 사회주의식 변화의 결정론과 그것의 역사적 당위성에 관한 강연을 했고 저작물을 집필했다. 국가가 자본주의 체제로 전환되자 그는 민영화와 자유 시장 경제의 강력한 지지자가되어 국회 의사당 지붕 아래에서 국영 부문과 일반적으로 전체주의적인 사고를 공격 목표로 삼아 그 유명한 맹공을 퍼부었다. 아마도 그는 30년 이상 연이어 국회 내 한 좌석을 유지할 수 있었던 몇 안 되는 이집트 정치인들 중 한 명일 것이다.

이집트에서 선거는 늘 여당에 유리하도록 조작되는 것이 사실이다. 그러나 알풀리는 정치에서 천부적인 능력을 타고났음 또한 사실이다. 결정적으로 그는 그런 능력에 힘입어 민주주의 사회에서 국가 최고위직을 차지할 수 있었다. 하지만 그러한 원래의 능력은, 이집트에서 많은 능력 있는 자들에게 일어나듯, 탈선하고 추악해지며 거짓과 위선, 음모와 뒤섞였다. 그래서 카말 알풀리라는 이름은 이집트 사람들의 뇌리에서 부패와 위선이라는 의미를 떠올리기에 이르렀다.

그는 당직에서 승승장구하여 마침내 민족당 사무총장 직을 맡게 되었고 이집트 전국 선거에서 제1 심사관이 되었다. 그는 당내 후보들을 자기 마음대로 추천하고 탈락시키기도 한다. 그는 알렉산드리아부터 아스완*까지 이르는 전국 선거들의 조작을 직접 관리한다. 그는 특정 후보들에게 유리하도록 선거 조작을 용인해 주는 대가로 거액의 뇌물을 챙긴다. 동시에 그는 거물급 정치인들에게 수백만 기네의 돈을 퍼붓는 식의 상호 편의와 혜택 제공, 국가 보안 문서, 책임자급 인사들의 비리를 입증할 기밀 서류들과 같은 엄청난 술수를 통해 자신의 부패를 덮어 버린다.

알풀리는 그러한 서류들을 보관하고 있다가 필요할 경우 그런 자들을 갈취하거나 제거하는 데 사용한다. 국회에서든 민족당 내에서든 그 모든 정치 단체들에서 알풀리가 입을 열면 모두 침묵한다. 아니, 그의 단호한 눈초리 하나만으로도 그 어떤 책임자를 불안하게 만들기에 충분하다. 이와 관련해 그에게는 악명 높은 사건들이 있다. 그는 몇몇 고위 책임자들의 언행이 자신의 비위를 거슬리자 그들을 공개적으로 생매장하였다. 한 예로 몇 해 전 그는 몇몇 고위 책임자들에게 유리하도록 중앙은행장인 알가므라위 박사를 상대로 파상 공세를 펼친 적이 있는데, 결국 그 은행장은 사퇴하고 말았다. 근자의 예로는 작년에 아우카프* 성(省) 장관을 상대로 벌인 사건이 있다. 그 장관은 대중의 인기를 한 몸에 받고 있는지라 스스로 힘과 영향력이 있노라 자부하고 있었다. 그래서 장관은 당내 정치국 회의 석상 자리에서 일어나 강경한 어조로 정치 부패를 공격하며 정도를 벗어난 자들과 직위를 이용해 이익을 취하는 자들을 쫓아내 당을 정화할 것을 요구하였다. 알풀리는 장관의 발언을 제지하려고 그에게 제스처를 취했지만 장관은 아랑곳하지 않고 발언을 계속했다. 그때 알풀리가 비웃으며 장관의 말을 저지하더니, 마치 연극을 하듯 주위의 참석자들을 둘러보며 말했다.

"어이쿠나, 장관님, 어인 일이십니까? 장관님께서 이다지도 부패와 싸우고자 하신다면, 먼저 자신부터 시작하셔야죠. 장관님은 개발은행으로부터 1천만 기네를 대출받았는데 지난 5년간 내내 상환을 거부하고 있지요. 글쎄요, 은행 책임자들이 소송을 제기하여 장관님에게 추문을 만들기로 했다던데요."

그러자 얼굴이 백지장처럼 창백해진 장관은 참석자들의 질타와 비웃음 속에 침묵하며 자리에 앉았다.

* * *

이 모든 것을 핫즈 앗잠은 잘 알고 있었다. 그래서 국회 의원 선거에 입후보하기로 결정하자마자 카말 알풀리와의 면담을 요청했다. 알풀리는 몇 주 동안 지체하다가 마침내 앗잠을 위해 약속을 정해 주었다. 장소는 알무한디신 지역의 샤합 거리에 있는, 변호사로 일하는 알풀리의 아들 야시르 알풀리의 사무실이었다. 금요일 예배 후 핫즈 앗잠과 아들 파우지는 약속 장소로 갔다. 사무실에는 경호원 몇 사람과 카말 알풀리, 그의 아들 야시르만 있었다. 앗잠과 알풀리는 서로 포옹하고 인사를 나누면서 기도문과 서로에 대한 칭찬의 말, 간단한 농담을 주고받았다. 두 사람은 서로에 대한 애정과 이해, 감사의 마음을 지닌 오래된 친구들보다 더 가까운 듯 보였다.

두 사람 사이에 서론 격의 이런저런 얘기가 한참 오간 다음 앗잠은 본 주제로 들어갔다. 앗잠은 자신이 사람들을 좋아하며 그들에게 봉사하고 싶은 마음이 있다고 말했다. 그는 무슬림들이 요청하는 일을 해결하려고 노력하는 자들이 받는 보상에 대해 언급한 하디스의 여러 구절들을 인용했다. 알풀리는 앗잠의 말에 믿음이 간다는 듯 머리를 끄덕거렸다. 앗잠은 결정적인 지점에 이르러 말했다.

"그래서 말입니다만, 저는 하나님께 의지하면서 길을 물었고 하나님의 명에 따라 이번 선거에서 저의 구역인 카스르 알닐에서 입후보하기로 결심했습니다. 바라옵건대 민족당에서 저를 공천해 주었으면 합니다. 카말 베, 무엇이든 필요하신 게 있으면 당신의 지시를 받들겠습니다."

알풀리는 앗잠이 무슨 말을 할지 미리 예상했음에도 불구하고 깊은 생각에 잠기는 척했다.

알풀리는 자신을 바라보는 자의 마음에 뭔가 어긋나는 인상을 남겨 주곤 했다. 즉 한편으로 그는 영리하고 두뇌 회전이 빠르며 중압감이 있어 보이는 반면, 다른 한편으론 비대한 몸에 처진 배와 항상 살짝 풀어 헤친 넥타이, 조화되지 않은 색상의 추잡한 의상, 어설프게 염색한 머리, 통통하고 거친 얼굴, 뻔뻔스럽고 사악하고 거짓스러운 눈초리, 말할 때의 천한 말씨 등이 눈에 띈다. 그는 말할 때 저속한 여자처럼 팔을 뻗으며 손가락을 움직이고 어깨와 배를 들썩거린다. 그러한 모든 것은, 마치 관객을 즐겁게 해 주려고 한 장면을 연기하는 것처럼 그의 외관을 일견 우스꽝스러워 보이게 하고, 또한 보는 이의 마음에 불쾌하고 혐오스러운 느낌을 안겨 준다.

알풀리가 보좌관에게 종이와 연필을 달라고 한 뒤 뭔가를 그리기 시작했다. 잠시 시간이 지나가는 동안 그는 그림에 몰두하고 있었다. 핫즈 앗잠은 뭔가 잘못된 게 있다 싶었다. 그러나 알풀리는 얼마 안 있어 그림을 끝냈고, 손으로 그 종이를 들어 앗잠을 향해 보여 주었다. 앗잠은 커다란 토끼가 그려진 종이를 보고 깜짝 놀랐다. 앗잠은 한참을 침묵하다가 물었다.

"의원님께서 뭘 의도하시는지 잘 모르겠습니다만……."

알풀리가 재빨리 답했다.

"당신은 선거에서 당선 보장을 원하면서 내 요구 사항을 물었고. 나는 그 요구 사항을 그림으로 그렸소."

"토끼 그림 하나가 백만 기네요? 카말 베, 너무 많은 것 같습니다만……."

앗잠은 그만한 금액을 예상했지만 그래도 혹시나 하는 생각에 흥정을 하고 싶어 했다. 알풀리가 말했다.

"이보시오, 핫즈. 당신은 하나님을 믿소?"

그러자 함께 자리한 자들 모두 당연하다는 뜻으로 "라 일라하 일랄라(알라 외에 신은 없다)"라고 되뇌었다.

"나는 카스르 알닐보다 작은 구역들에서도 150만에서 200만 기네의 금액을 받소. 우리 앞에 있는 내 아들 야시르가 말해 줄 것이오. 그러나 핫즈, 진실로 나는 당신을 좋아하고, 진심으로 당신이 우리와 함께 국회에서 일하길 원하오. 또 나 혼자 그 돈을 모두 갖는 게 아니오. 나는 우편배달부일 뿐이지요. 나는 당신에게 돈을 받아 다른 이에게 전달해 줄 뿐이오. 잘 아시면서."

핫즈 앗잠은 조금 불안한 기색을 보이다가 물었다.

"말씀인즉, 카말 베, 만일 제가 그 금액을 지불하면 선거 당선을 보장할 수 있단 말인가요?"

"핫즈, 어찌 그런 말을……. 당신은 지금 카말 알풀리와 얘기하고 있소. 국회 경험이 30년이오. 내가 원하지 않으면 이집트에서 어느 누구도 선거에서 당선될 수 없소."

"제가 들은 바로는 몇몇 거물급 인사들이 카스르 알닐에서 입후보할 것이라고 합니다만."

"걱정 마시오. 하나님의 축복으로 우리가 합의한다면 당신은 카스르 알닐에서 당선될 것이오. 만일 푸른 진*이 당신과 맞선다 하더라도 말이오. 핫즈, 일은 내게 맡겨 두시오."

알풀리는 웃더니 등을 뒤쪽으로 당기고는 자신의 큰 배를 손바닥으로 쓸었다. 그러고는 거만하게 말했다.

"순진한 사람들은 내가 선거를 조작한다고 알고 있지요. 결코 그렇지 않아요. 모든 걸 말하자면, 나는 이집트 국민의 심리를 빠삭하게 꿰고 있습니다. 우리 주님께서는 이집트 사람들을 정부의 지배 아래 놓이도록 창조하셨지요. 그 어느 이집트인도 자신의 정부를 거스를 수는 없습니다. 물론 천성적으로 반기를 들고 거역하는 국민들도 있기는 하지요. 그런데 이집트 국민은 먹고살기 위해 평생 참고 지냅니다. 역사에 그렇게 쓰여 있어요. 이집트 국민은 세상에서 통치하기 가장 쉬운 국민입니다. 당신이 권력을 잡자마자 이집트인들은 당신에게 복종하고 당신에게 굴종할 것이며, 당신은 마음대로 그들을 다루면 됩니다. 이집트에서는 그 어떤 정당이라도 선거를 치를 때 권력 내에 있으면 승리하게 마련입니다. 이집트 국민이 정부를 지지하기 때문이죠. 우리 주님께서 이집트인을 그렇게 창조하셨어요."

앗잠은 당황해하면서 알풀리의 말에 만족스럽지 않은 표정을 지었다. 지불할 방법에 관해 묻자 알풀리가 간단히 답했다.

"핫즈, 잘 들으시오. 만일 금액이 현찰이면 내가 수령하겠소. 만일 수표라면 변호사 야시르 알풀리의 이름을 기재하시오. 그런 다음 그 수표로 당신이 의뢰인인 것처럼 어떤 송사에 관해 야시르와 계약을 맺으시오. 물론 당신은 이러한 형식적인 절차를 잘 알고 있을 것이오."

핫즈 앗잠은 잠시 침묵하더니 수표 노트를 꺼냈다. 그리고 자신의 금색 펜 뚜껑을 열면서 말했다.

"좋습니다. 하나님의 축복이 있기를. 금액의 절반은 수표로 드리고, 제가 당선되면 그때 나머지 절반을 드리겠습니다."

"이보시오. 그건 안 되오. 그건 나를 화나게 하는 것이오. 그런 말은 학생 애들에게나 하시오. 내 방식은 주고받는 것이오. 금액 전부를 지불하시오. 내가 당신이 국회에 들어오도록 기원하겠소. 지금 당신과 함께 파티하* 장을 읽으리다."

이것이 앗잠 쪽에서 해 본 최후의 흥정이었다. 흥정이 실패하자 그는 굴복하고 1백만 기네 금액의 수표를 작성했다. 앗잠은 습관대로 수표를 자세히 살핀 뒤 손을 내밀어 알풀리에게 주었다. 알풀리는 수표를 받아 아들에게 건넸다. 알풀리의 얼굴이 밝아지더니 기쁨에 찬 어조로 말했다.

"핫즈, 축하하오. 우리 함께 파티하 장을 읽읍시다. 주님, 우리를 영광되게 해 주시고 우리의 일을 성사시켜 주시길 바라나이다. 그리고 계약서는 야시르에게 준비되어 있소."

네 사람 곧 알풀리와 앗잠, 그들의 두 아들은 눈을 감은 채 소원을 빌며 손을 앞으로 내밀고 파티하 장을 중얼거렸다.

* * *

핫즈 앗잠은 알풀리에게 돈을 지급했다. 그는 선거가 분명 자신에게 유리해졌다고 생각했지만 실상은 그렇지 않았다. 카스르 알닐 구역에서 여러 명의 사업가들 간에 경쟁이 뜨거웠고, 그들은 국회에서 노동자들을 대표하는 한 자리를 두고 서로 차지하려 했다. 핫즈 앗잠의 강력한 경쟁자는 아부 히미다였는데, 그는 유명한 '알리다 와 알누르(기쁨과 빛)' 의복 연쇄점의 소유주였다. 태생적으로 비슷한 두 거두는 서로 반목하였다. 앗잠과 아부 히미다 두 사람 간의 첨예한 증오심의 기본 원인은 두 사람이 많은 점에서 유사하다는 데 있다. 아부 히미다는 앗잠처럼 포트사이드 항구의 날품팔이 노동자 출신으로, 지난 20년도 안 되는 기간에 재산이 엄청나게 증가해 이집트에서 대부호에 속하는 인물로 떠오른

자였다.

아부 히미다에 관해 사람들은 몇 년 전 그가 카이로와 알렉산드리아에 대규모 연쇄점을 개장했을 때 처음 들었다. 그리고 언론과 텔레비전은 그에 관한 광고로 넘쳐 났는데 그 내용은 이랬다. 그 어떤 여성이라도 만일 샤리아*에 따른 히잡을 입기로 결심하고 그 진정성을 증명하기 위해, 갖고 있던 여성미를 드러내는 서양식 옛 의상을 상점에 내놓기만 하면 여러 벌의 점잖은 새 의상과 머리에 쓰는 다양한 색상의 히잡을 주겠다고 아부 히미다가 약속한다는 것이었다. 사람들은 이처럼 생소한 포교 방식에 놀라움을 금치 못했다. 사람들의 놀라움은 '알리다 와 알누르' 상점이 실제로 수십 명의 여성들로부터 이전의 의상을 접수하고 그 보상으로 값비싼 이슬람식 새 의상을 무료로 주었을 때 배가되었다. 그런데 그 발상의 고귀한 목적은 원래부터 히잡을 착용해 왔던 일부 여성들이 슬쩍 끼어드는 것을 막지는 못했다. 그 여성들은 공짜 옷을 받으려고 그때까지 히잡을 착용한 적이 없던 것처럼 행세했다. 그들은 자기들 것이 아닌 옷을 상점으로 가져와 그 보상으로 새 옷을 받으려 했다. '알리다 와 알누르' 점포들은 이러한 눈속임을 눈치채고 편법을 쓰는 여자들에 대해 법적 제재를 취하겠다는 경고를 담은 공고를 도처에 실었다. 그렇게 할 수 있었던 데에는 히잡 쓴 여성이 가게에서 서명한 계약에 거짓말할 경우 그녀에게 가하는 징벌 조항이 들어 있었기 때문이다.

그러한 위반 사항에도 불구하고 그 계획은 큰 성공을 거두어, 수천 명의 무슬림 여성들이 히잡을 착용하도록 하는 데 일조했다.

신문마다 그 계획에 관한 — 게재 비용을 지불한 — 인물 다큐멘터리 기사가 실렸다. 기사에서 핫즈 아부 히미다는 하나님의 얼굴을 뵙기 위해 많은 금액을 헌납하여 선한 일에 썼노라고 밝혔다. 그는 울라마*들과 상의한 결과, 자신이 선교 사업에 기여할 수 있는 최상의 방법으로 찾아낸 것이 정숙한 무슬림 여성들이 되도록 도와주자는 것이었으며, 이는 하나님의 율법을 엄수하기 위한 첫 단계에 해당한다고 말했다. 수천 벌의 단정한 여성 의상을 무료로 나눠 주기 위해 얼마의 비용이 들었는가에 대한 질문을 받았을 때 아부 히미다는 금액을 밝히기를 거부했다. 그는 그 금액은 우리의 주님께서 정산해 주실 것으로 확신한다고 답했다. 의심할 여지 없이 히잡 계획은 아부 히미다의 이름을 드높여 유명세를 타게 했고, 그로 하여금 이집트 내 명사의 반열에 들게 했다. 그러나 얼마 안 있어 아부 히미다가 헤로인을 거래하는 거상들 중 한 사람으로 그의 이슬람 포교 계획은 돈세탁을 위한 창구라는 소문이 파다하게 나돌았다. 하지만 아부 히미다가 고위 책임자들에게 뇌물을 상납한 일 때문에 그를 체포할 수도 없는 상황이었다.

아부 히미다는 카스르 알닐 구역에서 민족당 입후보 자격을 따내려고 무진 애를 썼다. 민족당이 핫즈 앗잠을 후보로 발표하자 아부 히미다는 크게 발끈하여 고위 관리들을 상대로 끈질긴 노력을 기울였다. 그러나 보람도 없이 알풀리의 한마디가 더 위에 있었다. 더욱이 아부 히미다와 절친한 한 고위 관리는 아부 히미다가 알풀리에 대해 불평하는 소리를 듣고 웃으며 말했다.

"이보게, 아부 히미다. 당신도 알다시피 나는 당신을 좋아하고 당신이 해를 당할까 걱정하고 있소. 알풀리와는 더 이상 갈등을 키우지 않도록 하시오. 이번에 당신이 국회에 못 들어간다 해도 하나님의 허락하심으로 앞으로 여러 번 기회가 있소. 하지만 알풀리를 잃지 마시오. 그는 당신이 생각하는 것 이상으로 뒤를 봐주는 자가 있고 윗선과도 닿아 있소. 게다가 그는 무자비하기 짝이 없는 자요. 그는 화가 나면 당신에게 상상할 수조차 없는 문제를 일으킬 거요."

그러나 아부 히미다는 물러서지 않았다. 그는 공식적으로 무소속 입후보로 나섰다. 그는 카스르 알닐 구역을 자신의 사진과 이름, 자신의 선거 상징물인 의자가 인쇄된 수백 장의 선거 포스터로 뒤덮었다. 그는 매일 밤 시내에 커다란 선거 막사를 세워 그곳에서 자신의 지지자들을 모아 놓고 핫즈 앗잠을 공격하는 연설을 했다. 그는 앗잠의 부정 축재를 언급했고, 새 결혼을 가리키며 그가 색욕에 탐닉해 있다고 까발렸다. 앗잠은 이러한 인신공격에 화가 치밀어 알풀리에게 가서 솔직히 털어놓았다.

"매일 밤 공개적으로 나를 욕해 대고 있는데 당에서 막아 주지 않는다면 제가 당에서 입후보한들 무슨 소용이 있습니까?"

알풀리는 고개를 끄덕이더니 잘해 보겠다고 약속했다. 알풀리는 다음 날 성명을 발표했고 모든 신문이 1면에 그것을 대서특필했다. 기사에서 알풀리는 말했다.

민족당은 각 구역마다 한 명의 후보자가 있다. 당의 의무는 당 소속 위원들 모두에게 총력을 기울여 당 입후보자들을 배후에서 지지하도

록 하고 있다. 그리고 민족당에 맞서 무소속으로 나서는 당 소속 위원이 있다면 그런 자는 선거가 끝난 후 당의 심판을 받을 것이며 제명될 것이다.

그 성명은 분명 아부 히미다를 겨냥한 것이었다. 하지만 그런 위협은 아부 히미다에게 영향을 주지 않았다. 그는 앗잠에 맞서 계속 거센 공격을 해 댔다. 매일같이 선거 막사들을 세웠고 구역 주민들에게 수백 개의 선물을 나누어 주었다. 양측은 온갖 방법을 동원해 추종자와 지지자들을 끌어모으며 경쟁을 벌였다. 연일 양측 간에 싸움이 벌어져 많은 사람들이 부상당하는 사태가 벌어졌다. 두 경쟁자가 지닌 강한 영향력으로 공안 당국은 늘 중립의 입장에 섰다. 싸움이 일어나면 경찰 부대는 대부분의 경우 싸움이 끝나고 나서야 현장에 도착하거나, 상징적인 의미로 싸움에 가담했던 몇몇 사람을 체포하는 정도였다. 체포된 사람들도 경찰서에 도착하자마자 조사도 하지 않고 풀어 주었다.

* * *

그 이유가 무엇인지는 알 수 없지만 정경 대학 하면 품위와 고급스러움이 연상되었다. 그 대학 학생들에게 소속을 물으면 그들은 자랑스럽고도 태연하게 '정경 대학'이라고 답했다. 그들은 마치 "예. 우리는 당신이 보다시피 정상에 서 있지요"라고 말하는 것 같았다. 어느 누구도 정경 대학을 감싼 후광의 비밀을 알지 못한다. 아마도 그것은 다른 대학들이 세워진 뒤 여러 해가 지나 정경 대학이 단독으로 세워져 그것만의 특색을 지니게 되었기 때문일 수도 있다. 또는, 사람들의 얘기대로 정부가 지도자 가말 압델 나세르의 딸을 입학시키기 위해 특별히 그 대학을 세웠을 수도 있다. 혹은, 정치학을 공부하는 자들이 그 학문 분야의 특성상 세상사와 매일같이 긴밀한 관계를 갖게 되면서, 그런 점이 자연스럽게 그들의 사고와 행동 양식 안에 자리 잡을 수 있기 때문일 수도 있다. 또한 마지막 이유로, 어쩌면 오랜 기간 동안 정경 대학이 외무부에서 일하기 위한 왕도이기 때문일 수도 있다. 고관 자제들은 외교관이 되는 첫걸음으로 이 대학에 들어왔던 것이다.

하지만 타하 알샤들리는 학과 조정 서류에서 1지망으로 경제 대학의 스티커를 붙이면서 뇌리에 그런 생각이 들지 않았다. 경찰 대학에 가겠다는 소원이 영원히 상실된 상태에서, 그는 경제과에서 자신의 우수성을 최대한 살리고 싶었다. 이것이 그가 생각한 전부였다.

강의 첫날, 그는 대학 교정의 시계탑 아래를 지나고 있었다. 그는 그 유명한 시계탑 종소리를 들으며 위엄과 숭고함을 느꼈다. 그는 수백 명의 학생들이 함께 웃고 떠드느라 생기는 울림 소리로 가득한 계단식 강의실에 들어갔다. 학생들은 서로 인사하면서 즐겁게 이야기를 나누고 있었다. 그때 타하는, 자신이 천 개의 머리를 가진 괴물을 닮은 이 거대한 무리 가운데 너무도 왜소하다는 느낌을 받았다. 그 괴물의 눈들은 모두 자신을 바라보면서 샅샅이 살펴보고 있는 듯했다. 타하는 계단식 강의실의 가장 위쪽으로 올라가 자리를 잡았다. 마치 자기는 참석 학생들을 볼 수 있는데 그들은 자신을 볼 수 없는 안전한 장소에 숨는 것 같았다.

그는 파란색 진 바지와 흰색 티셔츠 차림이었다. 그는 집에서 나올 때까지만 해도 자신의 모습이 멋지다고 생각했다. 그러나 동료 학생들을 본 뒤 그는 자신의 복장이 별 볼일 없음을 알게 되었다. 바지만 해도 그야말로 정품 진 바지를 모방한 형편없는 것이었다. 그는 아버지에게 잘 말씀드려서 싸구려 옷을 파는 '알리다 와 알누르' 상점이 아닌, 알무한디신이나 알자말렉 지역의 가게에서 옷 한 점이라도 사 달라고 해야겠노라 결심했다.

타하는 누구와도 알고 지내지 않기로 맘속에서 결정했다. 누구와 알고 지낸다는 것은 곧 개인 정보를 교환하는 것이기 때문이었다. 예를 들어, 여학생들을 포함한 동료들 속에 있게 될 경우 그중 한 명이 아버지의 직업이 뭐냐고 물으면 그땐 뭐라고 답할 것인가? 타하는 희한한 생각에 사로잡히기도 했다. 그것은 앉아 있는 학생들 중 어느 한 명이 야쿠비얀 빌딩 내에 사는, 타하가 언젠가 담배를 사다 주었거나 세차해 주었던 거주자의 자녀일지도 모른다는 것이다. 타하는 그 익명 거주자의 자녀일 경우 있음직한 일을 상상해 보았다. 건물 문지기의 아들이 같은 대학의 동료라는 사실을 알았을 때 과연 무슨 일이 일어날까?

타하는 이런 식으로 생각하기 시작했다. 강의가 하나둘 진행되었고 그러다가 정오 아잔* 소리가 울려 퍼졌다. 몇몇 학생들이 예배를 드리러 가기 위해 일어섰고 타하는 그들을 따라 대학 사원으로 갔다. 타하는 그 학생들이 자신처럼 가난하다는 것을 알고 마음이 놓였다. 대부분의 학생들이 시골 태생으로 보였다. 예배가 끝난 다음 타하는 그 점에 고무되어 한 학생에게 물었다.

"너 1학년이니?"

학생은 다정하게 웃으며 답했다.

"응."

"이름은 뭐니?"

"칼리드 압둘라힘. 아시유트에서 왔어. 너는?"

"타하 알샤들리. 여기 카이로 출신이야."

이렇게 타하의 첫 인사가 이루어졌다. 사실, 기름이 물 위에서 따로 층을 형성하며 즉시 물과 분리되는 것처럼 첫 순간부터 부유한 집 학생들은 가난한 학생들과 분리되었다. 또한 외국어 학교 출신들과, 자가용을 소유하고 외제 의상과 외국 담배를 가진 자들로 이루어진 다수의 폐쇄적인 그룹들이 형성되었다. 제일 예쁘고 우아한 여학생들은 이런 남학생들에게 끌렸다. 가난한 학생들은 겁에 질린 쥐들처럼 서로 바짝 붙어서 창피한 표정으로 소곤거렸다.

한 달도 지나지 않아 타하는 사원의 동료들을 전부 알게 되었는데 그들 중 가장 마음에 와 닿는 친구는 칼리드 압둘라힘이었다. 그는 작은 키에 몸은 갈대처럼 마르고 홀쭉했으며, 피부는 가무잡잡한 갈색이었다. 그가 쓰고 있는 검은 테의 싸구려 안경은 진지하고 점잖은 인상을 주었다. 그의 소박한 전통 복장은 대학을 갓 졸업한 젊은 공립 학교 선생 같은 느낌이 있었다. 타하는 그를 무척 좋아했는데, 아마도 그가 자신처럼 가난해서, 아니 실제로는 타하보다 더 가난해서였을 것이다. 그 증거는 예배 때 늘 드러나 보이는 칼리드의 기운 양말이었다. 타하가 그를 좋아한 또 다른 이유는 그의 깊은 종교심이었다. 칼리드는 서서 예배를 드릴 때 하나님 말씀의 의미를 생각하며 하나님을 염원하고 양손을 깍지 끼어 심장 쪽에 놓고, 매우 공손하게 머리를 숙인다. 그때 그 모습을 본 사람이라면 만일 불이 나거나 그 옆에서 총을 쏜다 해도 칼리드는 결코 한순간도 예배를 멈추지 않으리란 것을 알 수 있다. 칼리드의 신앙과 이슬람에 대한 사랑의 수준에 이르기를 타하는 진심으로 고대했다. 둘 사이의 우정은 단단해졌다. 둘은 서로 간에 허심탄회하고 비밀을 공유했다. 그리고 매일 보는 것 중에서, 가령 일부 사치스러운 학생들의 경솔한 행동이라든지 진실된 신앙에서 동떨어진 모습, 그리고 마치 댄스파티에 가는 듯 한껏 꾸미고 학교에 오는 일부 여대생들을 둘은 함께 질타했다.

칼리드는 타하에게 대학 기숙사에서 지내는 다른 친구들을 소개했다. 그들 모두 시골 출신으로 가난하지만 착하고 경건했다. 타하는 매주 목요일 저녁 그들을 찾았다. 함께 저녁 예배를 드리고 함께 밤을 지새우며 대화를 나누고 토론을 벌였다. 실제로 타하는 이 토론에서 많은 것을 알게 되었고, 처음으로 이집트 사회가 이슬람 사회가 아니라 자힐리야* 사회라는 것을 깨달았다. 그것은 통치자가 하나님의 법을 폐기하고, 하나님의 금기가 공공연히 깨지고 있으며, 국가의 법은 술과 간통, 이자를 허용하고 있기 때문이었다. 타하는 신앙에 배치되는 공산주의의 의미와, 가말 압델 나세르 체제가 무슬림 형제단*에게 저지른 끔찍한 범죄에 대해서도 알게 되었다. 그는 친구들과 함께 사이드 아불 아을라 마우두디,* 사이드 쿠틉,* 유수프 알카라다위,* 아부 하미드 알가잘리*의 책들을 읽었다. 몇 주 뒤 어느 날이었다. 기숙사 친구들과 즐거운 밤 시간을 보내고 나서 친구들은 여느 때처럼 자리에서 일어나 타하를 배웅하고 있었다. 문에서 칼리드 압둘라힘이 타하에게 갑자기 물었다.

"타하, 넌 금요 예배를 어디서 드리니?"

"집 근처 작은 사원에서."

칼리드는 동료들과 눈짓을 교환하더니 기쁜 표정으로 말했다.

"타하, 난 네게 보답해 주기로 마음먹었어. 내일 10시에 알타흐리르 광장 알리바바 카페 앞에서 기다려. 우리 함께 아니스 이븐 말리크 사원에서 예배를 드리자. 그런 뒤 너를 고명하신 셰이크 샤키르에게 소개할 테니."

* * *

금요일 아잔이 있기 두 시간 전, 아니스 이븐 말리크 사원은 예배자들로 꽉 찼다. 그들 모두 이슬람주의를 따르는 학생들이었다. 일부 학생들은 서구식 복장을 입었으나, 대부분 무릎 아래까지 내려오는 희거나 파란색의 질밥으로 아래에도 같은 색 바지를 입는 형태의 파키스탄식 복장을 하고 있었다. 그리고 머리에는 끄트머리가 목뒤에 내려오는 흰 터번을 쓰고 있었다. 모두 셰이크 무함마드 샤키르를 존경하고 따르는 자들이었다. 그들은 금요일이면 사원에 일찍 나와서 사람들이 몰려들기 전에 자리를 잡아 서로 인사를 나누고 코란을 읽으며 종교 문제 토론으로 시간을 보낸다. 사람들이 많아지면서 자리가 비좁아지기에 이르렀다. 사원 관리자들이 수십 개의 깔개를 꺼내 와 사원 정면에 있는 공터에 깔았다. 공터는 예배자들로 발 디딜 틈이 없었고 통행조차 불가능했다. 심지어 사원 내 위층에 있는 여학생 전용실도 시야를 가리는 구조로 되어 있지만 그곳에서 들려오는 커다란 소음으로 미루어 그곳도 초만원임을 알 수 있었다.

사원의 확성기가 켜지고 거슬리는 고음을 내더니 이어 맑은 소리를 냈다. 한 남학생이 선율 고운 나긋한 목소리로 코란을 낭송하기 시작하자 학생들은 정신을 집중해 경청했다. 분위기는 전설적이고 진실되고 순수했으며, 거칠고 소박하며 원시적인 장면은 초기 이슬람 시절을 떠올리게 했다. 갑자기 하나님을 향한 찬미와 찬양의 소리가 높아졌고 학생들은 선 채로 몰려들어 셰이크 샤키르와 악수를 나누었다. 셰이크는 쉰 살 정도의 나이에 보통 키였고 헤나로 염색한 약간의 수염이 있었다. 얼굴은 잘생긴 편으로 꿀색의 큰 눈이 깊은 인상을 주었다. 그는 학생들처럼 이슬람식 의상을 입었으며 위에 검은색 웃옷을 걸쳤는데, 주위에 모여든 학생들 대부분을 알고 있었다. 그는 학생들과 악수를 나누고 포옹하면서 그들의 근황에 관해 물었다. 시간이 한참 지나 그는 민바르*에 올랐고 주머니에서 이를 닦는 시와크*를 꺼냈다. 그러더니 "하나님의 이름으로……"의 구절을 암송하고 사원의 사면을 뒤흔들 만큼 큰 소리로 하나님을 찬양하는 단문을 읊었다. 셰이크가 손짓을 보내자 그 즉시 깊은 정적이 감돌았다. 그는 하나님을 찬양하고 칭송하는 말과 함께 연설을 시작했다.

"친애하는 형제자매 여러분, 여러분은 자신에게 이런 질문을 해 보기 바랍니다. '인간은 이 세상에서 몇 년을 살 것인가?' 라고. 그 대답은 이렇습니다. '인간의 평균 수명은 최상의 조건에서 70세를 넘지 않는다.' 이 기간은 곰곰이 생각해 볼 때 아주 짧은 기간입니다. 또 사람은 어느 한순간 질병이나 사고로 죽기도 합니다. 만일 여러분이 알고 지내던 사람이나 친구들을 조사해 보면 한 명 이상이 젊은 시절 갑자기 죽었음을 알게 될 것입니다. 젊은 시절에 죽은 이들은 자신들이 죽을 것이라고는 한 번도 생각해 본 적이 없었을 것입니다. 이 점에 관해 좀 더 생각해 보자면, 우리는 세상에서 인간은 세 번째라곤 없는 두 개의 선택을 갖고 있음을 알게 됩니다. 그 하나는 짧고 덧없는 삶, 즉 어느 한순간 예상치도 못하게 끝나 버릴 그런 속세의 삶에 자신의 모든 노력을 집중하는 경우입니다. 그런 사람은 자신을 위해 멋지고 훌륭한 집을 지으려 하지만 그것은 바닷가에 모래로 집을 짓는 것과 같습니다. 결국 그 집은 어느 한순간 바다에서 밀려오는 강한 파도에 의해 간단히 무너지고 파괴되어 버립니다. 이것은 실패로 끝나는 선택입니다. 우리의 숭고하신 주님께서 우리에게 바라시는 두 번째 선택은, 무슬림으로서 우리가 이 현세를 영원한 영혼의 삶 속에서 짧게 지나가는 단계로 여기고 살아가는 것을 말합니다. 이런 삶을 사는 자는 현세와 내세 둘 다 얻게 되고 항상 마음과 양심이 편안한 상태에서 행복하게 지내며, 또한 용감해져서 우리의 위대하신 주님 외에는 두려워할 것이 없게 됩니다. 진실된 신앙을 가진 자는 죽음을 두려워하지 않습니다. 유물론자들처럼, 죽음을 존재의 끝으로 생각하지 않기 때문입니다. 신앙인에게 죽음은 단지 영혼이 무상한 육체에서 영원한 삶으로 이전하는 것에 불과합니다. 이처럼 진실한 믿음이야말로 수백 명의 초기 무슬림들이 페르시아나 로마 같은 강대국의 군대에 맞서 승리할 수 있었던 이유였습니다. 이 순수한 무슬림들은 강한 믿음을 지녔고, 진심으로 하나님을 위해 죽기를 갈망했으며, 덧없는 세상 향락을 극도로 경멸했던 데 힘입어 세상의 모든 지역에 이슬람 깃발을 세울 수 있었습니다. 하나님께서는 우리에게 그분의 말씀을 드높이기 위해 지하드*를 명하셨습니다. 지하드는 예배나 단식과 마찬가지로 이슬람의 의무 사항입니다. 아니, 지하드는 모든 것을 통틀어 가장 중요한 의무입니다. 그러나 퇴보의 시대에 이슬람 세계를 통치했던 부패하고 돈과 향락에 탐닉한 지배자들이 위선적인 법학자들의 도움을 받아 지하드를 이슬람의 의무에서 배제했습니다. 지배자들은 사람들이 지하드에 충실해지면 종국엔 지배층을 상대로 반란을 일으켜 왕좌를 잃게 되리라는 것을 알았기 때문입니다. 이렇게 지하드를 폐지함으로써 이슬람은 그 진실된 의미를 상실하게 되었습니다. 또한 우리의 위대한 종교는 의미가 결여된 의례(儀禮)적 행사로 변하고 말았습니다. 무슬림들은 영혼이 결여된 채 몸동작만 하는 의식을 마치 운동하듯 행하고 있습니다. 지하드를 버렸을 때 무슬림들은 세상의 노예가 되었고 세상에 탐닉하게 되었으며 죽음을 두려워하는 겁쟁이가 되었습니다. 결국 그들은 적들에 패해 굴종을 당하고 말았습니다. 무슬림들이 지고하신 하나님과의 약속을 저버렸기 때문에, 하나님께서는 그들에게 패배와 퇴보, 가난을 안겨주셨습니다.

사랑하는 형제자매 여러분.

우리 통치자들은 자신들이 이슬람 샤리아를 적용하고 있노라 주장하고, 동시에 민주주의 제도로 우리를 다스린다고 분명히 말합니다. 그러나 하나님께서는 그들이 이런저런 일에 대해 거짓말을 하고 있음을 아십니다. 불행한 우리나라에서 이슬람 샤리아는 폐기되어 있습니다. 우리는, 쌍방이 합의하기만 하면 술과 간통, 동성애를 허용하는 프랑스식 세속 법에 따른 통치를 받고 있습니다. 아니, 국가 자체가 도박과 주류 판매로 돈을 벌어들이고, 그 부정으로 얻은 돈을 무슬림들에게 급여를 준답시고 쏟아 붓습니다. 그래서 무슬림들은 부정한 돈으로 인한 저주에 시달리고 있으며, 하나님께서는 그들의 삶에서 축복을 거두고 계십니다. 민주주의 국가라 자칭하는 이 나라는 권좌를 영원히 유지하기 위해 선거 조작, 무고한 자에 대한 구금과 고문을 자행하고 있습니다. 저들은 거짓말에 거짓말을, 또 거짓말을 해 대면서 우리에게 자신들이 내뱉는 거짓말을 믿어 달라고 합니다. 이에 우리는 저들에게 크고 분명한 목소리로 말하고자 합니다. 우리는 사회주의 체제도 민주주의도 원하지 않는다고요. 우리는 이슬람 체제, 이슬람 체제를 원한다고. 우리는 이집트가 이슬람 국가로 돌아올 때까지 투쟁할 것이며, 또한 자신과 모든 소중한 것을 내버릴 것입니다. 이슬람과 민주주의는 결코 함께할 수 없는 상극입니다. 어떻게 물이 불을, 빛이 어둠을 만나겠습니까? 민주주의란 사람들이 스스로 자신들을 다스린다는 것을 의미합니다. 이슬람에는 하나님의 통치 외에는 없습니다. 사람들은 국회 의원들이 하나님의 법이 적용 가능한가 그렇지 않은가를 결정하도록 하나님의 법을 국회에 상정하려고 합니다. '그자들은 거짓을 말할 때면 입에서 나오는 말소리가 커졌나니.' 진리의 샤리아는 토론 대상도 아니고 심의 대상도 아닙니다. 그것은 순종할 사항이고, 강력하고도 즉시 집행되어야 할 사항입니다. 증오하는 자들이 싫어하더라도 말입니다. 형제 여러분, 우리 모두 하나님께서 우리의 마음에 임하시도록 간구합시다. 거룩한 이 자리에서 우리는 하나님께 약속합시다. 하나님을 향한 믿음에 충실하자고, 하나님을 위해 우리의 온 힘을 바쳐 투쟁하자고, 하나님의 말씀이 지고의 말씀이 되도록 우리 자신을 값싸게 내버리자고 말입니다."

환호와 하나님 찬양 소리가 크게 울려 퍼지면서 사원 구석구석을 뒤흔들었다. 셰이크는 말을 멈추고 잠시 눈을 감더니, 주위가 조용해지자 말을 이었다.

"형제 여러분, 오늘날 이슬람 청년의 사명은 지하드의 개념을 되살리고 그것을 무슬림들의 정신과 마음에 되돌려 놓는 것입니다. 바로 이것이야말로 미국과 이스라엘, 그리고 배신자들인 우리 통치자들을 두렵게 하는 것입니다. 그들은 나날이 우리나라에서 확대되고 힘을 더해 가는 이슬람 대각성(大覺醒) 운동을 두려워하며 떨고 있습니다. 헤즈볼라*와 하마스* 운동에 속한 지하드 전사들은 거대한 미국과 불패의 이스라엘을 격퇴할 수 있었습니다. 한

편 가말 압델 나세르 대군은 종교를 망각하고 속세를 위해 싸웠기 때문에 참패했습니다."

불타오르는 격정에 사로잡힌 셰이크가 외쳤다.

"지하드, 지하드, 지하드입니다. 아부 바크르,* 오마르*, 칼리드,* 사아드*의 후손들이여, 오늘날 이슬람은 여러분에게 희망을 걸고 있습니다. 한때 여러분의 위대한 조상에게 희망을 걸었듯이 말입니다. 하나님을 위해 싸우십시오. 이맘* 알리 이븐 아비 탈립*이 세 차례 속세와의 결별을 선언했듯이 여러분도 이 속세를 버리겠다고 세 번 선언하십시오. 하나님께서는 여러분이 하나님과 맺은 약속을 실행하는지를 지켜보고 계십니다. 확고부동한 자세로 흔들리지 말고 패배자가 되지 않도록 하십시오. 시온주의의 점령으로 굴욕을 당하고 명예에 손상을 입은 수백만 무슬림들은 그대들에게 무너진 자존심을 회복시켜 줄 것을 외치고 있습니다. 이슬람 청년들이여, 시온주의자들은 여러분의 알아크사 사원* 경내에서 술에 취해 창녀들과 간통을 저지르고 있습니다. 여러분은 무엇을 하고 있습니까?"

학생들은 더욱 흥분했고 그들 중 한 명이 앞줄에서 일어나 무리를 돌아보더니 더없이 열띠고 절도 있는 목소리로 외쳤다.

"이슬람, 이슬람 국가다! 동양도 아니고 서양도 아니다!"

그의 뒤에서 수백 명이 목청을 높여 환호했고, 이어 학생들 전원이 천둥소리처럼 우렁차고 강한 목소리로 지하드 찬가를 부르기 시작했다. 여학생들의 방에서도 수십 번의 자가리드가 울려 퍼졌다. 셰이크 샤키르의 목소리가 커지면서 그의 열정은 절정에 달했다.

"진실로 나는 이 장소가 천사들로 둘러싸인 정결하고 축복받는 곳이라 여깁니다. 진실로 나는 강하고 드높게 부활한 이슬람 국가가 여러분들과 함께 있는 것을 봅니다. 나는 움마*의 적들이 여러분들의 강한 믿음을 두려워하며 떨고 있음을 봅니다. 십자군 진영인 서양의 하인으로 전락한 배신자이자 기회주의자인 우리 통치자들은 하나님의 허락하에 정결한 여러분들의 손에 의해 공정한 최후를 맞이할 것입니다."

이어 셰이크는 예배를 거행했고 그의 뒤에는 수백 명의 학생들이 운집했다. 셰이크는 그들에게 부드럽고 감동을 주는 목소리로 코란의 알 이므란 장(章) 부분을 낭송했다.

"자비롭고 자애로운 하나님의 이름으로.

자신들은 주저하면서 형제들에게 '그들이 우리 말을 따랐다면 죽임을 당하지 않았을 터인데'라고 말하는 자들이 있다. 말하여 주라. '너희 말이 정말이라면 너희 자신에게서 죽음을 면해 보라'고.

하나님의 길에서 죽임을 당한 자를 죽은 자로 여기지 마라. 그들은 주님으로부터 부양(扶養)받으며 살아 있노라.

그들은 하나님께서 주신 은혜로 기뻐하며 아직 자신들을 따라오지는 않았지만 뒤를 따르는 자들을 위해서도 기뻐하고 있나니. 그들은 두려움도 슬픔도 없노라.

그들은 하나님의 은혜와 은총에 감격한다. 하나님께서는 신자들의 보상을 반드시 주시나니. 부상을 입은 후에도 하나님과 사도의 부름에 응한 사람들, 그중에서도 선을 행하고 하나님을 경외하는 자들은 큰 보상을 받으리라.

사람들이 '무리가 너희를 향해 집결하였으니 저들을 두려워하라' 라고 말하지만 그들의 신앙은 더욱 강해졌다. 그들이 말하더라. '우리는 하나님만 계시다면 든든하니, 그분은 가장 훌륭한 수호자이시다' 라고.

그리하여 그들은 화도 입지 않고 하나님의 은혜와 은총을 받으며 돌아왔고 하나님의 기쁨을 계속 받게 되었다. 하나님께서는 큰 은혜를 내리시는 분이시다. 위대한 하나님께서는 진실하시도다."*

* * *

예배가 끝나자 학생들은 셰이크에게 달려가 악수를 청했다. 그런 뒤 그들은 네 명씩 그룹을 지어 사원 뜰에 넓게 흩어져 서로 인사를 나누고 코란을 낭독하고 공부했다. 셰이크 샤키르는 민바르 뒤편으로 난 작고 낮은 문을 통해 학생들로 꽉 찬 그의 사무실로 갔다. 학생들은 여러 이유로 그를 만나고 싶어 했다. 그곳에 온 학생들은 셰이크에게 몰려와 껴안았다. 그중 일부는 셰이크의 손에 입을 맞추려 했지만 그는 단호하게 손을 뺐다. 그는 자리에 앉아 학생 저마다의 문제에 관심을 갖고 귀를 기울였다. 둘 사이에 속삭이는 대화가 이루어졌고, 그런 직후 학생은 자리를 떠났다.

끝에는 몇 명의 학생들만 방에 남았는데, 칼리드 압둘라힘과 타하 알샤들리도 함께 있었다. 바로 셰이크의 측근들이었다. 셰이크가 그중 한 학생에게 신호를 보내자 그는 자리에서 일어나 사무실

문을 걸어 잠갔다. 덩치가 크고 수염이 긴 학생이 이야기를 시작했다. 그는 크고 열정적인 목소리로 셰이크에게 말했다.

"선생님, 이건 공안부에 싸움을 걸자는 게 아닙니다. 저들은 우리를 덮쳐 집에 있던 우리의 동료들을 체포했고 아무 죄도 없는 동료들을 감금했습니다. 제가 주장하는 바는, 그 어떤 방식으로든 항의하자는 것입니다. 감금된 우리 형제들의 석방을 위해 연좌시위나 데모를 해서라도 말입니다."

칼리드가 거구의 학생을 가리키며 타하에게 귀띔해 주었다.

"저 친구는 타히르야. 카이로 대학교 알자마아* 회장으로 의과대학 졸업반 학생이지."

셰이크는 청년의 말을 경청하더니 잠시 생각에 잠겼다. 그러고는 미소를 머금은 채 조용히 말했다.

"지금 공안부를 자극하는 건 우리에게 좋지 않아. 현 체제는 쿠웨이트를 해방시킨다는 구실 아래 미국인, 시온주의자들과 동맹 상태에 들어갔어. 며칠 후면 이교도들의 폭력적인 전쟁이 시작될 거고, 그 전쟁에서 이집트 무슬림들은 미국의 지휘하에 그들의 형제인 이라크 사람들을 죽일 거야. 그때가 되면 이집트 국민은 정부에 맞서 반기를 들 것이고, 그들을 이끄는 것은 이슬람 운동 세력이 될 거야. 젊은 친구, 이제는 상황을 이해하겠지. 국가 공안 수사부는 우리를 건드려서 우리가 그들에게 대응하도록 하고 있고, 그렇게 되면 우리는 그들이 이슬람주의자들에 대해 전폭적인 일격을 가할 수 있는 빌미를 제공하는 게 돼. 오늘 연설에서 내가 포괄적으로 이야기하는 것을 눈치채지 못했나? 나는 예상되는 전쟁에 대해 솔직하게 언급하지 않았지. 만일 내가 이집트가 동맹군에 가담한 것을 비난했다면 그들은 내일 사원을 폐쇄할 거야. 나는 전쟁이 시작될 때 청년들을 집결시키기 위해 사원을 필요로 해. 이보게, 청년. 지금 그들이 우리를 제압하도록 하는 것은 현명하지 못해. 그들을 내버려 두게. 그들이 이라크에서 불신자들과 시온주의자들의 지휘하에 무슬림들을 죽이도록. 언젠가 자네는 하나님의 뜻에 의해 우리가 무엇을 하는지를 직접 보게 될 거야."

"전쟁이 시작될 때까지 저들이 우리를 내버려 둘 것이라고 선생님께 말한 자가 대체 누구입니까? 선생님은 무엇을 근거로 그런 확신을 갖고 계십니까? 오늘 저들은 이슬람 운동 지도부의 20명을 체포했고, 만일 우리가 저항하지 않는다면 내일 나머지 사람들도 체포할 겁니다."

청년은 단호하게 응수했다. 정적이 깔렸고 긴장감이 감돌았다. 셰이크가 비난하는 듯한 눈초리를 청년에게 던지면서 조용히 말했다.

"젊은이, 나는 그대가 언젠가 그 불같은 성격에서 벗어나길 하나님께 기도하겠네. 친애하는 예언자께서 — 하나님의 기도와 평안이 그에게 있기를 — 우리에게 가르쳐 주셨듯이, 강인한 신앙인은 화날 때 자신을 다스릴 줄 아는 자야. 나는 그대가 형제들을 사랑하고 그대의 종교를 위한 열정에서 이토록 화내고 있음을 알아. 청년, 마음 편히 갖게. 나는 지고하시고 전능하신 하나님의 이름으로 그대에게 맹세컨대, 반드시 전쟁을 통해 이 불신자 체제를 파괴할 것이네. 단, 적당한 시기가 될 때에 말이야."

셰이크는 잠깐 침묵하더니 주의 깊게 청년을 바라보며 끝말을 맺으려는 어조로 말했다.

"이게 내 마지막 말이네. 나는 하나님의 뜻에 따라 체포된 자들을 석방하기 위해 최선의 노력을 기울일 거야. 다행히 우리에게는 도처에 친구들이 있어. 시위나 데모에 대해선 현 단계에서 나는 동의하지 않아."

청년은 고개를 떨구었다. 그는 마지못해 침묵하는 것으로 보였다. 곧이어 그는 가 보겠다며 양해를 구한 뒤 함께 자리한 학생들과 악수를 나누었다. 그는 셰이크에게 와서 마치 언쟁했던 흔적을 지우려는 듯 허리를 숙이고 셰이크의 머리에 두 차례 입을 맞추었다. 셰이크는 애정을 담은 미소로 답하며 청년의 어깨를 다정하게 두드렸다. 학생들은 하나둘 자리를 떠났고 타하와 칼리드 압둘라 힘만 남게 되었다. 셰이크 가까이 있던 칼리드가 말했다.

"선생님, 제가 얼마 전에 말씀드린 바 있는 경제 대학에 다니는 제 친구 타하 알샤들리입니다."

셰이크가 타하를 반갑게 맞이하며 말했다.

"어서 오게, 어서 와. 청년, 어떻게 지내나? 자네에 관해서는 자네 친구 칼리드에게 많이 들었네."

* * *

경찰서에서는 한바탕 격렬한 전투가 벌어졌다.

하미드 하와스는 공식 조서에서 말라크 킬라를 주거 공간 점거

죄로 고소하며 사건의 법정 회부를 요구했다. 말라크도 자신의 입장에서 조서에 방 계약서 사본을 첨부했고, 하미드 하와스와 운전사 알리가 자신을 구타하며 폭력을 행사한 데 대해 고소하는 조서를 작성해 줄 것과 자신의 부상을 입증해 줄 것을 요구했다. 그래서 경찰서에서는 말라크를 경찰관 한 명과 함께 아흐마드 마히르 병원에 보냈다. 그는 조서에 의료 진단 보고서를 첨부해 갖고 돌아왔다. 운전사 알리는 자신이 말라크를 공격했음을 완전 부인했고, 말라크가 부상당했다고 거짓말한다며 그를 고소했다. 이렇게 법적 공방이 전개되었다.

그들은 모두 자기 방식대로 치열한 머리싸움을 벌였다. 하미드 하와스는 파기 법원에서의 판례를 들어 가며 옥탑 주민들의 공공 이익에 배치된다는 법적 증거들을 제시하는 일을 한시도 멈추지 않았다. 한편 아바스카룬은 큰 소리로 탄식하며 장교에게 하소연했다. 일을 당했을 때 늘 그러듯, 그는 긴 옷을 걷어 올려 자신의 절단된 발을 보여 주며 외쳤다.

"나리, 자비를 베푸십시오, 자비를. 우리는 입에 풀칠해 살려고 버둥대는데 저들이 우리를 내쫓고 때리고 합니다."

경찰서에서 말라크의 행동은 특이한 점이 있었다. 그는 오랜 경험으로 터득한 것이 있었다. 그것은 경찰 장교는 시민을 대할 때 세 가지 요소, 즉 외모와 직업, 말투를 근거로 평가한다는 점이다. 그에 따라 경찰서에서 시민은 존경받을 수도, 모욕을 당하거나 얻어맞을 수도 있다. 말라크의 평범한 서민 의상으로는 장교에게 특별한 인상을 남길 수 없고, 그의 셔츠 재단사 직업으로도 충분할 만큼의 존경을 보장받을 수 없기에 이제 남은 것은 말투밖에 없었다. 말라크는 문제가 생겨 경찰서에 들어갈 일이 있을 경우, 자신은 급하고 중요한 업무로 바쁜 사람인데 이런 식으로 사업상 업무에 차질이 생기게 돼 몹시 언짢아하는 사업가로서의 태도를 신속히 갖추는 데 익숙해 있었다. 그는 장교에게 표준어에 가까운 말로 대화를 한다. 그러면 장교들은 그를 경멸하는 행동을 주저하게 된다. 말라크는 어떤 말이라도 꺼낼 때엔 확신에 차서 장교의 면전에서 소리친다.

"장교님께서 그 점을 아시고, 저도 그것을 압니다. 또한 경찰서장님도 그것을 아시고, 지구 경찰장께서도 그것을 알고 계십니다."

마치 자신과 가까워서 연락을 취할 수 있다는 듯 지구 경찰장을 들먹거리면서 표준어를 사용하는 것은 장교들로 하여금 선뜻 말라크를 모욕하지 못하게 하는 데 효과적이었다.

저들, 즉 아바스카룬과 말라크, 하미드 하와스는 계속 떠들어대며 장교 앞에 서 있었다. 그들 뒤에는 술 취한 운전기사 알리가 서 있었는데 그 모습은 마치 연주 때 자신의 순서를 잘 아는 노련한 콘트라베이스 연주자 같아서 거칠고 깊은 목소리로 같은 말을 연이어 반복했다.

"장교님 나리, 옥상에는 여자들과 가족들이 있어서 우리의 소중한 거처를 망쳐 놓는 제조업을 들일 수 없습니다. 제발, 나리."

장교는 그들을 보며 질식할 것 같은 느낌이 들었다. 만약 자신에 대한 징계가 두렵지만 않다면 그는 부하들에게 명령을 내려 그들을 형틀에 매달아 모두에게 매질을 가하라고 했을 것이다. 그러나 결국 그는 검찰에 송부하기 위한 조서를 승인했고 분쟁 당사자들은 유치장에서 밤을 보냈다. 다음 날 검사는 말라크에게 방의 소유를 허가하는 결정을 내리며, '피해자 측은 사법부에 호소할 수 있다' 라는 단서를 붙였다. 이렇게 해서 말라크는 승리자가 되어 옥상으로 돌아왔다. 선량한 주민들이 중간에 서서 말라크와 그의 두 적수인 운전기사 알리와 하미드 하와스를 화해시켰다. 하미드는 화해하는 척하면서도 계속해서 말라크를 상대로 고발서를 작성하는 일을 추진했다.

그러나 검사의 결정은 말라크의 삶의 새로운 출발점이었다. 그는 한 주 동안 방의 형태를 완전히 바꿔 버렸다. 옥상으로 통하는 문을 잠그고 건물 내부 계단통 위쪽으로 큰 문을 열었다. 그리고 아랍어와 영어로 '말라크 셔츠' 라고 쓰인 플라스틱 대형 간판을 내걸었다. 방 안에는 커다란 재단용 탁자 한 개와 여러 개의 손님용 의자가 놓였다. 벽 위에는 성모 마리아의 초상화와, 미국 『뉴욕 타임스』 신문에서 가져온 '말라크 킬라, 이집트의 뛰어난 재단사' 라는 제목의 영문 기사가 실린 또 다른 사진이 걸려 있었다. 기사에서 미국 기자는 신문의 한 면을 온전히 할애해 티셔츠 재단에 탁월한 솜씨를 지닌 장인 말라크를 소개하고 있었다. 지면 중앙에는 목에 줄자를 건 채, 사진 촬영이 진행되고 있음을 의식하지 않고 옷감 재단 일에 몰두하고 있는 말라크의 커다란 사진이 들어 있었다.

이 기사에 관해 물어보는 사람에게 말라크는 이야기해 준다. 어느 날 — 나중에 카이로 주재 『뉴욕 타임스』 기자로 밝혀질 — 한 외국인 남자가 몇 개의 티셔츠를 재단하려고 그를 찾아왔고, 다음 날 그가 외국인 촬영사들과 함께 와서 말라크는 놀랐노라고. 그리고 그들은 말라크의 재단 솜씨에 크게 감탄하며 그에 관해 이 기사를 작성했노라고. 말라크는 이 사실에 대해 담담하게 말해 준 다음 듣는 이들을 흘끔 쳐다본다. 만일 그들이 중얼거리며 의심하는 듯한 모습을 보이면 그때는 마치 아무 일도 없었다는 듯 다른 화제로 옮겨 간다. 만일 그들이 그의 말을 믿는 것 같으면 말라크는 자신감에 차서 말을 이어 갔다. 그 외국인이 자기에게 함께 미국에 가서 그곳의 셔츠 재단사로 일해 달라고 강력하게 요청하면서, 급여는 말라크가 달라는 대로 준다고. 그러나 말라크는 당연히 청을 거절했는데, 이유는 자신이 서구 생활을 싫어했기 때문이라고. 그런 다음 말라크는 우쭐대며 자신 있게 이야기를 끝맺는다.

"알고 계시겠지만 다른 나라에선 뛰어난 셔츠 재단사를 구하려고 혈안이 돼 있어요."

이 일에 대해 진상을 말하자면 이러하다. 알아타바 광장의 사진사 바시유니는 그 누구라도 요청만 하면 모든 신문 지상에 그자의 탁월함을 알리는 언론 기사를 조작해 내는 능력이 있다. 아랍 신문의 경우 10기네, 외국 신문의 경우 20기네이다. 바시유니에게 필요한 것은 신문 이름과 고객의 사진, 그리고 고객이 준비한 내용의 글이 전부다. 기사에서 신문 편집자는 카이로 거리에서 찾아낸 특종에 관해 말한다. 가령 천재 재단사 아무개의 작업장, 케밥 구이의 대가인 아무개의 가게 등이다. 바시유니가 이 모든 것들을 정해진 방식대로 복사기에 놓으면 실제로 신문에서 가져온 것처럼 사진이 출력된다.

그런데 말라크 킬라는 그의 새 가게에서 무슨 일을 하는가? 물론 그는 셔츠 재단 일을 한다. 하지만 그것은 그가 하루에 하는 업무의 작은 일부에 불과할 뿐이다. 요약해 말하자면 그는 돈이 되는 일이면 모든 것을 다한다. 외환이나 밀수된 술의 암거래에서 시작해 토지, 가구 딸린 아파트 등 부동산 중개 일을 하고, 또한 아랍 노인들을 알기자나 알파이윰의 특정 마을에서 뚜쟁이를 통해 데려오는 어린 시골 처녀들과 결혼시키는 일, 그리고 두 달 치월급을 받는 조건으로 노동자들을 걸프 지역으로 보내는 일 등……

이처럼 방대한 일을 하느라 말라크는 사람들에 관한 정보를 모으고 사람들의 상세한 비밀을 캐내는 일에 혈안이 되었다. 어느 누구라도 그 어느 시점에선 자신과 거래할 상대가 되기 때문이다. 특정 시기에 작은 정보는 말라크에게 도움이 될 수 있고, 그 정보는 그와 거래하는 자에게 결정적인 영향력을 행사해 자신이 원하는 대로 거래 계약을 체결할 수 있다. 매일 아침부터 밤 10시까지 말라크의 가게에는 온갖 종류의 사람들이 찾아온다. 가난한 자들, 부자들, 노인들, 중개상들, 가구 딸린 아파트에서 일하는 가정부들과 처녀들, 소(小)상인들, 중개업자들. 이 모든 사람들 한가운데에서 말라크는 오가며 대화하고 소리치고 웃고 농담하고 화를 내고 말싸움을 벌이고, 일백 번 거짓 맹세를 하고, 계약을 체결한다. 그는 마치 오랜 기간 하나의 각본으로 연습해서 그것을 완벽하게 소화한 뒤, 무대에서 즐기며 자신의 역할을 해내는 노련한 배우 같아 보인다.

* * *

말라크는 부사이나 알사이드를 매일 두 차례, 그녀가 출근하고 퇴근할 때 보곤 했다. 그녀는 아름답고 멋진 몸매 때문에 처음부터 말라크의 관심을 끌었다. 또한 그는 거의 말로 표현하기 어려울 정도의 어떤 느낌으로 부사이나의 얼굴에 나타나는 진지한 표정이 일시적이며 거짓이라는 확신을 갖게 되었다. 그녀는 겉으로 정직함을 내보이려 하지만 그렇지 않음을 말라크는 감지했다. 말라크는 부사이나에 관한 정보를 수집하여 모든 것을 알아냈다. 그는 부사이나에게 인사를 건네고 그녀 어머니의 안부와, 그녀가 일하는 샤난 옷 가게가 좋은 가격으로 셔츠의 위탁 판매 — 물론 이 경우 그녀는 대행 수수료를 받는다 — 를 필요로 하고 있는지에 관해 묻기 시작했다. 점차 말라크는 날씨, 이웃들, 결혼 등 여러 가지에 대해 부사이나와 대화를 나누었다. 사실 부사이나는 말라크가 맘에 들지 않았지만 그를 외면할 수도 없었다. 그녀는 매일 그자의 앞으로 지나다니고 그는 이웃이며, 그가 정중하게 말을 붙여 오기 때문이다. 그로 인해 그를 공격할 기회를 차단당하고 만 부사이나는 아예 그와의 대화에 응하기로 했다. 그녀를 대하는 그의 행동에서 드러나고 관통하는 무엇인가가 그녀로 하여금 순응하게 만들었기 때문이다. 그는 어떤 주제에 대해 그녀와 이야기를 나누었는데, 그러는 동안 그의 목소리의 음조와 시선이 그녀에게 와 닿았다. 마치 그는 그녀에게 "정직한 척하지 마. 나는 모든 걸 다 알고 있으니까"라고 말하고 있는 듯했다. 소리 없는 그 메시지는 뚜렷해지고 강해져서 결국 그녀는 탈랄이 혹시 둘의 관계에 대한 비밀을 폭로했는가라고 스스로 물어보기도 했다.

말라크는 부사이나에게 접근하기 시작했다. 그러던 어느 날, 그는 갑자기 부사이나의 풍만한 가슴과 부드러운 살결의 몸을 천천히 훑어보더니 퉁명스럽게 물었다.

"탈랄 샤난이 너에게 월급으로 얼마를 주지?"

부사이나는 엄청난 분노가 치미는 것을 느끼며 이번에는 단호하게 반격하리라 마음먹었다. 그러나 결국에는 그의 눈을 응시하며 답했다.

"250기네요."

마치 자신이 아닌 다른 여자가 말하고 있는 듯 부사이나의 목소리가 가르랑거리며 낯설게 나왔다. 말라크는 웃으며 다가와 더욱 공격적인 태도로 말했다.

"아가씨는 어리석기 짝이 없어. 그건 푼돈에 불과해. 잘 들어. 내가 네게 월급이 6백 기네짜리 일자리를 알아봐 주지. 지금 대답할 필요는 없어. 천천히 생각해 보고 하루나 이틀 뒤에 알려 줘."

제2부

맥심 바에서 자키 베 알두수키는 안도감을 느낀다.

그는 술라이만 파샤 광장을 건너 자동차 클럽 맞은편에 있는 좁은 통로에 도착하자마자, 유리 창구가 나 있는 나무 문을 손으로 밀고 입구를 통과한다. 그제야 그는 마치 마법의 타임머신이 자신을 그 아름답던 1950년대로 데려다 준 것 같은 느낌이 들었다. 순백색으로 칠한 벽에는 중견 화가들의 진품 그림들이 걸려 있고 불빛은 우아한 측면 등잔들에서 은은히 퍼져 나오고 있었다. 하얀 테이블보로 덮인 탁자들은 밝은 느낌을 주고, 그 위에는 접시들과 접힌 냅킨, 스푼, 나이프, 온갖 크기의 유리잔들이 프랑스식으로 배열되어 있었다. 화장실 입구는 파란색의 커다란 병풍식 칸막이로 시야에서 가려져 있다. 홀 끝에는 우아한 미니 바가 있고 그 좌측에는 낡은 피아노가 있다. 식당 주인 크리스틴은 자신의 친구들을 위해 그 피아노를 연주하곤 한다. 맥심 바의 모든 것이 격조 있는 지난날의 특성을 지니고 있다. 가령 그중에는 골동품이 다 된

롤스로이스, 여성용의 긴 하얀 장갑, 깃털로 치장된 여성용 모자, 나팔과 금색 바늘이 달린 축음기가 있고, 우리가 거실에 걸어 놓은 채 잊어버리고 있다가 때때로 응시하고는 그리움과 애수를 느끼는 짙은 색 나무 액자에 들어 있는 오래된 흑백 사진들도 있다.

맥심 바의 주인 마담 크리스틴 니콜라스는 그리스 여성으로 나이는 예순 살이 좀 넘었다. 그녀는 이집트에서 태어나 살아왔다. 그림과 피아노, 바이올린 연주를 잘하고 노래 솜씨도 빼어나다. 몇 차례 결혼을 했으며 떠들썩하고 즐거운 인생을 살았다. 그녀와 자키 베의 관계는 1950년대에 시작되었다. 처음에는 불타는 연모로 시작했으나 그런 다음 식어 갔고 결국 깊고 진한 친구 관계로 남게 되었다. 자키는 그녀에게 무관심해서 여러 달 동안 만나지 않고 지내다가 답답함을 느끼거나 상황이 악화되면 곧바로 그녀에게 달려간다. 그녀는 늘 자키 베를 기다리고 있다가 관심을 갖고 그의 말을 들어주고 정성스럽게 조언해 주며 엄마처럼 애정을 기울인다.

오늘 그녀는 자키 베가 바의 문으로 들어오는 것을 보자마자 반갑게 맞으면서 포옹하고 양 볼에 입을 맞춘 뒤 그의 어깨를 잡아 주었다. 그녀는 자신의 머리를 뒤로 빼고 파란 눈으로 그를 잠깐 동안 살펴보더니 말을 꺼냈다.

"친구, 걱정이 있어 보여."

자키 베는 슬픈 표정으로 미소를 지었다. 그는 뭔가를 말하려다가 침묵했고 크리스틴은 알았다는 듯 머리를 끄덕거렸다. 그러더니 그녀는 자키 베를 피아노 옆에 있는 고급 탁자에 앉힌 뒤 붉은 포도주 한 잔과 냉(冷) 맛자를 주문했다. 건조된 꽃이 이전의 향기를 약간 지니고 있는 것처럼 크리스틴은 여전히 지난 시절 미모의 흔적을 간직하고 있었다. 그녀의 몸은 탄력 있고 날씬했으며 머리카락은 염색해서 뒤쪽으로 가지런히 정돈되어 있었고, 차분한 화장은 그녀의 주름진 얼굴에 고상한 인상을 연출해 주었다. 웃을 때 그녀의 얼굴은 마음씨 좋은 할머니에게서 보이는 연민이나 관용의 태도와, 다시 나타나 때로 한순간 빛을 발하다가 꺼지는 옛날의 요염함 사이를 오갔다. 크리스틴은 탁자에서의 전통 방식대로 포도주를 음미했다. 그런 뒤 늙은 누비아족 출신 웨이터에게 지시하여 두 개의 잔에 술을 가득 따르게 했다. 자키 베는 포도주를 몇 모금 마시면서 자신에게 일어난 일을 털어놓았다. 관심을 갖고 경청한 크리스틴은 말도 안 된다며, 부드럽고 감미롭게 프랑스어로 말했다.

"자키, 당신은 과장하고 있어. 이건 일상적인 다툼일 뿐이야."

"다울라트가 나를 쫓아냈다고."

"그녀는 너무 화가 나서 경솔하게 행동한 거라고. 하루나 이틀 지나면 그녀가 당신에게 사과할 거야. 다울라트는 신경질적이지만 마음은 착하잖아. 당신이 그녀의 비싼 반지를 잃어버렸다는 걸 잊지 말라고. 세상에 그 어느 여자라도 당신이 그녀의 보석을 잃어버린다면 당신을 쫓아낼 거야."

크리스틴이 유쾌하게 말했지만 자키는 잠자코 있었다. 그가 애처로이 말했다.

"다울라트는 오래전부터 아파트에서 나를 쫓아낼 궁리를 해 왔어. 내가 반지를 잃어버리자 그녀는 구실을 찾아냈어. 내가 새 반지를 사 주겠다고 제안했는데도 그녀는 거절했어."

"이해가 안 돼."

"다울라트는 혼자서 아파트를 차지하려고 해."

"왜?"

"이봐, 친구. 당신도 알다시피 나는 경건한 자는 아니야. 그런데도 재산이나 유산 분배처럼 내가 전혀 생각하지 못하는 일들이 있어."

크리스틴이 궁금하다는 듯 자키 베를 쳐다보았다. 그는 다시 잔에 술을 따르면서 말을 이었다.

"나는 결혼도 하지 않았고 자식도 없어. 내가 죽으면 내 재산은 다울라트와 그녀의 자식들에게 돌아갈 거야. 그녀는 지금부터 자식들을 위해 모든 것을 보장해 주려 하고 있어. 어제 다투면서 그녀가 내게 말했어. '나는 네가 우리의 재산을 낭비하도록 내버려 두지 않겠다'고 말야. 생각해 봐. 너무도 명확해. 그녀는 내가 소유한 모든 것을 자기 자식들의 재산으로 여기고 있어. 마치 나는 재산 관리인에 불과하다는 듯 말이야. 그녀는 내가 죽기 전에 내 재산을 물려받고 싶어 한다고. 이제 이해됐어?"

"그럴 리가, 자키."

크리스틴은 소리쳤다. 그녀는 조금 취한 것 같아 보였다. 자키 베는 말하려 했으나 그녀가 열을 올리며 말을 차단했다.

"다울라트가 그런 방법을 생각해 낼 리가 없어."

"이토록 세월이 지났는데도 당신은 여전히 순진해. 악한이 뭐

따로 있나? 당신은 어린애처럼 생각하는군. 당신은 미소 짓고 친절하면 착한 사람들이고 악한 자는 못생긴 얼굴에 눈썹은 거칠고 엉켜 있으리라 여기지. 산다는 건 그보다 훨씬 더 복잡하다고. 악한은 가장 선한 사람들 가운데에도 있고 우리와 가장 가까운 사람일 수도 있지."

"친애하는 철학자 양반아, 당신은 과장하고 있어. 들어 봐. 블랙 레벨 큰 술병을 걸고 내기하자고. 내가 오늘 밤 다울라트에게 전화해서 당신 두 사람 사이를 화해시킬 테니까. 그렇게 되면 내가 당신보고 술 사라고 할 거야. 두말하지 않기야."

자키 베는 맥심 바를 나와 정처 없이 시내를 돌아다녔다. 그런 뒤 사무실로 돌아왔고 무슨 일이 있었는지를 알고 있던 아바스카룬이 얼굴에 그럴듯하게 슬픈 표정을 짓고 그를 맞이했다. 아바스카룬은 마치 위로하는 것처럼 그를 위해 마실 것과 맛자를 신속하게 준비했다. 자키 베는 베란다에서 다시 술을 마시기 시작했다. 그 순간까지만 해도 그는 다울라트와 화해하리라는 희망을 갖고 있었다. 결국 다울라트는 자신의 누나이며 자기를 해할 수 없을 거라는 느낌이 들었다. 30분이 지나자 전화벨이 울렸다. 크리스틴의 당황한 듯한 목소리가 들렸다.

"자키, 다울라트와 전화 통화 했어. 유감인데, 그녀가 정말 미쳐서 당신을 아파트에서 쫓아내려 결심한 것 같아. 그녀가 말하던데. 아파트 열쇠를 바꿔 버렸고, 내일 당신 옷가지를 보내겠다고 말야. 나는 지금 일어난 일을 믿을 수 없어. 그녀가 당신을 상대로 법적 절차를 취하겠다고도 하던데."

"무슨 법적 절차?"

자키 베는 목구멍이 갑갑해지는 것을 느끼며 물었다.

"내게 밝히지는 않았지만, 자키, 조심해야 할 거야. 그녀로부터 무슨 일이 있을지 예상해 보고."

* * *

다음 날 아바스카룬이 거리에서 소년 한 명을 데리고 왔다. 소년은 다울라트가 보낸 자키 베의 옷가지들이 든 커다란 가방을 들고 왔다. 그 후 몇 차례 경찰서로부터 소환이 잇따랐다. 다울라트는 자신이 아파트의 소유자임을 확인하기 위한 목적으로 여러 장의 조서를 작성했고 자키 베에게는 그녀 앞에 나타나지 않겠다는 약속을 받았다. 몇몇 친구들이 화해시키려고 남매 사이에 개입했지만 다울라트가 거절했다. 자키 베는 여러 차례 그녀에게 전화를 걸었으나 그 즉시 그녀는 수화기를 내려놓았다. 자키 베는 변호사와 상담했고 변호사는 그의 상황이 나쁘지도 썩 좋지도 않은 상태라고 알려 주었다. 아파트는 그의 아버지 이름으로 세를 놓은 상태여서 다울라트에게도 그곳에 머물 권리가 있기 때문이었다. 변호사는 자키 베에게 법적 절차는 오래 걸린다며, 이런 상황에서 적절한 조치는 무력을 사용하는 것이라는 점을 확인해 주었다. 즉 매우 유감스럽긴 하지만 자키 베가 폭력배들을 고용해 다울라트를 아파트 밖으로 쫓아내고 그녀가 집 안에 들어오지 못하게 해야 한다는 것이다. 그래서 그녀가 법원에 호소하게 하는 것인데, 이

것이 바로 이런 분쟁을 해결하는 유일한 방법이라고 했다.

자키 베는 변호사의 생각에 동의했고, 문을 부수고 자물쇠를 교체하는 작업은 다울라트가 여느 때처럼 은행에 가는 일요일 아침에 하자고 제안했다. 자키 베는 변호사에게 문지기나 이웃 사람이 계획을 실행하는 데 방해하지는 않을 거라고 확신했다. 자키 베는 열정적이고 진지하게 말했지만, 마음속 깊은 곳에서는 자신이 그런 일을 하지 않을 거라는 걸 잘 알고 있었다. 그는 폭력배들을 고용하지도, 다울라트를 쫓아내지도 않을 것이며 그녀를 상대로 소송을 걸지도 않을 것이다. 그는 그런 일을 할 수가 없다.

그녀가 두려워서? 어쩌면 그럴지도……. 그는 결코 다울라트에게 맞서지 못한다. 그는 늘 그녀 앞에서 물러난다. 그는 성격상 어릴 적부터 싸움과 문제를 싫어하고 어떤 값을 치르더라도 그런 것을 피한다. 또한 그는 그녀를 쫓아내지 않을 것이다. 누나이기 때문이다. 설령 그가 그녀에게서 자신의 아파트를 되찾고 그녀를 거리로 내몬다 한들 그는 결코 행복하지 않을 것이다. 그는 누나와의 싸움으로 슬퍼한다. 그는 다울라트가 무슨 짓을 했든 사악하고 악독한 인간으로서의 그녀를 생각할 수 없기 때문이다. 그는 자신이 사랑했던 그 옛날 누나의 모습을 잊을 수가 없다. 그녀는 얼마나 다정하고 부끄러움이 많았던가! 하지만 지금은 얼마나 변했는가! 그는 슬펐다. 하나밖에 없는 누나와의 관계가 이 정도로 악화되었기 때문이다. 그는 그녀가 자신에게 했던 일을 곰곰 생각해 본다. 그는 묻는다. 그녀는 어디에서 이토록 가혹한 성격을 배웠단 말인가? 그녀는 어떻게 이웃들 앞에서 그를 쫓아내는 것을 가볍게 여긴단 말인가? 어떻게 경찰서에서 장교 앞에 앉아 동생을 상대로 조서를 작성할 수 있단 말인가? 그녀는 그가 자신의 형제라는 것을 한 번도 생각하지 않았단 말인가? 그는 이런 대접을 받을 만큼 그녀에게 해를 가한 일이 전혀 없었건만 말이다. 얼마 안 되는 재산 때문에 사람이 자신의 가족을 잃어도 된단 말인가? 그가 농지 개혁으로 잃었다가 되찾은 땅의 가격이 몇 배 오른 것은 사실이다. 하지만 그가 죽으면 어차피 그 모든 땅은 다울라트와 그녀의 자식들에게 돌아갈 것이다. 그런데도 왜 문제를 일으키며 무례하게 구는 것일까?

자키 베의 서글픔은 점점 확대되어 그의 삶에 검은 그림자를 던졌다. 그는 여러 날 밤을 꼬박 잠도 못 이루고 뜬눈으로 새우며 이른 아침 시간까지 베란다에서 술을 마시고 담배를 피우고 지난 일들을 깊이 생각하며 보냈다. 가끔 그는 자신이 태어날 때부터 운이 없다고 생각했다. 그의 출생일은 처음부터 운이 좋지 않았다. 만일 그가 출생일보다 50년 일찍 태어났다면 그의 인생은 완전히 변했을 것이다. 만일 혁명이 실패했다면, 만일 파루크 왕*이 — 소속 구성원의 이름까지 알고 있던 — '자유 장교단'*을 서둘러 체포했다면 혁명은 일어나지 않았을 거고 자키 베는 자신에게 걸맞은 진짜 인생을 영위할 수 있었을 것이다. 자키 베 이븐 압둘 알파샤 알두수키는 분명 장관 직을 맡았을 거고, 어쩌면 국무총리도 되었을 것이다. 좌절과 모욕이 아니라 정말로 그에게 있을 법한 멋진 인생을 살았을 것이다. 창녀가 그를 마취시킨 뒤 그의 물건을 도둑질하고, 누나가 그를 쫓아내고, 이웃들 앞에서 창피를 주고, 결국 그는 사무실에서 아바스카룬과 함께 잠을 자는 신세가 되었다. 그것은 불행인가 아니면 그의 성격상 오류가 있어 그로 하여금 항상 잘못된 결정을 하게 만드는 것인가? 그는 왜 혁명 후 이집트에서 계속 지내 왔는가? 그는 큰 가문의 많은 자식들이 대부분 그랬듯이 프랑스로 가서 새 인생을 시작할 수도 있었다. 그는 확신컨대, 그곳에서 내로라하는 위치에 이를 수도 있었을 것이다. 모든 면에서 자신보다 못한 친구들이 그랬듯이 말이다. 하지만 그는 이집트에 잔류했고 자신의 악화되는 상황에 점차 익숙해지기 시작했고 결국 나락으로 떨어지기에 이르렀다. 그리고…… 그는 왜 결혼하지 않았던가? 청년 시절엔 아름답고 부유한 많은 여자들이 그를 원했었다. 하지만 그는 결혼하지 않았고 그러다가 결국 기회를 날려 버렸다. 그가 만일 결혼했다면 지금 그에게는 그를 돌보아 줄 장성한 자식들과 그가 함께 장난치고 귀여워해 줄 손자들이 있을 것이다. 만일 그에게 단 한 명의 자식이 있었어도 다울라트는 그에게 이런 짓을 하지 않았을 것이다. 만일 결혼했다면 그는 이처럼 고통스럽고 처절한 외로움을 결코 느끼지 않았을 것이다. 그는 친구의 사망 소식을 들을 때마다 자신에게 엄습하는 죽음이 다가오는 칠흑처럼 암울한 느낌이 들었었다. 매일 밤 잠자리에 들 때 밀려드는 그 모호한 질문은 '죽음은 언제, 어떻게 오는가?' 였다. 지금 그는 죽음을 예고했던 한 친구를 떠올린다. 자키 베가 그 친구와 함께 사무실 베란다에서 앉아 있었을 때 그는 자키 베에게 갑자기 모호한 시선을 던졌다. 마치 지평선의 뭔가를 얼핏 본 것 같았다. 그러더니 친구가 조용히 말했다.

"자키, 내 죽음이 임박했어. 나는 죽음의 냄새를 맡았어."

묘하게도 그 친구는 정말 며칠 후에 죽었다. 그는 아프지도 않았다. 이 사건을 당하고 자키 베는 절망하고 우울해질 때면 스스로에게 물었다. 죽음은 생애의 마지막 순간에 놓인 사람의 주위에서 풍기는, 그래서 자신의 임종이 다가옴을 느끼게 되는 그런 특별한 냄새를 갖고 있을까? 종말은 어떤 것인가? 죽음은 인간이 영원히 깨어나지 못하는 기나긴 잠과 같은 것인가? 아니면 경건한 자들이 믿듯이 부활이나 보상, 징벌이 있는 것인가? 하나님은 사람이 죽은 뒤에 그자를 징벌하는가? 사실, 자키 베는 경건하지도 않고 예배도 드리지 않으며 단식도 행하지 않는다. 그러나 그는 살아오면서 어느 누구에게도 해를 입히지 않았으며 속이지도, 훔치지도, 다른 사람의 권리를 침해하지도 않았다. 또한 가난한 자들을 돕는 일에도 결코 더디지 않았다. 술과 여자만은 예외였지만 말이다. 그는 자신이 진정한 의미의 죄를 저질렀다고는 생각하지 않는다.

이처럼 마음을 짓누르는 생각들이 자키 베를 여러 날 동안 사로잡았다. 그는 3주가량을 사무실에 머무르며 보냈다. 근심과 암울함의 3주는 어느 날 아침 슬픔을 흩어 버리는 유쾌한 반전과 함께 끝났다. 마치 긴 밤이 신비스러운 일순간 걷히는 것과 같았다. 자키는 미래에 그 행복했던 장면을 기억할 것이고, 즐거운 음악이 동반하는 가운데 자신의 기억 속에서 수백 번 그 장면을 회상할 것이다. 자키 베는 베란다에 앉아 모닝커피를 마시고 담배를 피우면서 복잡한 거리를 바라보고 있었다. 그때 아바스카룬이 목발을 짚고 나타났다. 아바스카룬의 얼굴에는 애절한 듯한 본성과는 달리 모호하고 음흉한 미소가 보였다.

"무슨 일이야?"

자키가 거칠고 엄중한 목소리로 퉁명스레 아바스카룬에게 물었다. 그러나 분명히 이례적인 뭔가가 아바스카룬으로 하여금 이전에는 없던 자신감을 부여하고 있었다. 그는 주인에게 다가와 허리를 굽혀 속삭였다.

"주인어른, 저와 제 동생 말라크가 주인님께 드릴 말씀이 있습니다."

"무슨 말인데?"

"주인님에 관해서입니다만……."

"멍청아, 말해 봐. 난 한가하지 않아. 대체 무슨 얘기야?"

아바스카룬이 몸을 기울여 속삭였다.

"주인님을 위해 여비서가 준비돼 있습니다. 참한 처녀입니다. 송구스럽습니다만, 이처럼 좋지 않은 시기에는 주인님을 돌봐 드릴 여비서가 필요할 것 같아서요."

자키 베는 정신을 가다듬고 아바스카룬을 향해 깊이 있고 이해심 있는 시선을 던졌다. 그는 마치 특별한 암호를 받았거나, 그만이 알 수 있는 밀어(密語)로 된 문장을 들은 듯한 표정이었다. 그는 재빨리 답했다.

"뭐라고? 나더러 여비서를 만나 보라고?"

아바스카룬은 입을 다물었다. 그는 주인을 슬쩍 떠보고 싶은 유혹에 응했다. 그가 뜸을 들이며 말했다.

"그러면, 주인님께서 그 처녀를 만나 보시겠습니까?"

자키 베는 재빨리 고개를 끄덕였다. 그는 흥분된 감정을 숨기기 위해 거리를 바라보는 척했다. 게임의 마지막 순간에 깜짝 놀랄 장면을 보여 주는 마술사의 방식대로 아바스카룬은 멀리 몸을 돌려 목발로 바닥을 두드리며 10분 정도 자취를 감추었다가 처녀를 데리고 돌아왔다.

그 순간 자키 베는 그녀를 영원히 잊지 못할 것이다. 처음 보았을 때 그녀는 커다란 초록색 꽃들로 뒤덮인 하얀 원피스를 입고 있었다. 옷이 몸에 달라붙어 몸의 굴곡이 드러났고 짧은 소매로 통통하고 부드러운 두 팔이 드러나 있었다. 아바스카룬이 그녀의 손을 잡아끌고는 말했다.

"주인님, 부사이나 알사이드 양입니다. 돌아가신 그녀의 아버지는 좋은 사람이었고 우리와 함께 옥탑에 살았지요. 하나님께서 그에게 자비를 내려 주시길. 그는 저와 말라크에게 형제 이상이었습죠."

부사이나가 경쾌하고 활기 넘치는 발걸음으로 앞으로 나오며 미소를 지었다. 그녀의 얼굴은 자키의 마음을 사로잡을 만큼 빛을 발했다.

"안녕하세요, 어르신."

* * *

지난날의 타하 알샤들리를 알고 지낸 사람들은 지금은 그를 제대로 알아볼지 모르겠다. 마치 옛날의 모습이 전혀 다른 새로운 모습으로 대체된 것처럼 그는 완전히 변해 있었다. 문제는 그가 서양식 옷차림 대신 이슬람식 옷을 입은 것이나, 또는 그가 기른 수염처럼 실제 나이보다 더 들어 보이게 하는 무섭고도 위엄 있는 인상을 주는 것에 국한되지 않는다. 또한 그가 기거하던, 건물 입구의 엘리베이터 옆 작은 구석에서 건물 5층에 사는 공대 학생으로 수염을 기른 친구와 교대로 아잔을 한다는 것도 크게 문제 되지는 않았다. 이 모든 것은 표면상의 변화였다. 내면으로 보자면 그는 강력하고 저돌적인 새로운 영혼에 사로잡혔다. 타하는 새로운 방식으로 걷고 앉으며, 건물 안의 사람들과 말하게 되었다. 거주자들 앞에서 의기소침하고 겁먹은 듯했던 표정과 패배 의식은 완전히 사라져 버렸다. 이제 그는 사람들을 대할 때 자신을 중시하며 다른 사람들의 시선이 어떻든 괘념치 않는다. 그는 사람들로부터 오는 최소한의 질책이나 모독을 참을 수가 없다. 저들이 그에게 하사하는 작은 지폐, 새로 나온 상품을 사려고 모아 두곤 했던 몇 푼의 돈에도 관심이 없었다. 그것은 첫째, 하나님께서 그의 생계를 해결해 주실 거라는 확고한 믿음 때문이고, 둘째는 셰이크 샤키르가 그로 하여금 종교 서적을 거래하는 일에 참여하도록 했기 때문이다. 거래 업무는 간단했고, 여가 시간을 이용해 일하는 대가로 받는 수입도 그런대로 괜찮은 편이었다.

이제 타하는 하나님 안에서 사람들을 사랑하고 싫어하도록 스스로를 단련시킨다. 타하는 인간이 그들의 세속적 속성으로 우리가 사랑하고 증오하기에는 너무도 미천하고 하찮은 존재라는 사실을, 나아가 그들에 대한 우리의 감정은 그들이 하나님의 법을 준수하느냐를 기준으로 정해져야 한다는 점을 셰이크로부터 배웠다. 이처럼 대상을 바라보는 그의 시각은 변했다. 이전에 타하는 자신에게 친절하고 돈을 주기도 하는 몇몇 주민들을 좋아했었다. 이제 타하는 하나님 안에서 그들을 싫어하게 되었다. 그들은 예배를 드리지 않고, 심지어 그들 중 일부는 술을 마시기 때문이다. 타하는 '알자마아 알이슬라미야'에 속한 사람들에 대해 심지어 그들을 위해 자신을 희생하겠다고 마음먹을 정도로 좋아하게 되었다. 세상에 대한 이전의 그의 모든 기준들은 마치 금이 간 낡은 건물이 무너지듯 붕괴되었다. 그 자리를 대신한 것은 사람들과 사물들에 대한 진정한 이슬람의 가치였다. 그의 마음속에선 강력한 믿음이 살아나 그에게 공포와 악(惡)으로부터 해방된 새로운 존재를 부여했다. 그는 더 이상 죽음을 두려워하지 않고, 그 어떤 힘 있고 영향력 있는 피조물에 대해서도 겁내지 않는다. 그가 자신의 삶에서 두려워하는 것이라곤 하나님께 불복종하고 하나님을 노엽게 하는 일밖에 없었다.

그렇게 된 것은 위대하신 하나님 덕분이고, 또한 타하가 만날 때마다 하나님에 대한 믿음과 이슬람에 대한 지식을 제공한 셰이크 샤키르 덕분이다. 타하는 셰이크를 좋아하고 따랐으며 그의 최측근들 중 한 사람이 되었다. 셰이크가 그에게 언제든 자신의 집에 찾아와도 된다고 할 정도였다. 이런 친밀한 관계는 셰이크가 자신에게 충실한 자들에게만 보여 주는 것이었다.

타하의 마음에 남은 옛일은 단 한 가지, 부사이나에 대한 사랑이었다. 그는 그녀를 향한 감정을 자신의 새로운 사고방식에 맞추려고 갖은 애를 써 보았지만 잘 되지 않았다. 그는 종교에 충실하라고 그녀를 설득해 보기도 했다. 그는 부사이나에게『최후의 심판이 있기 전에 히잡을 착용하라』라는 책을 가져다주면서 그것을 읽으라고 강요하다시피 했다. 그는 계속 재촉했고 심지어 그녀를 데리고 아니스 이븐 말리크 사원에 가서 함께 셰이크 샤키르의 연설을 듣기도 했다. 그러나 부사이나는 연설에 감동을 받지 못했고, 이에 타하는 놀라움과 슬픈 심정을 금할 수 없었다. 부사이나는 타하에게 연설이 지루했다고 솔직히 말했고, 이로 인해 둘은 말다툼을 벌였다. 둘은 만날 때마다 한참 동안 옥신각신 다투었다. 그녀가 항상 타하의 심기를 건드려서 둘은 다투었고 타하는 화를 내며, 최종적으로 그녀와 절교를 결심하면서 매번 가 버렸다. 그런 일이 있어 타하가 셰이크에게 부사이나에 대해 말할 때마다 셰이크는 고요하고 밝은 미소를 지으며 "애야, 너는 네가 사랑하는 사람을 인도하지는 못하지만 하나님은 당신께서 원하시는 사람을 인도하신다"라고 말하던 일이 떠올랐다. 셰이크의 말이 타하의 뇌리에 오락가락하고, 타하는 두 번 다시 부사이나를 만나지 않으리라 스스로에게 약속하곤 했다. 그러나 며칠도 지나지 않아 타하는 뒷걸음치고 서글픈 마음이 들면서 다시 부사이나를 보고 싶은 마음이 간절해졌다. 싸움 뒤에 다시 그녀와 화해하려 할 때마다 그녀는 더욱 거칠게 나왔다.

오늘은 특별히 그녀를 보려고 학교에도 가지 않고 건물 입구에서 기다렸다가 아침에 출근하는 그녀에게 먼저 말을 걸었다.

"안녕, 부사이나. 괜찮으면 잠깐 얘기하고 싶은데."

"나 시간 없어."

그녀는 차갑게 대답하고 모르는 척하면서 몇 발짝 걸어갔다. 그러나 타하는 참지 못하고 그녀의 손을 잡아끌었다. 부사이나는 그 순간 저항하다가 이어 겁에 질린 표정으로 고분고분해지면서 "손 놔. 창피하잖아"라고 속삭였다. 둘은 아무 말 없이 단단히 맘속으로 뭔가를 벼르면서 행인들 사이를 걸어갔다. 이윽고 둘이 자주 찾곤 했던 알타우피키야 광장의 한 곳에 이르렀다. 둘이 앉자마자 부사이나가 화를 내며 소리쳤다.

"내게 원하는 게 뭐야? 매일같이 문제만 일으키고."

이상하게도 타하의 분노가 언제 있었느냐 싶게 갑자기 사라졌다. 타하는 잠시 기다렸다가 말을 꺼냈다. 그는 마치 그녀에게 애원하는 것처럼 조용한 목소리를 내려고 애썼다.

"부사이나, 제발 내게 화 좀 내지 마."

"원하는 게 뭔데?"

"너에 대해 들은 얘기를 확인하고 싶어."

"확인이라고……."

"그런 얘기는 어찌 된 거야?"

"네가 들은 얘기는 모두 사실이야."

부사이나는 타하에게 대드는 자세를 보이면서 대화를 벼랑으로 몰고 갔다.

"너 탈랄 가게 그만두었다며?"

"탈랄 가게 일을 그만두고 자키 베 알두수키 씨의 사무실에서 일해. 그게 흉볼 일이거나, 해서는 안 될 일인가? 셰이크 나리."

타하가 힘없는 목소리로 말했다.

"자키 베 알두수키의 평판이 좋지 않아."

"그래, 그분의 평판은 별로야. 여자들을 따라다닌다고. 하지만 그분은 내게 월급으로 6백 기네를 줘. 나는 가족을 먹여 살려야 해. 댁은 내게 학교와 먹고 마실 비용도 지급할 수 없지. 댁이 상관할 일은 아닐 텐데."

"부사이나, 하나님을 두려워해야 해. 너는 착한 사람이야. 우리 주님께서 화내지 않으시도록 주의해. 선을 베풀어. 생계는 하나님의 뜻에 달렸어."

"생계가 하나님의 뜻에 달린 것은 맞는 말이야. 그러나 우리는 제대로 먹고살지도 못하잖아."

"내가 너를 위해 떳떳한 일자리를 알아봐 줄 수 있어."

"자기 일자리나 알아봐. 나는 내 일에 만족하고 있으니까."

"그래?"

"응. 그래…… 내게 딴 볼일 있어?"

부사이나는 타하에게 빈정대듯 물었다. 그러더니 그녀는 또다시 분노의 감정에 휩싸여 자리에서 일어났다. 그의 앞에 서서 머리를 매만지고 자리를 떠날 채비를 하면서 말했다.

"타하, 잘 들어. 네게 마지막으로 말하는데…… 우리 관계는 이렇게 끝난 거야. 각자의 길을 가는 거라고. 앞으로는 서로 볼 일이 없도록 하자."

그러더니 부사이나는 애매한 미소를 짓고는 발걸음을 옮겨 멀어지면서 말했다.

"이렇게 너는 수염을 기르고 철저히 신앙생활을 하고, 나는 보다시피 짧고 노출되는 옷을 입잖아. 우리는 모양새로도 서로 어울리지 않아."

* * *

셰이크 샤키르가 사는 아파트는 좁고 소박했다. 그 집은 다르 알 살람 지역의 작은 동네에 붉은 벽돌로 지은 2층 건물로 두 개의 방과 거실이 있다. 셰이크 샤키르는 부인, 그리고 다양한 학년 과정에 있는 일곱 자녀들과 함께 살고 있다. 셰이크는 자신을 찾아오는 학생들과 일정한 간격을 두고 문을 세 번 노크하는 식으로 그들만이 알 수 있는 신호를 정한 바 있었다.

타하 알샤들리가 문을 두드리자 안쪽에서 셰이크의 목소리가 들렸다. "예. 나갑니다." 그런 뒤 타하는 안에서 움직이는 소리를 들었다. 집 안의 여자들이 거실에서 떨어진 다른 방으로 들어가는 소리였다. 셰이크의 느리고 묵직한 발소리와 헛기침 소리가 울려왔다. 곧이어 셰이크는 '하나님의 이름으로'라고 말하며 문을 열었다.

"타하, 어서 오게."

"귀찮게 찾아와서 죄송합니다만, 잠깐 어르신께 말씀드리고 싶은 일이 있어서요."

"어서 들어와. 오늘은 학교에 가지 않았나?"

타하는 창문 옆 소파에 앉아 자신과 부사이나 사이에 있었던 일에 관해 말했다. 그는 셰이크에게 모든 것을 말했고 자신의 감정 상태를 있는 그대로 표현했다. 셰이크는 염주를 만지며 타하의 말을 경청했다. 셰이크가 찻그릇을 준비하러 자리에서 일어나면서 잠시 얘기가 중단되었다. 그러고 나서 타하가 말을 마칠 때까지 셰이크는 계속 귀를 기울였다. 그리고 한참 생각에 잠기며 침묵하더니 말을 꺼냈다.

"이보게, 이슬람은 사랑에 대해 그것이 합법적이고 불복종을 유발하지 않는 한 금하지 않았네. 숭고하신 예언자 — 하나님의 기도와 평안 기원이 그분께 있기를 — 께서도 부인 아이샤를 사랑하셨고, 진실된 구전 내용들도 그 점에 대해 말하고 있지. 문제는 자네 마음에 맞는 여성을 선택해야 한다는 데 있어. 그런 여성의 특징은 무엇일까? 사도께서는 '여성과는 그녀의 미모, 재산, 신앙을 보고 결혼해라. 그중 신앙을 지닌 여성을 얻으면 너는 잘 선택한 것이다'라고 말씀하셨지. 하나님의 사도는 진실되시지. 이슬람의 진정한 교육은 자네가 지금 고민하고 있는 그런 문제에 빠지지 않도록 하는 데 있어. 자네를 포함해 자네 세대의 모든 젊은이들이 이슬람 교육을 받지 않았어. 자네들이 세속 국가에서 성장했고 세속 교육을 받아서 종교를 배제한 채 사고하는 데 익숙해 있기 때문이지. 자네들은 이제 마음으로는 이슬람에 돌아왔지만, 자네들의 이성이 세속적인 것에서 벗어나 온전히 이슬람에 헌신하기까지는 다소 시간이 걸릴 거야. 내가 누차 말했듯이 자네가 하나님 안에서 얼마나 사랑하고 또 증오하는가는 자네 스스로 알고 있어. 그렇게 하지 않고선 자네의 이슬람은 영원히 완성되지 않을 게야.

자네가 지금 겪는 고민은 살아가면서 겪는 한 부분이긴 하지만, 자네가 하나님을 멀리해서 생긴 너무도 당연한 결과야. 만일 자네가 여자 친구에게 애정을 갖기 시작했을 때 그녀가 종교에 충실한가에 대해 스스로 물었다면, 그리고 만일 그녀와 인연을 맺는 조건으로 그녀를 이슬람에 충실한 사람으로 만들었다면, 자네는 지금과 같은 고민 상태에 이르지는 않았을 것이네."

셰이크는 두 개의 잔에 샤이를 부어 그중 하나를 타하에게 건넸다. 오래되어 색이 변한 금속 쟁반에 주전자를 놓은 다음 셰이크는 천천히 샤이를 마시면서 말했다.

"이보게, 내가 자네를 얼마나 사랑하는지는 하나님께서 알고 계시네. 나는 자네가 슬픈 표정으로 선생을 찾아왔는데 자네를 위로해 주지는 못하고 일장 연설을 하게 되는 것을 원치 않아. 하지만 나는 진실로 자네를 믿고 충고하겠네. 타하, 그 처녀를 잊도록 하게. 그녀는 종교의 길을 잃었어. 자네는 종교에 충실하고 믿음 깊은 청년이야. 자네에게 어울리는 여자는 자네처럼 이슬람을 믿는 처녀야. 스스로 그녀를 잊도록 해 보게. 그리고 예배와 코란 독경에서 힘을 얻도록 하게. 처음에는 어렵겠지만, 얼마 지나지 않아 하나님의 허락하심으로 수월해질 것이야. 타하, 자네는 자네의 종교를 잊었나? 타하, 지하드 정신은 어디에 있는가? 이슬람과 무슬림들을 위한 자네의 의무는 어디에 있고? 어제 비열한 전쟁이 시작됐어. 우리 통치자들은 불신자들의 지휘하에 무슬림들을 상대로 전쟁을 하러 나섰어. 이집트에 있는 모든 이슬람 청년의 의무는 이러한 불신자의 통치에 맞서 혁명을 일으키는 것이야. 타하, 자네는 매일같이 수천 명씩 살해되는 무슬림들을 지원하는 일을 포기하고 자네를 파렴치한 짓에 신경 쓰게 만든 부정한 젊은 여자에게 정신을 팔고 있겠단 말인가? 위대한 하나님께서는 최후 심판을 위한 부활의 날에 자네에게 부사이나에 관해 묻지 않으실 걸세. 하나님께서는 자네가 이슬람을 지원하기 위해 무슨 일을 했는지에 관해 묻고 자네를 평가하실 게야. 자네는 그 위대한 최후 심판일에 하나님께 무슨 말씀을 드릴 건가?"

타하는 감동한 표정을 지으며 고개를 숙였다. 타하는 슬픔과 부끄러움을 지닌 채 말했다.

"저는 하나님께 여러 번 그녀를 잊겠다고 약속드렸습니다만, 안타깝게도 다시 그녀를 생각하곤 합니다."

"사탄은 자네의 영혼을 쉽게 내버려 두지 않아. 자네는 단번에 경건함에 이르지 못할 거야. 타하, 영혼의 지하드야말로 최고의 지하드이고, 하나님의 사도께서도 그것을 숭고한 일로 여기셨어."

"선생님, 제가 무엇을 해야 할까요?"

"예배를 드리고 코란을 읽어. 타하, 늘 그렇게 하게. 하나님께서 자네를 기쁘게 해 주실 때까지. 그리고 내게 약속해 주게. 어떤 상황이 되었든 자네가 그 처녀를 보는 일은 없을 거라고."

타하는 셰이크를 쳐다보고는 침묵을 지켰다.

"타하, 이건 우리 사이의 약속이야. 나는 자네가 반드시 약속을 지키리라 믿네."

그런 뒤 셰이크는 자리에서 일어나 낡은 책상 서랍을 열고 외국 신문들에서 잘라 낸 사진들을 꺼냈다. 그러고는 타하의 무릎에 사진들을 놓으면서 말했다.

"이 사진들을 보고 잘 생각해 봐. 이들은 이라크에 있는 무슬림 형제들이야. 그들의 육신은 연합국 전투기들의 공습으로 갈기갈기 찢겼지. 그들의 몸이 어떻게 찢겼는지를 보게. 그중에는 어린 아이들과 여자들도 있어. 이렇게 저들은 무슬림들과 어린애들에게 만행을 저지르고 있어. 배신자들인 우리나라 통치자들은 그 죄악을 행하는 데 불신자들과 함께 참여하고 있고."

그러더니 셰이크는 사진 한 장을 집어 타하의 눈앞에 들어 보이며 말했다.

"미국의 폭격으로 몸이 찢긴 이 여자아이의 얼굴을 잘 보게. 자네의 누이나 어머니처럼 이 무구한 어린애도 자네 책임이 아니겠는가? 자네는 그 애를 돕기 위해 무얼 하고 있는가? 자네 마음속에는 아직도 방황하는 여자 친구를 못 잊어 슬퍼할 겨를이 있단 말인가?"

몸이 훼손된 여자애의 사진은 극심한 고통을 안겨 주었다. 타하는 괴로워하며 말했다.

"무슬림들의 어린아이들이 이처럼 악랄한 방식으로 도륙당하고 있군요. 그런데도 이집트 텔레비전은 알아즈하르*의 고명한 울라마들을 모아 놓고 그들로 하여금 이집트 정부의 입장이 법적으로 옳다고 말하게 하고 있어요. 저들은 이슬람이 이라크를 공격하기 위해 미국과의 동맹 체결을 승인한다고 주장하더군요."

처음으로 셰이크가 흥분하면서 목소리를 높였다.

"이들은 위선자이자 타락한 원로들이며, 권력자들의 하수인 격인 학자들이야. 하나님이 보시기에 그들은 중죄를 짓고 있어. 이슬람은 그 이유가 무엇이든 간에 우리가 불신자들과 함께 무슬림들을 죽이는 일에 참여하는 것을 절대 허락하지 않아. 그것에 대한 율법의 근거는 샤리아 대학 1학년 학생이면 누구나 알고 있지."

타하는 셰이크의 말에 고개를 끄덕였다. 셰이크가 마치 무언가를 기억해 낸 표정으로 갑자기 말을 꺼냈다.

"잘 듣게. 내일 자네 동료들이 대학교에서 대규모 시위를 벌일 거야. 자네도 시위에 빠지지 않기를 바라네."

셰이크는 잠시 침묵하더니 말을 이었다.

"내가 직접 시위를 이끌 수는 없을 게야. 하지만 자네 동료인 타히르가 자네들을 지휘할 걸세. 집회는 정오 예배 후 행사장 앞에서 있네."

타하는 고개를 끄덕였다. 그런 뒤 일어서면서 가 보겠다는 양해를 구했다. 그러자 셰이크는 타하에게 기다리라고 하더니, 잠시 안으로 들어갔다가 미소를 지으며 돌아왔다. 그는 타하에게 작은 책자 한 권을 건네주며 말했다.

"이것은 '이슬람 행동 지침'이야. 혼자서 읽어 보고 다음에 토론하자고. 타하, 이 책을 읽고 나면 자네를 괴롭히던 그릇된 생각들을 잊어버릴 거야."

* * *

금요일 아침, 동물들이 도축되었다. 큰 송아지 세 마리는 야쿠비얀 건물 입구의 엘리베이터 옆에서 밤을 보냈다. 새벽의 아잔 소리가 울려 퍼지자 다섯 명의 도축꾼이 송아지들에게 달려들어 옭아맨 뒤 숨통을 끊었다. 그들은 가죽을 벗기고 고기를 토막 낸 뒤, 이어 나누어 주기 위해 마련된 봉지에 고기를 담으며 시간을 보냈다. 금요 예배가 끝나자 술라이만 파샤 거리에는 인파가 몰려들었다. 앗잠 가게로 쇄도한 무리는 극빈층 사람들로서 그중에는 거지들과 경찰 군인들, 맨발의 소년들, 어린아이를 안거나 데리고 다니는 검은색 복장을 걸친 여자들이 있었다. 그들 모두는 핫즈 앗잠이 선거에서의 승리를 축하하기 위해 기부한 희생 가축의 고기 중에서 자기 몫을 받아 가기 위해 온 것이었다. 가게 앞에는 핫즈 앗잠의 장남인 파우지가 흰색 질밥을 입고 서 있었다. 그는 손으로 고기가 든 봉지들을 집어 사람들에게 던져 주었다. 사람들은 고기를 얻기 위해 서로 밀어 대면서 있는 힘을 다해 몰려들었다. 결국 싸움이 일어나고 부상자가 생기자 가게 직원들은 비상선을 치는 수밖에 없었다. 몰려드는 인파의 신체적 압력으로 인해 자칫 진열대 유리가 깨지기 전, 직원들은 사람들을 진열대에서 떼어 놓기 위해 허리띠로 그들을 때리기도 했다. 가게 안에는 핫즈 앗잠이 입구 가까이 앉아 있었다. 흰색 셔츠와 무늬 있는 빨강 넥타이에 멋진 푸른색 양복을 입은 그의 얼굴엔 희색이 만면했다.

목요일 저녁 선거 결과가 공식 발표되었고, 핫즈 앗잠이 카스르 알닐 구역에서 국회의 노동자 대표 의석을 차지했다. 그는 경쟁자 아부 히미다에게 대승을 거두었다. 아부 히미다는 얼마 안 되는 표를 얻는 데 그치고 말았다. 알풀리는 아부 히미다를 패배시켜 단단히 혼쭐나게 함으로써 그의 지시를 어기는 모든 사람들에 대한 향후 본보기로 삼고자 했다. 핫즈 앗잠은 위대하신 하나님께 진심에서 우러난 감사를 드렸다. 하나님께서는 그에게 은혜를 내리셨고 너무도 명쾌하게 도움을 주셨다. 그는 당선 소식을 접한 뒤 20회 이상 감사의 라크아를 하며 예배를 드렸고 송아지를 도축하라는 지시를 내렸다. 또한 그는 자신이 직접 돌보는 가난한 가족들에게 비밀리에 2만 기네를 분배했고, 셰이크 알삼만에게도 2만 기네를 내주며 자선 사업에 써 달라고 부탁했으며, 별도로 이날을 위해 셰이크 알삼만에게 따로 금화 20기네를 주었다.

그러고 나서 핫즈 앗잠이 수아드를 생각하자 다른 감정이 마음을 건드렸다. 수아드와 더불어 오늘 밤 이 찬란한 승리를 어떻게 축하할 것인가? 그는 머릿속으로 그녀의 보드랍고 따뜻한 몸을 떠올렸다. 그는 자신이 진정 그녀를 사랑한다고 느꼈다. 그는 사도께서 여성들을 기쁘게 여겼을 때 참 옳았다고 중얼거렸다. 일부 여자들은 복덩이여서 남자가 그런 여자들과 맺어지기만 하면 복이 쏟아진다. 수아드는 그런 여자에 속하여 승리와 축복을 가져다주었다. 그는 승리했고 국회에 들어간다. 정말로 신의 섭리란 이 얼마나 놀라운가! 그는 이제 국회에서 카스르 알닐 주민들을 대표한다. 한때 그곳 주민들은 그에게 자신들의 신발을 내주며 닦으라 했고 위에서 그를 내려다보았으며 그에게 몇 푼 적선하기도 했다. 이제 그는 존경받는 국회 의원 신분으로 법적 면책 특권을 누림으로써 그 어느 기관도 국회의 동의 없이는 그를 함부로 대할 수 없다. 지금부터 앞으로 그의 사진은 신문과 텔레비전에 나올 것이고, 그는 매일 장관들을 만나고 그들과 대등한 입장에서 악수를 나누게 된다. 이제 그는 더 이상 부유한 사업가만이 아니다. 그는 국가 업무를 맡은 사람으로 모든 사람들을 대할 때 이 점을 각별히 유념해서 운신해야 한다. 이제부터 그는 큰일을 시작할 것이고, 이를 통해 거물급 인사의 반열로 도약할 것이다. 그다음 단계에서 그는 정상에 올라 국가 전체를 통틀어 다섯 또는 여섯 명의 고위 인사에 들어갈 것이다. 만일 그가 계획하는 일들이 성사되기만 하면 그는 백만장자에서 억만장자로, 아니 어쩌면 이집트 전체에서 최고 갑부가 될 것이다. 그리고 장관 직을 맡을지도 모른다. 그렇다. 장관 직. 왜 안 되겠는가? 하나님께서 뜻하신다면 불가능은 없는데. 그가 이렇게 국회 의원이 되리라고 꿈이나 꾸었던가? 돈은 난관을 극복해 주고 불가능한 일을 가능케 한다. 국회 의원이 되었듯이 언젠가는 장관도 될 수 있을 것이다.

그는 계속 골똘히 생각에 잠겨 있었다. 어느덧 오후 아잔이 울려 퍼졌고, 그는 여느 때처럼 앞에 나와 가게 점원들과 함께 예배를 드렸다. 비록 예배를 드리는 동안 정신은 여러 차례 수아드의 알몸에 가 있어 그런 생각을 한 것에 대해 하나님께 용서를 구했지만 말이다. 그는 예배와 하나님께 대한 찬양의 말을 마치자마자 서둘러 자리에서 일어나 야쿠비얀 건물 안으로 들어가 엘리베이터를 타고 7층으로 올라갔다. 그의 연정은 육체적 쾌락을 향해 뜨겁게 불붙어 있었다. 그는 문 열쇠를 돌렸다. 그의 눈앞에는 정확히 예상한 대로 수아드가 고혹적인 몸매를 한껏 돋보이게 하는 빨간 가운을 걸친 채 그를 기다리고 있었다. 코를 찌르는 향수 냄새가 그의 감각을 간질였다. 수아드는 하늘거리며 그에게 다가왔다. 그는 그녀의 발걸음 소리와 가운이 바닥에 스치는 소리를 들으면서 열정에 사로잡혔다. 그녀는 앗잠을 껴안고 귀를 입술로 애무하며 속삭였다.

"자기, 축하해요! 정말 축하해요!"

* * *

드물고 이례적인 순간에 수아드 자비르는 자신의 진실된 모습을 보인다. 눈에선 섬광처럼 번쩍이는 광채가 나오고 그녀의 얼굴은 완전히 본래 모습을 되찾는다. 그것은 역할이 끝난 배우가 자기 자신으로 돌아와 무대 의상을 벗고 얼굴 화장을 지우는 것과 같다. 천천히 깨어나는 배우의 진지한 시선은 단호하고 끈질기게 뭔가를 되찾으려고 하는데, 바로 그러한 시선이 수아드의 얼굴에도 나타나 본래의 얼굴을 드러나게 한다. 이런 일은 그녀가, 가령 앗잠과 함께 식사를 하고 정담을 나눌 때나 심지어 함께 침대에서 그의 품에 안겨 뒹굴며 그의 시들어 가는 정력을 일으키려고 노력할 때와 같이 그 어느 때라도 그녀에게 일어난다. 그녀의 눈에서는 이러한 광채가 번쩍이는데, 그 빛은 그녀의 정신이 사랑의 절정에서조차 생각하기를 멈추지 않음을 확인해 준다.

그녀는 거짓 연기를 해내는 자신의 새로운 능력에 빈번히 놀라움을 금치 못한다. 이전에 그녀는 자신의 인생에서 거짓이란 걸 몰랐었다. 하지만 이제는 그녀의 뇌리에서 일어나는 모든 것이 그녀의 입을 통해 나온다. 이런 모든 연기력이 어디에서 왔단 말인가? 그녀는 사랑스럽고 애정을 갈구하며 동정심과 더불어 질투심도 가진 아내의 연기를 훌륭히 해낸다. 그녀는 전문 배우처럼 자신의 감정을 완전히 통제할 수 있게 되었다. 그녀는 때에 따라 마음먹은 대로 울고 웃고 화를 낸다. 이제 그녀는 침대에서 핫즈 앗잠과 있을 때 남편의 정력에 놀라움을 금치 못하여 그가 자신의 가공할 정력이 원하는 대로 다루도록 몸을 내맡기는 그런 아내의 연기를 해낸다. 그녀는 두 눈을 감고 신음 소리를 내며 탄성을 지른다. 그녀가 느끼는 거라곤 마찰밖에, 즉 두 개의 벌거벗은 몸뚱이가 해 대는 냉랭하고 성가신 마찰밖에 없지만 말이다. 한시도 눈을 팔지 않고 배후에 웅크리고 있는 날카로운 의식 속에서 그녀는 활력이 사라진 앗잠의 쇠약한 몸을, 결혼한 지 한 달이 지나 약함을 드러낸 그의 몸을 응시한다. 그녀는 그의 늙고 주름진 피부와 가슴에 드문드문 난 몇 가닥 안 되는 털, 그리고 그의 작고 짙은 색의 젖꼭지를 보려 들지 않는다. 그녀는 그의 몸을 만질 때 마치 도마뱀이나 끈적거리고 구역질 나는 개구리를 만지는 것처럼 메스꺼움을 느낀다. 그녀는 매번 전남편 마스우드의 균형 잡히고 단단한 몸을 떠올린다. 그녀는 마스우드와 더불어 처음으로 사랑에 눈을 떴었다.

아름다운 지난날이었다. 그녀는 미소를 지으며 자신이 마스우드를 얼마나 사랑했고 그와의 만남을 고대했던가를 회상한다. 그의 애무로, 그녀의 목과 가슴에 내뿜는 그의 뜨거운 숨결로 그녀의 몸은 달아올랐었다. 그녀는 그와 함께 뜨거운 사랑을 나누고 쾌락의 혼미 상태에 녹아들었었다. 정신을 차린 그녀는 부끄러움을 느끼고 그와 거리를 두며 머리를 다른 쪽으로 돌린다. 그녀는 그의 얼굴을 쳐다보려 하지 않은 채 시간을 보낸다. 그는 웃음을 지으며 쉰 듯한 강한 목소리로 말한다.

"그래, 웬일이오? 아가씨가 수줍음을 다 타고. 우리 둘이 장난을 친 것뿐인데, 멍청한 아가씨, 이것이 주님의 섭리요."

그 시절은 얼마나 아름다웠고 또 얼마나 오래전의 일인가! 그녀는 남편을 사랑했고 이 세상을 사는 동안 아이를 기르면서 그와 함께 사는 것 외엔 바라는 게 없었다. 진심으로 그녀는 돈도 원하지 않았다. 그녀에겐 달리 원하는 바가 없었다. 그녀는 알아사프라 남부에 있는 철로 옆 작은 아파트에 살면서 행복했다. 빨래하고 음식을 만들고 타미르에게 젖 물릴 준비를 하고 방바닥을 닦은 뒤 목욕과 화장을 하고 저녁엔 마스우드를 기다렸다. 그녀는 자신의 집이 궁궐처럼 넓고 깨끗하고 밝다고 생각했다. 남편이 그녀에게 이라크에서 일자리 계약을 따냈다고 말했을 때 그녀는 안 된다고 하면서 화를 내며 남편과 말다툼했다. 남편의 해외 근무를 만류하려고 여러 날 그와 잠자리도 하지 않았다. 그녀는 남편의 면전에서 소리쳤다.

"당신은 우리를 내버려 두고 외국에 갈 수 있어?"

"1년 아니면 2년이야. 돈 많이 벌어 올게."

"모든 사람들이 그렇게 말하고는 다시 돌아오지 않아."

"가난한 게 좋아? 우리는 매일매일 근근이 살아가잖아. 평생 남의 돈을 빌리면서 살고 싶어?"

"한 푼 두 푼 모으다 보면 목돈이 될 수 있어."

"우리나라에선 안 돼. 모든 게 정반대야. 우리나라에선 가진 자가 더 갖고 없는 자는 죽게 되어 있어. 돈이 돈을 벌어들이고 가난은 가난을 가져오지."

남편은 이미 결정을 내린 사람에게서 보이는 차분한 어조로 말했다. 지금 그녀는 자신이 남편의 말을 고분고분 들어주었던 것을 얼마나 후회하는지. 만일 그녀가 끝까지 맞섰다면, 만일 그녀가 화를 내고 집을 나갔다면 남편은 그녀의 말을 듣고 여행 계획을 바꾸었을 텐데. 남편은 그녀를 사랑했고 그녀와 멀리 떨어져 있는 것을 견딜 수 없어 했다. 하지만 그녀는 쉽게 응했고 남편이 해외로 나가도록 내버려 두었다. 모든 일에는 정해진 몫이 있게 마련이다. 마스우드는 떠났고 영원히 돌아오지 않았다. 그녀는 남편이 전쟁에서 죽어 그곳에 묻혔으며 실종자로 처리되었다고 확신한다. 이런 일은 그녀가 아는 알렉산드리아 지역 출신의 많은 가족들에게 일어났다. 마스우드는 그녀와 아들을 내버려 둔 채 가 버릴 사람이 절대 아니었다. 그것은 말도 안 된다. 분명 남편은 죽어서 하나님에게 갔다. 그녀를 외로이 슬픔 속에 버려둔 채.

사랑, 그리고 진실로 뜨거운 감정과 수줍음의 시절과 아름다운 시간은 끝났다. 수아드는 아들을 양육하느라 역경을 견디며 굶주렸다. 남자들은 모두 얼굴과 몸, 옷이 다르긴 하지만 그들의 시선은 항상 하나로, 그녀를 범하고 발가벗기고, 만일 그녀가 동의한다면 그녀에게 모든 것을 약속했다. 그녀는 완강하고 힘겹게 저항했다. 그녀는 언젠가 자신이 지쳐서 굴복하게 될 것을 두려워했다. 하누 상점에서 그녀의 일은 고됐고 급여는 적었으며 아이의 육아 비용은 점점 늘어 갔다. 그녀의 부담이 커져서 마치 산을 짊어진 것 같았다. 심지어 오빠 하미두를 포함해 그녀의 친척들도 그녀와 매한가지로 어렵게 생계를 해결하는 자들이거나 비열한 사람들이었다. 그들은 축원의 말로만 그녀를 도울 뿐이거나, 거짓 핑계를 대면서 그녀에게 돈을 빌려 줄 수 없다고 양해를 구할 뿐이었다.

그녀는 힘겨운 몇 해를 보냈고 결국에는 여러 차례 거의 신앙을 저버리고 약해졌으며, 또한 너무도 절망하고 궁핍하여 이슬람에서 금지한 사항에 속하는 일이라도 해야 할 지경에 이르기도 했었다. 핫즈 앗잠이 이슬람 정식 절차에 따라 그녀에게 청혼했을 때 그녀는 자신의 가치를 정확히 계산했다. 그녀는 아들의 양육비를 대가로 앗잠에게 자신의 몸을 내줄 것이다. 앗잠이 지불한 마흐르를 그녀는 손 하나 대지 않고 아들 타미르의 이름으로 은행에 맡겨 두어 10년 후에 그 금액이 세 배가 되도록 해 놓았다. 연정(戀情)의 기간은 지났고, 이제는 합의와 상호 승낙에 따라 주고받기식의 계산을 해 본다. 그녀는 이 노인과 매일 두 시간 잠자리를 같이한다. 아들은 알렉산드리아에 두었고 대가를 받는다.

그녀는 타미르가 보고 싶어 마음이 갈기갈기 찢어진다. 밤이 되면 그녀는 침대에서 자신의 곁에 있어야 할 아들의 잠자리를 자주 더듬고 뜨거운 눈물을 흘린다. 초등학교 앞을 지나던 어느 날 아침, 그녀는 교복 입은 아이들을 보고 아들을 떠올렸다. 그녀는 울었고 슬픔과 그리움이 며칠간 그녀를 쥐어짰다. 그녀는 자신이 침대에서 아들의 작고 따뜻한 몸을 안고 있는 모습을 그려 보았다. 화장실에서 아들의 얼굴과 몸을 씻어 주고 교복을 입혀 주고 아침을 차려 주고, 살짝 아들을 속여서 우유를 한 컵 다 마시게 한다. 그러고 나서 그녀는 아들과 함께 학교까지 가기 위해 전차를 탄다.

그런 아들이 지금은 어디에 있는가? 아들을 향한 그녀의 애틋한 마음은 너무도 컸다. 외아들은 멀리 떨어져 있고 그녀는 이 냉랭하고 역겨운 대도시에 있다. 이곳에서 그녀는 아는 이 하나 없이 홀로 큰 아파트에서 살고 있다. 그녀는 아파트의 어느 것 하나 소유할 수 없고, 도둑이나 간부(姦婦)처럼 사람들의 시선을 피해 숨어 지낸다. 그녀의 유일한 일은 이 늙은 남자와 동침하는 것이다. 매일같이 그 노인은 나약하고 처진 기력과 연하고 구역질 나는 몸을 접촉하며 그녀의 호흡을 억누른다. 그는 수아드가 타미르에게 가기를 원치 않는다. 그녀가 아들에 대해 얘기할 때면 질투하듯 그의 얼굴은 일그러진다. 그녀는 매 순간 아들을 그리워하고 있고 지금도 아들을 보고 싶어 한다. 힘껏 껴안으면서 아들의 체취를 맡고 아들의 검고 부드러운 머리를 만져 주고 싶은 마음이 간절하다. 아들을 데려와 카이로에서 함께 살 수 있다면 얼마나 좋을까. 핫즈 앗잠은 그렇게 하는 데 결코 동의하지 않을 것이다. 처음부터 그는 수아드에게 아들을 떠나라는 조건을 달았다. 그는 분명히 그녀에게 말했었다. "나는 애들이 딸리지 않은 상태에서 당신과 결혼하는 거요. 동의하는 거요?" 그녀는 그 순간 앗잠의 차갑고 무자비한 얼굴을 떠올리며 마음속으로 그를 증오한다. 그러나 그녀는 다시 마음을 가다듬으며 자신이 하는 모든 일은 미래에 타미르가 잘되도록 하기 위함이라고 스스로를 타이른다. 엄마 품에서 산다고 한들 함께 친척이나 낯선 자에게 적선을 구하는 신세라면 아들에게 좋을 것이 무엇인가?

그녀는 앗잠이 베푼 은혜에 깊이 감사해야 하며, 적어도 그를 증오해서는 안 된다. 그는 이슬람이 허용하는 범위 내에서 그녀와 결혼했고 그 비용도 부담했다. 이처럼 실제적이고 직접적인 발상이 그녀와 앗잠의 관계를 지배한다. 그는 법적 합의에 근거해 그녀의 육체에 대한 권리가 있으며, 그가 원하는 때, 그 어떤 방식으로든 그녀를 찾아올 권리가 있다. 그녀는 늘 준비하고 매일 그를 기다리고 있어야 한다. 그녀는 치장을 했고 향수를 발랐다. 그녀가 그를 냉랭하게 대한다는 느낌을 주어서는 안 되며, 침대에서 그가 약하고 무기력하다는 느낌을 들게 해서도 안 된다.

수아드는 그의 마음을 불편하지 않게 하기 위해 지금 본능적으로 터득한 방법을 이용하고 있다. 흐느끼고 손톱으로 그의 등을 긁으며 절정에 도달한 척하고, 쾌락에 마취된 것처럼 그의 지친 몸을 껴안고 그의 가슴에 머리를 던졌다. 그런 뒤 그녀는 곧 눈을 뜨면서 그의 턱과 목에 키스를 하고 손가락으로 그의 가슴을 문지르기 시작했다. 그리고 부드러운 목소리로 속삭였다.

"그런데요, 당선 축하 선물은 어디에 있어요?"

"물론, 당신에게 줄 좋은 선물이 있지."

"자기가 잘되기를 빌어요. 그리고 당신에게 한 가지만 물어볼 테니 솔직히 답해 줘요."

앗잠은 침대 등받이에 등을 기대고 흥미롭다는 듯 그녀의 드러난 어깨를 손으로 감싸고 쳐다보았다. 그녀가 말을 꺼냈다.

"당신, 날 사랑해?"

"그렇고말고. 수아드, 정말이야."

"그러면, 내가 원하는 일은 그 어떤 거라도 해 줄 수 있어?"

"당연하지."

"좋아요. 지금 한 말, 잊지 마세요."

그는 주저하면서 수아드를 쳐다보았다. 하지만 그녀는 오늘 밤엔 그와 부딪치지 않으리라 마음을 정하고 말했다.

"다음 주에 당신에게 중요한 사항을 말씀드릴게요."

"아냐, 오늘 밤 말해."

"아냐, 자기. 먼저 확인해 보고 나서."

앗잠이 웃으며 말했다.

"그거 수수께끼인가?"

수아드는 그에게 키스하면서 관능적인 목소리로 속삭였다.

"그래요, 수수께끼."

* * *

동성애자들은 일반적으로 홍보나 연기, 중개업, 변호사업처럼 사람들과 접촉하는 직업에 탁월하다. 그들이 이런 분야에서 성공을 거두는 이유는 일반인들에게서 성공의 기회를 앗아 가는 수치심을 버렸기 때문이라고 한다. 남들과는 다른 다양한 인생 경험을 가진 삶이기에 동성애자들은 다른 사람들의 마음을 더 잘 헤아리고 그들에게 더 많은 영향을 미친다. 또한 동성애자들은 실내 장식이나 의상 디자인처럼 미적 취향과 상상력을 요하는 직업에서 두각을 나타내어, 세계적인 유명 패션 디자이너 중에 동성애자들이 있음은 공공연한 사실이다. 그것은 아마도 그들의 이중적 성정체성이 남성을 자극하는 여성복 디자인을, 또는 그 반대 경우의 디자인을 가능케 하기 때문일 것이다.

하팀 라쉬드를 아는 사람들은 그에 관한 의견이 제각각 다르지만 그의 섬세한 취향과 타고난 색감과 옷에 대한 감각은 인정해야 한다. 심지어 침실에서 연인과 함께 있을 때조차 하팀은 많은 동성애자들이 인위적으로 꾸민 통속적인 여성의 모습보다 자신이 훨씬 낫다고 생각한다. 그는 얼굴에 분을 바르지도 않고 여성용 잠옷을 입지도 않으며 인공 유방을 하지 않지만, 노련한 솜씨로 여자 같은 남자가 지닌 아름다움을 돋보이게 한다. 벗은 몸에 고운 색상의 자수가 놓인 속 비치는 질밥을 걸치고 턱수염을 완전히 밀고, 계산된 양만큼 눈썹을 그리고 가볍게 눈 화장을 한다. 그러고는 부드러운 머리칼을 뒤로 빗어 넘기거나 이마에 드리운다. 그는 치장을 할 때 이렇게 늘 고대 미소년의 모습을 형상화하는 데 열중한다.

이처럼 섬세한 취향대로 하팀은 동료인 압두의 새 옷을 샀다. 근육이 돋보이는 꼭 끼는 바지와 구릿빛 얼굴을 화사하게 해 주는 밝은 색깔의 셔츠와 티셔츠로, 옷깃은 목 근육과 무성한 가슴 털이 보이도록 항상 열려 있는 것이었다. 하팀은 압두에게 관대했다. 가족에게 송금하라며 상당한 액수의 돈을 주었고, 군부대 지휘관에 보낼 추천서도 받아 주어 그에 대한 처우도 나아졌다. 휴가도 계속 받아서 그 시간을 모두 하팀과 함께 보냈다. 두 사람은 마치 밀월 중의 신랑 신부 같았다. 두 사람은 오전 시간에 일어나 여유와 게으름을 즐긴다. 최고급 식당에서 식사를 하고 영화관에 가고 쇼핑을 한다. 그리고 늦은 밤에 함께 잠자리에 든다. 서로의 몸을 탐닉한 후 잔잔한 조명 아래 두 사람은 서로 껴안고 누워, 가끔은 아침이 될 때까지 이야기를 나눈다. 그 애틋한 순간들을 하팀은 결코 잊지 않을 것이다. 그는 사랑의 갈증을 해소하고 나서 두려움에 떠는 어린아이처럼 압두의 단단한 몸에 달라붙어, 고양이처럼 압두의 거친 갈색 살에 코를 묻고는 모든 것을 이야기해 준다. 자신의 어린 시절, 아버지, 프랑스인 어머니, 자신의 첫 번째 연인 이드리스에 관한 이야기도. 놀라운 것은 압두가 젊고 무지하지만 하팀의 심정을 헤아리고 두 사람의 관계를 잘 받아들이게 되었다는 사실이다. 처음에 느꼈던 혐오감은 사라졌고 달콤하고 사악한 연정(戀情)이 그 자리를 대신했다. 게다가 돈과 명예, 새 옷과 고급 음식이 있었고 압두가 언감생심 들어갈 꿈도 꾸지 못한 온갖 호화로운 장소에도 가게 되었다. 그리고 압두는 말쑥하게 차려입고 하팀과 함께 돌아오는 밤거리에서 중앙 보안군 병사들을 지나칠 때 멀리서 그들에게 인사를 건네는 것에 흐뭇해했다. 마치 자신이 아무 의미도 목표도 없이 해가 뜨나 날이 추우나 여러 시간 동안 길에 서 있는 가련하고 가난한 이들과는 잠시라도 다른 존재가 되었음을 스스로에게 확인시키려는 듯.

두 친구는 행복에 겨운 나날을 보냈다. 그러던 중 압두의 생일이 되었다. 보통 사이드 지역에서는 결혼식이나 할례식을 제외하곤 축하 행사를 여는 일이 없는 터라 압두는 하팀에게 자기 생일이 대수롭지 않은 일이라고 말했지만, 하팀은 축하 파티를 해야 한다며 고집을 부렸다. 압두와 함께 차를 타고 가던 하팀이 미소 지으며 말했다.

"오늘 밤에 너를 깜짝 놀라게 할 일이 있어."

"무슨 놀랄 일인데요?"

"참고 기다려 봐. 곧 알게 될 거야."

하팀은 이렇게 얼버무렸고, 평소와는 다른 방향으로 차를 모는 그의 얼굴에는 어린아이의 장난기가 번졌다. 살라흐 살림 로(路)를 지나 나세르 시티로 접어든 뒤, 계속 길을 달린 끝에 한 작은 옆길에 도착했다. 상점들은 닫혀 있고 거리는 어두컴컴했지만, 어둠 속에서 새로 칠한 철제 가판대 하나가 반짝이고 있었다. 두 사람은 차에서 내려 가판대 앞에 섰다. 압두는 짤랑이는 소리를 들었고 하팀이 작은 열쇠 꾸러미를 꺼내는 것을 보았다. 하팀이 그것을 압두에게 내밀면서 다정하게 말했다.

"자, 받아. *Joyeux anniversaire*(생일 축하해). 이건 내 선물이야. 네 맘에 들었으면 좋겠어."

"무슨 일인지 모르겠어요."

한바탕 크게 웃고 나서 하팀이 말했다.

"이런, 사이드 사람이 아니랄까 봐 촌스럽기는. 왜 이리 둔해. 이 가게는 네 거야. 내가 힘을 좀 써서 네게 주려고 도청(道廳)에서 받아 낸 거야. 네가 군에서 제대하는 대로 물건을 들일 거고, 넌 여기서 그걸 팔기만 하면 돼."

그러고 나서 하팀은 그에게 다가가 속삭였다.

"자기, 이렇게 일을 해서 가족을 부양하도록 해. 그리고 나도 언제까지나 계속 너와 함께 지낼 수 있게 될 거야."

압두는 크게 환호성을 지르며 웃기 시작했다. 그는 하팀을 껴안고 더듬대며 고맙다는 말을 했다. 아름다운 밤이었다. 두 사람은 알무한디신에 있는 생선 요리점에서 저녁을 먹었다. 압두 혼자 밥을 곁들인 새우를 1킬로그램 가까이 먹었고, 식사 중에 두 사람은 스위스 와인을 두 병이나 마셨다. 식사비는 7백 기네가 넘게 나왔고 하팀이 자신의 비자 카드로 계산했다. 그날 밤 두 사람이 잠자리에 들었을 때 하팀은 열락(悅樂)의 고통으로 울 지경에 이르렀다. 그는 마치 구름 속을 떠다니는 것만 같았고 바로 그 순간에 시간이 멈춰 주기를 간절히 바랐다. 사랑을 나눈 후 두 사람은 여느 때처럼 서로 몸을 밀착한 채 침대에 누워 있었고, 기다란 양초의 희미한 불빛은 춤을 추며 장식용 벽지로 덮인 건너편 벽에 그림자를 드리우고 있었다. 하팀은 잠자코 앞만 보고 있는 압두에게 그를 향한 자신의 감정을 길게 늘어놓았다. 그러다가 갑자기 압두의 얼굴 표정이 심각해지자 하팀이 걱정스러운 듯 물었다.

"압두, 무슨 일이야?"

"······."

"무슨 일인데 그래?"

"두려워요, 하팀 선생님."

압두는 깊은 곳에서 우러나는 소리로 천천히 말했다.

"대체 뭐가 두렵다는 거야?"

"전능하고 숭고하신 우리 주님이오!"

"뭐라고?"

"전능하고 숭고하신 우리 주님 말이에요. 난 주님께서 우리가 하는 짓을 벌하실까 두려워요."

하팀은 아무 말 없이 어둠 속에서 그를 뚫어지게 바라보았다. 그 일은 하팀에게 이상하게 보였다. 하팀은 애인과 더불어 종교에 관한 얘기를 나누리라곤 전혀 예상치 못했던 것이다.

"그게 무슨 말이지, 압두?"

"선생님, 저는 지금껏 하나님을 경외하며 경건하게 살았어요. 고향 사람들은 저를 셰이크 압두 랍부흐라고 불러요. 늘 때맞춰 사원에서 예배를 드리고 라마단과 이슬람 관습이 정한 날에는 단식을 해요. 저는 그렇게 살았는데, 당신을 만나고 나서 변했어요."

"예배 드리고 싶어, 압두? 그럼 그렇게 해."

"매일 밤 술 마시고 당신과 잠자리를 함께하는 제가 어떻게 예배를 드려요? 저는 우리 주님이 화가 나서 저를 벌하실 것 같은 느낌이 들어요."

"그러니까 우리가 서로 사랑하기 때문에 주님께서 우리를 벌하실 거란 건가?"

"주님은 우리에게 그런 사랑을 금하셨어요. 그건 너무나도 큰 죄악이에요. 고향 마을에 셰이크 다라위라는 사원 이맘이 계셨어요. (하나님께서 그분에게 자비를 베푸시길.) 그분은 올곧고 신앙심이 깊은 분으로, 금요 예배 때 '여러분, 동성애는 자비롭고 자애로우신 하나님께서도 분노에 치를 떨 극악한 죄악입니다'라고 말씀하시곤 했어요."

하팀은 더 이상 참지 못하고 침대에서 일어나 불을 켜고 담배를 피워 물었다. 잘생긴 얼굴과 벌거벗은 몸에 속 비치는 셔츠를 걸친 그는 마치 화가 난 아름다운 여인처럼 보였다. 그가 담배 연기를 내뿜고는 갑자기 소리를 질렀다.

"압두, 난 정말이지 널 이해할 수 없어. 너를 위해 이 이상 무엇을 해 줘야 할지 모르겠어! 난 너를 사랑하고 네 생각만 해. 항상 너를 행복하게 해 주려고 노력하고 있어. 그런데 고마워하기는커녕 이런 식으로 나를 괴롭히다니!"

압두는 팔베개를 하고 천장만 물끄러미 바라보며 아무 말 없이 자리에 누워 있었다. 하팀은 담배를 다 피우고 위스키 한 잔을 따라 단숨에 들이켰다. 그리고 돌아와 압두 옆에 앉아 조용히 이야기했다.

"잘 들어, 자기. 우리 주님은 위대하시고 네 고향의 무지한 셰이크들의 말과는 달리 진정으로 자비롭고 자애로우셔. 많은 사람들이 기도를 드리고 단식을 하면서 도둑질도 하고 해를 끼쳐. 하나님께선 그런 자들을 벌하시지. 하지만 우리는 말이야, 나는 하나님께서 우리를 용서하시리라 확신해. 우린 그 누구에게도 해를 끼치지 않았으니까. 우리는 그저 서로 사랑할 뿐이야. 압두, 제발 문제 일으키지 말아 줘. 네 생일 밤이니 즐겁게 보내야 하잖아."

* * *

일요일 저녁이었다. 부사이나는 새 직장에서 2주를 보냈고, 그동안 자키 베 알두수키는 만반의 조치를 취했다. 우선 그녀에게 몇 가지 일을 맡겼다. 새 전화번호부를 작성하고, 전기 요금을 납부하고, 오래된 서류를 정리하게 했다. 그런 다음 그는 자신에 대해, 자신이 느끼는 고독감에 대해 그리고 가끔은 결혼하지 않은 것을 후회한다는 말을 그녀에게 하기 시작했다. 그는 누나 다울라트에 대한 불만을 토로했고, 누나가 자기를 푸대접해서 서글프다는 말도 했다. 또한 그는 부사이나에게 그녀의 가족과 어린 동생들에 대해 묻기도 했다. 때때로 그녀에게 추파를 던졌고 멋진 옷과, 예쁜 얼굴을 도드라져 보이게 하는 머리 모양을 칭찬했으며, 그녀의 몸을 한참 바라보기도 했다. 그는 자신감을 갖고 계산해서 공을 치는 능숙한 당구 선수 같았다. 그녀는 이해했다는 미소를 지으며 그가 보내는 신호를 계속 받아들였다. (그녀의 많은 봉급과 하찮은 일을 비교하면 그녀에게서 기대되는 역할이 무엇인지는 분명했다.) 두 사람 사이에 은근한 시선이 며칠 동안 계속 오가다가 한번은 퇴근 준비를 하는 그녀에게 그가 말을 건넸다.

"부사이나, 자네와 있으면 정말 맘이 편해. 계속 자네와 함께 지내고 싶군."

"분부만 내리세요."

그가 파고들 틈을 내주려고 부사이나는 나긋하게 말했다. 그러자 그가 그녀의 손을 덥석 잡고 물었다.

"내가 무엇을 시키든 날 위해 할 수 있겠나?"

"제가 할 수 있는 일이라면 당연히 해야지요."

그러자 자키 베는 그녀의 양손을 자기 입술에 가져다 대고 손에 입을 맞추어 자신의 의도를 확인시켜 주었다. 그가 속삭였다.

"내일은 오후에 나와. 우리 둘이 편히 지내게 말이야."

다음 날 부사이나는 욕실에서 몸에 난 털을 제거하고 돌로 발뒤꿈치를 문지르고 손과 피부에 크림을 바르며 시간을 보내면서 앞으로 무슨 일이 있을지를 생각했다. 자키 베 알두수키 같은 노인과 성관계를 갖는다는 게 그녀로서는 왠지 낯설고 이상야릇한 일처럼 보였다. 그녀는 가끔 그에게 가까이 갔을 때 그의 옷에서 풍기는 지독한 담배 냄새와 함께 또 하나의 투박하고 오래된 냄새를 맡았던 일을 떠올렸다. 그 냄새는 부사이나가 어릴 적에 엄마의 낡은 목재 옷 상자에 숨었을 때 콧속 가득 스며들던 냄새를 상기시켰다. 그녀는 예절 바른 그가 자신을 부드럽게 대해 주어 그에 대한 애정을 느끼고 있다고 생각했다. 또한 그 나이가 되도록 아내도 자식도 없이 혼자 살아가고 있음에 그가 불쌍하다는 생각도 들었다.

그날 저녁, 부사이나는 그의 사무실로 갔다. 아바스카룬을 일찍 퇴근시킨 뒤 자키 베 혼자 앉아 그녀를 기다리고 있었다. 위스키병과 술잔, 얼음통이 그의 앞에 놓여 있었다. 그의 눈은 약간 충혈되어 있었고 방 안에는 술 냄새가 진동했다. 그는 부사이나를 맞으며 일어섰다가 자리에 앉았다. 잔에 남은 술을 입에 털어 넣고는 서글프게 말했다.

"무슨 일이 있었는지 알아?"

"무슨 일인데요?"

"다울라트가 금치산 선고를 신청했어."

"그게 무슨 말이에요?"

"내가 재산권을 행사하지 못하도록 해 달라고 법원에 요청했다는 뜻이지."

"아니, 말도 안 돼. 대체 왜요?"

"내가 살아 있어도 내 재산을 물려받으려는 거지."

자키 베는 씁쓸하게 말하며 술잔을 새로 채웠다. 부사이나는 그에게 애정을 느꼈다.

"형제간에도 화가 날 수 있어요. 그래도 멀어지지는 않아요."

"그건 자네 생각이지. 다울라트는 돈밖에 몰라."

"어르신께서 누이 분께 말씀을 드리면요?"

자키 베는 소용없다는 뜻으로 고개를 젓고 화제를 바꾸었다.

"나랑 한잔할 텐가?"

"아니요. 사양할래요."

"한 번도 안 마셔 봤나?"

"한 번도요."

"한 잔만 마셔 봐. 첫맛은 쓰지만 그러다가 기분이 좋아져."

"고맙지만 사양할게요."

"안됐구먼. 술을 마시는 것은 정말 좋은 일이야. 외국 사람들은 음주의 가치를 우리보다 잘 알지."

"제가 봐 왔지만 어르신께선 정말 외국 사람처럼 사세요."

그는 살며시 웃으며 말 잘하는 똑똑한 여자아이를 바라보듯 사랑스럽고 자상한 눈초리로 그녀를 쳐다보며 말을 이었다.

"부탁이니 어르신이라고 부르지 말아 줘. 비록 내가 늙기는 했어도 굳이 그렇게 상기시킬 필요는 없잖아. 그래, 평생을 외국인들과 함께 살았지. 프랑스 학교를 다녔고 친구들도 대부분 외국인이었어. 프랑스에서 유학을 했고 거기서 몇 년간 살았지. 이집트만큼이나 파리에 대해서도 잘 알아."

"사람들이 파리가 아름답다고 하더라고요."

"아름답다고? 온 세상이 파리에 있어."

"그런데 왜 거기서 살지 않으셨어요?"

"긴 사연이 있지."

"말씀해 주세요. 오늘은 달리 할 일도 없잖아요."

그의 마음을 가볍게 해 주려고 그녀는 소리 내어 웃었고 그도 처음으로 웃었다. 그녀가 다가가 다정하게 물었다.

"말씀해 주세요. 왜 프랑스에서 살지 않으신 거지요?"

"사는 동안 내가 꼭 해야 했는데 하지 못한 일이 많아."

"왜지요?"

"나도 몰라. 내가 자네 나이였을 땐 원하는 건 무엇이든 손에 넣을 수 있다고 생각했었지. 인생 계획을 세우고 모든 일에 확신이 있었어. 나이 들면서 인력으로 할 수 있는 일이 거의 없다는 것을 깨달았지. 세상만사는 운명에 달려 있어."

그는 밀려오는 설움에 한숨을 내쉬고서 미소 지으며 그녀에게 물었다.

"여행 좋아하나?"

"그럼요."

"어딜 가고 싶은데?"

"이 폐허 같은 곳에서 멀리 떨어진 곳이면 어디든 좋아요!"

"이집트가 싫은가?"

"당연하지요."

"그게 말이 돼? 자기 나라를 싫어하는 사람도 있나?"

"제가 좋아할 만한 것이 한 가지도 없어요."

그 말을 하고서 그녀는 고개를 돌렸다. 자키 베가 열의를 갖고 답했다.

"어느 누구든 조국을 사랑해야 해. 조국은 어머니처럼 하나뿐이니까. 자기 어머니를 미워하는 사람이 어디 있겠나?"

"노래나 영화에 나오는 이야기네요. 자키 베, 사람들은 지쳐 있어요."

"가난하다고 애국자가 되지 말란 법은 없어. 이집트의 민족 지도자들은 대부분 빈민 출신이야."

"그 시대에는 그랬겠지요. 요즘 사람들은 너무도 지긋지긋해한다고요."

"어떤 사람들?"

"모든 사람들이오. 예를 들어 저랑 같이 상업 학교를 다녔던 여자애들만 해도 전부 다 무슨 수를 써서든 도망치고 싶어 했어요."

"그럴 정도인가?"

"그럼요."

"자기 나라에서 좋은 점을 찾을 수 없으면 어느 곳에서도 좋은 것을 찾을 수 없지."

이 말을 꺼낸 순간 자키 베는 무거운 이야기를 하고 있다고 느꼈다. 그는 일어나며 서 있는 부사이나의 기분을 풀어 주려고 미소를 지었다. 부사이나가 씁쓸하게 말했다.

"풍족하게 사시니 이해 못하실 거예요. 버스 정거장에서 두 시간씩 서 있거나, 세 번씩 차를 갈아타고, 매일같이 집에 돌아가는데 생고생을 한다면, 집이 무너졌는데도 정부에서 길바닥 천막에 그대로 팽개쳐 두면, 밤에 미니버스를 타고 다닌다고 경찰에게 모욕당하고 두들겨 맞는다면, 일자리를 찾아 온종일 상점들을 돌아다녀도 아무것도 얻지 못하면, 키 크고 건장하며 배운 것도 있는데 주머니엔 달랑 1기네뿐이고 어떤 때는 한 푼도 없다면, 그때 가서야 우리가 왜 이집트를 미워하는지 아실 거예요."

두 사람 사이에 무거운 침묵이 흘렀다. 자키 베는 화제를 바꾸려고 자리에서 일어나 녹음기 쪽으로 걸음을 옮기며 명랑하게 말했다.

"이제 세상에서 가장 아름다운 소리를 들려줄게. 에디트 피아프라는 여가수야. 프랑스 역사에 남을 가수지. 들어 본 적 있나?"

"애초부터 프랑스어는 알지도 못해요."

자키 베는 손짓으로 그런 것은 중요하지 않다는 표시를 하고는 녹음기 버튼을 눌렀다. 피아노 댄스 곡이 퍼져 나왔고 피아프의 목소리가 따뜻하고 강하면서도 맑게 울렸다. 자키 베는 장단에 맞춰 고개를 흔들면서 말했다.

"이 노래는 아름답던 날들을 생각나게 해."

"가사가 어떤데요?"

"군중들 사이에 서 있는 소녀에 대해 이야기하는 거야. 그러고 나서 화가 난 사람들은 그녀를 낯선 사람에게 밀어 버리지. 그녀는 그 사람을 처음 본 순간 아름다운 감정을 느끼고 일생을 그와 함께 하고 싶어 하지. 그런데 갑자기 사람들이 그녀를 그 남자로부터 멀리 밀어내는 거야. 결국 그녀는 자신이 혼자라는 것을 알게 되고, 그녀가 사랑했던 사람을 영원히 잃는 거야."

"참 불쌍해요."

"그럼, 노래에는 상징이 담겨 있어. 그러니까 어떤 사람이 평생토록 자신에게 꼭 맞는 누군가를 찾아 헤매다, 막상 그런 사람을 만나게 되면 영원히 그를 잃고 만다는 거야."

두 사람은 책상 옆에 서 있었다. 자키 베는 그녀에게 다가오면서 말을 이었다. 그가 그녀의 볼에 손을 대자 투박하고 오랜 그의 체취가 그녀의 코에 차올랐다. 그녀의 두 눈을 응시하며 그가 말했다.

"노래가 마음에 드나?"

"아름다워요."

"부사이나, 내가 진정으로 자네 같은 사람을 만나고 싶어 했다는 걸 알고 있어?"

"……."

"자네 눈은 너무 아름다워."

"고맙습니다."

이렇게 속삭이는 그녀의 얼굴이 달아올랐다. 그녀는 그가 좀 더 가까이 오도록 두었고, 이윽고 그의 입술이 그녀의 얼굴에 닿았다. 그는 두 팔로 그녀를 껴안았고 그녀는 곧 알싸한 위스키 향이 입안에 감도는 것을 느꼈다.

* * *

"이봐, 색시. 어디 가는 거야?"

아침나절 엘리베이터 앞에서 부사이나를 가로막으며 말라크가 뻔뻔하게 물었다. 그녀는 그의 시선을 피하며 답했다.

"일하러 가요."

말라크가 큰 소리로 웃으며 물었다.

"하는 일이 마음에 들어 보이는군."

"자키 베는 좋으신 분이에요."

"사람들이야 모두 좋지. 우리 일은 해낸 거야?"

"아직까지는……."

"무슨 말이지?"

"아직까지 기회가 없었어요."

말라크가 미간을 찡그리고 조금 화난 표정으로 바라보더니 그녀의 손을 세게 잡으며 말했다.

"이봐, 아가씨. 잘 들어. 이 일은 장난이 아니야. 이번 주에는 그자가 반드시 계약에 서명을 해야 된다고. 알아듣겠어?"

"알았어요."

그녀는 그렇게 말한 뒤 그에게서 손을 빼내곤 엘리베이터를 탔다.

* * *

아침 일찍부터 대부분의 학부에서 학생들의 항의 시위가 시작되었다. 학생들은 수업을 거부하고 강의실을 폐쇄했다. 그러고는 대규모로 구호를 외치며 걸프전을 규탄하는 피켓을 들고 행진하기 시작했다. 정오 예배의 아잔 무렵에는 약 5천 명의 남녀 학생이 예배를 드리기 위해 강당 정면에 있는 광장에 줄을 섰다. 남학생들이 앞에, 여학생들이 그 뒤에 섰다. '알자마아 알이슬라미야'의 학생회장인 타히르가 예배를 주도했고 이어 군중들은 이라크 무슬림 순교자들의 영혼을 위한 예배를 거행했다. 타히르가 강당 맞은편에 있는 계단 꼭대기로 올라갔다. 흰색 질밥을 입고 위엄 있는 검은 턱수염을 보이며 우뚝 선 그의 목소리가 마이크를 통해 울려 퍼졌다.

"형제 여러분, 오늘 우리는 형제국 이라크의 무슬림들이 죽임당하는 것을 막기 위해 모였습니다. 우리의 이슬람 움마는 적들이 원하는 바와 달리 아직까지 죽지 않았습니다. 사도 무함마드 ― 하나님, 그를 축복하시고 그에게 평안을 주소서 ― 께서는 정통 하디스에서 '행운은 심판의 날까지 나의 움마에 계속 있게 될 것이다'라고 말씀하셨습니다. 형제 여러분, 무슬림들의 피로 물든 적들의 더러운 손을 맞잡은 자들이 우리가 하는 말을 들을 수 있도록 크게, 우렁차게 외칩시다. 이슬람 청년 여러분, 우리가 지금 말하고 있는 동안에도 불신자들의 미사일은 형제국 이라크를 파괴하고 있습니다. 그들은 자기들이 바그다드를 초토화하고 완전히 폐허로 만들었다고 자랑합니다. 그자들은 발전소와 수도 시설을 송두리째 파괴하여 바그다드를 석기 시대로 되돌려 놓았다고 떠듭니다. 형제 여러분, 지금 매 순간 수천 명의 이라크 무슬림들이 미국의 폭탄에 살점이 뜯겨 나간 채 순교하고 있습니다. 우리 통치자들이 미국과 이스라엘의 명령에 순종했을 때 이미 비극은 일어났습니다. 무슬림 군대가 팔레스타인을 유린하고 알아크사 사원을 더럽힌 시온주의자들에게 무기를 겨누는 대신, 우리 통치자들은 이집트 군인들에게 이라크의 무슬림 형제들을 죽이라는 명령을 내렸습니다. 이슬람 형제 여러분, 진리의 말씀을 담은 여러분의 목소리로 힘차게 외치십시오. 무슬림들의 피를 팔아 약탈한 재산을 스위스 은행에 쌓아 놓은 자들이 들을 수 있도록 크고 분명하게 외치십시오."

사방에서 구호 소리가 커졌다. 목말을 탄 학생들이 먼저 구호를 외치자 수천 명이 목청을 돋우어 열성을 다해 따라 외쳤다.

"이슬람주의, 이슬람주의다. 동양도 아니고 서양도 아니다."

"카이바르,* 카이바르. 유대인들아, 무함마드의 군대는 돌아올 것이다."

"통치자들아, 교활한 자들아. 너희는 무슬림들의 피를 얼마에 팔아넘겼느냐?"

타히르가 학생들에게 신호하자 모두 조용해졌다. 분노 섞인 그의 목소리가 한층 커졌다.

"어제 전 세계 텔레비전에서 이라크 국민을 죽이려고 미사일 발사 준비를 하는 미군의 모습을 방송했습니다. 여러분은 그 돼지 같은 미군이 발사하기 전에 미사일에 뭐라고 썼는지 아십니까? 그자는 '알라께 안부 인사 드림'이라고 썼습니다. 무슬림 여러분, 그자들이 여러분의 하나님을 조롱하고 있는데 대체 여러분은 무엇을 하고 있습니까? 그자들은 여러분을 죽이고 여러분의 여자들을 욕보이고 여러분의 위대하고 전능하신 주님을 능멸하고 있습니다. 여러분의 자존감과 남자다움이 겨우 이 정도밖에 안 된단 말입니까? 지하드! 지하드! 지하드! 우리의 외침을 만인이 들을 수 있게 합시다. 이런 더러운 전쟁은 용납할 수 없습니다. 무슬림의 손으로 무슬림을 죽이는 일은 없어야 합니다. 맹세코 이슬람 움마가 적들의 아가리에서 맛있는 먹이로 전락하기 전에 죽기를 각오합시다. 우리는 결단코 미국 놈들이 마음 내키는 대로 신었다 벗었다 할 수 있는 신발짝이 되어선 안 됩니다."

그러고 나서 타히르는 흥분한 나머지 끊어지는 듯한 목소리로 구호를 외쳤다.

"알라는 위대하시다! 알라는 위대하시다! 시온주의에 파멸을! 미국에 죽음을! 배신자들에게는 파멸을! 이슬람주의! 이슬람주의!"

학생들이 타히르를 어깨 위에 들어 올려 목말을 태웠다. 그리고 대규모 군중이 대학교 정문을 향하기 시작했다. 시위자들은 거리로 나가 일반 시민들이 시위에 동참하도록 유도하려 했다. 그러나 중앙 보안군이 정문 앞에서 그들을 기다리고 있었다. 학생들이 광장으로 나가는 순간, 커다란 곤봉과 헬멧 그리고 철제 방패로 무장한 군인들이 그들을 공격했다. 군인들은 학생들을 무자비하게 구타했고 여학생들의 비명 소리가 터져 나왔다. 많은 남학생들이 쓰러지고 부상당해, 거리의 아스팔트 바닥에 그들의 피가 흘렀다. 하지만 무리를 지은 학생들이 계속 정문에서 엄청나게 쏟아져 나왔다. 많은 학생들이 그들의 뒤를 쫓기 시작한 군인들을 피해 멀리 내달리며 도망쳤다. 학생들은 대학 광장을 지나 다리에서 재집결했다. 추가 배치된 중앙 보안군이 학생들을 덮쳤지만 그들은 수백 명 무리를 이루어 이스라엘 대사관을 향해 돌진했다. 대사관에서는 특수 부대 군인들이 모습을 드러내면서 학생들을 향해 최루탄을 발사했다. 연기가 피어올라 시야를 가렸고 이어 총성이 빗발치듯 울려 퍼졌다.

* * *

타하 알샤들리는 온종일 시위에 참가했다가 이스라엘 대사관 앞에서 보안군이 학생들을 체포하기 시작하던 그 마지막 순간에 간신히 도망쳐 나왔다. 약속한 대로 타하는 알사이다 자이납 광장에 있는 오베르주 카페로 갔고, 그곳에서 동지들과 함께 학생회장 타히르를 만났다. 타히르는 오늘 있었던 사건에 대한 검토와 평가를 하고 나서 슬픈 목소리로 말했다.

"죄악을 일삼는 저들이 최루탄을 쏘아 위장막을 쳐 놓고 학생들에게 실탄을 발사했어. 법과 대학의 칼리드 하르비가 순교했네.

그의 희생은 하나님으로부터 보상받을 것이네. 또한 하나님께 그 친구의 모든 잘못을 용서하시고 자비로 감싸 주시며, 하나님의 은총으로 천국에 들게 하는 은혜를 베풀어 달라고 간청하세."

참석자들은 순교자의 영혼을 위해 파티하 장을 읽었다. 두려움과 비애감이 그들을 감쌌다. 그런 다음 타히르가 다음 날의 임무를 설명했다. 외국 언론사에 연락해서 칼리드 하르비의 순교 소식 확인하기, 구금자 가족들 조사하기, 시위 운동을 재조직해 보안군이 예상하지 못한 장소에서 시작하기 등이었다. 타하에게는 벽보를 작성해 아침 일찍 단과 대학 벽에 붙이는 일이 맡겨졌다. 그는 이 일을 위해 컬러 펜 세트와 단단한 모조지를 여러 장 구입하여 옥탑의 자기 방으로 들어가 문을 걸어 닫았다. 그는 작업에 몰두한 나머지 예배소에 내려가지도 않았고 마그립 예배와 이샤 예배*도 혼자 드렸다. 그는 열 장의 벽보를 도안해 글씨를 쓰고 그림을 그렸다. 작업은 자정이 넘어서야 끝났고, 그는 극심한 피로를 느꼈다. 타하는 아침 7시가 되기 전에 학교에 가야 하므로 잠잘 시간이 몇 시간밖에 없다고 혼잣말을 하며, 밤 예배의 관습으로 두 번의 라크아를 행했다. 그러고는 불을 끄고 오른쪽 옆으로 누워 여느 때처럼 취침 기도문을 읊었다. "하나님, 저의 얼굴은 당신께로 향합니다. 저의 등도 당신께 의지합니다. 당신께 간구하고 당신을 경외하오며, 저의 모든 일을 당신께 맡깁니다. 당신에 의하지 아니하고는 당신으로부터의 피난처도, 대피소도 없습니다. 하나님, 저는 당신이 내리신 경전과 당신이 보내신 사도를 믿습니다."

그런 뒤 타하는 깊은 잠에 빠져들었다. 얼마 후 그는 꿈꾸는 느낌이 들었고 이어 뭔가 뒤섞인 소리에 깨어났다. 눈을 뜨자 어두운 방 안에서 움직이는 형체들이 보였다. 갑자기 불이 켜지면서 침대 앞에 버티고 선 건장한 체격의 남자 셋이 눈에 들어왔다. 그들 중 한 명이 다가와 타하의 얼굴을 힘껏 갈기더니 머리채를 잡아 오른쪽으로 거칠게 돌렸다. 타하는 빈정거리는 투로 질문을 던지는 젊은 장교를 보았다.

"네가 타하 알샤들리냐?"

타하가 대답하지 않자 부하들이 그의 머리와 얼굴을 세차게 때렸다. 장교가 다시 묻자 타하가 잦아드는 목소리로 대답했다.

"예."

그러자 장교가 싸움을 걸려는 듯 미소 지으며 말했다.

"개새끼! 감히 내 앞에서 너희 무리의 대장 행세를 해!"

그것을 신호로 타하에게 주먹이 마구 날아들었다. 이상하게도 그는 저항하거나 소리를 지르려고도, 손으로 얼굴을 막으려고도 하지 않았다. 그의 얼굴은 기겁하여 그대로 굳어 있었고, 그는 부하들의 매질에 완전히 굴복했다. 그들은 타하를 단단히 붙잡아 방 밖으로 끌고 나갔다.

* * *

알게지라 쉐라톤 호텔의 오리엔탈 식당 홀을 가득 메운 수십 명의 손님들 중에 일반 시민들로는 휴일에 약혼자나 아내, 아이들과 함께 맛있는 케밥*을 먹으러 오는 사람들 몇 명밖에 없다. 그 식당을 찾는 손님들 대부분은 사회 저명인사들이다. 거물급 사업가들, 장관들, 전·현직 도지사들이 와서 언론이나 호사가들의 눈을 피해 식사를 하고 모임을 갖는 것이다. 그래서 경비 경찰은 물론이고 저명인사를 따라온 개인 경호원들까지 그곳에 집중 배치되어 있다.

쉐라톤 케밥 식당은 혁명 전에 왕립 자동차 클럽이 이집트 정치에서 오랫동안 맡아 왔던 것과 같은 역할을 하게 되었다. 수백만 명 이집트인의 삶에 영향을 미친, 얼마나 많은 정책과 계약과 법률이 쉐라톤 케밥 식당의 구운 고기로 가득한 식탁 위에서 입안되고 합의되었던가! 자동차 클럽과 쉐라톤 케밥 식당의 차이는 혁명 전과 그 후의 이집트 통치 엘리트들에 일어난 변화를 정확히 말해 준다. 순수한 서구 지식과 행동 양식을 지녔던 지난 시대의 귀족 장관들에게는 자동차 클럽이 완벽하게 어울렸다. 그곳에서 그들은 매일 밤 시간을 보내고 몸을 노출한 이브닝드레스를 입은 아내를 동반하여 위스키를 마시며 포커와 브리지 게임을 즐겼다. 대부분 평범한 집안 출신인 현재의 고위 인사들은 종교적인 외양에 집착하고 맛있는 음식에 탐닉하기에 쉐라톤 케밥 식당이 제격이었다. 그곳에서 최상급 케밥과 쿠프타*와 속에 식재료를 넣은 비둘기 요리를 먹고, 샤이를 마시고, 그들의 요구에 맞추어 식당 운영자가 도입한 시샤*를 피운다. 먹고 마시고 담배를 피우는 와중에도 돈과 사업에 대한 이야기는 끊이질 않는다.

카말 알풀리는 핫즈 앗잠에게 쉐라톤 케밥 식당에서 만나자고 했다. 핫즈 앗잠은 약속 시간 조금 전에 아들 파우지와 함께 도착했다. 두 사람은 자리에 앉아 시샤를 피우며 샤이를 마셨고, 이윽고 카말 알풀리가 아들 야세르와 경호원 세 명을 데리고 도착했다. 경호원들이 주위를 살피더니 그중 한 명이 알풀리에게 무언가 귓속말로 이야기하자 그가 동의한다는 듯 고개를 끄덕였다. 핫즈 앗잠을 껴안고 반갑게 인사를 건넨 후 알풀리가 말했다.

"핫즈, 죄송합니다만 자리를 옮겨야 할 것 같습니다. 경호원들이 이 자리는 눈에 띄는 곳이어서 안 된다고 하네요."

핫즈 앗잠은 그 말에 동의하고 아들과 알풀리와 함께 자리에서 일어났다. 일행은 경호원들이 지정한 멀리 떨어진 테이블로 자리를 옮겼다. 분수대 옆쪽의, 식당 안에서 가장 끝 쪽에 놓인 테이블이었다. 그들이 자리에 앉자, 경호원들은 테이블을 보호하면서도 대화 내용은 들리지 않을 만큼만 떨어진 근처 테이블에 앉았다. 일상적인 말로 대화가 시작되었다. 서로의 건강과 자식들 이야기, 사업하기 힘들고 책임질 일만 늘어난다는 등의 늘 해 대는 불평들을 나누었다. 그런 다음 알풀리가 핫즈 앗잠에게 친근한 어조로 말을 건넸다.

"국회에서 당신이 추진한 텔레비전 외설 광고 반대 캠페인은 정말 대단하십니다. 사람들의 호응을 얻어 내셨어요."

"카말 베, 모두 선생님 덕분입니다. 선생님께서 아이디어를 주셨잖소."

"저는 그저 사람들이 신임 의원이신 선생님을 알아주었으면 하는 생각에서였습니다. 하나님께 은총을. 신문마다 의원님에 대한 기사를 싣고 있어요."

"하나님께서 선생님의 공덕에 은혜를 베푸실 겁니다."

"핫즈, 원 별말씀을 다 하십니다. 하나님께서도 알고 계시듯 의원님은 제게 형제 같은 분이십니다."

"카말 베, 텔레비전 방송사가 캠페인에 호응해서 그런 역겨운 광고를 금지할 거라고 생각하십니까?"

카말 알풀리가 국회 의원다운 열정으로 소리를 높였다.

"싫든 좋든 응할 겁니다. 제가 정치국 회의에서 공보 장관께 말씀드렸습니다. '그런 말도 안 되는 촌극이 계속되어선 안 된다. 우리의 소임은 조국의 가정 내(內) 도덕규범을 지키는 것이다. 대체 어떤 사람이 자기 딸이나 누이가 텔레비전에 나오는 춤과 교태 부리는 여자를 보도록 놔두겠는가? 어디서, 감히 알아즈하르의 땅, 이집트에서 그런 일이 있을 수 있단 말인가!' 하고 말이죠."

"반쯤 벌거벗은 몸으로 텔레비전에 나오는 그 여자들의 가족은 대체 어떤 사람인지 나도 정말 궁금합니다. 그 여자들이 그런 천박한 꼴로 나돌게 내버려 두는 아비나 오라비가 어디 있단 말입니까!"

"대체 자존심을 어디에 팽개쳤는지 궁금하네요. 마누라가 발가벗고 돌아다니게 놔두는 남자는 오쟁이 진 남편이지요! 사도께서도 아내와 딸을 아무렇게나 방치하는 그런 놈들을 저주하셨어요."

핫즈 앗잠이 고개를 끄덕이며 경건하게 말했다.

"그런 자들은 지옥에나 갈 운명이지요. 하나님께서 우리를 구원하시길."

그 대화는 경기 시작 전에 축구 선수들이 행하는 워밍업처럼 일종의 예비 과정이자 맥 짚기, 기량 함양 같은 것이었다. 이제 두려움은 사라지고 회동에 온기가 감돌자, 카말 알풀리가 머리를 앞으로 숙였다. 그는 미소를 띤 채 굵은 손가락 사이로 시샤의 부리를 돌려 가며 의미심장한 어투로 말했다.

"참, 축하 인사를 깜박 잊었습니다."

"감사합니다만, 뭘 축하하신다는 말씀이신지?"

"일본 다소 자동차 에이전트가 되신 것 말입니다."

"아, 네."

이렇게 앗잠은 나직한 소리로 되뇌었다. 그의 두 눈이 갑자기 경계의 눈빛으로 번득이더니, 스스로 생각할 시간을 가지려는 듯 천천히 시샤를 빨아들였다. 그는 말 한마디 한마디 이리저리 재어 가며 말을 시작했다.

"하지만 일이 완전히 성사된 건 아닙니다, 카말 베. 아직까지는 에이전트 신청서만 제출한 상태이고 일본 사람들이 심사 중이지요. 나를 에이전트로 삼을 수도 있고 신청을 거절할 수도 있습니다. 일이 잘되도록 기도해 주십시오."

알풀리는 크게 웃음을 터뜨리고 손으로 앗잠의 무릎을 치더니 친밀한 어조로 말했다.

"이보시오. 인생 연륜이 많으신 분께서 어찌 말도 안 되는 소리를 하시오! 나더러 그 말을 믿으란 말이오? 이번 주에 에이전트 계약을 따냈잖소. 정확히 말하자면 합의서가 목요일에 팩스로 도착했을 텐데. 어떻게 생각하오?"

앗잠이 아무 말 없이 가만히 그를 바라보자 그는 심각하게 말을 이어 갔다.

"이봐요, 핫즈 앗잠. 나는 카말 알풀리요. 칼날처럼 밀고 나가는 사람이외다. (그는 손으로 쭉 뻗어 나가는 시늉을 했다.) 나는 딱 한 번만 이야기합니다. 나란 사람을 잘 알고 계시리라 생각합니다만."

"아무쪼록 우리 사이가 잘 지속되기를 바랄 뿐입니다."

"본론을 얘기하자면 말이오, 핫즈, 에이전트 수익이 연간 3억이 넘지요. 당연히 하나님께서도 내가 당신이 잘되기를 바라고 있다는 걸 아시지요. 하지만 혼자서 집어삼키기에는 덩어리가 너무 크지요."

"그게 무슨 뜻입니까?"

앗잠은 날카로움이 섞인 목소리로 크게 말했다. 그러자 알풀리가 그를 노려보며 대답했다.

"핫즈, 혼자서 다 먹어 버릴 순 없다는 거지. 우리는 4분의 1을 원하오."

"무엇의 4분의 1 말입니까?"

"수익의 4분의 1."

"당신들은 대체 어떤 분들입니까?"

알풀리가 큰 소리로 웃고 나서 말했다.

"선생, 내게 그런 질문을 하다니! 경험도 많고 알 만큼 아시는 분께서."

"대체 무슨 말을 하고 싶은 거요?"

"나는 높은 분을 대신해서 이야기하고 있다는 말이외다. 높은 분께서 당신 에이전트 사업에 파트너가 되어 수익의 4분의 1을 갖고 싶어 하신다는 거요. 당신도 잘 알다시피 높은 분께서는 원하시면 반드시 손에 넣고야 마는 분이시지요."

* * *

"걱정거리는 결코 하나씩 오지 않는다." 핫즈 앗잠은 그날을 떠올릴 때마다 이렇게 되뇐다.

그는 카말 알풀리의 요구에 동의한 후 밤 10시경 쉐라톤에서 나왔다. 높은 양반의 위력을 알고 있었으므로 요구에 응할 수밖에 없었다. 하지만 수익의 4분의 1을 넘겨줄 생각을 하니 분노가 치밀어 올랐다. 힘겹게 공을 들여 수백만의 돈을 쏟아 부은 사업인데, 상이 차려지자 높은 분이 나타나 수익의 4분의 1을 갖겠다고 하다니! "기만과 폭력을 일삼는 깡패 같으니." 그는 격분해서 이렇게 혼잣말을 하고는 이런 폭압을 막아 낼 해결책을 찾아보기로 결심했다. 자동차는 알무한디신에 있는 집으로 향하고 있었다. 핫즈 앗잠이 아들 파우지에게 말을 건넸다.

"집에 가서 네 엄마에게 내가 오늘 밤에 밖에서 자겠다고 말씀드려라. 알풀리 건과 관련해서 사람들과 연락할 일이 있거든."

파우지가 말없이 고개를 끄덕이곤 아버지의 손에 입을 맞춘 뒤 집 앞에서 내렸다. 아버지는 아들의 어깨를 다독이며 말했다.

"내일 아침 일찍 사무실에서 보자꾸나. 인샤 알라."

핫즈 앗잠은 자동차 시트에 몸을 기대자 편안함을 느꼈다. 그는 기사에게 야쿠비얀 빌딩으로 가자고 했다. 일본 에이전트 건으로 바빠서 며칠 동안 수아드를 보지 못한 터였다. 그는 갑작스럽게 찾아가 그녀가 깜짝 놀랄 장면을 상상하며 미소 지었다. 그녀는 어떻게 지내고 있을까? 지금 혼자서 무엇을 하고 있을까? 그녀와 함께하는 밤을 얼마나 고대했던지! 걱정거리는 모두 접어 두고 편안하게 잠자리에서 깨어날 그런 밤을! 그는 수아드에게 맞이할 채비를 하라고 카폰으로 전화를 걸까 하는 생각이 들었지만, 그녀가 자기를 어떻게 맞아 줄지 궁금해서 불시에 들이닥치기로 했다.

운전기사를 돌려보낸 그는 아파트로 올라가 조용히 열쇠로 문을 열고 안으로 들어갔다. 그는 거실 쪽에서 나는 소리를 듣고 천천히 다가갔다. 거기서 소파에 기대 누운 그녀를 보았다. 그녀는 붉은색 잠옷 차림에 컬 클립으로 머리카락을 말아 올리고 얼굴에는 크림을 바른 채였다. 텔레비전을 보고 있던 수아드는 그를 보자 반가워 소리를 지르며 자리에서 급히 일어섰다. 그녀는 그를 껴안고 책망하듯 말했다.

"핫즈, 이러시면 어떡해요? 적어도 준비라도 하게 전화를 주셨어야죠. 그랬으면 이런 망측한 모습을 보시지 않았을 텐데."

"그래도 당신은 달덩이처럼 아름다워."

이렇게 앗잠이 속삭이며 그녀의 몸에 달라붙어 그녀를 힘껏 껴안았다. 찌르는 듯한 그의 욕구를 느낀 그녀가 고개를 뒤로 젖히고 미끄러지듯 빠져나가며 음탕하게 말했다.

"핫즈, 참으세요. 매사에 이렇게 안달하시니. 자기, 기다려요. 욕실에 다녀와서 당신이 드실 음식을 마련해 드릴게요."

두 사람은 여느 때처럼 밤을 보냈다. 수아드는 그에게 숯과 시샤를 가져다주었다. 그녀가 욕실에서 준비하는 동안 그는 해시시 몇 대를 피웠다. 그러고 나서 옷을 벗고 목욕을 한 뒤 벗은 몸에 흰색 질밥을 걸치고 그녀와 잠자리에 들었다. 그는 성(性)으로 걱정거리를 털어 버리려는 그런 유형의 남자로, 그녀와 함께한 그날 밤은 평소와 달리 뜨겁고 충만했다. 이윽고 관계를 마친 후 그녀가 그에게 입을 맞추고 자기 코를 그의 코에 문지르며 속삭였다.

"나이 들수록 이렇게 생기가 넘치시다니."

그녀는 큰 소리로 웃고 나서 침대 난간에 등을 기대며 명랑하게 말했다.

"제가 수수께끼 하나 낼게요."

"무슨 수수께끼?"

"아니, 벌써 잊었어요? 핫즈, 수수께끼 말이에요. 당신이 나를 사랑한다는 걸 확실히 보여 줄 얘기인데."

"그래, 맞아. 미안하지만 오늘 밤엔 너무 경황이 없었어. 자, 마님, 어서 수수께끼를 내 보시지요."

수아드가 그에게 몸을 돌려 반응을 살피려는 듯 말없이 그를 바라보았다. 그러더니 만면에 미소를 지으며 말했다.

"금요일에 의사에게 갔었어요."

"의사? 괜찮은 거야?"

"몸이 좋지 않았어요."

"저런, 별일 없어야 할 텐데!"

그녀가 큰 소리로 웃으며 말했다.

"아니에요. 좋은 병에 걸렸어요."

"무슨 말인지 모르겠네."

"여보, 축하해요. 임신 2개월이에요."

* * *

대형 수송 차량 한 대가 야쿠비얀 빌딩 앞에 멈춰 섰다. 차량은 철망으로 덮인 작은 창문 몇 개를 제외하고는 완전히 가려져 있었다. 군인들이 마구잡이로 때리고 커다란 군홧발로 걷어차면서 타하 알샤들리를 끌고 갔다. 그들은 차량에 태우기 전에 타하의 눈을 가리고 양손을 등 뒤로 돌려 수갑을 채웠다. 타하는 쇠에 눌려 양손의 살가죽이 찢겨 나가는 것을 느꼈다. 수송 차량은 잡혀 온 사람들로 발 디딜 틈 없이 북적댔다. 그들은 두려움과 긴장을 이겨 내려는 듯 끌려가는 동안 내내 '알라만이 유일한 신이시다. 이슬람주의! 이슬람주의!' 라는 구호를 반복해 외쳤다.

경비병들은 그들이 구호를 외치도록 내버려 두었다. 그러나 수송 차량은 학생들이 여러 차례 맞은편으로 넘어질 만큼 빠르게 내달렸다. 그러다 갑자기 차가 멈춰 섰고, 학생들은 낡은 철문이 삐걱거리는 소리를 들었다. 수송 차량이 천천히 움직이더니 다시 멈춰 섰다. 뒷문이 열리고 군인들이 고함과 욕설을 내지르며 몰려 들어왔다. 그들은 군용 허리띠를 풀어 학생들을 때리기 시작했고 학생들은 차 밖으로 떨어지면서 비명을 질렀다. 경찰견들이 짖는 소리도 들려왔다. 개들은 순식간에 학생들에게 달려들었다. 타하는 도망가려 했지만 집채만 한 개가 그를 덮쳐 땅바닥에 쓰러뜨리고 이빨로 그의 가슴과 목을 물기 시작했다. 타하는 개의 이빨에 얼굴을 물리지 않으려고 땅바닥에서 뒹굴었다. 그는 군인들이 개가 학생들을 물어 죽이도록 내버려 두지는 않을 것이며, 만약 자기가 죽더라도 천국에 갈 것이라고 생각했다. 그는 침착하게 버티며 마음속으로 코란 구절을 암송하고 셰이크 샤키르의 설교 내용을 떠올렸다. 육체적 고통이 끔찍한 정점에 달하더니 그 감도가 차츰 잦아드는 것이 느껴졌다.

개들이 마치 신호를 받은 것처럼 갑자기 그들에게서 멀어져 갔다. 학생들은 마당에 몇 분간 내동댕이쳐진 채 있었다. 군인들이 또다시 마구잡이로 때리며 폭력을 휘두르더니 한 명씩 끌고 갔다. 타하는 그들이 자신을 긴 복도로 끌고 가는 것을 느꼈다. 문이 열리고 그는 담배 연기 가득한 넓은 방으로 들어갔다. 그는 앉아 있는 장교들의 목소리를 들었다. 그들은 웃고 떠들면서 평상시와 같은 대화를 나누고 있었다. 그들 중 한 명이 일어나 타하에게 다가가 그의 뒤통수를 사정없이 갈기더니 면전에 대고 소리를 질렀다.

"인마! 네 이름이 뭐야?"

"타하 무함마드 알샤들리입니다."

"뭐라고? 안 들리잖아!"

"타하 무함마드 알샤들리입니다."

"더 크게 말하란 말이야! 이 개자식아!"

타하가 최대한 크게 말했지만, 장교는 그를 때리고 다시 묻고

하면서 같은 짓을 세 차례나 반복했다. 그러고는 바닥에 쓰러질 때까지 주먹질과 발길질 세례가 쏟아졌다. 그러고 나서야 타하를 일으켜 세웠다. 처음으로 자신감 있고 신중하게 말하는 차분하고 굵직한 목소리가 들렸다. 그것은 그 순간 이후 타하가 결코 잊을 수 없는 목소리였다.

"이제 됐네, 제군들. 충분히 때렸어. 그 녀석 생김새로 보아 머리에 든 것도 있고 영리해 보이는군. 이리 와, 젊은이. 이쪽으로 가까이 오도록."

군인들이 목소리가 들린 방향으로 타하를 밀었다. 타하는 그자가 책임자로, 방 한가운데 놓인 책상에 앉아 있다는 확신이 들었다.

"자네, 이름이 뭐지?"

"타하 무함마드 알샤들리입니다."

타하는 입안에 감도는 비릿한 피 때문에 힘이 들어 겨우 입을 열었다. 책임자가 말했다.

"이봐, 타하. 사람도 성실해 보이고 집안도 멀쩡해 보이는 사람이 어쩌다 이런 짓을 한 건가? 지금 자네한테 무슨 일이 일어났는지 아나? 아직도 모르겠나? 자네 아직 된맛을 제대로 못 봤어? 그 군인들에 대해 알고 있기나 해? 그 사람들은 오밤중까지 자네를 두들겨 패고 난 뒤 집으로 돌아가서 태연히 밥을 먹고 잠을 자. 교대조가 와서 날이 새도록 자네를 때리고 퇴근을 하면 오전조가 와서 오밤중까지 패는 거지. 그렇게 계속 가는 거야. 네가 맞아 죽으면 네가 지금 서 있는 바로 그 자리에 묻어 버려. 우리에게는 별일 아니야. 타하, 넌 우리 상대가 못 돼. 우리는 정부야. 타하, 넌 정부를 상대로 덤비고 있는 거라고! 네가 무슨 험한 꼴을 당하고 있는지 알겠느냔 말이야. 이봐, 잘 들어. 지금 당장이라도 내보내 주면 좋겠나? 가족에게 돌아가고 싶나? 네 아버지와 어머니가 지금도 자네 걱정을 하고 계실 텐데 말이야."

책임자는 진심으로 걱정하는 듯 말을 마무리했다. 그러자 타하는 온몸에 밀려드는 심한 전율을 느꼈다. 침착해지려고 애썼지만 소용이 없었다. 그에게서 짐승의 울부짖음 같은 날카로운 소리가 나왔고, 타하는 끝내 오열하고 말았다. 장교가 그에게 다가와 어깨를 다독이며 말했다.

"아니야, 타하. 아니야, 친구. 울지 마. 하나님께 맹세코, 난 자네가 정말이지 안돼 보여. 이봐, 잘 들어. 그냥 자네가 소속된 조직에 대한 정보만 말하면 돼. 그럼 내 명예를 걸고 당장이라도 내보내 주지. 자네 생각은 어때?"

타하가 소리쳤다.

"전 조직 같은 데 소속되어 있지 않아요."

"그럼 이슬람 행동 강령을 소지한 이유가 뭐야?"

"읽기만 했어요."

"이봐, 그건 조직에서 만든 책이잖아. 이런, 타하. 정신 차려. 조직에서 네가 무슨 일을 하고 있는지 말하라고."

"전 조직 같은 건 몰라요."

또다시 주먹 세례가 쏟아졌다. 타하는 다시 한 번 극한의 고통을 느낀 나머지 그 고통이 외부 세계에 대한 인식을 통해 얻는 사고(思考)와 가까워지는 것을 느꼈다. 여전히 침착한 대장의 목소리가 들려왔다.

"이봐, 대체 왜 이러는 거야? 아는 대로 털어놓으면 여기서 벗어날 수 있어."

"전능하신 하나님께 맹세해요, 선생님, 전 아무것도 몰라요."

"네 맘대로 해. 너 하기에 달렸으니까. 하지만 여기서 너에게 호의적인 사람은 나뿐이란 걸 명심해. 다른 장교들은 신앙도 없는 범죄자들이야. 그 사람들은 그냥 두들겨 패는 것으로 끝나지 않아. 아주 고약한 짓도 서슴지 않아. 말을 할 거야, 말 거야?"

"전능하신 하나님께 맹세코 전 아는 게 없어요."

"좋아. 네 마음대로 해 봐."

마치 암호인 양 장교가 그 말을 내뱉자마자 사방에서 주먹이 마구 날아들었다. 그들은 타하를 바닥에 거꾸로 내동댕이쳤다. 여러 개의 손이 그의 질밥을 걷어 내고 속옷을 벗기기 시작했다. 타하는 사력을 다해 저항했지만 그들의 공격에 압도되었다. 그들은 손으로 잡고 발로 밟으며 그의 몸을 단단히 붙잡았다. 거친 손 두 개가 뻗쳐 오더니 그의 궁둥이 살을 움켜쥐고 양쪽으로 벌렸다. 타하는 단단한 물체가 엉덩이를 파고들어 내부 근육 조직을 절단하는 것을 느꼈다. 그는 비명을 질렀다. 최대한 크게 목청이 찢기는 느낌이 들도록 비명을 질렀다.

* * *

겨울에 접어들 무렵 압두 랍부흐는 새 삶을 시작했다. 중앙 보안군 복무 기간이 끝나자 그는 군복을 영원히 벗어 버리고 서양식 옷으로 갈아입었다. 새 가판대의 일도 수락했다. 그리고 아내 하디야에게 젖먹이 아들 와일을 데리고 사이드에서 상경하라는 편지도 보냈다. 그들은 하팀 라쉬드가 임대해 준 야쿠비얀 빌딩 옥탑방에서 함께 살았다. 압두는 건강도 좋아졌고 체중도 늘고 안정을 찾아가는 모습이었다. 불쌍하게 바싹 마른 군인의 모습을 벗고 자신감 넘치고 활동적이며, 성공한 카이로 청년 상인의 모습에 가까워졌다. (여전히 투박한 사이드 지역 사투리를 쓰고, 손톱에는 때가 끼어 있고, 전혀 닦지 않아 담배와 음식 찌꺼기로 누런 이를 하고 있었지만 말이다.) 압두는 담배와 과자, 음료수 등을 팔아 적당한 수입도 생겼다. 옥탑 사람들은 압두와 그의 가족을 여느 이웃을 맞이할 때처럼 반겼다. 경계심과 호기심이 반반씩 뒤섞인 환영이랄까. 하지만 하루하루 지나면서 그들은 압두의 아내 하디야를 좋아하게 되었다. 하디야는 날씬하고 균형 잡힌 몸매에 검은색 질밥을 입고 짙은 갈색 피부에 턱 밑에는 검푸른 문신이 있었는데 사이드 지방 음식인 수수 빵과 오크라를 잘 만들었다. 또 정감 있는 아스완 사투리를 써서 사람들은 그녀의 말투를 흉내 내며 웃음 짓곤 했다.

압두는 이웃들에게 자기가 하팀 라쉬드 집에서 요리사로 일한다고 말했다. 하지만 그들은 하팀이 동성애자라는 사실을 알고 있었고 압두가 최소한 일주일에 두 번은 그와 밤을 보내곤 했기 때문에 그 말을 믿지 않았다. 이웃들은 압두가 그의 주인을 위해 마련하는 '한밤의 성찬'에 대해 농담을 하곤 했다. 그들은 진실을 알고 있었고 그것을 수용했다. 그들이 정상에서 벗어난 사람을 대하는 태도는 그들이 그 사람을 얼마나 좋아하느냐에 달려 있었다. 만일 그들이 싫어하는 사람이라면 그들은 미덕을 지키기 위해 그 사람과 격렬하게 싸우고 자기 아이들을 그 사람 근처에도 못 가게 한다. 하지만 압두 랍부흐처럼 그들의 마음에 드는 사람인 경우에는 길 잃은 불쌍한 자로 여겨 용서하는 자세로 대해 준다. 그들은 늘 "모든 것은 결국 정해진 운명이고, 찬미받으실 숭고하신 우리 주님께서 그를 바르게 인도함이 어렵지는 않을 터"라고 되뇐다. 그들은 "그보다 더 못된 자들이 얼마나 많았던가! 그러나 우리 주님께서 그들을 바른길로 이끄시고 올바르게 생각하도록 하시어 그들은 성인(聖人)이 되었다"라고 말하며 동정하는 뜻에서 입술로 쩝쩝 소리를 내며 고개를 끄덕거린다. 압두 랍부흐는 별문제 없이 생활해 갔지만, 아내 하디야와의 관계는 여전히 위태로웠다. 그녀는 여유로운 새 삶에 행복했으나 두 사람 사이에는 깊숙하고 날카로운 무언가가 내내 불타오르고 있었다. 그것은 때때로 치솟아 올랐다가 사그라지고 사라진 듯 보였지만 항상 존재했다. 하팀과 밤을 보내고 아침에 돌아올 때면 압두는 당황한 표정으로 신경질적으로 굴고 아내의 눈을 피하며 사소한 실수에도 그녀를 마구 닦달해 댄다. 그가 화를 낼 때 그녀가 서글픈 미소라도 지어 더욱 화를 돋우는 날에는 고함을 질러 댄다.

"말을 해, 이 멍청한 것."

"하나님께서 당신을 용서하시길."

하디야는 나직한 목소리로 대답하고 그가 진정할 때까지 그의 눈에 띄지 않는 곳에 가 있었다. 두 사람이 잠자리를 함께할 때면, 열정의 순간에 종종 압두는 하팀을 떠올렸고 아내가 자기 생각을 읽고 있는 것만 같아서 그녀의 몸에 불안감을 파묻었다. 압두는 아내가 아무 생각도 못하게 하려는 듯, 그녀가 자신의 동성애에 대해 알고 있다는 사실에 벌을 주려는 듯 난폭하게 사랑을 나누었다. 일을 마친 그는 반듯이 누워 담배를 피워 물고 천장만 물끄러미 쳐다보았다. 아내가 옆에 누워 있지만 두 사람 사이에는 모른 체할 수도, 딱히 드러낼 수도 없는 가시 돋친 무언가가 여전히 걸려 있었다. 한번은 압두가 알 수 없는 내면의 욕구에 응한 적이 있었다. 그는 모른 체하고 지내는 것과 버거운 마음의 짐을 짊어지는 데 지쳐 있었다. 그는 이런 고통스러운 위선 대신에 하디야가 그에게 정면으로 부딪혀 주기를, 그녀가 면전에서 대들며 그를 남색이라 비난해 주기를 내심으로 바랐다. 그렇게 되면 그는 짐을 벗고 자유로워져서 그녀에게 모든 것을 밝히고, 돈이 필요하기 때문에 하팀이 없어선 안 된다고 간단히 말하면 된다. 압두가 갑자기 그녀에게 말을 걸었다.

"알고 있지? 하디야, 하팀 베는 아주 좋은 분이란 걸."

"……."

"그분이 얼마나 우리에게 마음을 써 주시는지 당신이 안다면 좋을 텐데!"

"……."

"왜 말이 없어?"

"그분은 결코 좋은 사람이 아니에요. 당신이 믿을 만한 사람이라서 그분이 업무상 당신에게 의지하고 있는 거라고요."

이것은 그녀가 이웃들 앞에서 늘 되뇌는 구실이었다. 그녀가 날카롭게 말한 것은 곤란한 상황을 벗어나려고 애써 모른 체하는 그녀에게 압두가 상처를 입혔기 때문이었다. 그는 성급히 행동한 것을 조금 후회하면서 차분하게 말했다.

"여보, 그분에게 감사해야지. 그래도 우리에게 이런 은혜를 베푸신 분인데."

"은혜 따위는 없어요. 모두 자기 잇속만 차린다고요. 그건 당신도 알고 저도 알아요. 제발 하팀과, 그분의 일과, 그 사람과 보낸 지난날들을 모두 끝냈으면 해요."

하디야의 말이 압두를 무겁게 짓눌렀다. 그는 아무 말 없이 벽쪽으로 고개를 돌렸다. 남편이 애처로워 보였던지 그녀가 다가가 그의 손을 잡고는 손에 입을 맞췄다. 그리고 다정하게 속삭였다.

"와일 아빠, 하나님께서 우리를 위해 당신을 지켜 주시고 당신이 정직하게 먹고살도록 해 주실 거예요. 난 우리가 쓸 수 있게 몇 푼이라도 모아서 당신 소유의 가판대를 열었으면 좋겠어요. 당신이 어느 누구와도 일로 얽히지 않게 말이에요. 하팀이건 그 누구건 간에요."

* * *

식민 열강들이 그랬던 것처럼 말라크 킬라의 목표는 확장과 지배였다. 대상의 가치를 불문하고, 수단과 방법을 가리지 않고 손에 닿는 것은 뭐든 모두 차지하고 말겠다는 내적 욕망의 힘이 늘 그의 원동력이었다.

옥탑에 온 이후 그는 끊임없이 사방으로 확장해 갔다. 입구 오른쪽에 방치된 사방 1미터짜리 작은 화장실로 사건은 시작되었다. 말라크는 그것을 보자마자 자기 것으로 차지하려는 작업에 착수했다. 그 앞에 빈 종이 상자들을 쌓아 두다가 그중 일부를 화장실 안으로 옮겨 쌓기 시작했고, 점차적으로 큼지막한 자물쇠를 채워 두었다. 그러고는 화장실이 열려 있으면 상자 안에 든 물건을 도둑맞을 수도 있다는 핑계를 대며 열쇠를 주머니에 챙겨 넣었다.

화장실을 차지한 다음으로, 그는 옥상의 널따란 터를 차지하고 그곳에 고장 난 재단용 기계들을 가득 쌓아 두었다. 그는 (이런 일로 당연히 심기가 불편한) 주민들에게 가까운 시일 안에 누군가가 와서 이 기계들을 가져가 수리할 것이라고 말했다. 하지만 그 사람은 늘 제시간에 오지 못하고, 마지막 순간에 말라크에게 전화를 걸어 급한 일이 생겨 늦어도 한두 주 후에는 반드시 재단 기계를 가지러 오겠다고 말했다는 것이다. 이런 식으로 말라크는 계속 지체하면서 마침내 상황을 기정사실화했다. 옥상 벽 쪽에 있는 넓은 공간의 경우에는 놀랄 만큼 단번에 낚아챘다. 그가 불러온 목수 세 명은 한 시간도 안 걸려 그 공간에 나무 문을 설치했고 자물쇠도 달았으며 열쇠는 말라크가 보관했다. 이런 식으로 그는 자기 물건을 보관할 별도의 벽장 하나를 거저 얻어 냈다.

이 싸움에서 말라크는 노련한 정치꾼들처럼 진정책에서부터 사건을 희석시키는 방식에 이르는 모든 수단을 써서 입주자들의 노여움과 반대를 무마시켰다. 심지어 그런 경우는 드물지만 필요하다고 생각되면 격렬한 싸움도 불사했다. 그가 그런 행동을 하는 데는 운도 따랐다. 하미드 하와스가 거의 모든 정부 관료에게 고소장을 보내 마침내 카이로로 강제 전속된 것을 취소하는 데 성공해 고향인 알만수라로 돌아간 것이다. 덕분에 말라크는 옥상에서 영역을 넓히려는 자신의 계획을 망칠 수 있는 고집 센 적수에 대한 걱정을 덜게 되었다.

화장실이나 벽장처럼 작은 수확물은 부동산을 향한 말라크의 욕망을 제대로 충족시킬 수 없었다. 그것은 기껏해야 군 고위 지휘관이 체스 경기에서 이겼을 때 느끼는 만족감 정도에 불과했다. 그에게는 단번에 큰돈을 벌겠다는 원대한 꿈이 있었다. 예를 들어 좋은 땅을 무단 점유해 차지한다거나, 대형 아파트에 살던 주인이 죽게 되면 그것을 접수하는 것이었다. 후자의 경우는 시내에서 종종 있는 일이었다. 가족 없이 혼자 살던 외국인 노인이 죽으면 세탁 담당자나 요리사 혹은 하녀의 남편처럼 가장 가까이 있던 이집트인이 그 아파트를 갖는 것이다. 그는 그 아파트로 서둘러 이사한 뒤 자기가 그곳에 살고 있음을 입증하는 서류를 만들고 자물쇠를 바꾼다. 그리고 정황을 입증할 요량으로 기록 문서를 자기 자신 앞으로 발송하며, 미리 입 맞춘 거짓 증인들을 내세워 자신이 사망한 외국인과 계속 같이 살았음을 법정에서 증언하도록 한다. 그런 다음 변호인을 선임해 건물주와의 길고 지루한 소송을 맡기는데, 대부분의 경우 건물주는 결국 실제 가격에 크게 못 미치는 금액을 받고 아파트 침입자와 억지로 합의를 하게 된다.

그러한 행운을 잡을 것이라는 희망은 마치 미풍이 나뭇가지를 희롱하듯 말라크를 흔들었다. 그는 야쿠비얀 빌딩에서 자신이 차지할 만한 곳이 있는지 알아보았고 자키 베 알두수키의 아파트가 그의 손이 닿기에 가장 근접하다는 사실을 발견했다. 그의 아파트에는 방이 여섯 개에 응접실, 술라이만 파샤 거리로 나 있는 발코니가 있고, 자키 베는 언제 죽을지 모르는 혼자 사는 늙은이였다. 그것은 임대 아파트로, 임대된 재산은 상속되지 않는다. 게다가 형 아바스카룬이 그 아파트에서 일하고 있으니 결정적인 순간에 말라크가 그것을 차지하기는 식은 죽 먹기일 것이다.

고심하고 넓은 범위에 걸친 법적 자문까지 받은 후에 말라크는 계획을 세웠다. 자신과 자키 베 알두수키가 공동 서명한 유령 회사와의 계약서를 부동산 등기소에 등록한 뒤 감춰 둔다. 그러다가 자키 베가 죽으면 말라크는 그 계약서를 제시한다. 그렇게 되면 엄연히 사망자의 동업자인 그를 아파트에서 내쫓을 수 없게 된다. 그런데 어떻게 자키 베가 계약서에 서명하게 할 것인가? 이 대목에서 그는 부사이나 알사이드를 떠올렸다. 자키 베는 여자들에게 사족을 못 쓰니 영리한 여자라면 자키 베가 부주의한 틈을 노려 그가 눈치채지 못하게 서명을 받아 낼 수 있을 것이다. 말라크는 부사이나에게 자키 베 알두수키의 서명을 받아 오면 5천 기네를 주겠다는 제안을 하고 이틀간 생각할 시간을 주었다. 그는 부사이나가 동의하리라는 점에서는 의심하지 않았지만 그녀가 수락하기를 애타게 바라고 있는 것처럼 보이고 싶지는 않았다. 그의 예상대로 부사이나는 제안에 동의하기는 했으나 단도직입적으로 그에게 분명히 물었다.

"내가 자키 베 알두수키의 서명이 있는 계약서를 가져오면 당신이 내게 돈을 주리란 걸 어떻게 보장하지요?"

이미 대답할 준비를 하고 있던 말라크가 재빨리 말했다.

"주고받기식으로 하지. 나한테 돈을 다 받을 때까지 계약서를 보관하고 있으면 되지 않겠어?"

부사이나가 웃으며 말했다.

"그럼 합의한 거예요. 돈을 안 주면 계약서도 없어요."

"당연하지."

* * *

부사이나는 무엇 때문에 제안에 동의했을까?

그럼 거절할 이유가 어디 있나? 5천 기네는 동생들 뒷바라지도 하고 자기 혼숫감도 준비할 수 있는 매력적인 액수다. 그리고 말라크는 자키 베 알두수키가 죽은 뒤에 아파트를 가질 것이고, 자키 베는 그녀가 무슨 짓을 했는지도 전혀 모를 것이고 이미 죽은 뒤여서 그에게 해가 될 일은 전혀 없을 것이다. 설령 자키 베가 피해를 본다고 해도 그녀가 그를 측은하게 여길 이유가 무엇이란 말인가? 결국 그는 어린애처럼 철없고 여자만 찾아 눈을 두리번대는 늙은이로 무슨 일을 당해도 싼 그런 인간인데.

그녀는 이미 사람들에 대한 동정심을 잃은 지 오래였고 그녀 감정의 주위에는 무관심의 껍데기만 더께더께 쌓여 있었다. 그것은 좌절하여 일탈한 젊은이들에게 상처를 입힌, 그래서 그들로 하여금 다른 사람들을 동정하지 못하게 하는 혐오감이었다. 그녀는 여러 차례 시도한 끝에 양심의 가책을 버릴 수 있었고, 탈랄 앞에서 옷을 벗고 자기 옷에 묻은 오물을 닦아 내고 10기네를 받으려 손을 내밀 때 엄습했던 죄책감도 영원히 묻어 버렸다. 그녀는 독하고 모질고 대담해져서 옥탑 주민들이 그녀의 평판에 대해 수군거려도 개의치 않았다. 그녀는 그 사람들의 수치스러운 행위와 추문에 대해 알고 있었으므로 그들이 고결한 사람들처럼 행세하는 것을 가소롭게 여겼다. 그녀는 돈이 필요해서 탈랄과 관계하지만, 옥탑의 다른 여자들은 단지 즐기기 위해 자신들의 남편을 속인다는 사실을 알고 있었다. 또한 결국에 그녀는 아직 처녀니까 번듯한 남자를 만나 결혼할 것이고 그렇게 되면 사람들이 그녀에 대해 더 이상 입방아를 찧어 대지 못할 것이다.

부사이나는 자키 베 알두수키의 사무실에서 일을 시작했다. 그녀는 그가 계약서에 서명하도록 할 기회를 엿보았지만 쉽지 않았다. 그는 부사이나가 상상했던 밉상 늙은이가 아니었다. 오히려 그 반대로 다정하고 교양 있는 사람으로 그녀를 인격적으로 대했다. 그래서인지 그녀는 말 한마디 없이 그녀의 옷을 벗기고 몸을 탐하던 탈랄에게 느꼈던 것처럼 돈을 받고 일한다는 생각이 전혀 들지 않았다. 자키 베는 그녀에게 친절했고 그녀 가족들에 대해서도 알려 했으며, 어린 동생들을 귀여워하고 값비싼 선물도 많이 사 주었다. 그는 그녀의 감정을 존중하여 관심을 갖고 이야기를 들어주고, 자신의 지난날의 아름다운 이야기도 들려주었다. 두 사람이 함께 잠자리에 들 때도 자키는 탈랄에게서 느꼈던 혐오감 같은 것을 그녀의 마음에 남기지 않았다. 자키 베는 행여 그녀에게 손자국이라도 남을까 걱정하면서, 살짝만 건드려도 꽃잎이 찢어질 것만 같은 장미 한 송이를 만지듯 그녀를 조심스럽게 어루만졌다. 그는 그녀의 손에 수없이 입을 맞추었다. 그녀는 남자가 자기 손에 입을 맞추리라고는 이전에 상상도 못했었다. 두 사람이 처음으로 몸을 섞은 밤에 그녀는 그를 꼭 껴안고 그의 귀에 살며시 속삭였다.

"살살 해 주세요. 저는 처녀예요."

그가 나지막한 소리로 웃으며 속삭였다.

"나도 알고 있어."

그러고 나서 그가 부사이나에게 입을 맞췄을 때 그녀는 자신의 몸이 그의 품에서 완전히 녹아내리는 것을 느꼈다. 그에게는 사랑을 나누는 그만의 비법이 있었다. 체력의 열세를 노련한 기술로 상쇄하는 늙은 운동선수처럼 정력을 경험으로 대신했다. 부사이나는 언젠가 자신과 인연을 맺을 남편이 자키 베처럼 온화한 사람이기를 마음속으로 바랐다. 그러나 자키 베에 대한 경이감이 커질수록 내면에서 이는 죄책감으로 인해 그녀의 마음은 불안했다. 그는 상냥하게 대하건만 그녀는 그를 배반하고 해를 입히려 하기 때문이다. 애정 어린 대우를 해 주고 어루만져 주고 자기 삶의 비밀을 털어놓는 이 마음 좋은 사람은, 자기가 죽은 뒤에 아파트를 차지할 음모가 있다는 것은 상상조차 하지 못할 것이다. 그것을 생각할 때마다 그녀는 자신을 멸시하고 증오했다. 외과 의사가 자기 아내나

자식들을 수술하기 어려운 것처럼 그녀도 그를 속이기가 힘들었다. 그가 술에 취해 있을 때 몇 차례 계약서에 서명을 받으려 한 적이 있었지만 그녀는 마지막 순간에 물러섰다. 도저히 그럴 수가 없었다. 그 후로 — 스스로 놀랄 정도로 — 그녀는 자기 자신을 책망했고 배반에 분노를 느꼈다. 사실로 말하자면 한편에선 늙은 자키 베에 대한 연민과 죄책감이, 다른 한편에서는 돈에 대한 강렬한 열망이 그녀 안에서 팽팽히 맞서고 있었다. 마침내 그녀는 다시 마음을 가다듬고 가능한 한 빠른 시일 내에 일을 마무리 짓고 그를 속여 서명을 받아 내리라 마음먹었다.

* * *

"보다시피 내 양복은 다 겨울옷이야. 그때는 겨울철이면 이런 파티에 참석했었지. 여름에는 유럽 여행을 했고."

두 사람은 저녁 식사를 마치고 맥심 식당에 앉아 있었다. 밤이 깊어 손님도 없었다. 부사이나는 새하얀 목과 가슴 사이의 굴곡이 드러나는 푸른색 새 원피스를 입고 있었다. 자키 베는 그녀 옆에 앉아 위스키를 홀짝이며 자신의 옛날 사진들을 보여 주고 있었다. 사진 속의 그는 양복 정장 차림의 남자들과 몸이 드러나는 이브닝드레스를 입은 아름다운 여자들 가운데 한 손에 술잔을 든 채 웃고 있는 멋쟁이 미남 청년이었고, 그 사람들 앞에는 음식과 고급스러운 술병으로 가득한 탁자들이 놓여 있었다. 푹 빠져 사진을 보고 있던 부사이나가 그중 한 장을 가리키고 웃으며 소리쳤다.

"이게 뭐예요? 이 양복은 정말 이상하게 생겼네요."

"그건 야회복이야. 옛날에는 때마다 특정한 양복이 정해져 있었거든. 아침에 입는 양복은 점심때 입는 양복과 다르고 또 저녁에 입는 것과도 달랐지."

"정말 잘생기셨었다는 것 아세요? 안와르 와그디*를 닮았어요."

자키 베가 큰 소리로 껄껄 웃었다. 그러고는 잠시 가만히 있다가 이야기를 했다.

"부사이나, 난 멋진 시절을 보냈어. 시대가 달랐지. 이집트는 유럽과 똑같았어. 깔끔하고 우아했고 사람들은 예의 바르고 품격을 지녔으며 누구 하나 정해진 선을 넘는 법이 없었지. 나 역시 달랐어. 나한테도 지위가 있고 돈이 있고 친구들도 모두 한 자리씩 하고 있었어. 내겐 밤을 보내는 특별한 장소들도 있었지. 자동차 클럽, 무함마드 알리 클럽, 알게지라 클럽 같은 곳 말이야. 그 시절에는 매일 밤마다 웃고 마시면서 노래를 했지. 그때는 이집트에 외국 사람들도 많았어. 시내에 사는 사람들은 거의 외국인이었지. 1956년 가말 압델 나세르가 그들을 쫓아낼 때까지는 말이야."

"그 사람들을 왜 내쫓았어요?"

"제일 먼저 유대인들을 내쫓았고, 나머지 외국인들은 무서워서 떠났지. 자네는 가말 압델 나세르를 어떻게 생각해?"

"저는 그분이 돌아가신 뒤에 태어나서 아는 게 별로 없어요. 어떤 사람들은 그분을 영웅이라고 하고, 다른 사람들은 범죄자라고 하더군요."

"가말 압델 나세르는 이집트 역사상 최악의 통치자야. 나라를 망치고 우리에게 패배와 빈곤을 안겨 주었지. 그 작자가 망쳐 놓은 이집트의 품격을 되찾기 위해서는 오랜 시간이 필요해. 그는 이집트 사람들에게 비겁함과 기회주의와 위선을 가르쳤어."

"그런데 사람들은 왜 그분을 왜 좋아하지요?"

"누가 그자를 좋아한다고 그래?"

"제가 아는 사람들 중에 그분을 좋아하는 사람도 많아요."

"가말 압델 나세르를 좋아하는 사람은 무식쟁이거나 그자 덕에 이득을 본 사람이야. 자유 장교단은 사회에서 가장 형편없는 집안 출신의 어리숙한 자들의 집단이었어. 무스타파 알나하스 파샤*는 가난한 사람들을 위하는 훌륭한 분이셨지. 그래서 그 사람들이 사관 학교에 입학하는 것을 허락하셨는데, 결과는 그자들이 1952년에 쿠데타를 일으킨 거지. 그들은 이집트를 지배하고 훔치고 약탈해서 수백만 기네를 축재했어. 당연히 그자들은 가말 압델 나세르를 좋아해야 했겠지. 자기들 조직의 우두머리였으니까."

그의 말투는 씁쓸했고 흥분해서 목소리가 격앙되었다. 그것을 느꼈는지 그가 억지로 웃으며 말했다.

"자네가 무슨 관심이 있다고 굳이 내가 정치 이야기로 자네 골치를 아프게 하고 있지? 좋은 음악을 듣는 건 어때? 크리스틴, *viens s'il te plaît*(부탁해)."

크리스틴은 바 옆에 있는 작은 책상에 앉아 있었다. 그녀는 안경을 쓰고 계산서를 검토하는 일에 몰두하고 있었다. 아마도 두 사람을 방해하지 않으려고 일부러 그랬을 것이다. 그녀가 생글생글 웃으며 다가왔다. 그녀는 자키 베를 좋아해서 그가 행복해하는 모습을 보면 진심으로 기뻐했고 부사이나를 무척 마음에 들어 했다. 자키 베가 그녀를 향해 두 팔을 뻗으며 술 취한 소리로 프랑스어로 외쳤다.

"크리스틴, 우리는 오랜 친구야! 그렇잖아?"

"그럼요."

"그렇다면 내가 해 달라는 걸 당장 해 줘야지."

크리스틴이 웃으며 말했다.

"무엇을 해 달라고 하시느냐에 따라 다르지요."

"무엇이든 다 들어주어야지."

"당신이 오늘 밤처럼 위스키를 반병이나 마신다면 부탁을 들어주는 일에 신중해야겠어요."

"지금 당장 우릴 위해 노래를 불러 줘."

"노래를 하라고요? 지금? 못해요."

마치 반드시 치러야 할 의례인 양 두 사람 사이에는 늘 이런 식의 대화가 반복되었다. 그가 노래를 청하고, 그녀는 사양하고, 그가 계속 조르고, 그녀는 못하겠다고 버티며 핑계를 대다가 결국에는 청을 받아들이는 식이다. 몇 분 후에 크리스틴이 피아노 앞에 앉아 손가락으로 건반을 누르기 시작했고 음률들이 흩어지며 흘러나왔다. 갑자기 어느 순간엔가 기다리던 전화라도 받은 듯 그녀가 고개를 들어 올렸다. 그녀는 두 눈을 감고 긴장한 얼굴로 연주를 했다. 사방에 힘찬 음악 소리와 함께 그녀의 높고 맑은 목소리가 퍼져 나왔다. 그녀는 에디트 피아프의 노래를 멋지게 불렀다.

아뇨, 난 아무것도
그 무엇도 후회하지 않아요
내게 다가왔던 좋은 것이든 나쁜 것이든
모든 것은 내게 똑같아요
난 내 추억들에 불을 지폈어요
내 슬픔과 내 기쁨
나는 더 이상 그런 것을 필요로 하지 않아요
나는 지난날을 버렸고
당신과의 사랑을 시작하려고 출발점에 돌아왔으니까요

* * *

밤을 지새우고 나서 두 사람은 사무실로 가는 길에 술라이만 파샤 광장을 가로질렀다. 자키 베가 만취해 있어서 부사이나는 그의 허리춤을 잡아 부축했다. 그는 술 때문에 어눌한 말투로 광장의 옛 모습을 묘사하기 시작했다. 그가 닫힌 상점들 앞에 멈춰 서며 말했다.

"전에는 이곳에 그리스 사람이 주인인 멋진 바가 있었고, 그 옆에는 이발소와 식당이 있었어. 그리고 여기는 가죽 제품을 파는 '라 부르사 노바'가 있었지. 상점들은 전부 기막히게 깨끗했고, 런던과 파리에서 가져온 물건들을 팔았지."

부사이나는 그가 하는 말을 열심히 들으며 행여나 그가 길바닥에 넘어질까 싶어 걷는 모습을 걱정스럽게 지켜보고 있었다. 두 사람은 천천히 걸어서 야쿠비안 빌딩에 도착했다. 자키 베가 건물 앞에 서서 소리쳤다.

"멋진 건물 양식이야, 그렇지? 이 건물은 파리의 라탱 지구에 있는 건물을 자로 재듯 그대로 본뜬 거야."

부사이나가 길을 건너려고 살짝 그를 밀었지만 그는 이야기를 멈추지 않았다.

"부사이나, 알아? 난 야쿠비안 빌딩이 내 것 같다는 생각이 들어. 내가 여기서 제일 오래 살았거든. 난 여기 사는 사람들과 건물 구석구석에 대해 훤히 꿰고 있어. 나는 인생의 대부분을 이곳에서 살았어. 여기서 아름다운 나날을 보냈고, 이 건물과 더불어 나이를 먹은 느낌이야. 언젠가 이 건물이 무너지거나 무슨 일이 생기게 되면 그날로 나도 죽을 거야."

두 사람은 가까스로 길을 건너 천천히 계단을 올라갔다. 드디어 아파트에 도착하자 부사이나가 그에게 말했다.

"소파에서 좀 쉬세요."

그러자 그는 그녀를 바라보며 미소 짓고 나서 천천히 앉았다. 숨소리가 들릴 정도로 거칠었고, 그는 정신을 차리려고 안간힘을 쓰고 있는 것처럼 보였다. 부사이나는 스스로 망설임을 떨쳐 버리고자 그에게 바싹 붙어 서며 부드러운 소리로 말했다.

"청이 있는데, 들어주실 수 있어요?"

그는 대답하려 했지만 너무 취해서 말을 할 수 없었다. 그는 휘둥그레 앞만 쳐다보더니 한숨을 쉬었다. 당장이라도 그가 죽을 것 같다는 생각이 들었지만, 그녀는 마음을 가다듬고 말했다.

"아흘리 은행에서 대출을 신청하려고 해요. 금액은 1만 기네고, 이자를 합쳐서 5년 동안 갚을 거예요. 보증인이 필요하대요. 괜찮으시면 제 보증을 서 주실 수 있나요?"

그녀는 그의 다리 위에 손을 얹은 채 부드럽고 떨리는 목소리로 그에게 속삭였다. 그러자 술에 취했음에도 그는 그녀의 볼에 얼굴을 비비고 그녀에게 입을 맞추었다. 그녀는 그가 동의하는 것으로 생각하고 기뻐하며 소리쳤다.

"고마워요. 우리 주님께서 선생님을 지켜 주실 거예요."

그녀는 일어나 재빨리 가방에서 서류를 꺼내고 그에게 펜을 건넸다.

"여기에 서명하시면 돼요."

그녀는 진짜 대출 신청 서류를 준비했고 그 사이에 말라크의 계약서를 몰래 끼워 두었다. 부사이나가 자키 베의 손을 잡아 도와주는 가운데 그가 서명을 시작하려 했다. 그런데 그가 갑자기 멈추더니 어눌한 말투로 웅얼거렸다. 그의 얼굴에 피로한 기색이 역력했다.

"화장실."

그녀가 알아듣지 못한 듯 한순간 잠자코 있자, 그가 손짓을 하며 힘겹게 말했다.

"화장실에 가고 싶어."

부사이나는 한쪽으로 종이를 치우고, 간신히 그를 일으켜 세운 뒤 팔로 부축해 화장실에 들어가게 했다. 그녀가 문을 닫아 주고 몸을 돌려 거실 가운데쯤 왔을 때 뒤에서 뭔가 세게 부딪히는 소리가 들렸다.

* * *

그날 밤 아들리 거리에 있는 그로피 카페테리아는 가득 찬 손님들로 인해 발 디딜 틈이 없었다. 손님 대부분은 얼굴을 가려 주는 희미한 정원 등불 속에서 편안함을 느끼며, 그 누구의 방해나 참견도 받지 않고 사랑을 나누는 젊은 연인들이었다.

건장한 중키의 50대 남자가 카페테리아에 들어섰다. 그는 짙은 색의 헐렁한 양복과, 넥타이 없이 흰색 셔츠를 입고 있었다. 옷이 몸에 비해 너무 크고 잘 맞지 않아 자기 옷이 아닌 것처럼 보였다. 남자는 출입문 근처 테이블에 앉아 블랙커피 한 잔을 주문했다. 그리고 말없이 계속 내부를 둘러보며 걱정스럽게 시계를 들여다보았다. 30분쯤 후에 거무스름한 피부의 깡마른 청년이 운동복 차림으로 도착해 덩치 큰 남자가 앉아 있는 곳으로 갔다. 두 사람은 반갑게 포옹하고 자리에 앉아 나직한 소리로 대화를 나누었다.

"천만다행이야. 타하, 언제 나왔나?"

"두 주 됐어요."

"자네는 감시당하고 있는 게 확실해. 여기까지 오는 동안 하산이 말한 대로 했나?"

타하가 고개를 끄덕이자 셰이크 샤키르가 말을 이었다.

"하산 형제는 믿을 수 있으니. 그 사람을 통해서만 내게 연락하게. 그 사람이 자네에게 나와 만날 시간과 장소를 알려 줄 거야.

우리는 대개 의심을 사지 않을 만한 장소를 고르지. 이곳처럼 붐비고 어두운 곳이 적당해. 또 공원이나 식당에서 만나기도 하고, 가끔은 바를 이용하기도 하지. 하지만 바에 앉아 있는 습관을 들이면 안 된다네."

셰이크 샤키르는 웃었지만 타하는 여전히 굳어 있었고 무거운 침묵이 흘렀다. 셰이크가 씁쓸하게 말을 이었다.

"지금 국가 안보 수사국이 이슬람주의자 전체를 대상으로 악의적인 작전을 벌이고 있어. 구금, 고문, 살인. 그 작자들이 맨손 맨주먹인 우리 형제들을 체포하면서, 총을 쏘며 권력에 대항한다는 혐의를 씌우고 있어. 매일 진짜 대학살이 자행되고 있지. 부활의 날에 그들은 무고한 사람들의 피를 흘리게 한 대가를 치를 거야. 나도 어쩔 수 없이 살던 곳을 떠났고 사원에도 나가지 않고 있다네. 보는 것처럼 용모도 바꿨고. 서양식 행색을 하고 있는 셰이크 샤키르를 어떻게 생각하나?"

셰이크가 편한 분위기를 만들어 보려고 크게 소리 내어 웃었지만 소용이 없었다. 두 사람 사이에는 어둡고 짙은 그림자가 드리워 있었다. 곧이어 상황을 받아들인 셰이크가 한숨을 쉬고 나서 신께 용서를 구하더니 말했다.

"타하, 기운 내게. 나도 자네가 겪은 고통을 느끼고 헤아리고 있어. 이보게, 그 불신자들이 자네에게 저지른 모든 악행들은 우리 주님의 계산서에 기록되고 있다고 믿기 바라네. 자네에게 반드시 가장 좋은 상을 내리실 거야. 천국은 하나님의 역사를 위해 고통받은 사람을 위한 것이야. 자네가 겪은 일은 전능하신 하나님의 진리의 말씀을 드높이고자 기꺼이 희생하는 지하드 전사들이 내야 하는 하찮은 세금에 불과하다네. 우리 위정자들은 자신들의 이익과 부정 축재에만 혈안이 되어 있어. 하지만 우리는 하나님의 종교를 수호하고 있지. 우리는 내세를 구하는 사람들이고, 그들은 속세에 연연하는 자들일 뿐이야. 그자들이 가진 것은 아무짝에도 쓸모없는 것에 불과하지만, 하나님께서는 우리에게 승리를 약속하셨어. 하나님은 결코 약속을 저버리지 않으신다네."

타하는 슬픔을 털어 내기 위해 셰이크의 말을 기다리기라도 한 것 같았다. 타하가 쉰 듯한 목소리로 말문을 열었다.

"그자들이 저를 모욕했습니다. 선생님. 그 작자들은 저를 욕보였습니다. 길바닥에 돌아다니는 개들도 저보다는 훨씬 나은 대우를 받았을 겁니다. 저는 무슬림이 할 수 있으리라고는 꿈에도 생각지 못했던 그런 일들을 겪었어요."

"이슬람 율법학자들의 합의에 근거하면, 그자들은 무슬림이 아니라 불신자들이라네."

"그자들이 불신자라 해도, 설령 그렇다고 해도 단 한 치의 자비심도 없단 말입니까? 그놈들은 자기들이 사랑하고 보살피는 아들도 딸도 아내도 없단 말인가요? 제가 이스라엘에 잡혀갔다고 한들 유대인도 저를 그렇게 다루지는 않았을 겁니다. 제가 종교와 조국을 배신한 간첩이라 해도 그러지는 않았을 겁니다. 과연 제가 이런 끔찍한 형벌을 받을 만한 죄를 저질렀는지 스스로에게 묻습니다. 하나님의 율법을 지킨 것이 그토록 엄청난 죄악이란 말입니까? 유치장에 갇혀 있을 때 가끔씩 제 눈앞에서 벌어지는 일들이 현실이 아니라 악몽이기를, 그래서 잠에서 깨어나면 모두 사라져 버렸으면 하고 생각했어요. 전능하신 하나님에 대한 믿음이 없었다면, 고문에서 벗어나기 위해 제 스스로 목숨을 끊었을 겁니다."

셰이크의 얼굴에 고통스러운 기색이 역력히 드러났지만 그는 말없이 가만히 있었다. 타하가 주먹을 불끈 쥐며 말했다.

"그놈들은 자신들이 누군지 알아보지 못하게 하려고 제 눈을 가렸습니다. 하지만 하나님께 맹세코, 반드시 그놈들의 뒤를 쫓을 겁니다. 어떤 놈들인지 꼭 밝혀내서 한 놈씩 복수할 겁니다."

"이보게, 그 고통스러운 경험을 떨쳐 버리라고 조언하고 싶네. 나의 요구가 어려운 일이라는 건 나도 알지만, 그것이 자네가 처한 상황에서 할 수 있는 유일한 방안이야. 유치장에서 그런 일을 당한 사람은 자네만이 아니네. 불행을 겪고 있는 우리 조국에서 진리를 부르짖는 사람들의 운명이지. 책임져야 할 사람들은 장교 몇 명이 아니라 우리를 통치하고 있는 불신앙 범죄 체제야. 자네가 분노해야 할 대상은 특정 인사들이 아니라 우리를 지배하는 체제 그 자체야. 전능하신 하나님께서는 경전에서 '너희에게 하나님의 사도가 가장 좋은 예이다'라고 말씀하셨어. 위대하신 하나님은 진실하시니. 하나님께서 축복하시고 평화를 주시는 예언자 무함마드는 메카에서 공격당하고 멸시받아 너무나 큰 피해를 입었기에 하나님께 자신의 나약함과 사람들로부터 받는 멸시에 대해 불평했어. 하지만 그럼에도 불구하고 그는 불신자들과의 지하드를 개인적인 일로 생각하지 않았고 그 열의로 이슬람 포교에 힘썼어. 마침내 하나님의 종교가 승리를 거두었을 때, 사도께서는 불신자들을 모두 용서하시고 풀어 주셨어. 이것을 교훈으로 삼고 실천해야 해."

"하나님께서 축복하시고 평화를 주시는 사도 무함마드는 하나님께서 만드신 최고의 창조물이십니다. 하지만 저는 예언자가 아닙니다. 저는 그 범죄자들이 저지른 일을 결코 잊을 수 없습니다. 한순간도 제가 겪은 일을 떨칠 수가 없고, 잠을 잘 수도 없습니다. 거기서 나온 후로 학교에도 간 적이 없고 앞으로도 갈 것이라는 생각을 안 합니다. 오늘도 온종일 방 안에 혼자 틀어박혀서 누구와도 말 한마디 안 했어요. 가끔 제가 정신을 잃을지도 모른다는 생각이 듭니다."

"타하, 굴복하지 말게. 수천 명의 이슬람 청년들이 체포되어 끔찍한 고문을 당했어. 하지만 그들은 압제에 저항하겠다는 결심을 더욱 다지면서 유치장에서 나오지. 이 정권이 이슬람주의자들을 고문하는 진짜 목적은 그들에게 육체적 고통을 주려는 것이 아니야. 그들을 정신적으로 피폐하게 만들어 지하드를 수행할 능력을 잃게 만들려는 거야. 만약 자네가 그런 비애감에 굴복한다면 그 불신자들의 목적을 자네가 이루어 주는 꼴이 돼."

셰이크가 잠시 그를 쳐다보더니 탁자 위에 놓인 그의 손을 잡고 말했다.

"언제 학교로 돌아갈 건가?"

"다시는 돌아가지 않을 겁니다."

"아니야, 반드시 돌아가야 해. 자네는 성실하고 뛰어난 학생이야. 하나님의 은총으로 눈부신 미래가 자네를 기다리고 있어. 하나님께 모든 것을 맡기고 지난 일은 잊어버리게. 그리고 다시 학교로 돌아가 공부에 정진하도록 하게."

"그럴 순 없어요. 그런 일을 겪고 제가 어떻게 사람들을 마주할 수 있겠어요?"

타하가 갑자기 침묵했다. 이어 그는 얼굴을 찡그리고 큰 소리로 탄식했다.

"그놈들은 제 명예를 짓밟았습니다, 선생님."

"조용히 해."

"그놈들이 제 명예를 수차례 짓밟았어요, 선생님. 수차례나요."

"타하, 입 다물라고 했네."

셰이크가 날카롭게 소리쳤음에도 타하는 손으로 탁자를 내리쳤다. 그러자 컵들이 세게 흔들리며 덜거덕 소리를 냈다. 셰이크가 재빨리 자리에서 일어나며 불안한 듯 속삭였다.

"타하, 자제하게. 사람들이 우리를 보고 있어. 여기서 당장 나가야 해. 잘 듣게. 한 시간 후에 메트로 극장 앞에서 기다리고 있겠네. 누가 감시하지 않는지 각별히 주의하도록."

* * *

두 주 동안 핫즈 앗잠은 달래고 어르고 위협하고 폭력도 사용했다. 수아드에게 모든 수단을 동원했건만 그녀는 완강하게 임신 중절을 거부했다. 머지않아 두 사람이 함께하던 삶도 완전히 멈춰버렸다. 사랑의 속삭임도 없고 맛있는 음식도 없고 해시시도 하지 않고 잠자리도 함께하지 않았다. 두 사람에게는 오직 임신 중절 문제만 남아 있을 뿐이었다. 그가 매일 찾아와 그녀 앞에 앉는다. 부드럽고 조용히 그녀에게 말을 건다. 그러다가 앗잠은 점점 이성을 잃고, 두 사람은 말싸움을 벌인다. 그가 소리친다.

"당신도 합의했으면서, 그 합의를 어기고 있잖아!"

"제 목을 매다세요."

"애초에 임신은 안 된다고 하지 않았소."

"당신이 허용하고 금기할 것을 정하는 하나님인 줄 알아요? 부부로서 우리가 해선 안 될 일을 한 건가요?"

"정신 차리고 이 궁지에서 벗어나자고. 제발."

"안 돼요."

"당신하고 이혼할 거야."

"이혼해요."

이혼이라는 말을 그가 꺼내긴 했지만 그것은 마음에도 없는 소리였다. 마음속 깊이 그녀와 함께하고 싶었기 때문이다. 하지만 이 나이에 자식을 본다는 것은 불가능한 일이다. 설령 그가 허락한다 해도 장성한 아들들이 용납할 리 만무하다. 첫째 부인인 핫자 살리하가 그의 두 번째 결혼 사실도 모르고 있는데 만일 애까지 생긴다면 이 일을 어떻게 감출 수 있단 말인가?

핫즈 앗잠은 수아드를 설득하는 일을 포기하고 그녀를 남겨 둔 채 알렉산드리아로 여행을 떠났다. 그는 그녀의 오빠 하미두를 만나 그간 있었던 일을 털어놓았다. 하미두는 머뭇거리더니 생각에 잠겨 말없이 고개를 떨구었다. 잠시 후 그가 입을 열었다.

"핫즈, 진정하고 내 말 들어 보게. 우리는 둘 다 세상살이를 알 만큼 아는 사람들이야. 정해진 관습은 지켜야 한다네. 내가 그 아이의 오빠이긴 하지만 아기를 지우라고 말할 순 없어. 임신 중절은 종교적으로 금하는 일이고 나는 하나님을 경외하는 사람이야."

"하지만 우리는 그러기로 합의했어, 알라이스 하미두."

"우리는 합의를 했고, 또 그 합의를 어겼네. 이보게, 자네에겐 미안하지만 선의로 시작했으니 선의로 마무리 지어야 하네. 그 아이에게 법적 권리를 주고 이혼하게."

하미두의 얼굴이 비굴하고 거짓되고 가증스럽게 보였다. 앗잠은 그를 손바닥으로 갈기고 마구 패 주고 싶은 심정이 굴뚝같았지만 현명하게 대처하는 길을 택했다. 그는 울화가 치민 채 자리를 떠났다. 카이로로 돌아오는 길에 갑자기 머릿속에 좋은 생각이 떠올랐다. 그는 혼잣말을 했다.

"딱 한 사람밖에 없어. 그분이라면 틀림없이 나를 구해 줄 거야."

* * *

셰이크 알삼만은 걸프전 때문에 눈코 뜰 새 없이 바빴다. 매일 강의와 세미나 일정을 짜고 쿠웨이트 해방 전쟁의 법적 당위성을 설명하는 장문의 글을 신문에 기고했다. 정부는 그를 수차례에 걸쳐 텔레비전 방송에 초청 인사로 출연시켰고, 카이로에 있는 대형 사원들에서의 금요 설교를 요청했다. 셰이크는 이라크에 점령당한 쿠웨이트를 해방시키기 위해 아랍 위정자들이 미군을 불러들인 일에 대한 정당성을 입증할 모든 법적 근거를 사람들에게 제시했다.

핫즈 앗잠은 꼬박 3일 동안 셰이크 알삼만을 수소문한 끝에 나스르 시티에 있는 알살람 사원에 있는 그의 사무실에서 만날 수 있었다. 앗잠은 근심 어린 표정으로 셰이크의 얼굴을 살피며 말문을 열었다.

"선생님, 무슨 일이세요? 많이 지쳐 보이십니다."

"전쟁 첫날부터 거의 한숨도 못 잤어요. 세미나와 회의가 매일 있어요. 또 수일 내에 무슬림 울라마 긴급 회의 참석차 사우디아라비아에 갈 예정입니다."

"선생님, 무리하시면 안 됩니다. 건강을 돌보셔야지요."

셰이크가 한숨을 쉬며 중얼거렸다.

"제가 하는 일은 제 소임에 비하면 아주 보잘것없습니다. 전능하신 하나님께서 제가 하는 일을 인정하시고, 선행으로 헤아려 주시길 간구할 따름입니다."

"사우디아라비아로 가시는 걸 미루고 휴식을 좀 취하시면 어떨까요?"

"하나님께선 제가 태만할 틈을 주지 않으십니다. 고명한 학자인 셰이크 알가미디가 제게 전화를 했어요. 그곳에서 울라마 형제들과 함께 공동으로, 갈등을 조장하는 자들의 주장을 논박하고 사람들에게 그들이 내세우는 명분이 모순된다는 사실을 알리기 위한 법적 성명서를 발표할 겁니다. 성명서에서 하나님의 은총으로 불신 죄인인 사담 후세인으로부터 무슬림들을 구하기 위해 서구 기독교 원군을 청하는 것을 허용한 법적 근거에 대해 언급할 예정입니다."

핫즈 앗잠은 셰이크의 말에 동의하며 고개를 끄덕였다. 잠시 정적이 흐른 후 셰이크가 앗잠의 어깨를 다독이며 다정하게 물었다.

"별일 없으셨는지요? 용무가 있어서 오신 것 같은데요."

"피곤하신데 더 이상 심려를 끼쳐 드리고 싶지 않습니다."

셰이크는 미소를 지었다. 그러고는 푹신한 의자에서 자신의 육중한 몸을 뒤로 젖히며 말했다.

"당신은 내게 걱정을 끼칠 분이 아닙니다. 자, 무슨 일인지 어서 얘기해 보세요."

* * *

핫즈 앗잠이 셰이크 알삼만과 함께 야쿠비안 빌딩에 있는 수아드의 아파트에 도착했을 때 그녀는 가정복 차림이었다. 그녀는 셰이크 알삼만을 조심스럽게 맞이하고는 서둘러 안으로 들어갔다. 몇 분 후 그녀는 머리를 가리고, 얼음을 띄운 레몬주스 잔 몇 개를 담은 은쟁반을 들고 나왔다. 셰이크는 주스를 한 모금 마시고 맛을 음미하듯 눈을 감았다. 이야기를 꺼낼 적절한 기회를 찾은 듯 셰이크가 앗잠을 바라보고 웃으며 말했다.

"레몬주스가 일품이네요. 부인께서 살림 솜씨가 좋으십니다. 형제님은 이런 복을 받으시니 하나님께 감사드려야겠군요."

앗잠도 재빨리 가닥을 잡고 말을 이었다.

"백배 감사드려야지요, 스승님. 수아드는 좋은 아내이고 심성도 곱습니다. 그런데 고집이 조금 세서 귀찮게 하지요."

"고집이 세다고요?"

셰이크 알삼만이 깜짝 놀란 표정을 지으며 묻고는 수아드를 돌아보았다. 심각한 어조로 수아드가 말했다.

"물론, 제 남편이 그 문제에 대해 선생님께 말씀드렸겠지요?"

"별 문젯거리는 아닌 것 같습니다. 당신은 하나님의 법을 따르는 무슬림 여인입니다. 하나님께서는 모든 세상일에서 아내는 남편에게 순종하라 하셨습니다. 하나님의 축복과 평화를 받으시는 예언자께서도 하디스에서 '만약 하나님께서 어떤 피조물이 다른 피조물에 복종하는 것을 허락하신다면, 나는 아내더러 남편에게 순종할 것을 명할 것이다'라고 말씀하셨지요."

"종교적으로 허용된 사항이건 금지된 사항이건 관계없이 아내는 남편의 말에 따라야 하는 건가요?"

"금지된 일이라면 결코 따라선 안 되지요, 부인. 창조주를 거역하는 피조물에게 순종하는 것은 있을 수 없습니다."

"좋습니다. 선생님, 남편에게 말해 주세요. 남편은 제가 낙태하기를 바라고 있으니까요."

잠시 정적이 흘렀고 셰이크 알삼만이 미소를 지으며 조용히 말했다.

"부인, 당신은 처음부터 아기를 갖지 않기로 그와 합의를 했었지요. 그리고 핫즈 앗잠은 중요한 인물이고, 지금과 같은 상황에서 그런 일은 여의치 않아요."

"됐습니다. 그렇다면 하나님의 법에 따라 저와 이혼하라고 하세요."

"하지만 당신이 임신한 상태에서 그와 이혼한다면, 그에게는 아이 양육에 관한 법적 책임이 남습니다."

"그렇다면 선생님께서는 저의 낙태에 동의하신다는 뜻인가요?"

"그런 말이 아닙니다. 낙태는 당연히 금지된 일입니다. 그러나 신빙성 있는 일부 이슬람 율법에 의하면, 임신 초기 2개월 안에 없애는 것은 낙태로 보지 않습니다. 임신 3개월 초가 되어야 태아에 영혼이 깃들기 때문이지요."

"누가 그런 말을 했답니까?"

"훌륭한 종교 학자들의 믿을 만한 법 해석입니다."

수아드가 비꼬듯 웃더니 쏩쓸하게 말했다.

"그들은 미국인 셰이크들인가 보군요."

"우리 스승이신 셰이크 님께 예의를 갖춰 말씀드려!"

핫즈 앗잠이 수아드를 꾸짖자 그녀는 노기 띤 눈초리로 그를 노려보며 대들듯이 말했다.

"누구나 예의를 갖춰야지요."

셰이크가 진정시키려 끼어들었다.

"하나님, 당신의 노여움에서 저희를 지켜 주소서. 수아드, 이봐요. 이성을 잃지 말아요. 나는 그 일에 대한 내 생각을 이야기한 것이 아니에요. 그렇게 하는 것은 하나님께서 허락하지 않으십니다. 나는 단지 고려할 만한 이슬람법 해석과 견해를 전했을 따름입니다. 저명한 종교 법학자들이 참작할 만한 사정이라면 3개월

이전에 낙태하는 것은 살인으로 간주하지 않는다고 했습니다."

"그러니까 제가 낙태를 하면 그게 허용되는 사항이란 말씀이신가요? 누가 그런 말을 지껄인단 말입니까? 당신이 코란에 대고 맹세를 한다 해도 난 당신의 말을 믿을 수 없어요!"

그러자 핫즈 앗잠이 벌떡 일어나 그녀에게 다가와 화를 내며 고함을 질렀다.

"우리 스승이신 셰이크 님께 예의를 갖춰 말씀드리라고 했잖아!"

수아드도 일어서서 팔을 내저으며 소리쳤다.

"대체 '우리 스승 셰이크 님'이 뭔데? 이제야 알겠군. 그런 당치도 않은 말을 하라고 당신이 저 사람을 돈으로 매수한 거야. 임신 초기 두 달 동안은 낙태가 죄가 아니라고? 이봐요, 셰이크 님. 부끄러운 줄 아세요. 그런 거짓말을 하고 대체 어찌 되려고 그러십니까?"

예상치 못한 갑작스러운 공격에 셰이크 알삼만의 얼굴이 잿빛으로 변했다. 그가 경고 조로 말했다.

"부인, 예의를 갖춰요. 도를 넘지 않도록 조심하시오."

"내가 도를 넘은 게 뭔가요? 그게 무슨 소리지요? 셰이크 님, 당신은 형편없는 분이군요. 당신이 여기까지 오는 데 저 사람이 얼마를 주던가요?"

"아, 이런 추잡한 것. 개 같은 년."

핫즈 앗잠이 소리치며 그녀의 얼굴을 후려치자 그녀도 소리치며 울부짖기 시작했다. 셰이크 알삼만이 그를 잡아끌어 한쪽 편으로 데리고 간 뒤 낮은 소리로 그에게 속삭였고, 곧이어 두 사람은 문을 쾅 닫고 그곳을 떠났다.

* * *

수아드는 욕설과 저주를 퍼부으며 두 사람을 쫓아 버렸다. 그녀
는 셰이크 알삼만이 한 말과, 결혼 후 처음으로 자신을 때린 앗잠
에 대한 분노로 부들부들 떨었다. 맞은 얼굴은 계속 화끈거렸다.
그녀는 앗잠에게 복수하리라 다짐했다. 하지만 그럼에도 불구하
고 그에게 정면으로 맞섰다는 점에서 은밀한 안도감을 느꼈다. 그
녀를 옥죄고 난처하게 했던 두 사람 사이의 끈은 끊어졌다. 이미
그는 그녀를 때리고 욕을 해 댔다. 앞으로 그녀는 그에 대한 경멸
과 미움을 최대한 노골적으로 드러낼 것이다. 사실, 말다툼을 하
고 욕설을 퍼붓는 것은 그녀 자신에게 처음 있는 일이었다. 마치
그녀 안에 존재하던 적의가 갑자기 폭발한 것 같았다. 그동안 겪
은 모든 고난과 고통이 그녀 안에 차곡차곡 쌓였고 이젠 청산할
시점이 된 것이다. 그녀는 이제 준비가 되었다. 낙태를 당하기 전
에 그를 죽이든지 자신이 그에게 죽임을 당하는 수밖에 없다.

마음을 조금 가라앉힌 그녀는 '내가 왜 이렇게까지 임신을 원하
고 있을까?' 라고 스스로에게 물었다. 당연히 그녀는 독실한 신자
로 낙태는 금지 사항이었으며, 중절 수술 자체에 대한 두려움도
있었다. 수술 중에 죽는 여자들도 많기 때문이었다. 이 모든 생각
이 맞기는 하지만 그것은 부차적인 이유였다. 임신을 지키기 위해
독하게 싸우도록 그녀를 밀어붙이는 확고하고 본능적인 갈망이

있었다. 만약 아기를 낳는다면 그녀는 자존심을 되찾고 자신의 삶도 떳떳하고 새로운 의미를 갖게 될 것이라고 생각했다. 그녀는 백만장자 앗잠이 오후에 두 시간을 즐기기 위해 사들인 가난뱅이 계집이 아니라 무시하거나 함부로 대할 수 없는 진짜 아내가 되는 것이다. 사내아이의 어머니가 되어 앗잠의 아들을 품에 안고 바깥출입을 할 것이다. 그것이야말로 그녀의 권리가 아닌가?

그녀는 굶주렸고 구걸도 했고 천대받았으며 수차례나 잘못된 길로 빠질 뻔했었다. 그리고 종국에는 아버지뻘 되는 늙은이에게 몸을 허락하고 그의 따분하고 우울한 성격, 그의 주름진 얼굴과 염색한 머리칼, 그리고 시들어 버린 남성을 감내해야 했다. 그녀는 마치 자신이 정부(情婦)인 양, 그가 남몰래 살그머니 들렀다 가도록 하기 위해 갈망 속에 몸이 안달하는 것처럼 행동했다. 그녀는 매일 밤 썰렁한 침대에서 혼자 잠을 청해야 했고, 무섭기까지 한 큰 아파트에서 고독감을 떨치려고 매일 밤 환하게 불을 밝혀야 했다. 헤어진 아들이 보고 싶어 날마다 눈물을 흘리기도 했다. 앗잠이 올 시간이 되면 그를 위해 몸단장을 하고 받은 금액만큼 자신이 맡은 역을 연기(演技)했다. 이런 모든 수모를 감내했으니 그녀는 한 번만이라도 아내와 어머니의 감정을 느낄 권리가 있지 않은가? 지긋지긋한 가난의 나락에서 그녀를 보호해 줄 재산을 상속받을 적자를 낳을 권리가 있지 않은가? 오랫동안 참고 견뎌 낸 데 대한 공정한 보상으로 하나님께서 그녀에게 임신이라는 선물을 주신 것이다. 그녀는 그 어떤 대가를 치르더라도 결코 임신을 포기하지 않을 것이다.

수아드는 이런 생각을 하고 욕실로 들어가 옷을 벗었다. 따뜻한 물이 벗은 몸에 쏟아져 내리는 순간, 그녀는 묘하고 새로운 느낌이 밀려드는 것을 느꼈다. 앗잠이 주무르고 더럽히고 유린했던 그녀의 육신이 홀연 자유로워져 온전히 자신만의 것이 되었다는 느낌이었다. 그녀의 손과 팔, 다리, 가슴, 온몸 구석구석이 자유롭게 숨을 쉬었고, 그녀는 자기 안에서 고동치는 아름답고 여린 맥박을 느낄 수 있었다. 맥박은 커지고 자라서 하루하루 그녀를 채워 나갈 것이고, 때가 되면 그녀를 닮은 예쁜 아기가 세상에 나올 것이다. 아기는 아버지의 재산을 물려받을 것이고, 그녀의 자존심을 되살려 주고, 그녀가 걸맞은 대우를 받게 해 줄 것이다. 그녀는 목욕을 마친 뒤 몸을 닦고 잠옷을 입었다. 그러고는 밤 예배를 드리고 이슬람 관습에 따른 추가 의례를 행했다. 그런 다음 침대에 앉아 코란을 읽고 있는데 졸음이 밀려들었다.

* * *

"누구세요?"

그녀는 방 밖에서 뭔가 움직이며 중얼거리는 소리에 잠에서 깨어났다. 아파트에 도둑이 들었다는 생각을 하자 겁이 나서 몸이 떨렸지만 창문을 열고 이웃에게 도움을 청하기로 마음먹었다.

"누구야?"

그녀는 다시 한 번 날카롭게 소리치며 어둠 속에서 이부자리에 앉아 귀 기울여 들으려 했지만 더 이상 아무 소리도 들리지 않았고 정적만 감돌았다. 무슨 일인지 직접 알아보기로 하고 몸을 움직여 침대에서 발을 내려놓기는 했지만 겁이 나서 옴짝달싹할 수 없었다. 그녀는 괜한 공상을 했다고 생각하며 다시 잠자리에 들면서 베개로 얼굴을 덮었다. 그녀는 잠깐의 시간을 보내며 잠을 청했다. 그런데 갑자기 방문이 벽에 부딪칠 정도로 세차게 열리더니 몇 사람이 그녀를 덮쳤다.

네다섯 명은 되는 것 같았는데 어두워서 얼굴을 알아볼 수 없었다. 그들은 그녀에게 달려들어 한 명은 베개로 그녀의 입을 막고 다른 사람들은 손과 발을 붙잡았다. 그녀는 그들의 손아귀에서 벗어나려고 안간힘을 쓰며 목청껏 비명을 내질렀다. 그녀는 입을 막고 있는 남자의 손을 물었지만, 그들이 그녀를 단단히 묶어 전혀 움직일 수 없게 해 놓았기 때문에 저항해도 소용없었다. 그들은 힘이 세고 훈련받은 자들이었다. 그들 중 한 명이 그녀가 입고 있는 잠옷 소매를 걷어 올렸다. 그녀는 가시처럼 뾰족한 무언가가 팔을 찌르는 것을 느꼈다. 조금씩 조금씩 몸에서 기운이 빠지더니 몸이 늘어지기 시작했다. 눈앞이 흐려지면서 그녀는 주변의 사물들이 마치 꿈처럼 점점 사그라지는 것을 느꼈다.

* * *

카이로의 『르 케르』 신문은 여전히 알갈라 거리를 차지하고 있는 오래된 건물에서 백 년 전에 창간된 이래 지금껏 카이로에 거주하는 프랑스어 사용자들을 위해 매일 프랑스어로 발행된다. 하팀 라쉬드가 인문 학부를 졸업하자 프랑스인 어머니는 그에게 신문사 일자리를 구해 주었다. 그는 자신이 지닌 언론 분야에서의 재능을 마음껏 발휘하여 고속 승진을 했고, 그 결과 마흔다섯 살에 편집장 자리에 올랐다. 그는 신문을 대대적으로 개편하면서 이집트인 독자를 겨냥하여 아랍어 섹션도 만들었다. 그러자 신문 판매 부수가 1일 3만 부로 증가했는데, 그것은 다른 군소 지역 신문들과 비교했을 때 엄청나게 높은 수치였다. 이런 성공은 하팀의 능력과 열정, 각계각층과의 원활한 인맥과 부친에게 물려받은 탁월한 업무 역량에서 나온 당연한 결과였다. 만약 신문사에서 그의 관리하에 행정 직원과 기자, 사진 기자를 포함해 70명의 사람이 일하고 있음을 우리가 알고 있다면, 머릿속에 가장 먼저 떠오르는 질문은 '그 사람들이 그의 동성애에 대해 알고 있을까?' 일 것이다. 당연히 대답은 '그렇다' 이다. 이집트 사람들은 남의 사생활에 관심이 많아 비밀을 집요하게 캐내려고 하기 때문이다. 게다가 동성애를 감추는 것은 불가능해서 신문사의 모든 직원은 자신들의 상관이 동성애자임을 알고 있었다. 그들이 동성애를 혐오하고 멸시함에도 불구하고 하팀 라쉬드의 일탈은 일에 대한 그의 강력하고 설득력 있는 모습과는 거리가 먼 희미한 그림자에 불과했다. 직원들은 그가 동성애자라는 걸 알고 있지만 그와의 일상 업무에서는 그 점을 전혀 감지할 수 없었다. 그가 필요 이상으로 진지하고 엄격했기 때문이다. 하루 일과의 대부분을 직원들과 함께 보내지만 그의 성향을 눈치챌 만한 행동은 물론이거니와 눈길조차 보이는 일이 없다. 물론 그가 신문사 편집장 직을 맡고 있는 동안에

치졸한 사건들이 없지는 않았다. 한번은 게으르고 일을 그르치는 기자 한 명이 있어, 하팀이 그를 신문사에서 퇴출시키기 위한 준비 조치로 그에 대한 부정적인 내용의 보고서를 몇 차례 쓴 적이 있었다. 그 기자는 편집장의 의중을 파악하고 앙갚음을 하기로 결심했다. 그는 기자들이 모두 참석한 주간 편집 회의를 기회로 삼아 발언을 요청했고 하팀이 발언권을 주자 빈정거리는 어투로 말했다.

"편집장님, 이집트의 동성애 현상에 대한 조사 보도를 제안합니다."

참석자들 사이에 긴장된 침묵이 흘렀다. 그 기자는 하팀을 능멸하는 음흉한 미소를 감추지 않았고, 하팀은 말없이 고개를 끄덕이며 부드러운 머리칼을 손으로 매만졌다. (놀라거나 긴장했을 때 나오는 그의 버릇이었다.) 그리고 나선 의자에 깊숙이 기대앉아 조용히 말했다.

"나는 그 주제가 독자들의 관심을 끌 것이라고 생각지 않소."

"오히려 대단히 관심이 많습니다. 동성애자 수가 크게 증가하고 있고, 그들 중 일부는 지금 우리나라에서 지도자급 지위를 차지하고 있습니다. 학계의 연구에 따르면, 동성애자는 그 어떤 조직의 책임자로는 정신적인 면에서 부적합하다고 합니다. 동성애로 인한 정신적인 일탈 때문이지요."

가차 없고 잔혹한 공격이었다. 하팀도 강력하게 대응하기로 마음먹고 단호히 말했다.

"당신의 그런 구태의연한 사고가 언론인으로 당신이 실패한 이유 중 하나요."

"그렇다면 동성애는 진보적인 행위입니까?"

"그것도 아니고 우리나라에서는 국가 차원의 문제도 아니오. 이 봐요, 꽤나 배웠다는 양반! 이집트가 뒤처진 것은 동성애 때문이 아니라 부패와 독재, 사회적인 부당함 때문이오. 그리고 사람들의 사생활을 염탐하는 것은 『르 케르』처럼 전통 있는 신문에 어울리지 않는 진부한 행위요."

기자가 항변하려 들자 하팀이 날카롭게 제지했다.

"토론은 이제 끝났소. 다른 주제를 의논해야 하니 제발 조용히 하시오."

이렇게 해서 하팀은 한판 승부에서 멋지게 승리했고, 모두에게 그의 강인한 인성과 협박에 굴하지 않는 성정을 확실히 주지시켰다. 그보다 더 저속하고 당황스러운 다른 사건도 있었다. 수습기자 하나가 하팀에게 도전장을 던진 것이었다. 하팀은 신문 발간을 감독하며 인쇄소에서 직원들과 함께 있었다. 그때 그 수습기자는 하팀과 토론하는 척하며 그에게 다가와 테이블 위에 놓인 신문에 있는 무엇인가를 지목하고 몸 뒤쪽에 달라붙었다. 단박에 그 행동의 의미를 감지한 하팀은 조용히 자리를 빠져나와 평소처럼 인쇄소 점검을 마쳤다. 그리고 사무실로 돌아오자 사람을 시켜 수습기자를 불러오게 한 뒤 방에 있던 다른 사람들은 모두 내보내고 몇 분 동안 그 사람만 혼자 서 있게 했다. 하팀은 그에게 앉으라고 하지도 않고 눈길도 주지 않은 채 그 앞에서 서류만 들여다보았다. 마침내 고개를 들고 그를 쳐다보면서 천천히 말했다.

"잘 들어. 똑바로 처신하지 않으면 너를 당장 신문사에서 쫓아낼 거야. 알아들었나?"

수습기자는 놀라면서 결백한 척하려 했지만, 하팀은 다시 서류를 검토하기에 앞서 단호한 어조로 말했다.

"이게 마지막 경고야. 더 이상 할 말은 없네. 나가게. 면담은 끝났다."

* * *

하팀 라쉬드는 그저 여성스럽기만 한 것이 아니라 재능 있고 부지런하고 풍부한 경험을 쌓은 사람이었다. 뿐만 아니라 타고난 능력과 총명함으로 직업적으로도 정상에 오르는 성공을 거두었다. 게다가 대단히 지적이고, 아랍어 외에 영어, 스페인어, 프랑스어 등 여러 외국어에 능통했다. 그는 폭넓고 깊이 있는 독서를 통해 사회주의 사상에 눈뜨게 되었고 그 영향을 크게 받았다. 그는 이집트 사회주의 지도자들과 교분을 쌓는 데 공을 들였는데, 그런 친분 때문에 1970년대 말에 한 차례 국가 보안국 수사대에 소환된 적이 있었다. 수사관들이 그를 심문했지만 불과 몇 시간 후에 석방하고 그의 수사 파일에는 '조직책이 아닌 동조자'라고 기록했다. 사회주의적 지식을 갖추었기 때문에 노동당이나 이집트 공산당 같은 이집트 비밀 공산주의 조직에 가담할 뻔한 적도 있었지만 그의 동성애 성향이 알려져 있어 책임자들이 그를 배제했다.

이상이 공개된 하팀 라쉬드의 실상이다. 동성애자로서의 비밀스러운 그의 사생활은 값비싸고 재미있지만 금지된 장난감들로 가득한, 자물쇠로 채워진 상자에 가까웠다. 그는 밤마다 그것을 열어 가지고 놀다가 다시금 꼭꼭 잠가 두었다. 그는 그것을 잊으려 노력했고 자기 삶에서 동성애가 차지하는 비중을 최대한 줄이려고 애썼다. 그는 낮에는 언론인이자 회사 중역으로서의 삶을 살았고, 밤이면 침대에서 몇 시간씩 쾌락을 즐겼다. 하팀은 이 세상 남자 대부분은 삶의 중압감을 덜어 줄 특별한 기질을 가지고 있다고 스스로에게 말한다. 그는 술이나 마약, 여자, 도박 등에 빠진 의사나 자문관, 대학교수 같은 높은 지위에 있는 사람들을 알았지만, 그렇다고 해서 그들이 성공하고 존경을 받는 데 지장이 있는 것은 아니었다. 그는 자신의 동성애가 그런 유에 속하는 것으로, 다만 성향에서 차이가 있을 뿐이라고 스스로를 위안했다.

그는 마음을 편하게 해 주고 균형을 되찾아 주며 자존감을 주는 이런 생각에 흡족했다. 그래서 자신의 욕구를 안전하게 충족할 수 있고 동성애를 잠자리에 있는 동안만으로 제한하기 위해 오랫동안 지속될 수 있는 연인과의 안정적인 관계를 갈망했다. 연인 없이 혼자 있을 때는 유혹이 그를 사로잡고 성가신 욕망이 그를 수치스러운 상황으로 내몰기 때문이었다. 그에게도 스스로를 더럽힌 서럽고 아픈 나날들이 있었다. 그는 동성애자들이 모이는 장소에 자주 드나들었고, 스스로 품위를 떨어뜨린 채 범죄 혐의자들이나 쓰레기 같은 자들과 어울리면서 하룻밤 욕망을 달래 주고 다시는 만나지 않을 상대를 찾아 헤매기도 하였다. 도둑맞고 무시당하고 협박당한 것도 여러 차례였다. 한번은 그런 인간들이 알후세인

구역의 공중목욕탕에서 그를 끔찍하게 두들겨 패고 금시계와 지갑을 가져간 적도 있었다.

광란의 그날 밤 이후 하팀 라쉬드는 며칠간 집에 틀어박혀서 누구도 만나지 않고 누구와도 말을 나누지도 않은 채, 폭음을 하며 자신의 삶 전체에 대해 깊이 생각하고 원망과 미움으로 부모에 대한 기억을 되짚었다. 그는 만약 부모님이 자기를 돌보는 데 조금이라도 시간을 할애했다면 이 정도로 내리막길을 가지는 않았을 것이라고 스스로에게 말했다. 그분들은 자신들의 일에 대한 욕심을 좇기에 여념이 없었고 부와 영예를 달성하기 위해 내달리느라 그의 몸을 희롱하는 하인들에게 그를 내맡겼었다. 그는 이드리스를 비난하는 것은 절대 아니었고, 이드리스가 자신을 진정으로 사랑했다는 점에 한순간도 의심을 품지 않았다. 하지만 그는 아버지 하산 라쉬드 박사가 무덤에서 단 한 번이라도 되살아나서 아버지에 대한 자신의 생각을 들을 수 있었으면 하고 바랐다. 그는 아버지 앞에 서서 강렬한 눈빛과 커다란 몸집, 끔찍한 담배 파이프에 맞설 것이다. 아버지에게 절대 기죽지 않고 말할 것이다. "위대한 학자님, 민법에 그런 재능을 타고나셨는데 왜 결혼을 하고 저를 낳으셨습니까? 법에는 탁월하셨겠지만 참된 아버지가 되는 법은 모르셨던 게 분명해요. 생전에 몇 번이나 저한테 입맞춤을 하셨나요? 제가 겪는 어려움을 말씀드릴 수 있게 함께 자리했던 적은 몇 번이나 되나요? 아버지는 언제나 마음에 들어 구입했다가 곧 관심에서 멀어져 버린 진귀한 미술품이나 그림처럼 저를 대하셨어요. 바쁜 일정 중에 틈이 나면 그것을 기억해 내고 잠시 들여다보다가 다시 잊어버리고 말지요."

어머니 자네트에게도 진실로써 맞설 것이다. "어머니는 라탱 지구에 있는 작은 술집의 종업원에 지나지 않았어요. 어머니는 가난한 데다 배운 것도 없었어요. 아버지와의 결혼은 어머니가 꿈조차 꾸어 본 적이 없는 엄청난 사회적 신분의 변화였지요. 그런데도 어머니는 아버지가 이집트인이고 자신은 프랑스인이라는 이유로 30년 동안 아버지를 무시하고 멸시했어요. 야만인들 사이에 있는 유럽 문명인인 체하면서 이집트와 이집트 사람들이라면 진저리를 치고 모든 사람들을 차갑고 오만하게 대했어요. 어머니가 나를 무시한 것도 이집트를 미워하는 당신의 일면이겠지요. 나는 당신이 여러 번 아버지를 배신했다고 생각해요. 나는 그 점을 확신해요. 최소한 대사관 서기관이었던 므슈 베나르와의 관계에서는 말이에요. 당신은 수화기를 끌어안고 속삭이면서 침대에 누워 여러 시간 그 사람과 통화하곤 했지요. 당신 얼굴에는 욕망이 가득했고 하인들과 나가 놀라면서 나를 내보냈지요. 당신은 매춘부예요. 파리의 술집에서 남자가 손만 뻗으면 얼마든지 얻을 수 있는 그런 여자 말이에요." 그 암흑의 순간 동안 그는 절망감에 휩싸이고 모멸감에 갈가리 찢긴 채 어린아이처럼 울었다. 자살을 생각하기도 했지만 실행에 옮길 용기가 없었다.

그러나 지금은 최상의 상태이다. 압두 랍부흐와의 관계는 계속 유지되어 안정을 찾았다. 그는 압두를 위해 임대한 옥탑방과 가판대를 통해 자신의 인생과 압두의 인생을 한데 묶을 수 있었다. 그리고 육체적으로도 충족했기 때문에 세누 바나 다른 동성애자들의 장소에 드나들지 않게 되었다. 그는 압두에게 못다한 학업을 마치고 존경받는 교양인이 되어 자신의 감정과 생각을 이해하고 영원한 우정을 나눌 수 있는 사람이 되라고 강권했다.

"이봐 압두, 당신은 총명하고 감성이 있는 사람이니 스스로 노력해서 당신의 처지를 개선할 수 있어……. 지금은 벌이도 있고 가족도 돌보고 생활도 안정되어 있지. 하지만 돈이 전부는 아니야. 공부를 해서 존경받는 사람이 되어야 해."

두 사람은 이미 한바탕 아침 사랑을 나누었고 하팀은 벗은 몸으로 침대에서 내려와 발끝으로 춤을 추듯, 꿈을 꾸듯 걸음을 옮겼다. 사랑이 충족되었을 때 늘 그렇듯이 그의 얼굴은 만족감과 활기로 가득했다. 하팀이 잔에 마실 것을 따르기 시작했다. 압두는 여전히 침대에 누워 웃으며 장난 투로 말했다.

"내가 공부하기를 바라는 이유가 뭐지요?"

"자네가 존경받는 사람이 될 수 있으니까."

"그렇다면 내가 존경받지 못하고 있다는 뜻인가요?

"당연히 존경받고 있어. 하지만 공부를 해서 샤하다(학위)를 받아야만 해."

"'알라 이외의 다른 신은 없다'는 샤하다(신앙 고백)* 말인가요?"

압두가 웃어 대자 하팀이 책망의 눈초리로 바라보며 말했다.

"나는 심각하게 이야기하는 거야. 그러니 자네도 노력해야 해. 공부해서 중학교, 고등학교 자격을 따고 좋은 대학에 가는 거지, 법대 같은 곳 말이야."

"옛말에 '머리 백발 되어 학교 가랴' 라고 하잖아요."

"그렇지 않아, 압두. 그런 생각은 하지 말라고. 자네는 스물네 살이고 앞날이 창창해."

"세상 모든 것에는 각자 정해진 운명이 있잖아요."

"시대에 뒤떨어진 소리야! 이 세상에서 각자의 운명을 결정할 수 있는 것은 오직 자기 자신뿐이야. 만일 이 나라에 정의가 있다면 자네 같은 사람은 정부 돈으로 공부했어야 해. 교육, 의료, 노동은 전 세계 모든 시민의 자연권이야. 그런데 이집트의 체제는 고의적으로 자네처럼 가난한 사람들을 그냥 무지한 채로 내버려 두지. 그 사람들을 등쳐 먹으려고 말이야. 정부에서 중앙 보안군을 선발할 때 제일 가난하고 무식한 사람들을 뽑는 걸 봤을 거야. 압두, 만약 자네가 배운 사람이었다면 몇 푼 되지도 않는 돈 때문에 그런 열악한 환경의 중앙 보안군에서 일하겠다고 하지는 않았을 거야. 그 와중에도 높은 양반들은 매일같이 서민들의 주머니에서 수백만 기네씩 훔쳐 내고 있어."

"당신은 저더러 높은 사람들이 도둑질하는 것을 막아 주길 바라시는 건가요? 부대장인 소령에게도 맞설 수 없던 나보고 높은 양반들을 상대하라니……."

"압두, 자네 자신부터 시작해. 노력하고 스스로를 가르치는 거야. 그것이 너의 권리를 얻어 내기 위한 첫걸음이야."

하팀은 한참 동안 그를 바라보더니 애정에 찬 목소리로 말했다.

"누가 알겠어? 언젠가 자네가 압두 랍부흐 변호사님이 될 수 있을지!"

압두가 침대에서 일어나더니 그에게 다가가 어깨를 잡고 볼에 입을 맞추고는 말했다.

"그런데 누가 내 학비를 대겠어요? 그리고 졸업 후에 사무실을 내줄 사람은 어디 있고요?"

갑자기 감정이 북받친 하팀은 압두에게 얼굴을 바싹 가까이 대고 속삭였다.

"내가 있잖아, 내 사랑. 난 너를 저버리지 않을 것이고, 너를 위해서라면 그 무엇도 아깝지 않아."

압두는 그를 품에 안았고, 두 사람은 길고 열정적인 입맞춤에 푹 빠져 있었다. 그런데 멀리서부터 어떤 소리가 점점 가까워졌고, 두 사람은 계속해서 거세게 문 두드리는 소리를 들었다. 하팀이 걱정스러운 눈빛으로 압두를 바라보았고, 두 사람은 약속이나 한 듯 아무렇게나 서둘러 옷을 걸쳤다. 하팀이 먼저 문으로 다가갔다. 그의 얼굴에는 문 앞에 있는 자를 대할 때 작정하고 보여 줄 오만하고 귀찮아 하는 표정이 드러나 있었다. 그가 문구멍으로 밖을 살펴보더니 놀라 말했다.

"압두, 자네 아내야."

압두는 재빨리 앞으로 나서더니 문을 열고 화를 내며 소리쳤다.

"대체 무슨 일이야? 하디야, 이 시간에 여긴 왜 온 거야? 어떡하라고?"

그녀가 팔에 안긴 채 잠든 아기를 가리키고는 울며 소리쳤다.

"도와줘요, 압두. 아기가 열이 펄펄 끓고 계속 토해요. 밤새도록 울기만 했어요. 하팀 베, 제발 부탁이에요. 의사를 불러 주시든지 병원에 데려다 주세요."

* * *

욕실 문을 연 부사이나는 바닥에 쓰러져 있는 자키 베 알두수키를 발견했다. 옷은 토사물로 더러워져 있었고, 그는 몸을 가누지 못했다. 그녀는 몸을 굽혀 그의 손을 잡았다. 손이 얼음장처럼 차가웠다.

"자키 베…… 편찮으세요?"

그는 알아듣지 못할 말을 몇 마디 웅얼거리고는 허공만 계속 쳐다보았다. 그녀는 의자를 가져다가 그를 안아 올려 자리에 앉혔다. (순간, 그녀는 그의 몸이 너무 가볍다는 사실을 알아차렸다.) 그녀는 더러워진 옷을 벗기고 따뜻한 물로 그의 얼굴과 손과 가슴을 닦아 주었다. 잠시 후 약간 정신이 든 자키는 간신히 일어나 그녀에게 기대어 걸음을 옮길 수 있었다. 부사이나는 그를 침대에 눕히고 나서 자신의 옥탑방에 올라갔다가 큰 잔에 뜨거운 박하 차를 담아 서둘러 내려왔다. 자키 베는 차를 마시고 깊은 잠에 빠졌다. 그녀는 그의 곁을 지키며 소파에서 밤을 새웠고 그의 상태를 여러 번 확인했다. 그의 이마에 손을 얹어 열이 있는지도 살폈고, 규칙적으로 숨을 쉬는지 보려고 코 밑에 손가락을 가져다 대기도 했다. 눈도 붙이지 않았고, 상태가 나빠지면 의사를 부르기로 마음먹었다. 그녀는 잠든 노인의 얼굴을 말끄러미 들여다보았다. 처음으로 그녀에게 그가 평범한 실제의 모습으로 보였다. 마음 좋은 술 취한 영감으로, 마치 어린아이처럼 연약하고 유순하고 연민을 불러일으키는 모습이었다.

아침에 그녀는 그를 위해 따뜻한 우유를 곁들인 가벼운 아침 식사를 준비했다. 아바스카룬도 이미 도착해서 무슨 일이 벌어졌는지 알고 있었다. 그는 고개를 숙인 채 슬퍼하며 아픈 주인 앞에 서서 애타는 목소리로 되뇌었다.

"주인님, 어서 쾌차하셔야 합니다."

자키 베가 눈을 뜨고 그에게 나가라는 몸짓을 했다. 그러고는 간신히 일어나 벽에 등을 기댄 채 두 손으로 머리를 감싸 쥐고 나직이 웅얼거렸다.

"두통도 심하고 속도 너무 아프군."

"의사 선생님을 부를까요?"

"아니, 별것 아니야. 내가 과음을 했어. 난 이런 적이 많아. 블랙커피 한잔 마시면 괜찮아질 거야."

그는 꾹 참으면서 끄떡없는 척했다. 그러자 그녀가 웃으며 말했다.

"제 말 들으세요. 힘센 척하지 마세요. 어르신은 노인이고 건강도 약해졌어요. 술 드시는 것도 밤 새우는 것도 이젠 끝이에요. 어르신 연배의 노인들처럼 일찍 주무셔야 된다고요."

자키 베는 미소 지으며 고맙다는 듯 그녀를 바라보고 말했다.

"부사이나, 고마워. 자네는 마음씨 곱고 충실한 사람이야. 자네가 없었으면 내가 어떻게 됐을지 모르겠어."

그녀는 그의 얼굴에 손을 대고 이마에 입을 맞췄다.

전에도 여러 번 입을 맞추었지만 이번에는 다른 느낌이 들었다. 부사이나는 자신의 입술이 그의 이마에 닿자 자신이 그를 잘 알고 있으며 그의 투박하고 낡은 냄새를 사랑하고 있음을, 그가 이제는 옛이야기나 들려주던, 그녀와는 동떨어진 그 자키 베가 아님을 깨달았다. 그는 이제 그녀와는 이질적이고 까다로운 성격의 남자 애인도 아니었다. 그는 이제 아버지나 삼촌처럼 그녀와 같은 피와 냄새를 가진 사람, 마치 오래전부터 알았던 사람처럼 그녀와 가까워졌다. 그녀는 두 팔로 허약한 그의 몸을 힘껏 끌어안고 그녀가 사랑하는 그의 투박하고 낡은 냄새를 실컷 맡고 싶었다.

그녀는 둘 사이에 일어난 일이 이상하고 갑작스러운 것이라고 생각했다. 그녀는 어제 그를 속여 서명을 받아 내려 했었다는 사실을 떠올리곤 부끄러워했다. 그녀는 그를 속이려 했던 어제의 행동이 그를 향한 자신의 진정한 감정에 저항하려는 최후의 시도였다는 사실을 깨달았다. 속으로는 그에 대한 사랑으로부터 도망치고 싶었고, 그와의 관계를 섹스와 돈으로만 제한하는 것이 한결 마음 편했다. 그는 섹스를 요구했고 그녀는 돈을 원했다. 그녀는 둘의 관계를 그렇게 치부했었다. 그런데 그녀가 스스로 정했던 경계를 넘어서고 말았다. 지금 그녀는 자신의 진정한 감정을 직시하고 분명하게 이해한다. 그녀는 항상 그와 함께하기를 희망한다. 그녀는 그를 신뢰하고 존경하며 그에게 깊은 감사를 드린다. 그녀는 자신이 무슨 말을 해도 그가 이해해 주리라 확신한다. 그녀는 자키 베에게 자기 인생에 대해, 그리고 아버지, 어머니, 타하와의 옛사랑에 대해 말할 것이다. 또한 창피해하지 않으면서 탈랄과의 추악한 내막까지도 털어놓을 것이다. 그에게 이야기하고 나면 무거운 짐을 덜어 낸 듯 편안해질 것이다. 자기 이야기에 귀 기울여 들어주고 자세히 물어봐 주고 조언도 해 주는 그의 늙은 얼굴이 얼마나 좋은지 모른다.

자키 베를 향한 그녀의 마음은 점점 커져, 그날 아침이 되어서는 자신이 그를 사랑하고 있음을 알았다. 그녀는 이 말 외에 자신의 감정을 표현할 길이 없었다. 그것은 타하에게 품었던 격정적이고 뜨거운 사랑이 아니라, 또 다른 종류의 조용하고 굳건한 사랑, 안도와 신뢰와 존경에 가까운 사랑이었다. 그녀는 자키 베를 사랑하고 있었다. 그 사실을 깨닫자 망설임에서 벗어나 그에게로 힘차게 내달렸다. 그녀는 그와 함께 행복하고 편안한 시간을 지냈다. 낮 시간의 대부분과 밤의 많은 시간을 함께 지냈다. 그녀는 잠들기 전에 두 사람 사이에 있었던 일을 돌이켜 생각하면 빙그레 웃음이 나면서 너무나도 애틋한 마음이 들었다.

하지만 그를 배신하려 했던 생각을 하면 작고 뾰족하고 날카로운 무엇이 그녀의 양심을 찔렀다. 그녀는 말라크가 아파트를 차지할 수 있도록 계약서에 자키 베의 서명을 받아 내려고 모사를 꾸몄고, 그녀에 대한 자키 베의 믿음을 이용해 그를 해치려 했다. 또 실제로 그러지 않았던가? 그것이 그녀의 진짜 목적이 아니었던가? 그를 속이고 술 취한 틈을 이용해 서명을 받아 그 대가로 말라크로부터 5천 기네를 받으려 하지 않았던가? 배신의 대가. 그 말이 머릿속에 울릴 때면 인자한 그의 미소와, 그녀에게 관심을 갖고 마음을 헤아려 주는 그의 배려가 떠올랐다. 그녀는 그가 언제나 다정하게 대해 주고 전적으로 믿어 준다는 사실을 생각했다. 그 순간 자신이 비열한 배신자라는 생각이 들어 스스로를 욕하고 자책의 소용돌이 속에 빠져들었다.

그런 생각이 한참 동안 그녀를 괴롭혔다. 날이 밝자마자 그녀는 말라크에게 갔다. 이른 시간, 그는 벌써 가게 문을 열고 있었다. 그는 우유를 넣은 샤이 한 잔을 앞에 두고 천천히 홀짝거리고 있었다. 그녀는 그의 앞에 서서 인사를 하고 용기가 사라지기 전에 곧바로 이야기를 꺼냈다.

"말라크 아저씨, 미안해요. 우리가 합의했던 일, 난 도저히 못하겠어요."

"무슨 소린지 모르겠군."

"내가 자키 베에게 서명받기로 한 거요. 난 못하겠어요."

"왜?"

"그냥요."

"이제 할 말 다 했어?"

"네."

"그래. 알겠어."

말라크는 조용히 말하고 샤이를 한 모금 들이켰다. 그는 고개를 돌려 그녀를 외면했다. 그녀는 그를 뒤로하고 자리를 뜨면서 무거운 짐을 내려놓은 듯 홀가분해졌다. 하지만 한편으로는 그가 선뜻 사과를 받아들인 것이 이상했다. 화내고 소란을 부릴 것이라 생각했는데 마치 예상이라도 했거나 무슨 꿍꿍이속이라도 있는 듯 조용했다. 며칠 동안 그 생각을 하면 걱정이 되었다. 그러나 이내 그녀는 근심을 털어 버렸다. 그녀는 자키 베를 더 이상 속이지 않고 그에게 감추는 것이 없다는 사실 때문에 처음으로 깊은 안도감을 느꼈다.

* * *

아침 8시에 셰이크 샤키르와 타하 알샤들리는 헬완행 전철을 탔다. 두 사람은 며칠 동안 긴 토론을 벌인 터였다. 셰이크는 타하에게 지난 일을 잊고 새 삶을 시작하라고 설득했지만 타하는 계속되는 복수심과 분노 때문에 여러 번 정신 쇠약 증세를 보이는 지경에 이르기도 했다. 격론 끝에 결국 셰이크가 타하의 면전에서 고함을 질렀다.

"대체 무얼 하고 싶은 건가? 공부도 싫고 일도 싫고 동료는 물론이고 가족들조차 보기 싫은가? 타하, 원하는 게 무엇인가?"

"저를 폭행하고 모욕한 놈들에게 복수하고 싶습니다."

"얼굴도 보지 못했는데 어떻게 그자들을 알아보겠나?"

"목소리로요. 온갖 소리가 섞여 있어도 그놈들 목소리는 알 수 있어요. 선생님, 제발 부탁이니 저의 고문을 감독했던 장교 이름을 알려 주십시오. 전에 그놈 이름을 안다고 말씀하셨잖아요."

셰이크 샤키르는 골똘히 생각하며 침묵했다.

"선생님, 이렇게 간청합니다. 그놈 이름을 알기 전까지 저는 진정할 수 없을 겁니다."

"나도 그자의 정확한 신상은 알 수 없어. 하지만 통상적으로 국가 보안국에서 이루어지는 고문은 두 사람이 관리하지. 살리흐 라쉬완 대령과 파트히 알와킬 준장이야. 두 사람 모두 불신 죄인으로 지옥에나 떨어질 비참한 운명에 놓인 자들이지. 그 장교 이름을 안들 자네에게 무슨 득이 되겠나?"

"그놈에게 복수할 겁니다."

"쓸데없는 소리. 자네 두 눈으로 본 적도 없는 사람을 평생 동안 찾아다니겠다고? 그건 미친 짓이야. 실패할 것이 자명한 일이란 말일세."

"끝까지 그놈을 찾을 겁니다."

"혼자 힘으로 군인과 경찰에다 엄청난 무기를 가진 정권 전체에 맞서 싸우겠다는 건가?"

"그 말을 하신 것은 바로 선생님이십니다. 선생님은 저희에게 진정한 무슬림은 혼자일지라도 움마와 같다고 가르치셨습니다. 전능하신 하나님께서도 '적은 수의 무리가 하나님의 가호 아래 큰 무리를 얼마나 많이 무찔렀던가'라고 말씀하지 않으셨습니까. 하나님의 말씀은 진실하시니."

"그래, 맞는 말이야. 하지만 체제에 맞서 싸우려면 자네 인생을 모두 걸어야 해. 이보게, 자네는 죽게 될 거야. 그자들은 첫 번째 대결에서 자네를 죽일 거라고."

타하는 말없이 셰이크의 얼굴만 쳐다보았다. 죽음이란 말을 언급한 것이 타하를 자극했다. 잠시 후 그가 말했다.

"저는 지금도 죽은 몸이에요. 그놈들이 그곳에서 저를 죽였습니다. 그놈들이 웃으며 내 명예를 능멸할 때, 나를 여자 이름으로 부르면서 그 이름에 대답하기를 강요하고 가혹한 고문 때문에 어쩔 수 없이 내가 대답했을 때 말입니다. 그놈들은 저를 파우지야라고 불렀습니다. 그리고 그놈들은 자기들 앞에서 제가 '나는 여자이고 내 이름은 파우지야입니다'라고 말할 때까지 매일 저를 두들겨 팼습니다. 선생님은 제가 그런 일을 다 잊고 살기를 바라십니까?"

타하가 씁쓸하게 말하며 아랫입술을 깨물었다. 그러자 셰이크가 말했다.

"타하, 잘 듣게. 마지막으로 하는 말이야. 전능하고 자비로우신 하나님께 내 양심을 걸고 하는 말이야. 이 정권에 대항하는 데 가담하는 것은 분명히 죽음을 뜻하네."

"저는 더 이상 죽음이 두렵지 않습니다. 이미 순교를 결심했고, 천국에 가기만을 진심으로 바랄 뿐입니다."

두 사람 사이에 정적이 흘렀다. 셰이크는 돌연히 자리에서 일어나 타하에게 다가가 잠시 그의 얼굴을 쳐다보았다. 셰이크가 타하를 꼭 껴안고 미소 지으며 말했다.

"자네에게 하나님의 축복이 있기를 바라네. 신앙은 진정한 믿음을 가진 사람들을 이렇게 움직이는군. 잘 들어. 지금 집으로 돌아가서 여행 떠나는 것처럼 가방을 싸. 그리고 내일 아침에 만나서 같이 가세."

"어디로요?"

셰이크가 만면에 미소를 지으며 속삭였다.

"묻지 말고 내가 시킨 대로 해. 때가 되면 모두 알게 될 거야."

* * *

두 사람은 어제 이런 대화를 나누었었다. 타하는 셰이크가 처음에 자신의 생각에 반대했던 것이, 실은 그의 결의가 얼마나 굳은지 알아보기 위해 꾸민 시험이었다는 것을 알았다. 지금 두 사람은 붐비는 전철 안에 말없이 나란히 앉아 있다. 셰이크가 창밖 풍경을 바라보는 동안 타하는 승객들을 보고 있었지만 사람들은 눈에 들어오지 않고 불안한 의문만 머릿속에 맴돌았다. 셰이크는 그를 어디로 데려가는 것일까? 물론 타하는 셰이크를 믿었지만 그럼에도 불구하고 두려움과 걱정이 밀려들었다. 그는 자신의 인생에서 되돌릴 수 없는 위험하고 중대한 상황으로 다가서고 있음을 알아차렸다. 그가 전율을 느끼고 있을 때 셰이크가 속삭였다.

"준비하게. 다음 역 투라 알아스만트에서 내릴 테니."

* * *

투라 역은 시멘트 회사의 이름을 따서 지은 명칭이다. 시멘트 회사는 1920년대에 스위스인들이 설립하여 혁명 때 국유화되었고, 생산력이 배가되어 아랍 세계 최대의 시멘트 업체가 되었다. 그 후 여타 대기업처럼 개방화 및 사유화를 시행한 결과, 외국 대기업들이 그 회사의 주식을 대량으로 매입하였다. 전철 선로가 회사 부지 중앙을 관통하는 가운데 오른쪽에는 운영 부서 건물들과 대형 소성로(燒成爐)가, 왼쪽에는 산으로 둘러싸인 광활한 사막이 펼쳐져 있었고 채석장이 산재해 있었다. 채석장에서는 다이너마이트로 거대한 암석을 폭파한 후 대형 트럭으로 운반하여 시멘트 소성로에서 연소시킨다.

셰이크 샤키르는 타하와 함께 전철에서 내렸다. 두 사람은 역사를 가로질러 산 쪽으로 나 있는 사막을 걸었다. 햇볕은 뜨겁게 내리쬐고 사방을 에워싼 먼지로 공기가 혼탁했다. 타하는 목이 말랐고 윗배도 조금씩 계속 아팠으며 메스껍고 기침도 했다. 그러자 셰이크가 농담을 했다.

"이봐 영웅, 인내란 참으로 감미롭지. 이곳 공기는 시멘트 먼지로 오염됐어. 하지만 곧 익숙해질 걸세. 어쨌든 거의 다 왔어."

두 사람은 작은 돌 언덕 앞에 서서 몇 분간 기다렸다. 잠시 후 엔진 소리가 들리더니 대형 석재 운반 차량이 나타나 두 사람 앞에 멈춰 섰다. 운전기사는 낡아서 해지고 빛바랜 청색 작업복을 입은 청년이었다. 그는 셰이크와 서둘러 인사를 했다. 셰이크가 청년의 기색을 살피더니 말했다.

"하나님과 천국."

청년이 미소 지으며 대답했다.

"인내와 승리."

그것은 암호였다. 셰이크는 타하의 손을 붙잡고 운전자 보조석에 올라탔다. 세 사람이 아무 말 없이 가만히 있는 가운데 자동차는 산길을 달렸다. 시멘트 회사 소속의 다른 운반 차량들이 그들 앞으로 지나갔다. 기사는 좁은 비포장 곁길로 방향을 틀어 30분

이상 차를 몰았다. 타하는 걱정스러운 마음을 털어놓으려 했지만 셰이크는 손에 든 작은 코란을 읽는 데 몰두하고 있었다. 드디어 멀리서 희미한 형체가 보이기 시작하더니 붉은 벽돌로 지은 작은 집들이 점차 뚜렷하게 모습을 드러냈다. 자동차가 멈춰 섰다. 타하가 셰이크와 함께 내리자 기사는 인사를 하고 되돌아갔다.

그곳은 마구잡이식으로 집들이 들어선 동네의 거리 풍경과 다를 바 없이 가난한 형편이 여실히 드러났다. 흙길에는 물웅덩이가 있고 닭과 오리가 집 주변을 돌아다니고 있었다. 어린아이들은 맨발로 뛰어놀고 베일을 쓴 여자 몇이 집 앞에 앉아 있었다. 셰이크는 그곳에 익숙한 듯한 발걸음으로 길을 재촉했고 타하도 그 뒤를 따라 한 집에 들어섰다. 두 사람은 열린 문을 통해 휑하니 넓은 방으로 들어섰다. 방에는 작은 책상과 벽에 걸린 검은 칠판뿐이었다. 바닥에 깔린 커다란 노란 깔개에 흰색 질밥을 입은 한 무리의 청년들이 앉아 있었다. 그들은 셰이크 샤키르를 반갑게 맞이했고 한 사람씩 차례로 포옹하고 입맞춤을 하며 인사를 나누었다. 가장 연장자로 보이는 몸집이 좋고 키가 큰 40대가량의 남자가 조금 늦게 들어왔다. 검은 턱수염이 덥수룩한 그 남자는 흰색 질밥에 진녹색 이자르*를 두르고 있었다. 그리고 그의 왼쪽 눈꺼풀부터 이마에 이르는 부분에 오래전 입은 것으로 보이는 큰 상처의 흉터가 나 있었는데 그것 때문에 그의 눈이 완전히 감기지 않았다. 남자는 셰이크 샤키르를 보고 크게 기뻐하며 쉰 목소리로 말했다.

"안녕하세요? 지도자님, 어디 계셨어요? 저희가 꼬박 두 주나 기다리고 있었습니다."

"피치 못할 사정으로 자네들을 볼 수 없었네. 빌랄, 자네와 형제들은 그동안 어떻게 지냈나?"

"하나님의 은총 덕에, 저희는 잘 지냈습니다."

"일은 어떻게 되어 가나?"

"지도자님께서 신문에서 보신 것처럼 하나님의 가호로 계속 성공하고 있습니다."

셰이크 샤키르가 타하에게 팔을 두르고 미소 지으며 남자에게 말했다.

"빌랄, 이 친구가 전에 말했던 타하 알샤들리네. 충직하고 용감하고 신실한 모범적인 청년이지."

타하는 앞으로 나가 남자와 악수를 나누었다. 타하는 남자의 손아귀 힘이 좋다는 생각을 했고 셰이크의 말을 들으며 남자의 흉한 얼굴을 뚫어지게 바라보았다.

"타하, 신앙의 형제인 셰이크 빌랄을 소개하겠네. 훈련소 대장일세. 타하, 여기서 셰이크 빌랄과 함께 자네의 권리를 찾고 모든 압제자들을 징벌하는 법을 배우게 될 거야."

* * *

수아드는 정신을 차리고 간신히 눈을 떴다. 숨이 막히고 메스껍고 머리도 아팠고 바싹 마른 목도 아팠다. 차츰 정신이 들면서 자기가 병원에 있다는 것을 알 수 있었다. 병실은 넓고 천장은 높았으며, 구석에는 낡은 의자와 탁자가 있었다. 두 개의 둥근 작은 유리창이 나 있는 양쪽 여닫이문은 1940년대 이집트 영화에 나오는 수술실 문과 비슷했다. 침대 옆에는 통통한 몸집에 들창코 간호사가 서 있었다. 간호사는 수아드에게 몸을 굽혀 머리를 짚고 미소 지으며 말했다.

"천만다행이에요. 하나님께서 당신에게 자비를 베푸셨군요. 출혈이 너무 심했어요."

"거짓말쟁이."

수아드는 목청껏 소리를 지르며 간호사를 밀쳐 냈다.

"너희들이 강제로 낙태시킨 거야. 결코 네놈들을 가만두지 않겠어."

간호사가 병실에서 나갔다. 수아드는 미칠 듯이 화가 나서 발길질을 하며 큰 소리를 질러 댔다.

"너희 나쁜 놈들이 내 아이를 낙태시켰어. 경찰을 불러 줘요. 네놈들 전부 다 감옥에 처넣을 거야!"

잠시 후 병실 문이 열리면서 젊은 의사가 왔고 간호사도 뒤따라 들어왔다. 수아드가 소리 질렀다.

"나는 아기를 가졌었어. 그런데 당신들이 강제로 낙태시켰어."

의사는 미소를 지었지만 거짓말을 하고 있으며 두려워하고 있는 기색이 역력했다. 의사가 당황한 목소리로 말했다.

"아니에요, 부인, 과출혈이었어요. 진정하세요, 흥분하면 몸에 해롭습니다."

수아드가 또 한 번 폭발하여 소리 지르며 욕을 퍼붓고 울기 시작했다. 의사와 간호사가 나가고 문이 다시 열렸다. 수아드의 오빠 하미두가 핫즈 앗잠의 아들 파우지와 함께 나타났다. 하미두는 그녀에게 곧장 다가가 입을 맞췄다. 수아드는 오빠를 부둥켜안고 서럽게 울었다.

하미두의 얼굴이 잠깐 일그러졌으나 그는 입을 앙다물고 아무 말도 하지 않았다. 파우지가 방구석에서 조용히 의자를 가져다가 침대 옆에 앉았다. 파우지는 고개를 뒤로 젖히고 어린아이를 가르치듯 단어 한마디마다 힘주며 점잖은 어조로 말했다.

"명심하시오, 수아드. 세상 만물 저마다에겐 정해진 바, 곧 운명이 있는 법입니다. 아버지는 어떤 일에 대해 당신과 합의를 했는데 당신이 그것을 어겼소. '시작한 자가 더 잘못한 거요.'"

"하나님께서 너와 네 아비를 단죄하실 거야, 이 나쁜 놈들아! 개자식들!"

"입 닥치시오!"

파우지가 날카롭게 소리 질렀다. 화가 나서 얼굴을 찡그리자 가차 없이 잔혹해 보였다. 잠시 조용히 있다가 한숨을 쉬고 나서 다시금 훈계조의 말을 이어 갔다.

"당신의 무례에도 불구하고 아버지는 관대하게 대하셨소. 당신은 출혈이 심해서 거의 죽을 지경이었고, 그래서 우리가 병원으로 옮긴 거요. 의사가 중절 수술을 해야 한다고 했소. 병원 서류도 있고 의사 소견서도 있소. 하미두, 동생에게 뭐라고 말 좀 하시오."

그러나 하미두는 말없이 고개를 떨구었고, 파우지가 다시 소리를 높였다.

"우리 아버지는 신심이 깊은 분이오. 당신과 이혼을 하셨고 당신에게 분에 넘치도록 베푸셨소. 하나님께서 우리 아버지에게 복을 주시기를. 후불금은 물론이고 생활비도 넉넉히 계산했소. 당신 오빠 하미두에게 2만 기네짜리 수표를 맡겨 두었소. 우리가 병원비도 지불했고, 집에 있는 당신 물건을 꾸려서 알렉산드리아로 보내 주겠소."

깊은 침묵이 흘렀다. 마음이 산산조각 난 수아드가 소리 죽여 울기 시작했다. 파우지가 일어섰다. 그 순간 세상만사가 그가 내뱉는 말 한마디에 좌우되기라도 하는 것처럼 그는 힘 있고 단호해 보였다. 그는 문으로 두어 걸음 옮기다가 무엇인가 기억난 듯 몸을 돌려 말했다.

"하미두 선생, 당신 동생의 생각이 짧으니 정신 차리도록 잘 타이르시오. 이미 다 끝난 일이고, 당신 동생은 챙길 것을 다 챙겼소. 좋게 시작했으니 좋게 끝내야 하지 않겠소. 만약 당신이나 당신 동생이 문제를 일으키면 우리는 응분의 조치를 취할 것이오. 이 나라는 우리의 것이오, 하미두. 우리 손이 뻗치는 곳은 넓고, 우리에겐 사람들을 다루는 모든 방법이 있으니 당신네 맘에 드는 걸 택하시오."

파우지는 천천히 병실 밖으로 걸어 나갔고, 병실 문 두 짝이 그 뒤에서 흔들리고 있었다.

* * *

말쑥한 양복 저고리에 묻은 먼지를 손가락으로 털어 내고 아무 일도 없었다는 듯 다시 걸음을 옮기는 사람처럼, 핫즈 앗잠은 수아드 자비르를 떨쳐 버렸고 그녀에 대한 그리움도 부숴 버릴 수 있었다. 그녀의 부드럽고 뜨겁고 달콤한 육체의 기억만 습관처럼 떠올라 그녀를 잊으려고 억지로 애를 썼다. 그래서 일부러 그는 마지막 순간에 보았던 악에 받치고 미움에 찬 그녀의 얼굴을 떠올리고, 만일 그녀를 버리지 않았으면 자신이 겪었을 문제와 추문을 상상했다. 앗잠은 수아드와 결혼해서 많은 돈도 들이지 않고 황홀한 시간들을 누렸다며 스스로 위안하고, 그런 일을 또다시 경험할 수 있다고 생각했다. 예쁘고 가난한 여자들은 많고, 재혼은 이슬람에서 허용되는 것이며 흠이 되는 게 아니니까.

그는 그런 생각을 함으로써 수아드를 기억에서 지우려 해 보았으나, 잊히는 둥 마는 둥 뜻대로 되지 않았다. 그는 그녀를 잊으려고 일에만 몰두했다. 며칠 후면 다소 자동차 에이전시 개업일이어서 전쟁이라도 치르듯 아들 파우지와 카드리를 데리고 사무실에 작업실을 꾸렸다. 그는 세미라미스 호텔에서의 대규모 파티 준비 상황을 감독하고 손수 국내의 내로라하는 인물들을 모두 초청했다. 전·현직 장관들, 고위 공직자들, 주요 언론사 편집장들이 참석했다. 앗잠은 그들에게 우정의 대가로 수십 대의 차를 거저 주거나 성의 표시 정도의 액수에 넘겨주었다. 이런 일은 일본인 책임자들의 동의하에, 그리고 가끔은 그들의 제안에 따라 이루어졌다.

파티는 밤늦도록 계속되었다. 텔레비전 방송국은 돈을 받고 광고 차원에서 파티 일부를 방송했고 대부분의 신문이 전면 기사로 다루었다. 『알아크바르』지의 저명한 경제 칼럼니스트는 다소 자동차 에이전시 개업을 서방 자동차의 독점 구도를 타파하기 위해 진정한 이집트인 사업가 무함마드 앗잠이 대담하게 착수한 애국적이고 고무적인 행보라고 소개하는 글을 썼다. 그 칼럼니스트는 핫즈 앗잠이 이집트의 부흥과 경제 안녕을 위해 결단을 내린 것처럼 이집트의 모든 사업가들도 힘들지만 올바른 길을 택해야 한다고 권고했다. 두 주 동안 내내 각종 신문은 핫즈 앗잠의 사진과 인터뷰 기사로 지면을 채웠다. 에이전시 계약 조인식 장면을 담은 사진엔 커다란 몸집과 천하디천한 얼굴 생김새와 교활하기 그지없는 눈초리의 핫즈 앗잠이 있고, 그 옆에 작은 몸집과 곧은 시선의 교양 있고 진중해 보이는 다소 이사회 의장인 옌 기가 앉아 있었는데 그것은 뭔가 특이한 의미를 담은 사진이었다. 두 사람의 대조적인 모습은 일본과 이집트 두 나라에서 각각 벌어지고 있는 일의 크나큰 차이를 압축해서 보여 주는 것 같았다.

처음 몇 달 동안 에이전트는 예상을 넘는 전설적인 판매액을 기록하면서 핫즈 앗잠은 막대한 수익을 올렸다. 그는 하나님의 은혜에 감사하며 수만 기네를 기부했다. 일본 쪽에서 앗잠에게 카이로와 알렉산드리아에 정비소를 추가 설립하자는 제안을 해 왔다. 핫즈 앗잠은 무시하려 해도 소용없는 걱정거리 하나를 제외하고는 더할 나위 없이 행복한 나날을 보냈다. 알풀리가 만나자고 쫓아다녔지만 앗잠은 계속 미루기만 했다. 결국 더 이상 미룰 수 없게 되자 알풀리를 만나러 쉐라톤 호텔로 향했다. 그는 골칫거리에 대비해 마음속으로 준비를 단단히 해 두었다.

* * *

　한낮의 어둡고 북적거리는 대기실은 병원 대기실이라기보다는 상(上)이집트행 열차 3등석 칸에 더 가까워 보였다. 여자들이 아픈 아이들을 안고 서 있었는데 땀 냄새에 숨이 막힐 지경이고 바닥과 벽은 너무나 불결했다. 남자 간호사 몇 명이 진료실 입장 순서를 관리하면서 여자들에게 욕을 해 대며 손으로 그들을 밀쳐 내고 있었다. 싸움과 고성과 소음이 그치질 않았다. 하팀 라쉬드와 압두 그리고 계속 우는 아기를 안은 하디야가 도착했다. 그들은 붐비는 사람들 사이에 잠시 서 있었다. 하팀이 간호사에게 다가가 병원장을 만나고 싶다고 하자 간호사는 귀찮아 하는 눈초리로 하팀을 쳐다보더니 병원장은 부재중이라고 말했다. 압두는 아기의 진찰 차례가 될 때까지 기다리라는 말을 듣고 싸움 일보 직전까지 갔다. 하팀이 가까운 공중전화로 가서 늘 주머니에 넣고 다니는 작은 수첩을 꺼내 전화를 몇 통 걸었다. 그러고 나자 부원장이 나와 그들을 반갑게 맞이하고는 원장이 부재중이라며 사과했다. 부원장은 40대가량으로 희고 살집이 있어서 사람이 좋고 정직해 보였다. 부원장이 아기를 세심하게 진찰하고 나서 걱정스럽게 말했다.

　"안타깝게도 시기를 놓쳐 어려운 상황입니다. 아기가 탈수 상태인 데다 열도 있습니다."

　안절부절못하고 줄담배를 피우며, 아내를 나무라면서 소리만 질러 대는 압두에게 부원장이 종이에 뭔가를 써서 주었다. 그런 다음 부원장은 아기를 안고 간호사와 함께 달렸다. 간호사도 의사만큼 상황을 심각하게 인식한 듯했다. 그들은 아기를 집중 치료실로 옮기고 가녀린 팔에 포도당 주사를 연결했다. 아기의 얼굴은 핏기 없이 너무나 창백하고 두 눈도 퀭하게 꺼져 있었으며 울음소리도 약해지기 시작했다. 모두 무거운 절망감을 느꼈다. 압두의 질문에 간호사가 대답했다.

"처치 결과는 짧아도 두 시간은 지나야 알 수 있어요. 주님은 자비로우십니다."

다시 침묵이 흘렀고, 하디야가 흐느껴 울기 시작했다. 잠시 후 하팀이 압두 옆으로 가 주머니에서 돈뭉치를 꺼내 건네고는 어깨를 다독이며 말했다.

"이것 받아, 압두. 병원비야. 그리고 무엇이든 필요하면 내게 말해. 나는 신문사에 가 봐야 해. 상태가 걱정되니 오늘 밤 연락할게."

* * *

"진즉에 자네를 만났어야 했는데!"

"왜요?"

"아마 내 인생이 송두리째 달라졌을 거야."

"지금 시작하면 돼요. 어르신도 인생을 바꿔 보세요."

"부사이나, 그런다고 무엇이 달라지겠나? 내 나이 이제 예순다섯이야. 막을 내릴 때라는 뜻이지."

"어르신께 누가 그런 소리를 해요? 앞으로도 20~30년은 거뜬히 더 사실 수 있어요. 사람들이 얼마나 살지는 오직 하나님께 달린 거라고요."

"그러면 좋으련만. 누구든 최소한 30년은 더 살고 싶어 하지."

자키 베는 쉰 소리로, 부사이나는 반복되는 리드미컬한 새소리 같은 소리로 둘은 함께, 웃었다. 두 사람은 알몸으로 침대에 나란히 누워 있었다. 자키 베는 그녀를 품에 안은 채 팔에 닿는 부드럽고 풍성한 머리칼의 감촉을 느꼈다. 두 사람은 각자의 육체에 대한 사적 비밀에서 완전히 벗어나 몇 시간 동안이나 실오라기 하나 걸치지 않고 있었다. 그녀는 그에게 커피를 끓여 주고 위스키와 맛자도 준비했고 가끔은 함께 잠을 잤다. 사랑을 나눌 때도 있었지만 대부분은 그냥 그렇게 누워 있었다. 자키 베는 방의 불을 끄고 거리에서 비쳐 드는 희미한 불빛에 비친 그녀의 얼굴을 유심히 바라보았다. 그 순간 그에게 있어 그녀는 실체가 아니라 아름다운 환영, 갑자기 나타났다가 새벽 여명의 빛과 함께 사라져 버릴 야행성 생물 같아 보였다. 두 사람은 이야기를 나누었다. 어둠 속에서 그녀의 목소리가 깊고 달콤하고 다정하게 울렸다. 그녀가 천장을 응시하며 심각하게 말했다.

"우리 언제 떠나요?"

"떠나다니. 어디로?"

"함께 여행 가기로 저와 약속하셨잖아요."

부사이나의 얼굴을 유심히 보며 자키 베가 물었다.

"자네는 여전히 이 나라가 싫은가?"

그녀가 천장을 바라보며 고개를 끄덕였다.

"나는 자네 세대를 이해할 수 없어. 내가 젊었을 때는 조국애라는 것이 마치 종교와도 같았어. 많은 청년들이 영국에 맞서 싸우다가 스러져 갔지."

부사이나가 바로 앉으며 말했다.

"영국 사람들을 내쫓으려고 시위를 하셨다고요? 그러니까 그 사람들이 떠나서 나라가 제대로 되었다는 뜻인가요?"

"나라가 몰락하는 것은 민주주의가 부재하기 때문이야. 만약 진정한 민주주의 정권이 들어선다면 이집트는 강국이 될 거야. 이집트의 폐해는 독재 정부야. 독재는 결국 가난과 부패 그리고 모든 분야의 실패로 끝나게 되어 있어."

"거창한 말이네요. 전 제 분수에 맞는 꿈을 꿔요. 가족과 함께 편안하게 살고 싶어요. 남편이 저와 아이들을 사랑하고, 제가 아이들을 돌보는 거요. 옥탑이 아닌 작고 예쁜 안락한 집에서요. 저는 깨끗한 나라, 불결함이나 가난, 부당함이 없는 그런 나라에 가고 싶어요. 아시죠? 친구 동생이 일반계 고등학교 시험에서 3년 연속 낙제한 뒤 네덜란드에 가서 그곳 여자랑 결혼해 거기서 자리를 잡았어요. 그 아이가 하는 말이, 외국에서는 우리처럼 부당한 대우를 받지도 않고 서로 헐뜯지도 않는데요. 누구나 권리가 있고 사람들이 서로 존중해서 길거리 청소부조차 존중한다고 하더라고요. 그래서 저도 외국에 가고 싶은 거예요. 거기서 살면서 일도 하고 진짜로 존중받으며 살고 싶어요. 10기네를 받으려고 탈랄 같은 인간이랑 창고에 가는 대신 정당하게 일을 해서 돈을 버는 거예요. 생각해 보세요. 그 사람이 한 번에 10기네, 말보로 담배 두 갑값을 줬어요. 제가 어리석었지요."

"자네는 절실했고, 절실하면 다른 생각을 할 수 없어. 부사이나, 나는 자네가 과거에 얽매여 살지 않았으면 좋겠어. 과거는 모두 잊고 미래를 생각해. 지금 우리는 함께 있고, 난 절대 자네를 떠나지 않을 거야."

한순간 침묵이 흘렀다. 자키 베가 침울한 분위기를 털어 내려고 즐거이 말했다.

"길어도 한두 달 후면 큰돈이 들어올 거야. 그러면 외국으로 함께 여행 가자고."

"진짜요?"

"진짜지."

"우리 어디로 가요?"

"프랑스."

그녀는 어린아이처럼 소리 지르고 박수를 치며 짓궂은 농담을 던졌다.

"단, 기운 차리시고 건강에 바짝 신경 쓰세요. 저 땜에 녹초가 되지 않으시려면 말이에요. 그러시면 진짜 곤란할 거예요."

그녀는 웃을 때 안면 근육이 수축되고 이마에는 땀이 맺혔다. 마치 갑자기 행복을 발견하고 그것을 놓치지 않으려고 단단히 움켜쥐기로 결심한 사람처럼 그녀의 모습은 어떤 면에서 거칠고 낯설게 보였다. 자키 베가 그녀를 안으며 속삭였다.

"됐어. 동의한 거지?"

"동의해요."

그는 그녀의 손부터 시작해서 손가락 하나하나에 입을 맞추기 시작했다. 그러고는 손바닥으로, 팔로, 풍만하고 부드러운 가슴으로 옮겨 갔다. 목에 이르러서는 풍성한 머리칼을 들어 올리고 그녀의 작고 귀여운 귓불을 입에 물었고, 그의 몸 밑에서 간절히 갈망하는 그녀의 몸을 느꼈다.

* * *

사건은 작은 소리로 시작되었다. ('작은 소리'가 딱 맞는 말이다.) 아주 가냘픈 소리가 갑자기 들리다가 사라졌다. 자키 베는 부사이나의 입술을 삼키며 격정적인 입맞춤을 하던 중이었다. 몇 초 동안 두 사람은 서로 껴안고 있었다. 다시 소리가 났고 이번에는 분명하게 들렸다. 두 사람이 자고 있던 방문은 열려 있었는데 자키 베의 머릿속에 누군가가 거실에서 돌아다니고 있다는 느낌이 번뜩 들었다. 그는 벌거벗은 채 침대에서 일어났고 부사이나는 날카로운 비명을 지르며 벗은 몸을 가리기 위해 서둘러 옷을 입으려했다. 뒤이어 악몽처럼 끔찍한 광경이, 자키 베와 부사이나가 절대 잊을 수 없는 긴박하고 소름 끼치는 순간들이 이어졌다. 방에 불이 켜지더니 정복 차림의 경찰 장교 한 명이 서 있었고 그 뒤에 부하 몇 명이 있었다. 그들 가운데서 다울라트가 악의적이고 흉측한 웃음을 지으며 앞으로 나서면서, 곧이어 죽음처럼 날카롭고 증오에 찬 소리를 질러 댔다.

"수치스럽고 뻔뻔한 인간 같으니라고! 날마다 창녀를 불러다가 밤을 보내는군. 동생, 그런 더러운 짓은 이제 그만해. 부끄러운 줄 알아."

"입 닥쳐!"

자키 베는 이렇게 소리치며 최초의 반격을 가했다. 그는 더 이상 당황하지 않고 격노한 표정이었다. 벌거벗은 몸을 부들부들 떨고 두 눈은 화가 나서 금방 튀어나올 지경이었다. 자기도 모르게 손을 내밀어 바지를 입으며 소리를 질렀다.

"무슨 일이야? 어떻게 이런 어처구니없는 일이? 누가 당신더러 내 사무실에 들어오라고 허락했어? 영장이라도 가지고 있소?"

자키 베가 처음부터 적대적인 표정을 짓고 있던 젊은 경관의 면전에 대고 소리를 질렀다. 그러자 경관이 조용하면서도 도전적인 어조로 대답했다.

"선생이 지금 내게 내 일에 대해 가르치겠단 겁니까? 나는 영장이 필요 없습니다. 여기 선생의 누님이자 함께 거주하는 이분이, 본인 소유의 집에서 선생이 파렴치한 행위를 한다면서 선생을 고소하고 선생을 상대로 금치산 선고 신청을 하겠다며 조사해 달라고 요청했습니다."

"허튼소리. 이건 내 개인 사무실이고 저 여자는 여기 살지 않아."

"하지만 누이분이 열쇠로 문을 열어 우리를 들어오게 했어요."

"누이가 열쇠를 가졌다고 해도 이건 내 명의로 되어 있는 내 사무실이오."

"그럼 조서로 그 사실을 입증하시지요."

"무얼 입증하라는 거지? 당신들을 가만두지 않겠어. 당신들은 사람들의 존엄성을 해친 죗값을 치를 거야."

"창녀들의 존엄이라고 하는 것이 옳겠지."

다울라트가 눈을 부릅뜨고 맞받아쳤다. 그녀는 마음을 다잡고 자키 베에게 다가섰다.

"입 닥치라고 했을 텐데."

"네 입이나 닥치지그래, 이 몹쓸 늙은 인간아!"

"부인, 제발 조용히 좀 하세요."

경찰은 다울라트 편이라는 사실을 감추려고 거짓으로 화내는 척하며 소리를 지르고는 자키 베를 돌아보며 말했다.

"선생님, 잘 들으시오. 연세도 많으신데 불쾌한 일을 겪으실 필요는 없겠지요."

"경관, 원하는 게 정확히 뭐요?"

"정황을 조사하고 몇 마디 말씀만 들으면 됩니다."

"무슨 정황을 조사한다는 거지? 당신은 사주를 받았고, 그 일을 시킨 자는 도마뱀처럼 교활한 저 여자인데."

"아주 무례한 양반이군. 마지막으로 하는 말이니 잘 들으시오. 별 탈 없이 오늘 밤을 지내야 되지 않아요?"

"이젠 나를 협박하는군. 전화 한 통이면 당신 주제를 알게 해 줄 수 있어."

"그래요? 좋아요. 미안하게 됐수다."

경관이 화를 내며 말했다.

"이봐, 영감쟁이, 함께 경찰서로 가자고. 당신과 당신의 매춘부도 함께."

"나중에 후회하게 될 말은 하지 말라고 분명히 경고했을 텐데. 그리고 당신은 나를 체포할 권한이 없어."

"내게 권한이 있는지 없는지 당신이 알게 해 주지."

경관은 몸을 돌려 부하들에게 말했다.

"끌고 가."

부하들은 마치 마술 주문처럼 그 말을 기다렸다는 듯 자키 베와 부사이나를 체포했다. 자키 베가 저항하고 위협하고 항변했음에도 불구하고 그들은 자키 베를 단단히 붙잡았다. 부사이나가 소리를 지르며 당혹감에 못 이겨 자기 뺨을 때리며 그들에게 애원했지만 그들은 그녀를 밖으로 끌어냈다.

* * *

처음에 타하는 갑갑함을 느꼈지만 시간이 지나면서 그것도 곧 사라졌다. 그는 엄격한 훈련소 규칙에 익숙해졌다. 동트기 전 기상하여 기도하고 코란을 낭송한 후 아침 식사를 마치면 연속 세 시간 동안 체력 단련, 전투 기술 같은 격렬한 신체 훈련을 한다. 그다음엔 동료들과 함께 셰이크 빌랄과 다른 울라마들로부터 이슬람 법학, 타프시르,* 코란학, 하디스 등의 수업을 받는다. 매일 오후에는 무기 훈련이 있다. 동료들은 이집트 투라 시멘트 회사라고 쓰인 대형 버스를 타고 깊은 산중으로 가서 사격과 폭탄 제조 및 사용법을 훈련한다. 훈련소 생활이 숨 가쁘게 빨리 지나가서 타하는 생각할 겨를조차 없었다. 밤 기도 후에 모여 앉아 이야기를 나눌 때도 동료들 간의 대화는 대개 종교적인 토론으로 바뀌어, 정권의 불신앙적 속성에 관한 법적 근거와 그러한 정권에 맞서 싸우고 정권을 타도할 당위성에 관한 의견들을 나누었다.

취침 시간이 되면 동료들은 각자 흩어져 기혼자들은 산기슭의 가족 숙소로 가고, 미혼자들은 소규모 미혼자 전용 숙소에서 잠을 잤다. 오직 그때, 불이 꺼지고 정적에 휩싸이면 타하 알샤들리는 어둠 속 잠자리에 누워 그동안 살아오면서 겪었던 일들을 선명하게 되짚었다. 마치 빛을 내는 경이로운 에너지가 갑자기 그의 기억 속에서 방출되는 것처럼 타하는 부사이나 알사이드를 보았고, 연민이 밀려들었다. 달콤했던 시간을 회상하며 때로는 미소 짓다가도, 멸시하며 거침없이 말을 내뱉던 그녀의 마지막 얼굴을 떠올리면 분노에 휩싸였다. "타하, 이제 우리 사이는 끝났어. 각자 제 갈 길을 가는 거야." 갑자기 머릿속에 구금되었을 때의 기억이 빗발치듯 떠올랐다. 구타와 모욕 그리고 그들에게서 성적 학대를 당할 때마다 몰려들던 나약하고 지치고 낙담했던 느낌. 거친 막대기를 몸속에 밀어 넣지 말아 달라고 군인들에게 울며 애원하고, 그들이 명령하면 타하는 작은 소리로 더듬거리며 "나는 여자예요"라고 말한다. 또다시 군인들이 마구 때리며 이름을 물으면 그는 죽어 가는 소리로 '파우지야'라고 대답한다. 그러면 그자들은 풍자 영화라도 보는 것처럼 큰 소리로 웃는다. 타하는 기억을 되짚느라 잠을 이룰 수 없었다. 그는 자신의 상처를 헤집으며 밤을 지새웠다. 어둠 속에서 얼굴이 일그러지고 숨이 가빠지고 백 미터 달리기라도 한 것처럼 숨을 헐떡인다. 맹렬한 증오심에 사로잡힌 채 장교들의 목소리를 다시금 떠올려 특징에 따라 분류해서 조심스럽게 기억 속에 간직하고 나서야 진정할 수 있었다. 그러고 나면 불타오르는 욕망의 중압감 때문에 몸이 떨렸다. 간절히 복수하고 싶은 마음에 자기를 고문하고 능욕했던 자들을 단죄하는 상상을 했다.

복수에 대한 갈망이 그를 사로잡고 추진력이 되어 군사 훈련에서 놀라운 진전을 이루었다. 초년병임에도 불구하고 백병전에서 경험 있는 많은 선배들을 압도했다. 불과 몇 달 만에 일반 소총, 자동 소총, 반자동 소총 사격에서도 탁월한 실력을 발휘하고 수류탄 제작도 자유자재로 할 수 있게 되었다. 동료들은 타하의 빠른 진전에 감탄했다. 사격 훈련에선 20발 중 단 한 발만 실수한 적이 있을 정도였다. 셰이크 빌랄이 타하에게 다가와 어깨를 다독여 주면서, 흥분할 때 늘 그런 것처럼 눈썹 위의 흉터를 실룩거리며 말했다.

"축하해, 타하. 명사수가 되었군."

"언제쯤 지하드에 참여할 수 있을까요?"

타하는 그동안 혼자서 생각해 왔던 질문을 할 기회가 왔다고 생각한 듯 대담하게 응수했다. 셰이크 빌랄은 잠시 침묵했다가 다정하게 속삭였다.

"이보게, 서두르지 말게. 모든 일엔 때가 있는 법이야."

셰이크 빌랄은 더 이상의 대화는 없다는 듯 재빨리 자리를 떴고 타하는 모호한 대답에 마음이 편치 않았다. 타하는 복수에 목말랐고 작전 수행 준비도 완벽하다고 느끼고 있었다. 그렇다면 대체 무엇 때문에 이렇게 늦어지는 것인가? 그는 지하드에 나갔다가 성과를 거두고 의기양양하게 훈련소로 돌아와 다른 동료들의 축하를 받는 동료 전사들에 뒤처지지 않았다. 그 후에도 타하는 셰이크 빌랄을 여러 번 찾아가 작전에 투입시켜 달라고 청했지만 모호한 대답을 하며 계속 미루기만 할 뿐이었다. 마지막에는 화가 난 타하가 고함을 질렀다.

"조만간, 조만간. 대체 그 조만간이 언제란 말입니까? 제가 지하드에 참여할 만한 인물이 아니라고 생각하신다면, 그렇다고 알려 주셔야 훈련소를 떠날 것 아닙니까?"

셰이크 빌랄은 타하의 열의에 흡족해하며 만면에 미소를 띠고 말했다.

"하나님께 모든 것을 맡기게, 타하. 곧 좋은 소식이 있을 거야."

그리고 실제로 그렇게 되었다. 일주일이 채 지나기도 전에 동료 몇이 셰이크 빌랄이 부른다며 알려 주었다. 타하는 정오 예배를 마치자마자 셰이크의 사무실로 서둘러 갔다. 좁은 방에는 오래된 책상과 낡은 의자 몇 개와 대추야자 잎으로 만든 깔개가 있었다. 셰이크는 깔개에 앉아 코란을 읽고 있었다. 그는 낭송에 몰두하느라 잠시 시간이 지난 후에야 타하가 옆에 있다는 것을 알아차렸다. 셰이크가 미소를 지으며 반가이 맞은 다음 타하를 옆자리에 앉혔다.

"중요한 일이 있어 불렀네."

"명령만 내리십시오."

"오직 하나님만이 명을 내리실 수 있네. 여보게, 자네를 결혼시키기로 결정했네."

그 말을 하고 셰이크가 갑자기 웃었다. 하지만 타하는 웃지 않았고 갈색 얼굴이 침울해졌다. 그가 마음의 준비를 하고 말했다.

"못 알아듣겠습니다."

"자네가 결혼한다고. 결혼이 무슨 뜻인지 모르나?"

그러자 타하가 목소리를 높였다.

"지도자님, 이해 못하겠습니다. 지하드를 허락해 달라고 왔는데 결혼을 말씀하시다니 저는 이해 못하겠습니다. 제가 결혼하러 여기 왔습니까? 저를 놀리시는 것이 아니라면 대체 왜 이러시는 건가요?"

처음으로 셰이크가 화가 난 듯 얼굴을 찡그리며 소리 질렀다.

"타하, 내게 그런 식으로 말하는 건 옳지 않아. 바라건대, 나도 자네에게 화를 낼지 모르니 앞으로는 자신을 다스리도록 하게. 자네는 자네를 괴롭힌 자들에게 복수를 하고 싶어 하지. 자네에게 할 말이 있어. 자네 혼자만 국가 보안국에서 고문을 당한 게 아니야. 그자들은 수천 명의 우리 동료들을 고문했어. 자네가 보듯 내 얼굴에도 고문의 흔적이 남아 있어. 하지만 나는 이성을 잃지 않고, 나의 지도자들 앞에서 매일 소리 지르는 행동은 하지 않는다네. 자네는 내가 지하드에 못 나가게 한다고 생각하지만 그건 내 소관이 아니야. 나는 작전 결정을 내릴 수도 없고, 마지막 순간이 돼서야 작전에 대해 알 수 있을 뿐이야. 타하, 나는 일개 훈련소 대장에 지나지 않아. 나는 최고 지휘관도 아니고 알자마아 원로회의 위원도 아니야. 자네가 그런 사정을 이해해서 자네도 마음

편히 있고 내게도 편히 대해 주면 좋겠어. 나는 결정권자가 아니야. 내가 할 수 있는 일은 알자마아 원로 회의의 동료들에게 자네를 추천하는 것뿐이야. 그에 관해 위원회 사람들에게 여러 번 이야기했고, 자네의 용맹과 훈련 성과에 대한 보고서도 썼어. 하지만 위원회 사람들은 자네를 보내겠다는 결정을 아직 내리지 않았어. 그러니 자네도 알다시피 내 탓이 아니야. 하지만 내 경험으로 볼 때 조만간 자네에게 임무를 맡길 것 같아."

타하는 아무 말 없이 잠시 고개를 숙였다. 잠시 후 나지막한 소리로 말했다.

"지도자님, 저의 무례에 사과드립니다. 셰이크 빌랄, 제가 지도자님을 사랑하고 존경한다는 것을 하나님은 아십니다."

"이보게, 걱정 말게."

셰이크 빌랄은 이렇게 중얼거리고 염주를 돌리며 하나님을 찬양했다. 타하는 말다툼의 여운을 없애려고 공손한 어조로 말을 이었다.

"그래도 결혼이라니, 저로서는 이해되지 않는 일입니다."

"무엇이 이상하단 말이지? 결혼은 피조물을 위해 하나님께서 정한 관습이고, 이슬람에선 개인과 사회의 올바른 도리를 위한 하나님의 섭리야. 자네는 젊고 당연히 필요한 일들이 있지. 결혼이란 하나님과 사도에 대한 복종으로, 하나님의 허락하심으로 보상을 받는 일이야. 사도께서는 하디스에서 '너희들 중에 결혼할 능력이 있는 자가 있다면 그를 결혼시켜라'라고 말씀하셨어. 사도께선 혐오스러운 행위에서 무슬림들을 보호하기 위해 결혼을 권장하고 서두르라고 명하셨어. 우리의 생과 사는 하나님과 그분의 사도께서 정하신 바에 따르는 것이고 어느 누구도 그걸 거스를 수 없어. 자네에게 올곧고 신실한 여성을 소개해 줄게."

"알지도 못하는 사람과 결혼을 한다고요?"

타하가 생각할 겨를도 없이 대꾸했다. 그러자 셰이크 빌랄이 미소를 지으며 말했다.

"곧 만나게 될 거야. 라드와 아부 알알라 자매야. 무슬림 여성으로 훌륭한 모범이 되는 사람이지. 아시유트 출신의 하산 누르 알딘 형제와 결혼했었어. 남편이 순교한 뒤에 어린 아들을 임신한 상태에서 이슬람의 삶을 살겠다고 우리를 찾아왔지."

타하는 주저하는 듯 아무 말이 없었다. 셰이크가 말을 이었다.

"이보게, 하나님의 명에 따라 자네에게 강요하지는 않을 걸세. 이슬람법에서 정한 대로 라드와를 만나 얼굴도 보고 이야기도 나누게. 그러고 나서 결정해. 전적으로 자유롭게 결정해. 타하, 강의 시간에 나누어 주었던 이슬람의 결혼에 관한 책자를 다시 보게. 순교자의 미망인과 결혼하고 그 자식을 돌보면 하나님의 보상이 더욱 커질 거야."

* * *

자정 무렵이 되어 아기의 상태가 나빠졌다. 집중 치료실 모니터에서 심박동과 호흡수 지표가 요동을 쳤다. 당직 의사가 호출되었고, 급히 달려온 의사가 정맥 주사를 처방해 간호사가 주사를 놓고서야 아기의 상태는 조금 나아졌다. 하지만 한 시간도 채 지나지 않아 아기의 상태는 다시 나빠졌고 얼마 지나지 않아 끝내 세상을 떠나고 말았다. 간호사가 울먹이며 아기의 자그마한 얼굴을 천으로 덮고 치료실에서 나갔다.

간호사를 본 하디야는 날카로운 비명을 질렀고 그 애절한 소리가 병원 구석구석 울렸다. 하디야는 바닥에 쓰러져 머리를 부여잡고 목 놓아 울기 시작했다. 압두 랍부흐는 검게 탄 얼굴을 일그러뜨리며 이 가는 소리가 들릴 정도로 입을 꾹 다물었다. 담뱃갑을 구겨 갈가리 찢자 손가락 사이로 담배 가루가 먼지처럼 흩어졌다. 울음을 참으려고 무진 애를 썼지만 그럼에도 불구하고 눈물이 흘러내렸다. 그는 더 이상 참지 못하고 큰 소리로 통곡했다. 청소부, 간호사, 환자 가족들을 비롯해 주변에 있던 사람들 모두 눈물을 훔쳤다. 의사까지 안경을 벗고 눈물을 닦았다. 압두 랍부흐와 하디야는 아침이 되어 매장할 때까지 아기의 시신을 병원 냉장고에 두어야 했다. 또 다른 가슴 아픈 광경이었다. 그 작디작은 몸을 커다란 시신들 틈에 놓고서 냉동 안치실의 늙은 직원조차 — 직업상 죽음을 보는 일에 익숙함에도 불구하고 — 자제하지 못하고 격앙되고 떨리는 소리로 "하나님 외에 신은 없도다. 우리는 그분께 속하고 그분께로 돌아가노니"라고 되뇌었다.

야쿠비얀 빌딩 옥탑에 사는 사람들도 그 소식을 전해 듣고는 모두 뜬눈으로 밤을 새웠다. 사람들은 방문을 열어 두고 조문객들을 위한 천막에 와 있는 것처럼 말없이 고개를 숙인 채 기다렸다. 녹음기를 가진 몇몇 사람들은 옥상이 울리도록 큰 소리로 코란 낭송

테이프를 틀어 놓았다.

새벽 예배 시간이 되기 조금 전에 괴롭고 지친 상태로 압두 랍부흐와 하디야가 옥상에 모습을 드러냈다. 옥탑 사람들 모두 두 사람에게 다가가 위로하자 다시금 설움이 차올랐다. 남자들은 압두를 안아 주고 손을 잡아 주었다. (그들 모두 진심으로 슬퍼했는데, 심지어 운전사 알리처럼 못되고 적대적인 사람까지도 진심이었다. 늘 그렇듯 입에서 싸구려 술 냄새를 풍기기는 했지만 알리도 길 잃은 어린아이처럼 서럽게 울었다.) 흰 수염에 키 크고 마른 늙은 문지기 알샤들리가 애달파 하는 애 아버지에게 다가가 손을 잡아 주었다. (두 사람은 각별히 가까운 사이였다.) 압두는 알샤들리를 힘껏 껴안고 그의 흰색 질밥에 얼굴을 묻으며 사이드 지역 사투리로 울먹였다.

"아저씨, 제 아들이 영영 제 곁을 떠났어요."

여자들은 비통한 심정을 표현하는 방법을 알고 있었다. 정적을 가르는 비명을 지르며 자기 뺨을 힘껏 때리고 바닥에 쓰러지기도 했다. 조금씩 슬픔의 격랑이 잦아들었다. 이런 상황에서 늘 그렇듯이 남자들은 압두에게 아내를 데리고 방으로 들어가 힘겨울 내일을 대비해 조금 쉬라고 떠밀다시피 권했다. 결국 부부는 시키는 대로 방에 들어갔다. 하지만 불은 아침까지 계속 켜져 있었다. 두 사람은 자지 않고 오랫동안 말싸움을 했다. 곧 싸움이 격렬해졌고 심하게 싸우는 소리가 옥상을 울렸다. 분에 차서 덤비는 하디야의 소리는 점점 커졌지만 압두의 소리는 조금씩 작아져서 나중에는 조용해졌다. 다음 날 장례 절차를 마친 후 옥탑 사람들은 밤에 건물 앞에 서 있는 큰 트럭을 보고 어리둥절해했다. 사람들은 짐꾼들을 도와 방에서 가구를 옮기는 압두를 보았다. 불안한 표정으로 궁금해하는 사람들에게 압두는 임바바에 방 한 칸을 빌려 이사 간다고 알려 주었다. 사람들은 압두의 근심 어린 표정과 딱딱한 태도 때문에 놀란 심정을 드러내지도 못하고 따뜻한 작별 인사 한마디도 제대로 건넬 수 없었다.

* * *

"앗잠, 처음부터 실수하는 겁니다."

"믿어 주세요. 그게 아닙니다, 카말 베. 저는 한번 뱉은 말은 반드시 지키는 사람입니다. 하지만 시간이 필요한 일이에요."

두 사람은 쉐라톤 호텔 식당에 앉아 있었고 감전이라도 된 듯 분위기는 긴장감이 감돌았다. 앗잠이 화제를 돌리자 카말 알풀리가 얼굴을 찌푸리며 짜증스럽게 말했다.

"다른 얘기로 정신 산란하게 하지 마시오. 난 어린애가 아니오. 당신은 합의를 해 놓고 어기려 하고 있소. 난 당신에게 어르신과의 계약에 서명하라고 3개월의 유예 기한을 주었는데 당신은 시간만 끌고 있소."

"카말 베, 제가 시간을 끌고 있다뇨, 그렇게 말씀하시면 곤란합니다. 일본 측 파트너와 그 일에 대해 의견 조율을 하기 위해서 적당한 때를 보고 있습니다."

"일본 사람들과 우리가 무슨 상관이오? 계약은 이윤 배분에 대해 당신과 어르신 간에 맺어진 것인데."

"선생님, 일본 사람들도 알고 있어야 합니다. 제가 뒤에서 다른 일을 하면 에이전시 계약을 취소할 수도 있어요."

카말 알풀리는 시샤를 크게 한 모금 피웠다. 그러고는 탁자 위에 커다란 물담배 부리를 내려놓고 갑자기 일어섰다. 근처 자리에 앉아 있던 그의 아들과 경호원들도 일어섰다. 그가 자리를 뜨기 전에 옷매무새를 다듬으며 단호히 말했다.

"앗잠, 당신은 불장난을 하는 거요. 당신이 이렇게 약은 사람이라니 정말 놀랍군. 당신을 국회에 들여보낸 사람은 또한 그곳에서 끌어낼 수도 있다는 사실을 명심하시오."

"카말 베, 나를 협박하시는 겁니까?"

"좋을 대로 생각하시오."

핫즈 앗잠이 자리에서 일어나 알풀리를 껴안으려고 팔을 뻗으며 말했다.

"선생님, 제발 일을 키우지 마십시오."

"잘 가시오."

알풀리는 자리를 뜨려고 몸을 돌렸다. 핫즈 앗잠이 그의 팔을 붙잡았다.

"선생님, 주는 것이 있어야 받는 것이 있다는 말이 있습니다. 전능하신 하나님께 맹세에 맹세를 거듭하건대 저는 약속은 반드시 지킵니다."

알풀리가 화를 내며 자신의 팔을 뺐지만 앗잠은 가까이 다가가 애원하다시피 속삭였다.

"카말 베, 부탁이 하나 있으니 제발 들어주십시오. 저와 선생님 모두에게 좋은 일이에요."

그의 얼굴을 바라보았지만 알폴리는 여전히 화난 표정이었다. 앗잠이 말했다.

"어르신을 만나 뵙고 싶습니다."

"어르신은 그 누구도 만나지 않소."

"카말 베, 도와주십시오. 제가 어르신을 만나서 직접 상황을 설명 드리고 싶습니다. 선생님, 그간의 정을 생각해서라도 제발 제 청을 거절하지 말아 주십시오."

알폴리는 마지막으로 앗잠을 엄밀히 조사하듯 그를 뚫어져라 깊은 시선으로 바라보았다. 이윽고 자리를 뜨며 말했다.

"생각해 봅시다."

* * *

에이전시 수익의 4분의 1을 거저 양도하는 것은 핫즈 앗잠에게 쉬운 일이 아니었다. 그렇다고 분명하게 거절할 수도 없었다. 앗잠은 자기가 돈을 내놓을 것으로 저들이 조금이라도 기대하고 있는 한 그들이 덤벼들지는 않을 것이라고 생각했다. 앗잠이 어르신을 만나자고 한 것은 첫째는 시간을 벌기 위한 것이었고, 둘째는 분명하진 않지만 어르신을 직접 만나면 금액을 낮출 수 있을 것 같다는 느낌이 들었기 때문이다. 그리고 궁극적으로 중요한 목적은 기본적으로 어르신의 실존 여부를 확인하는 것이었다. 알폴리가 어르신 모르게 그 이름을 도용했을 가능성도 있지 않은가? 희박하기는 해도 가능한 일이다. 몇 주 동안 여러 차례 전화를 걸어 앗잠은 알폴리에게 어르신과의 약속을 주선해 달라고 졸랐다. 어느 날 아침, 앗잠 사무실의 전화벨이 울렸고 여비서의 상냥한 음성이 들렸다.

"핫즈 앗잠, 안녕하십니까? 카말 베께서 통화하고 싶어 하십니다."

알폴리가 짧게 말했다.

"어르신과의 약속은 목요일이오. 아침 10시에 당신 사무실에서 준비하고 기다리시오. 당신을 데리러 차를 보낼 테니."

* * *

다울라트는 세심하게 계획을 세웠고 브로커와 뇌물을 동원해 경찰들을 모두 자기편으로 만들었다. 그 결과 그들은 자키 베 알 두수키를 더할 수 없이 무례하고 파렴치하게 대하고 전화도 사용 못하게 했으며 조롱하는 말을 지껄여 댔다.

"자기가 루돌프 발렌티노*라도 되는 줄 아나 보군."

"당신은 주정뱅이 늙은이일 뿐이야."

"기계가 고장 났으니 앞으로는 손으로 해야겠군."

경찰들은 기침이 나도록 큰 소리로 웃어 댔고, 못된 심사의 다울라트는 그 틈에 섞여 경찰들을 선동하고 그들에게 아첨하며 함께 시시덕거리고 있었다. 자키 베는 아무 대꾸 없이 조용히 있었다. 그가 지키려 했던 벽은 무너졌고 이미 끝이 나 버렸다. 저항할 수록 그자들이 더 너절하게 행동한다는 것을 깨달았다. 울음을 멈추지 못하는 부사이나가 너무나도 가엾게 느껴졌다. 두 사람을 체포한 경관이 복수하려는 듯 웃으며 말했다.

"선생 나리, 어떻게 생각하시오? 뭐가 옳은지 이젠 아셨나?"

자키 베가 낮은 소리로 대답했다.

"자네 행동은 불법이야. 자네를 고소할 거야."

경관이 소리 질렀다.

"여전히 잘난 체하시네. 정말 파렴치하기 짝이 없군. 영감, 부끄러운 줄 알아. 당신은 이제 끝났어. 한 발은 이승에, 다른 발은 저승에 있다고. 당신 연배의 사람이라면 벌거벗고 창녀와 뒹굴다가 잡혀 올 게 아니라 사원에서 열심히 기도나 하는 게 정상이야. 그러고도 뻔뻔스럽긴."

부사이나가 경관에게 애원했다. 그러자 그가 신경질적으로 소리를 질렀다.

"닥쳐! 이 음탕한 년. 지금 당장이라도 풍기 문란으로 처넣기 전에."

두 사람은 완전히 항복하고 경관의 질문에 고분고분 대답했다. 자키 베는 다울라트가 거짓으로 고소한 것이며, 다울라트가 사무실에 함께 살지 않는다고 진술서에서 강조했다. 그리고 부사이나와 함께 있었던 것은, 그녀가 친구의 딸이고 가족들과 다퉜기 때문에 화해시키기 위해 사무실로 부른 것이라고 설명했다. 그런 다음 자키 베가 경찰 조서에 서명했고 부사이나와 고소인인 다울라트도 서명했다. 다울라트는 경찰들에게 감사한 뒤 원하는 대로 일이 진행된 데 만족해하며 돌아갔다. 모든 모욕을 감수한 후 자키 베는 자존심을 버리고 경관에게 전화를 걸 수 있게 해 달라고 간청했다. 경관은 마지못해 허락해 주었고 그는 항소 법원 판사를 지낸 친구에게 전화를 걸어 도움을 청했다. 친구는 잠이 덜 깬 얼굴로 서둘러 와서 서장실로 들어갔다. 서장이 자키 베를 불러 자리에 앉힌 뒤 커피를 권하고 담배를 내밀었다. (소란한 통에 자키 베는 사무실에 담뱃갑을 두고 왔었다.) 서장이 그를 보고 미소 지으며 차분히 말했다.

"제 동료들의 무례에 사과드립니다. 하지만 아시다시피 윤리적 측면이 결부된 민감한 사안입니다. 여기 경찰관들이 전통을 중시하는 데다가, 저희 모두 신앙심이 깊거든요."

자키 베는 한마디도 하지 않았다. 그가 담배를 피우며 경관을 응시하는 동안 판사 친구가 말했다.

"서장, 문제를 잘 마무리할 수 있도록 부탁드립니다."

"판사님의 말씀은 꼭 들어드리고 싶습니다만, 애석하게도 조서에 일련번호가 있어서 취소는 할 수 없습니다. 저만큼이나 절차를 잘 아시지 않습니까? 저희가 할 수 있는 일은 저분과 여자를 오늘 밤에 내보냈다가, 검찰로 회부되기에 앞서 내일 아침에 나오도록 하는 것입니다. 제가 검사에게 그녀를 잘 봐달라고 미리 말해 두겠습니다."

자키 베와 부사이나는 검찰에 출석하겠다는 서약서에 서명했다. 경찰서에서 나왔을 때 자키 베는 판사 친구와 악수를 하며 고맙다는 말을 했다. 그러자 친구가 말했다.

"자키 베, 우리는 형제나 다름없으니 고마워할 필요 없네. 아무튼 자네 누이 다울라트가 높은 곳까지 연줄이 닿아 있는 데다 경찰들도 전부 손아귀에 넣고 있다는 건 분명해. 경찰서장도 마음만 먹으면 우리가 보는 데서 조서를 찢어 버릴 수 있었을 거야."

자키 베가 슬프게 웃자 판사 친구가 위로했다.

"걱정하지 마. 내일 아침에 제일 먼저 지방청에 전화를 걸겠네. 잘되기를 빌어야지."

자키 베는 친구에게 다시 한 번 감사하고 야쿠비얀 빌딩 쪽으로 부사이나와 나란히 걸었다. 텅 빈 술라이만 파샤 거리로 아침 햇살이 조금씩 새어 들어오기 시작했다. 거리에는 굼뜬 동작으로 비질하는 시청 청소부들과 어떤 이유에서인지 일찍 길을 나선 행인들 몇과 길어진 밤 나들이에서 돌아오는 사람들뿐이었다. 자키베는 몹시 피곤하고 어지럽고 메스꺼웠다. 분하지도 화가 나지도 않았다. 그저 속이 조금 쓰리고 머리가 텅 빈 채 생각이 흩어질 따름이었다. 무거운 슬픔이 폭풍 전에 몰려오는 빠른 구름처럼 점점 다가오는 것을 느꼈다. 자키 베는 그들이 자행한 멸시와 모욕을 수없이 곱씹을 것이고, 힘없이 무너져서 그들에게 굴복한 자신을 결코 용납하지 않을 것이다. 그는 평생토록 받았던 존중과 경찰서에서 그를 무참히 짓찧은 그 모욕을 비교하며 스스로에게 극심한 고통을 줄 것이다. 그자들은 그를 소매치기나 포주로 취급했다. 정말로 그의 마음을 쥐어짠 것은 그들이 때려도 저항도 못하고 완전히 항복했다는 사실이었다. 무엇 때문에 항복하고 그자들의 손에 누더기로 전락했는가? 대체 어쩌다 의지가 실종되었고 자존심이 이 지경으로까지 하찮아졌는지? 어찌 되든 끝까지 그자들에게 맞서야 했다. 비록 자기 명예는 지키지 못했더라도 그자들에게 짓밟힌 부사이나의 자존심은 지켜 주었어야 했다. 지금 그녀는 그를 어떻게 생각하고 있겠는가? 그녀를 지키지도 못하고 변론 한마디 못했던 그가 그녀에게 무슨 면목이 있단 말인가?

자키 베는 부사이나를 돌아보았다. 부사이나는 옆에서 잠자코 걷고 있었다. 그가 갑자기 쉰 소리로 말했다.

"이리 와. 엑셀시오르 식당에서 아침을 먹자. 시장해 보여."

그녀는 아무 대답 없이 묵묵히 자키 베를 따라 야쿠비얀 빌딩 맞은편에 있는 큰 식당으로 들어섰다. 이른 시간이어서 세제와 물로 열심히 바닥을 청소하는 종업원들과 구석에 앉아 커피를 마시며 프랑스어 신문을 읽고 있는 늙은 외국인 손님 한 명뿐이었다. 자키 베와 부사이나는 술라이만 파샤와 아들리 거리의 교차로가 보이는 창가 구석 자리에 마주 보고 앉았다. 자키 베가 케이크를 곁들여 콩플레 차 두 잔을 주문했다. 무겁고 고통스러운 침묵이 두 사람을 에워쌌다. 자키 베는 차를 마시며 해결책이라도 찾은 듯 천천히 말문을 열었다.

"부사이나, 제발 부탁이니 너무 괴로워하지 마. 사람이 살다 보면 우스운 경우를 당할 때가 많아. 그렇다고 사소한 일에 너무 신경 쓰면 좋지 않아. 이집트 경찰관들은 미쳐 날뛰며 마구 물어뜯는 개와 다를 바 없어. 유감스럽게도 비상법 때문에 그놈들의 권한이 대단해진 거지."

그가 하는 말은 터무니없어 보였고 적절하지도 않았다. 부사이나는 앞에 놓인 차와 케이크에는 손도 대지 않고 계속 말없이 고개를 숙이고 있었다. 자키 베는 그녀가 얼마나 서러워하고 있는지 짐작할 수 있었다. 그가 말했다.

"다울라트가 사무실 열쇠를 어디서 구했는지 알겠어. 그녀가 나를 금치산자로 만들 요량으로 더러운 짓을 꾸민 거야. 하지만 뜻대로는 되지 않을 거야. 그녀가 질 것이라고 변호사가 확실히 말했거든."

그는 자신의 흥분된 감정을 잡담으로 가라앉히려 했다. 고통스러운 상황을 몇 마디 말이나 가능성 또는 가정으로 바꾸려고 애썼다. 어쩌면 이렇게 해서라도 두 사람을 짓누르는 불행에서 벗어날 수 있을지 모르기 때문이었다.

"변호사가 금치산에 관한 법적 요건을 설명해 주었어. 금치산은 복잡한 문제라 법정에서도 쉽게 결정을 내릴 수 없어. 다울라트는 무식하니까 그 문제를 쉽게 생각하는 거지."

그의 시도는 실패했다. 부사이나는 계속 입을 다물고 있었다. 듣고 말하는 능력을 상실한 것처럼 한마디도 하지 않았다. 자키 베가 탁자를 건너 그녀에게 다가갔다. 밝은 데서 처음으로 그녀의 핼쑥하고 창백한 얼굴과, 충혈된 눈과, 경찰들에게 반항하다가 생긴 얼굴과 목의 긁힌 상처를 보았다. 그는 다정한 미소를 지으며 두 손으로 그녀의 손을 꼭 잡고 속삭였다.

"부사이나, 나를 사랑한다면 그 쓸데없는 일은 다 잊어."

그녀가 감당할 수 없을 만큼 자키 베는 다정하게 대했다. 가까스로 버티고 있는 쪼개진 산을 무너뜨리는 결정적인 한 방 같았다. 마침내 그녀는 울기 시작했고, 나지막한 소리로 말했다.

"제 인생에서는 매사에 운이 따르지 않아요."

* * *

타하는 동료 여신자들이 동석한 가운데 라드와를 만났다. 베일을 벗은 얼굴을 보고 한참 동안 이야기도 나누었다. 그녀가 세 살 연상이라는 것도 알았고, 해박한 종교 지식과 조용하고 온순하게 말하는 것도 마음에 들었다. 라드와는 타하에게 자기와 전남편 하산 누르 알딘에 대해, 그리고 그들이 그를 어떻게 살해했는지에 관해 이야기해 주었다. 그녀가 말했다.

"신문에는 그 사람이 먼저 총을 쏘아서 경찰들이 어쩔 수 없이 그를 살해했다고 나왔어요. 그러나 하나님은 알고 계시지요. 그날 밤에 그 사람은 단 한 방도 쏘지 않았어요. 그자들이 문을 두들겼고 남편이 문을 열자마자 자동 소총을 발사했어요. 남편은 그 자리에서 순교했어요. 함께 있던 동료 세 명도요. 그자들이 의도적으로 살해한 거예요. 저들이 마음먹었다면 사람들을 산 채로 체포할 수도 있었어요."

타하의 얼굴에 비애가 어렸다. 그가 씁쓸하게 말했다.

"새로운 지침은 될수록 많은 이슬람주의자들을 죽이라는 것이랍니다. 그놈들은 그것을 '심장 한가운데 비수 꽂기' 정책이라 부릅니다. 이놈의 신앙심 없는 정부가 유대인들과 이렇게 인정사정 없이 싸웠다면 예루살렘은 이미 옛날에 해방됐을 겁니다."

라드와는 고개를 숙였다. 무거운 침묵이 흘렀고 그녀는 살면서 겪었던 일들을 솔직하게 모두 털어놓고 싶은 듯 말을 이었다.

"남편이 순교한 후 가족들은 저를 결혼시키려고 애썼어요. 가족들이 마음에 두고 있는 신랑감이 돈 많은 엔지니어지만 예배를 드리지 않는 사람이라는 것을 알았어요. 가족들은 결혼하면 그 사람도 제대로 하게 될 거라고 저를 설득했지만 제가 거절했어요. 가족들에게 저는 예배를 드리지 않는 사람은 이슬람 법리상으로 불신자이니 무슬림 여성과 결혼할 수 없다고 설명했어요. 하지만 가족들이 심하게 강요하는 바람에 사는 게 지옥 같았어요. 문제는 제 가족들이 신실하지 않다는 거예요. 좋은 사람들이지만, 안타깝게도 아직 자힐리야 시대에 살고 있어요. 저는 제 신앙이 약해질까 봐 두려웠어요. 그리고 제 아들 압둘 라흐만이 하나님께 순종하는 사람으로 자라기를 바랐어요. 그래서 셰이크 빌랄에게 연락해 훈련소에서 살게 해 달라고 간청한 거예요."

"가족들은 어떻게 하던가요?"

"사람을 보내 제가 잘 지내고 있다고 안심시켰어요. 가능하면 조만간 만나러 가야지요. 하나님께서 제가 가족들한테 모질게 군 것을 용서해 주시길 빌어요."

타하는 그녀의 이야기를 들으며 정직한 사람이라 느꼈고, 잘못을 솔직히 고백하는 어린아이처럼 이야기하는 그녀의 아름다운 얼굴에 드러나는 진중함과 신실함이 마음에 들었다. 그는 그녀의 풍만하고 균형 잡힌 몸매와 탄탄하게 솟아오른 가슴도 보았다. (나중에 그런 생각을 한 것을 자책하고 하나님께 용서를 구했다.)

며칠 후 셰이크 빌랄이 사무실로 그를 불렀다. 셰이크는 반갑게 악수를 하고 의미심장한 미소를 지으며 타하의 얼굴을 한참 동안 바라보았다. 셰이크는 전에 하던 두 사람간의 대화를 다시 시작하려는 듯 굵직한 소리로 말문을 열었다.

"이제, 자네 생각은 어떤가?"

"무엇에 관한 생각을……?"

셰이크가 큰 소리로 웃으며 말했다. "셰이크 타하, 내가 무슨 말을 하는지 모르겠나? 이보게, 라드와에 관한 얘기 말이야."

타하는 아무 말도 못하고 부끄러워서 슬며시 웃기만 했다. 셰이크가 타하의 어깨를 두드리며 말했다. "이봐, 축하해."

목요일 밤 예배를 마치자마자 동료들은 타하에게 몰려와 축하해 주었다. 안쪽의 여성 숙소에서도 자가리드 소리가 울렸다. 여신자들은 이틀 동안 신부를 준비시키느라 여념이 없었다. 15분간의 자가리드와 축하 끝에 셰이크 빌랄이 결혼식을 집전하기 위해 자리에 앉았다. 라드와는 그녀의 친척이고 같은 고향인 아시유트 출신의 동료 아부 함자에게 결혼 계약을 위임했다. 다른 동료 두 명이 자진해서 결혼 계약의 증인이 되어 주었다. 셰이크 빌랄은 하나님의 법에 따른 결혼에 대해 관례적인 말을 했다. 셰이크가 타하의 손을 아부 함자의 손에 얹고 결혼 계약을 읽었고 두 사람도 따라 읽었다. 다 읽고 나서 셰이크가 중얼거렸다.

"하나님, 이 두 사람의 결합을 축복하시고, 이들이 당신께 복종하도록 인도하시며, 이들에게 영육이 강건한 자식을 주십시오."

셰이크가 타하의 머리에 손을 얹고 말했다.

"하나님께서 당신의 결혼을 축복하시고, 당신과 당신의 아내를 행복 속에 하나로 맺어 주시기를!"

동료들이 몰려와 신랑을 끌어안으며 축하해 주었다. 자가리드 소리가 크게 울렸고 여신자들은 다푸*를 치며 노래를 불렀다.

우리가 당신을 찾아왔어요, 우리가 당신을 찾아왔어요.
우리를 반갑게 맞아 주세요, 우리도 당신을 반길게요.
붉은 금(金)*이 없었다면
그녀는 당신의 초원에 멈추지 않았을 거예요.
갈색 밀이 없었다면
당신의 처녀들은 살찌지 않았을 거예요.

타하는 이슬람식 결혼을 처음 보았고, 기뻐하는 여신자들과 그녀들의 노랫소리, 동료들의 열렬한 축하에 감동했다. 여신자들은 신부와 함께 새 집으로 갔다. 기혼자용 건물 안에 있는, 별도의 작은 욕실이 딸린 널찍한 방이었다. (원래, 스위스인들이 있던 시절에는 시멘트 회사의 채석장 노동자들이 살던 곳이었다. 버려진 후에 완전히 잊고 있던 것을 시멘트 회사에 근무하는 이슬람주의자들이 점유하여 알자마아의 비밀 훈련소로 만들었다.) 여자들이 가고 나자 사원이 조용해졌다. 동료들이 신랑과 앉아 재미난 이야기를 나누었고 웃음소리도 높아졌다. 셰이크 빌랄이 자리에서 일어서며 말했다.

"형제들, 우리는 이제 갑시다."

타하가 붙잡으려 하자 셰이크가 웃으며 말했다.

"결혼식 날 밤에 이야기하느라 기운을 다 써 버리면 안 되지."

사원을 나서면서 동료들은 우스갯소리를 던졌다. 그들은 타하에게 인사를 하고 돌아갔다. 혼자 남은 타하는 두려웠다. 첫날밤에 어떻게 해야 할지 별별 상상을 다 했었다. 하지만 결국은 하나님께 의탁하고 하나님께서 정하신 대로 따르기로 결정했다. 타하는 자신은 여자 경험이 없지만 아내는 이미 경험이 있기 때문에 그녀를 만족시키기 어려울 것 같다는 생각에 걱정을 떨칠 수 없었다. 셰이크 빌랄이 타하의 생각을 읽기라도 한 것처럼 결혼식 전날 조용히 그를 불러 결혼과 아내의 법적 권리에 대해 이야기해 주었다. 무슬림은 결혼한 경험이 있는 여인과 결혼하는 것을 부끄러워하지 말아야 하며, 새 남편은 무슬림 여성의 결혼 경력을 약점으로 이용하면 안 된다고 강조했다. 셰이크가 비꼬는 투로 말했다.

"세속주의자들은 규칙에 얽매이고 경직되어 있다며 우리를 비난하지만, 그 사람들이야말로 신경증에 끝없이 시달리고 있어. 어떤 사람이 결혼 경력이 있는 여자를 아내로 맞으면, 전남편에 대한 생각이 떠나지 않아서 결국 아내를 홀대하고 정당한 결혼임에도 불구하고 아내를 단죄한다는 것을 자네도 알 걸세. 이슬람에는 그런 강박 관념은 없어."

타하가 이해한 바로는, 그 간접적인 의미의 말은 모두 라드와를 어떻게 대하느냐에 관한 것이었다. 셰이크는 남자와 여자 사이에 어떤 일이 있게 되는지에 관해 타하에게 말해 주었다. 이어 코란의 암소 장 구절 "너희의 아내는 경작지와 같나니 너희가 원할 때

경작지로 가라. 그리고 너희 자신을 위해 미리 배려하라"를 설명해 주었다. 강건하고 영원하신 하나님께서 알려 주신 "너희 자신을 위해 미리 배려하라"라는 코란 구절은 우리에게 여인들을 인간적이고 온화하게 대하는 방법을 일러 주는 것이다. 셰이크는 성(性)에 대해 자세히 말하되 듣는 이에게 불쾌감을 주지 않도록 신중하고 고상하게 말하는 능력이 있었다. 셰이크의 말은 타하에게 큰 도움이 되었다. 타하는 전에 몰랐던 것을 배웠고 셰이크를 더욱 좋아하게 되었다. 그는 설사 아버지가 함께 계셨더라도 셰이크 빌랄이 해 준 것 이상으로 해 주지는 못하셨을 것이라고 혼잣말을 했다.

이제 결혼 예식은 끝나고 동료들은 타하만 남겨 두고 돌아갔다. 이제 결정적 순간을 맞이할 때다. 계단을 올라가 방문을 두드렸다. 신부의 방에 들어가니 그녀가 머리를 가렸던 히잡을 벗고 침대 가장자리에 앉아 있었다. 검은 머리칼은 어깨에 부드럽게 드리워져 있었고, 그 검은색은 홍조를 띤 흰색 피부와 대조되어 더욱 더 매혹적으로 보였다. 타하는 처음으로 그녀의 아름다운 목과 작은 손과 가느다란 손가락을 보았다. 가슴이 너무 떨려서 헛기침을 했다. 그가 당황한 목소리로 말했다.

"안녕……하……세요."

라드와는 미소를 지으며 고개를 숙였다. 얼굴이 빨개진 그녀가 부드럽게 속삭였다.

"당신도…… 안녕, 하셨어요."

* * *

하팀 라쉬드는 다음 날에야 그 소식을 들었다. 초판이 나올 때까지 그는 신문사에서 밤새 일했다. 새벽 4시경에야 녹초가 되어 집으로 돌아온 그는 "우선 좀 자고 나서 아침에 압두가 어떤지 알아봐야겠어"라며 혼잣말을 했다. 늦도록 자고 나서 목욕하고 옷을 갈아입은 후 병원으로 가려고 나서다가 건물 입구에서 문지기 알샤들리를 만났다. 알샤들리가 짤막하게 말했다.

"압두 랍부흐가 선생님께 집이랑 가판대 열쇠를 남겼어요."

"뭐라고요?"

하팀이 깜짝 놀라 소리쳤다. 문지기가 아기의 죽음과 그 후에 일어난 일들을 알려 주었다. 하팀은 담배를 피워 물고 애써 태연한 척하며 물었다.

"어디로 간다던가요?"

"임바바로 갈 거라고는 했지만 새 주소를 알려 주려 하지 않았어요."

하팀은 발길을 돌려 옥상으로 올라갔다. 옥탑 사람들에게 압두가 이사 간 곳을 물었다. 모멸에 찬 눈초리와 적대적인 대답을 참아 냈지만 결국은 아무 소득이 없었다. (그들의 의중에는 '압두가 겪을 만큼 겪었으니 이젠 그를 그냥 내버려 두라'는 의미가 있었다.) 하팀은 저녁때 두 시간 동안이나 문 닫힌 가판대 앞에 차를 세우고 압두를 기다렸다. 혹시 압두가 보관하고 있던 여벌 열쇠를 가지고 잊은 물건을 찾으러 올지 모른다는 생각에서였다. 3일 동안 매일같이 가판대를 찾았지만 압두는 나타나지 않았다.

하팀은 포기하지 않고 알 만한 곳이나 사람들을 모두 찾아다녔다. 하지만 소용없었다. 일주일 동안 찾아 헤맨 끝에 결국 압두가 영원히 가 버렸음을 깨달았다. 비애와 좌절감이 물결처럼 밀려들었고 괴롭고 복잡한 감정에 휩싸였다. 압두가 그리웠다. 압두의 열정, 다부진 육체, 착한 마음씨와 순수함, 쉰 듯한 목소리와 사이드 사투리가 그리웠다. 게다가 아들을 얼마나 사랑했고 아들의 죽음 때문에 얼마나 상심했을지 헤아릴 수 있었기에 압두가 더없이 안쓰러웠다. 하팀은 그날 압두만 병원에 남겨 두고 신문사로 간 것에 대한 자책감도 들었다. 하팀은 혼자 중얼거렸다. "일을 미루고 힘들 때 함께 있어 주었어야 했어. 압두는 내가 옆에 있어 주길 바랐지만 부끄러워서 말을 못 한 거야."

하팀의 괴로움은 날이 갈수록 커져서 자신이 진정 불행하다는 생각에 사로잡혔다. 길었던 지난 수년간 절망과 고통 속에 살다가, 다정하고 감성도 풍부하고 문제도 일으키지 않는 동반자를 만나 삶의 안정을 찾은 터였다. 그런데 아기가 죽고 압두도 자취를 감추어 하팀은 또다시 부질없는 여행을 떠나야 한다. 중앙 보안군 군인을 만나러 밤마다 시내 중심가를 배회할지도 모른다. 전에도 여러 번 그랬던 것처럼 그 군인이 도둑이나 범죄자여서 하팀을 때리고 물건을 훔칠지도 모른다. 부르굴을 찾아 세누 바에 다시 갈 수도 있고, 알후세인에 있는 알게발라위 목욕탕에 갈 수도 있다. 거기서 하팀은 청년 한 명을 골라 그와 함께 성욕을 채우고, 대신에 그자의 속물근성과 물욕을 감당해 내면 된다. 사랑해 주고 신뢰하고 함께 인생 계획까지 세웠건만, 대체 무엇 때문에 압두 랍부흐를 잃었을까? 연인과 오랫동안 사랑하는 일이 그토록 어려운 일이란 말인가? 만일 하팀이 하나님을 믿는 사람이라면 자신의 시련이 동성애에 대한 신의 징벌이라고 생각했을 것이다. 하지만 그는 연인과 행복하고 편안하게 잘 사는 동성애자들을 적어도 열 명은 알고 있었다. 그런데 왜 유독 자기만 압두를 잃어야 했나?

그는 정신적으로 점점 피폐해졌다. 입맛을 잃고 과음하기 시작했으며 집에만 틀어박혀 있었다. 아주 긴급을 요하는 업무가 아니면 신문사에도 나가지 않았고, 나가더라도 서둘러 일을 마치고 집으로 돌아왔다. 집에는 정적과 비애와 추억만 남아 있었다. 여기 압두가 앉아 있었고 여기서 밥을 먹고 여기서 담배를 끄고…… 압두가 여기 그의 곁에 누워 있었다. 하팀은 손으로 그의 검은 몸을 더듬고 온몸 구석구석 입을 맞추고 욕망의 불길로 인해 떨리는 소리로 속삭였었다.

"당신은 내 것, 나만의 것이야, 압두. 당신은 나의 잘생긴 검은 종마야."

하팀은 추억을 반추하며 꼬박 며칠 밤을 보내면서 압두와 사귀던 일을 하나씩 찬찬히 회상했다. 취기와 절망의 구름 속을 헤매던 어느 날 밤 갑자기 생각이 떠오르더니 번개처럼 뇌리를 스쳐 갔다. 언젠가 압두가 농담으로 하던 말이 생각났다.

"사이드 사람은 사이드 사람들 없이는 못 살아요. 아세요? 저는 어딜 가더라도 사이드 사람들이 많이 가는 찻집이 어딘지 꼭 물어

보고 그곳에 가 본다는걸요."

하팀은 정신을 차리고 조바심치며 시계를 보았다. 새벽 1시가
넘은 시간이었다. 서둘러 옷을 입었다. 30분 후 하팀은 임바바에
서 행인들에게 사이드 사람들의 찻집을 묻고 있었고 다시 30분이
지난 후에는 그 찻집을 찾았다. 자동차에서 찻집 입구까지 얼마
안 되는 거리를 걸으며 그는 이마에서 땀이 쏟아지는 것을 느꼈
고, 심장은 심하게 요동치느라 거의 멈출 지경이었다.

찻집은 작고 아주 지저분했다. 하팀은 재빨리 안으로 들어가 애
타게 주변을 살피기 시작했다. (이후 그는 우리가 무엇을 간절히
원하는 것과 그것의 성취 가능성의 관계에 대해 생각하게 되었다.
어떤 것에 대한 우리의 바람이 너무도 강하고 간절하다면 결국 그
것을 이룰 수 있을까?) 그는 압두를 찾기를 열망했고 진짜로 압두
를 찾았다. 하팀은 찻집 구석 자리에 앉아 물담배를 피우는 그를
보았다. 압두는 헐렁한 짙은 색 질밥을 입고 커다란 사이드식 터
번을 쓰고 있었다. 순간 그는 상상의 세계에서 온 마법의 갈색 정
령처럼 우람하고 위풍당당해 보였다. 또한 자신의 본모습이자 근
원으로 되돌아온 것 같아 보였고, 이전의 서양식 옷을 벗으면서
동시에 하팀 라쉬드와 함께 보냈던 이례적이고 우발적인 지난 시
간까지 모두 벗어 버린 것처럼 보였다. 그 순간 하팀은 압두 앞에
서서, 그가 또다시 사라져 버리지 않도록 확인에 확인을 거듭하고
그의 존재에 매달리려는 듯 한참 동안 그를 훑어보았다. 잠시 후
하팀은 압두를 향해 달려가 다른 손님들이 돌아볼 정도의 숨 가쁜
목소리로 외쳤다.

"압두, 드디어……."

* * *

　첫날밤, 마치 오랜 세월을 지내 온 아내와 함께하는 것처럼 두 사람의 만남은 평범하고 자연스럽게 이루어졌다. 장미는 그의 손끝에서 꽃잎을 벌렸고, 그는 갈증이 풀리도록 꽃에 여러 번 물을 주었다. 그로서는 놀라운 일이었다. 타하는 결혼식 날 밤에 있었던 일을 세세히 되짚으며 스스로에게 물었다. 이전에 단 한 번도 여자와 살을 맞댄 적이 없었는데, 어떻게 라드와하고 쉽게 이루어질 수 있었을까? 실패할까 봐 불안하고 주저하고 두려워했던 마음은 어디로 갔단 말인가? 아마도 그 이유는 그가 라드와를 마음 편하게 생각했거나, 셰이크 빌랄의 조언을 모두 실행에 옮겼기 때문이거나, 경험 있는 아내가 그에게 용기를 북돋아 주고 은밀한 성감대를 알려 주었기 때문일 것이다. 그녀는 무슬림 여성으로서 본래의 수줍음을 버리지 않으면서도 능숙하게 일을 해냈다.

　타하는 이런 생각들을 하며 예의 바르고 정직하고 이슬람에 신실한 이 여성과 결혼한 것이야말로 찬미받으실 숭고하신 우리 주님이 내리신 큰 은총이라고 결론지었다. 타하는 라드와를 사랑하게 되었다. 그녀와의 생활도 안정을 찾았고 둘만의 규칙적인 일상에 만족했다. 아침에 아내를 두고 집을 나와 훈련소에서 낮 시간을 보내고, 그런 다음 밤 예배를 마치고 돌아오면 집은 말끔하게 정리되어 있고 따뜻하고 맛있는 음식이 그를 기다리고 있었다. 타블리야*에 둘러앉아 그녀와 저녁을 먹는 것이 너무 좋았다. 타하는 라드와에게 낮에 있었던 일을 말하고, 라드와는 다른 여신자들과 나누었던 이야기를 해 주거나 타하가 신문 읽을 시간이 없었을 때 자신이 읽은 신문 내용을 간추려 들려주었다. 그리고 어린 압둘 라흐만의 익살맞은 몸짓과, 잠의 마수에 갑자기 걸려들 때까지 멈추지 않는 장난기 때문에 두 사람은 함께 웃었다. 그러고 나서 라드와는 잠든 아기를 안아다 방에 마련해 둔 아기 침대에 눕힌 뒤 남은 음식을 정리하고 조심스럽게 설거지를 한다.

그런 다음 그녀는 양해를 구하고 욕실로 간다. 타하가 먼저 낡은 철제 침대에 누워 그녀를 기다리며 방 천장을 응시한다. 그의 가슴은 이제 막 알게 되어 매일 밤마다 고대하는 긴장되고 달콤한 욕망으로 넘쳐 난다. 그녀를 향한 거센 욕망, 더운물로 생기를 더한 매력적인 육체, 큰 수건 한 장만 두르고 욕실에서 나온 완전히 벗은 몸. 두 사람 사이에 욕망으로 가득한, 긴장되고 두근거리게 하는 침묵의 순간들이 흐른다. 그녀가 그에게 등을 보이며 거울 앞에서 단장하기 시작했다. 그녀가 가냘프고 숨 가쁘게 내뱉는 무의미하고 혼란스러운 말들. 그녀는 그를 향한 갈망을 감추려는 듯 이야기를 나누는 척했다. 신호를 감지한 타하는 그녀에게 여유를 주지 않았다. 그녀의 낭창낭창하고 보드라운 몸을 안고 입맞춤과 뜨거운 숨결로 간질여 그 달콤함이 차고 넘치게 했다. 타하는 그녀의 품에 자신의 감정을 모두 쏟아 냈다. 그의 슬픔과 추억, 좌절된 꿈, 사그라지지 않는 복수심, 자신에게 고문을 행한 자들에 대한 격렬한 증오심, 심지어 자신의 옥탑방에서 자주 그를 휩쓸고 괴롭혔던 모호하면서도 뜨겁게 타오르던 성적 욕구까지 모두 라드와의 몸에 비워 냈다. 마침내 그는 자유롭고 편안해졌다. 가슴 속 불길이 꺼지면서 그 자리에는 조용하고 평온한 사랑이 밤마다 더 단단히 뿌리를 내렸다.

사랑을 나눈 뒤 타하는 진심으로 고마워하면서 라드와를 바라보며 그녀의 손과 얼굴과 머리칼에 키스를 퍼붓는다. 타하는 라드와의 몸을 속속들이 알고 그녀가 몸짓으로 말하는 언어에 능통하게 되었다. 두 사람은 몇 시간씩 사랑을 나누었고, 여러 번 흥분에 도달한 라드와의 얼굴은 빛을 발했다.

그녀와 새 인생을 시작하고 몇 달이 지나면서 타하는 행복을 맛보았다. 어느 날 밤, 그는 아내와 함께 잠자리에 들었지만 평소와 달리 실수를 하고 당황하더니 멈추고 말았다. 두 사람 사이에 정적이 흘렀다. 그가 갑자기 거친 동작으로 일어나자 침대가 흔들렸다. 그는 서둘러 불을 켰다. 라드와가 자신의 벗은 몸을 가리려고 옷을 챙기며 걱정스럽게 물었다.

"왜 그래요?"

타하가 말없이 천천히 소파에 앉았다. 괴로운 일이 있는 듯 그는 천천히 고개를 숙여 두 손으로 머리를 감싸 쥐었고 얼굴이 일그러졌다. 그녀가 몹시 불안해하며 재빨리 다가가 물었다.

"타하, 무슨 일이에요?"

그녀의 진심 어린 걱정에 감동을 받은 타하는 안절부절못하면서 크게 한숨을 내쉬더니 그녀의 눈길을 피하며 말했다.

"라드와, 오해하지 말아요. 나는 정말이지 우리의 결혼 생활이 행복하고, 당신처럼 좋은 아내를 주신 우리 주님을 한없이 찬양해요. 하지만 난 결혼하려고 훈련소에 온 게 아니에요. 난 확실한 목표가 있어서 셰이크 샤키르와 함께 온 거예요. 하나님을 위한 지하드요. 여기서 1년을 있었고 모든 종류의 훈련을 다 받았는데 여태껏 내게 아무런 임무도 맡기지 않았어요. 시간이 지나면서 내 의지가 약해질까 봐 두려워요."

타하는 슬프고 힘없는 목소리로 말했다. 그러고 나서 손으로 다리를 치며 비통하게 소리쳤다.

"결혼할 거였으면 나는 당신과 훈련소가 아니라 그 어느 곳에서든 결혼했겠지요. 나는 매일 수없이 나 자신에게 물어요. 내가 여기 왜 있는지……. 라드와, 이유가 뭘까요? 셰이크 빌랄이 나를 당신과 결혼시킨 건 지하드에 대한 내 생각을 다른 데로 돌리기 위해서였다고 확신해요."

라드와가 현명하고 사려 깊은 어머니처럼 미소 지었다. 그녀가 그의 어깨를 감싸 안으며 다정한 목소리로 말했다.

"하나님께 의지하고 그런 생각은 머리에서 떨쳐 버려요. 그런 생각은 사탄의 속삭임이에요. 셰이크 빌랄은 정직한 분이고 절대 거짓말하지 않으세요. 만약 그분이 보시기에 당신이 지하드에 적절하지 않은 사람이었다면 벌써 훈련소에서 내보내셨을 거예요. 그리고 그분은 당신의 믿음을 흐려 놓을 못된 여자와 결혼시키지 않으셨어요. (이렇게 말하는 그녀의 목소리는 책망하는 듯한 어조를 띠었다.) 타하, 나는 당신 아내예요. 당신에게 가장 먼저 지하드를 권할 사람이고, 만일 당신이 순교한다면 가장 자랑스러워할 사람이에요. 그리고 나도 당신과 함께 그런 영광을 얻을 수 있게 해 달라고 하나님께 간곡히 기도해요. 하지만 먼저 순교한 하산의 경험으로 미루어 볼 때 군사 작전은 놀이나 장난이 아니에요. 심사숙고해서 판단하는 일이고, 알자마아 원로 회의의 동료들만 알 수 있는 거예요."

타하가 이의 있다는 듯 입을 열려고 하자 라드와는 손으로 재빨리 가볍게 그의 입을 막고 속삭였다.

"타하, 인내심을 갖고 참아요. 하나님은 인내하는 사람들과 함께하십니다."

* * *

목요일 아침 정각 10시에 야쿠비얀 빌딩 앞에 검은색 '팬텀' 메르세데스가 멈춰 섰다. 잘 차려입은 40대의 남자가 차에서 내려 뭔가를 묻더니 이어 핫즈 앗잠의 사무실까지 안내를 받았다. 그는 인사를 하고 거드름을 피우며 자기소개를 했다.

"가말 바라카트, 파샤의 비서실에서 왔습니다."

차 안에서 핫즈 앗잠은 그의 옆자리에 앉았지만, 가는 동안 두 사람은 인사치레로 말 몇 마디만 주고받았다. 그런 다음 핫즈 앗잠은 염주를 돌리며 기도문을 외는 데 열중했다. 그는 어르신이 마리유트 운하 근방에 산다는 사실은 알고 있었지만 저택이 이 정도로 웅장하리라고는 상상도 못했다. 커다란 성은 그가 어렸을 때 본 적 있는 왕궁을 상기시켰다. 저택은 철옹성처럼 높은 언덕

위에, 면적이 백 팟단이 넘고 온통 농경지인 땅으로 둘러싸여 있었다.

자동차가 바깥 정문에서 궁전 문까지 가는 데만 30분가량 걸렸고, 그사이에 정원과 숲 가운데에 난 먼 길을 달렸다. 차는 보안 요원의 검색을 받기 위해 세 개의 검문소 앞에서 멈췄다. 보안 요원들은 덩치가 크고 건장했으며 양복 정장을 입고 서로 비슷한 넥타이를 매고 있었다. 허리띠에는 권총을 차고 손에는 윙윙 소리를 내는 막대기 모양의 전자 기기를 들고 있었다. 보안 요원들은 그 검색용 막대로 자동차를 꼼꼼히 검사한 뒤 핫즈의 신분증을 면밀히 살폈다. 그들은 신분증의 내용과 비서가 제출한 서류의 내용을 대조했다. 같은 일을 세 번이나 반복하자 핫즈 앗잠은 기분이 언짢아져서 마지막에는 조사를 거부할 지경에 이르렀지만 화를 억누르고 잠자코 있었다. 마침내 자동차는 넓고 굽은 길을 지나 궁전 문에 도착했다. 거기서도 똑같이 철저하고 세밀한 보안 검색 절차가 반복되었다. 이번에는 보안 요원들이 핫즈 앗잠의 가방을 열어 검색했고 이어 그에게 전자 검색대를 통과해 달라고 요구했다. 그의 얼굴에 불쾌한 기색이 역력했다. 비서가 다가와 천연덕스럽게 말했다.

"보안 절차는 기본입니다."

비서는 핫즈 앗잠에게 로비에서 기다려 달라고 한 뒤 가 버렸다. 앗잠은 둥근 대리석 기둥들과 고급 카펫에 새겨진 페르시아식 문양, 높은 천장에 매달린 웅장한 크리스털 샹들리에를 쳐다보며 한참을 기다렸다. 그는 점점 짜증이 나면서 모욕을 당하는 느낌이 들었다. 핫즈 앗잠은 그들이 고의적으로 오래 기다리게 하고 지나친 보안 검색으로 자신에게 창피를 주려 한다고 생각했다. '이자들은 내게 모욕감을 주는 동시에 내 돈도 강탈하고 있어. 고맙다는 말 한마디 없이 잘 차려진 상에서 이익의 4분의 1을 가져가려하는군. 깡패에다 버르장머리 없는 놈들 같으니.' 핫즈 앗잠은 화가 끓어올라 얼굴이 붉으락푸르락하면서 이 면담을 철회하고 싶은 심정이 굴뚝같았다. 나중 일이야 어찌 되든, 당장 자리에서 일어나 비서를 불러 돌아가겠다고 말하고 싶었지만 그렇게 하는 게 불가능하다는 걸 잘 알고 있었다. 설령 그들이 아침까지 기다리게 한다고 해도 그는 감히 한마디 항변도 하지 못할 것이다. 그는 지금 어르신의 집에 있고, 한 번의 실수로 자신은 끝장날 수도 있다. 어르신의 동정을 사서 4분의 1 이하로 비율을 낮춰 달라고 설득하기 위해 그간 자신의 경험을 살려 묘안을 짜내야만 한다. 이것이 그가 할 수 있는 최선의 길이다. 어떤 멍청한 짓을 하다간 그 즉시 비싼 대가를 치러야 할 것이다.

이윽고 뒤쪽에서 뚜벅뚜벅 발걸음 소리가 들리자 그는 돌아볼 힘을 상실할 정도로 두려움에 사로잡혔다. 곧 경비원 한 명이 나타나더니 앗잠에게 따라오라는 신호를 했다. 긴 복도를 걷는 동안 두 사람의 발소리가 윤이 나는 대리석 바닥에 울렸다. 두 사람은 널찍한 홀에 도착했다. 홀의 앞쪽 가장 잘 보이는 곳에는 커다란 오크 책상과 대형 회의 탁자가 있었고 탁자 주위에는 의자 열 개가 배열되어 있었다. 경비원이 앗잠에게 앉으라는 신호를 하고 방을 나서며 차갑게 말했다.

"파샤께서 당신에게 말씀하실 때까지 여기서 기다리시오."

앗잠은 '말씀하실'이라는 말이 미심쩍었다. 그 말은 어르신이 부재중이란 뜻인가 하는 의문이 들게 했다. 앗잠이 이런 고생을 하지 않게 전화를 걸어 약속을 취소하지 않은 이유는 무엇일까? 왜 그들은 앗잠을 오랫동안 기다리게 했을까? 그때 갑자기 홀 구석구석을 울리는 큰 소리가 들렸다.

"어서 오게, 앗잠."

핫즈 앗잠은 잔뜩 겁을 먹고 벌떡 일어서서 소리가 나는 곳을 찾아 주위를 둘러보았다. 목소리의 주인은 가벼운 웃음과 함께 말을 이어 갔다.

"겁내지 말게. 나는 다른 곳에 있지만, 자네와 대화를 나눌 수도 있고 자네를 볼 수도 있어. 안타깝게도 시간이 별로 없군. 본론으로 들어가지. 나를 만나고 싶다고 한 이유가 뭔가?"

앗잠은 그제야 정신을 가다듬고 큰 소리로 지난 두 주 동안 준비해 온 말을 하려고 애썼다. 하지만 너무 겁이 나서 머릿속 생각이 어디론가 증발해 버렸다. 그는 시간이 조금 지난 후에야 간신히 입을 열었다.

"어르신, 저는 언제나 어르신께 봉사하고 명령을 받들 준비가 되어 있습니다. 저는 어르신의 자애에 큰 감동을 받고, 온 나라가 어르신의 은덕을 입고 있습니다. 이집트를 위해 우리 주님께서 어르신을 보호하고 보살펴 주시기를 빕니다. 부디 어르신께서 제 안건을 자애로이 살펴봐 주시길 바라는 바입니다. 제게는 막중한 책임이 있고 돌봐야 할 가솔들도 많습니다. 정말입니다. 어르신, 이익의 4분의 1은 제게는 너무나 버거운 액수입니다."

어르신은 아무 말이 없었다. 그러자 앗잠은 용기를 내어 계속 애원하며 말을 이었다.

"보잘것없는 저에게 어르신께서 관용을 베푸시길 간절히 바랍니다. 이렇게 간청하니 제가 실망해서 돌아가는 일이 없도록 도와주십시오. 예를 들어 어르신께서 비율을 8분의 1로 낮추어 주신다면, 두고두고 복 받으실 겁니다."

잠시 정적이 흐르더니, 이어 어르신의 노여운 목소리가 크게 울렸다.

"앗잠, 잘 듣게. 자네와 낭비할 시간이 없어. 그 비율은 자네는 물론 다른 사람에게도 확정된 것이네. 자네의 에이전시같이 큰 비즈니스에 대해서도 우리는 4분의 1 비율을 보유한 동업자로 참여하지. 그건 우리가 일해 주는 대가로 받는 몫이야. 우리는 세무서, 보험 회사, 산업 안전 관리청, 행정 감독청 등 자네 사업을 중단시켜서 한순간에 망하게 할 수 있는 수많은 기관들로부터 자네를 보호하지. 그리고 자네야말로 주님께 감사해야 해. 처음부터 자네가 더러운 사업을 했기 때문에 우리가 자네와 손을 잡기로 했다는 사실에 대해 말이야."

"더럽다고요?"

앗잠은 이 말을 큰 소리로 되풀이했다. 그는 안절부절못하며 사실을 부정하듯이 입으로 웅얼거렸다. 그의 태도에 화가 난 어르신이 소리를 높여 경고하듯 말했다.

"자넨 진짜 바보인가? 아니면 바보인 체하는 건가? 원래 자네는 일본 에이전시가 아니라 더러운 장사를 해서 돈을 벌지 않았는 가? 결론부터 말하자면 자네는 마약을 거래했고 우리는 그 사실을 모두 알고 있어. 책상 앞에 앉아 자네 이름이 쓰인 파일을 열어봐. 자네가 한 일에 대한 보고서 사본이 들어 있어. 국가 보안국과 마약 수사대, 중앙 범죄 조사국에서 작성한 내용들이지. 우리는 모든 것을 가지고 있어. 우리는 그것을 덮어 둘 수도 있고 들춰내서 한순간에 자네를 파멸시킬 수도 있어. 앉게, 앗잠. 정신 차리고 파일이나 읽어 봐. 똑똑히 보고 잘 기억해 두라고. 파일 맨 끝에 우리의 협력 계약서가 있어. 서명하고 싶은 생각이 있으면 해. 자네 좋을 대로 하게."

어르신의 조롱하는 웃음소리가 울리더니 소리가 뚝 끊겼다.

* * *

압두는 하팀을 달갑지 않게 대했다. 앉은 채로 성의 없이 그와 악수를 하고는, 얼굴을 돌려 시샤만 열심히 피워 댔다. 그러자 하팀이 미소 지으며 다정하게 말했다.

"사람을 이렇게 대하는 법이 어디 있나? 적어도 샤이 한 잔은 시켜 주어야지."

압두는 눈길도 주지 않고 손뼉을 쳐서 종업원에게 샤이 한 잔을 주문했다. 하팀이 다시 입을 열었다.

"압두, 당신이라도 힘을 내야지. 당신은 하나님과 그분의 능력을 믿는 사람이야. 하지만 아들을 잃은 슬픔 때문에 나를 안 보겠다는 건가?"

갑자기 압두가 화를 냈다.

"하팀 베, 그만해요. 주님, 우리를 용서하소서. 내 아들은 바로
나 때문에 세상을 떠난 거예요."

"그게 무슨 뜻이지?"

"하나님께서 내가 당신과 지은 죄를 벌하셨다는 뜻이에요."

"그럼 아들이 죽는 사람은 하나님에게 벌을 받아서 그렇다는 말
인가?"

"맞아요. 영예롭고 숭고하신 주님께서는 다음으로 미루시기는
하지만 결코 그냥 넘어가지는 않으세요. 나는 당신과 함께 큰 죄
를 저질렀고 벌을 받아 마땅해요."

"대체 누가 그런 말로 당신을 현혹한 거야? 당신 아내 하디야가
그러던가?"

"그게 하디야이건 다른 사람이건 당신하고 무슨 상관인가요?
내가 하고 싶은 말은, 우리는 이제 끝났다는 겁니다. 각자 갈 길을
가는 거예요. 이 순간 이후 내가 당신을 볼 일도, 당신이 나를 볼
일도 없어요."

압두는 더 이상 물러나지 않겠다는 듯 손짓하며 불안하고 옥쥔
소리로 고함을 질렀다. 잠시 침묵하던 하팀이 계획을 바꿔 침착하
게 이야기를 시작했다.

"이봐, 좋아. 합의했어. 옥탑방과 가판대도 내놓았고 우리 관계
도 정리하고 싶다면 나도 동의하겠어. 하지만 당신과 당신 아내의
생활비는 어디서 구하지?"

"먹고사는 일은 다 하나님께 달렸어요."

"당연히 하나님의 소관이시지. 하지만 비록 우리 사이가 끝났어도 난 당신을 도와야 할 의무가 있어. 당신이 나를 이렇게 홀대해도 압두, 난 당신이 걱정돼."

"……."

"들어 봐. 당신이 나를 괜찮은 사람으로 기억했으면 싶어서 좋은 일자리를 하나 알아보았어."

압두는 입을 다물고 있었는데 망설이는 기색이 역력했다. 그는 당혹감을 감추려는 듯 시샤만 깊이 들이마셨다.

"무슨 일자리인지 물어보지도 않을 건가?"

"……."

"알무니라에 있는 프랑스 문화원 수위 자리에 자네를 추천했어. 일도 깔끔하고 쉬운 데다 월급은 5백 기네야."

압두는 수락도 거절도 않은 채 계속 잠자코 있었다. 성공을 예감하며 하팀이 말을 이었다.

"당신은 복 받을 자격이 있어, 압두. 받아."

하팀은 손가방에서 펜과 수표책을 꺼냈다. 그러고는 안경을 끼고 수표를 쓴 후 미소 지으며 말했다.

"새 일을 맡기 전까지 쓸 생활비 천 기네짜리 수표야."

하팀이 손을 내밀고 있자 압두는 천천히 수표를 받으며 나직한 소리로 말했다.

"고마워요."

"압두, 난 맹세코 당신에게 우리 관계를 강요한 적 없어. 당신이

나를 떠나기로 했다면 그렇게 해. 하지만 마지막으로 부탁이 하나 있어."

"무슨 부탁인데요?"

하팀은 가까이 다가가 달라붙으며 압두의 다리에 손을 얹었다. 그리고 불붙는 듯한 목소리로 속삭였다.

"오늘 밤을 나와 함께 보내 줘. 오늘 밤만이고, 우리의 마지막 밤이 될 거야. 압두, 오늘 밤만 함께 가 준다면 당신이 다시는 나를 만나지 않아도 될 거라고 약속할게. 제발 부탁이야."

두 사람은 차 안에 나란히 앉아 있었고 긴장된 침묵이 그들을 에워쌌다. 하팀은 치밀하게 계획을 실행에 옮겼다. 그는 압두가 돈과 새 직장의 유혹을 떨칠 수 없을 것이고, 한 번 더 성적 쾌감을 맛본다면 다시 관계를 시작할 것이므로 결국에는 압두를 계속 가질 수 있으리라고 생각했다.

한편, 압두는 절박한 주변 상황 때문에 어쩔 수 없이 하팀의 제안을 받아들인 것이라고 자신을 정당화했다. 가판대를 그만둔 후에는 자신과 아내의 생활비는 고사하고, 샤이와 물담배조차 동향 출신인 찻집 주인에게 외상으로 얻어 쓰는 상황이었다. 채 두 달이 못 되어 사이드 출신 지인들에게서 3백 기네나 빚을 졌다. 적당한 일자리를 찾으려 애를 썼지만 소용이 없었다. 일용 노동자로도 일해 보았지만 견디지 못하고 며칠 만에 그만두었다. 그는 더 이상 그처럼 고된 일을 감당할 수 없을 것 같았다. 단돈 몇 기네를 벌기 위해 그 무거운 회반죽 통을 등에 지고 하루 종일 오르락내리락하고, 하청 업자들은 그나마 받는 돈의 절반을 빼앗고 게다가

욕하고 멸시하기까지 한다. 그렇다면 대체 무엇을 해야 한단 말인가? 하팀이 제안한 일자리는 번듯하고 깔끔한 데다가 끔찍한 가난으로부터 그를 지켜 줄 것이다. 그러니 오늘 밤만 관계를 갖고 단 한 번만 그를 만족시켜 주면 된다. 그다음엔 수표를 바꿔 빚도 갚고 생활비로 쓰면 된다. 새 일자리를 얻자마자 둘의 관계도 끝내고 이 추잡한 내용의 페이지를 접으면 된다. 압두는 하나님께서 용서하시고 회개를 받아 주시리라 믿었다. 이 일이 끝나고 기회가 생기면 이슬람 순례를 행하고 어머니에게서 태어났을 때처럼 모든 죄를 정화하고 돌아올 것이다. 오늘은 그가 죄를 짓는 마지막 밤이 될 것이고, 내일부터는 정식으로 회개하고 바르게 살아갈 것이다. 압두는 하팀을 보았다는 말을 하디야에게 하지 않기로 마음먹었다. 그녀가 사실을 알게 되면 삶 자체가 지옥이 될 것이다. 실제로, 아기가 죽고 나서 아내는 하루도 빠짐없이 그와 싸우고 욕을 해 대고 그에게 징벌을 내려 달라며 하나님께 기도했다. 그녀는 슬픔 때문에 이성을 잃은 나머지 그의 마음과 인생 전체에 무거운 짐이 되었으며, 마치 압두가 제 손으로 아기를 죽이기라도 한 것처럼 그를 대했다. 압두는 밀려오는 죄책감에 사로잡혀 내내 잠을 이룰 수 없었다. 하지만 그 모든 것이 오늘 밤이면 끝난다. 마지막으로 하팀의 육체를 만족시킨 다음 일자리를 얻고 회개할 것이다.

두 사람은 말없이 아파트로 들어섰다. 하팀이 즐겁게 말하며 불을 켰다.

"당신이 없으니까 집이 허전해."

그러자 압두가 갑자기 다가서서 그를 껴안더니 옷을 벗기고 관계를 가지려 했다. 압두는 서둘러 임무를 끝내려 한 것이었지만 하팀은 자신을 갈망하는 증거라 생각하고 행복에 겨운 여인처럼 교태스럽게 속삭였다.

  "서두르지 마, 압두."

  하팀이 서둘러 안으로 들어간 사이에 압두는 술장을 열고 위스키 한 병을 꺼내 큰 잔에 따라 물이나 얼음도 없이 한번에 다 마셔버렸다. 그는 취해야만 될 것 같은 느낌이 절실히 들었다. 하팀이 단장하고 나오는 짧은 시간 동안 여러 잔을 배 속에 들이부었더니 서서히 술기운이 돌았다. 혈관에서 피가 뜨겁게 솟구치는 것을 의식하면서 그는 자신에게 힘과 능력이 있어 그 무엇도 그가 원하는 것을 막을 수 없으며 뭐든 할 수 있다는 느낌에 사로잡혔다. 하팀이 맨몸에 장밋빛 실크 잠옷만 걸친 채 욕실에서 나왔다. 하팀은 간들거리며 부엌으로 가 따뜻한 음식을 가져다가 탁자에 올려놓았다. 그는 잔에 술을 채운 뒤 술잔 가장자리를 섹시하게 혀로 핥으며 천천히 들이켰다. 그러고는 압두의 건장한 팔에 손을 얹고 한숨을 쉬며 속삭였다.

  "너무 보고 싶었어."

  압두가 하팀의 손을 밀어내며 취한 소리로 말했다.

  "하팀 베, 우리 합의한 거예요. 이 밤이 우리가 보내는 마지막 밤이에요. 내일 아침부터는 각자 자기 길을 가는 거예요. 그렇죠?"

  하팀이 미소 지으며 압두의 거친 입술에 자신의 손가락을 가져다 대고는 놀리듯 그의 말투를 흉내 냈다.

"그럼요, 사이드 양반."

압두는 이번에는 참지 못하고 하팀에게 달려들었다. 웃으며 반항하고 농염한 소리를 지르는 하팀을 어린 아기처럼 두 팔로 안아다가 침대에 던졌다. 압두는 바지를 벗고 그에게 몸을 던졌다. 압두는 이전과 달리 거칠게 사랑을 나누면서 하팀에게 달려들었다. 하팀은 극도의 쾌락과 고통 속에 여러 차례 비명을 질러 댔다. 압두는 한 시간도 못 되어 세 번이나 욕망을 채웠다. 그는 막중한 책무를 해치우려는 듯 말 한마디 하지 않고 열심히 일을 치렀다. 일을 마치자 하팀은 벌거벗고 엎드린 채 마취된 듯, 절대 깨어나고 싶지 않은 멋지고 달콤한 꿈을 꾸며 자고 있는 듯 황홀경에 빠져 눈을 감고 있었다. 하지만 압두는 천장만 뚫어지게 바라보며 누워 있었다. 한마디 말도 없이 담배 두 개비를 피운 압두가 벌떡 일어나 옷을 입기 시작했다. 하팀이 압두를 보고 침대에서 자세를 바로 해 앉더니 걱정스러워하는 얼굴로 물었다.

"어디 가?"

"갑니다."

압두는 일이 다 끝났다는 듯 무심하게 말했다. 하팀이 일어서서 그 앞을 가로막았다.

"오늘 밤은 여기서 보내고 내일 아침에 가."

"단 1분도 더 있지 않을 거예요."

하팀이 벗은 몸으로 그를 끌어안으며 속삭였다.

"제발, 오늘 밤은 함께 있어 줘!"

갑자기, 압두가 침대 옆 의자로 넘어질 정도로 거세게 하팀을 밀었다. 그러자 얼굴이 시뻘게진 하팀이 화를 내며 소리쳤다.

"당신 미쳤어? 어떻게 나를 밀쳐 낼 수 있어?"

압두가 대들듯이 답했다.

"이제 각자 자기 길로 갑시다."

자신의 계획이 실패했음을 확인시키는 압두의 분명한 말에 하팀은 격분했다.

"우리는 밤새 같이 있기로 합의했어."

"합의한 대로 난 다 했어요. 당신이 나에게 요구할 일은 더 이상 없어요."

"당신이 어떤 입장인지 정확히 알고 있기는 한 거야?"

압두는 대답하지 않고 묵묵히 옷을 입었다. 그러자 더욱 화가 치민 하팀이 말을 이었다.

"내 말에 대답해. 당신 주제를 알고 있냐고?"

"당신하고 똑같은 사람이오."

"넌 맨발로 다니는 무식한 사이드 촌놈일 뿐이야. 내가 널 거리에서 데려다가 씻기고 가꿔서 사람으로 만들었어."

압두는 천천히 하팀 앞으로 한 발짝 다가가 술기운 때문에 붉게 충혈된 눈으로 그를 한참 쳐다보다가 경고했다.

"이봐요, 나를 함부로 막 대하지 말아요. 알겠소?"

하지만 자제력을 상실한 하팀은 악마의 저주에라도 씐 것처럼 마지막 선을 넘고 말았다. 그는 업신여기는 듯한 시선으로 압두를 훑어보며 말했다.

"압두, 네 주제를 잊었구나. 내가 전화 한 통만 걸면 널 지옥으로 보내 버릴 수 있어."

"그렇게 못할걸요."

"내가 할 수 있는지 없는지 보여 주지. 지금 여기서 나가면 네가
도둑질을 했다고 경찰에 고발해 버릴 거야."

압두는 대꾸하려 했다가 그냥 고개를 끄덕이더니 밖으로 나가
려고 문을 향해 발걸음을 떼었다. 그는 자기가 더 강하며 하팀이
위협해도 소용없을 거라고 생각했다. 아파트 문을 열려고 손을 뻗
치자 하팀이 그의 질밥을 붙잡고 소리를 질렀다.

"넌 못 가!"

"날 좀 내버려 두라고요!"

"있으라면 있어!"

하팀이 뒤에서 압두의 목을 잡고 매달리며 소리 질렀다. 그러자
압두가 몸을 돌려 하팀의 손을 뿌리치고 사정없이 얼굴을 때렸다.
순간 하팀은 눈을 휘둥그레 뜨고 쳐다보더니 미친 사람처럼 두 눈
을 부릅뜬 채 고함을 내질렀다.

"하인 주제에, 감히 네 주인을 때리다니, 이 개자식아. 네 어미
에 걸고 맹세컨대 일자리도 없고 돈도 없어. 내가 아침에 은행에
전화를 걸어 수표를 지불 정지 시킬 거니까. 그럼 아무짝에도 쓸
모없는 휴지 조각이 될 거야."

압두는 머릿속에서 생각을 추스를 때까지 방 한가운데 계속 서
있었다. 그러더니 성난 야수의 목구멍에서 가르랑대는 소리와 비
슷한 굵은 소리를 내고 하팀에게 달려들어 발로 차고 주먹으로 내
리쳤다. 그는 하팀의 목을 잡고 벽에다 힘껏 머리를 짓찧었고, 잠

시 후 뜨겁고 끈적한 피가 양손에 흘러내리는 것을 느꼈다. 나중에 경찰 조서에서 이웃들은 새벽 4시경 하팀의 아파트에서 나오는 고성과 비명을 들었지만 그의 사생활을 알고 있던 터라 간섭하지 않고 그냥 두었다고 진술했다.

* * *

자비롭고 자애로우신 하나님의 이름으로……

현세를 버리고 내세를 구하는 자들은 하나님의 길을 위해 싸워라.

하나님의 길을 위해 싸우는 자는

죽임을 당하든 승리자가 되든

큰 상을 받을 것이니라.

어째서 너희들은 하나님의 길을 위해

그리고 힘 약한 남자나 여자, 아이들을 위해 싸우려 하지 않는가.

그들은 호소한다. "주여. 부디 우리를 이 마을에서 꺼내 주시옵소서.

그곳 사람들은 불의를 범하는 자들입니다.

우리를 위해 당신 편에서의 보호자를 세워 주십시오.

우리를 위해 당신 편에서의 조력자를 세워 주십시오"라며.

셰이크 빌랄이 코란의 '여자의 장(章)' 구절을 부드럽고 낭랑한 목소리로 읽어 내려가자 그의 뒤에서 예배를 드리던 동료들은 감동을 받았다. 외경심을 느낀 동료들이 셰이크 뒤에서 경건하게 하나님을 향한 순종의 기도문을 바쳤다. 아침 예배가 끝났다. 셰이크 빌랄이 자리에 앉아 하나님을 찬양하는 말을 읊조리고 있는 가운데 동료들이 한 사람씩 다가와 사랑과 존경의 자세로 그와 악수를 나누었다. 타하 알샤들리가 셰이크를 향해 몸을 숙이자 셰이크는 그를 자기 쪽으로 슬쩍 잡아당기고 귓속말을 했다.

"사무실에서 기다리게. 금방 따라가겠네."

타하는 셰이크가 무슨 일로 보자고 하는지 궁금해하며 사무실로 갔다. '내가 셰이크 빌랄에 대해 말한 것을 라드와가 전했을까? 라드와는 셰이크 빌랄을 아버지처럼 따른다고 늘 말했는데 남편이 한 말을 전할 정도로 셰이크를 따르는 것일까? 만약 아내가 진짜로 그랬다면 나는 아내에게 그 대가를 치르게 할 것이다. 아내는 남편의 비밀을 반드시 지켜야 하므로 나는 결코 그녀를 용서하지 않을 것이다. 셰이크 빌랄이 라드와에게 한 말에 대해 내게 묻는다면 거짓말은 하지 않을 것이다. 그 앞에서도 나는, 결과야 어찌 되든 똑같이 말할 것이다. 셰이크는 내게 어떤 처분을 내리실까? 극단적으로는 훈련소에서 내치는 경우도 있다. 그럴 수도 있다. 훈련소에서 한 일이라곤 먹고, 마시고, 잔 것 외에는 한 일이 아무것도 없는데 이곳에 남아 있는 게 무슨 의미가 있겠는가? 셰이크가 지하드를 허락하지 않는다면 아예 훈련소에서 쫓겨나 왔던 곳으로 되돌아가는 것이 더 낫다.'

타하는 이런 생각을 하며 사무실 문을 손으로 밀면서 단단히 각오하고 안으로 들어갔다. 안에는 다른 동료 두 명이 기다리고 있었다. 마흐굽 박사는 나이가 40이 넘은 수의사로, 1970년대에 알자마아 알이슬라미야를 설립한 선도자 중 한 사람이었다. 알파이윰 출신의 압두 알샤피는 카이로 대학교 법학과 학생이었는데 학업을 그만두고 훈련소에 들어와 살기 전까지 공안 당국에 여러 번체포된 적이 있고 수배를 받고 있었다. 타하는 두 사람과 반갑게 악수를 했다. 세 사람은 일상적인 이야기를 나누었지만 내심으로는 걱정되고 두려웠다. 이어 셰이크 빌랄이 도착해서 그들과 뜨겁게 악수를 나누고 포옹하였다. 셰이크가 미소 띤 얼굴로 그들을 바라보며 말했다.

"이슬람의 청년들이여, 오늘은 그대들의 날이오. 알자마아 원로회의가 중요한 작전에 투입할 전사로 여러분을 선택했소."

한순간 정적이 흘렀다. 동료들은 "알라 외에 신은 없다", "알라는 가장 위대하시다"라고 외쳤다. 그들은 기쁨에 겨워 서로 부둥켜안았다. 그중에서도 타하가 가장 기뻐하며 "하나님께 찬양을. 하나님은 위대하시다"라고 소리쳤다. 셰이크가 만면에 미소를 지으며 말했다.

"축하하오. 하나님께서 여러분을 축복하시고 믿음을 더욱 강건히 하시기를. 이슬람의 적들은 여러분이 두려워 공포에 떨지니, 이는 적들은 삶에 애착을 갖지만 여러분은 죽음을 기꺼이 받아들이기 때문입니다."

셰이크는 심각한 얼굴로 책상에 앉아 앞에 큰 종이를 펼치고 질밥 주머니에서 펜을 찾으며 말했다.

"시간이 없네. 오늘 낮 1시에 작전을 수행해야 하거든. 그렇지 않으면 적어도 한 달을 더 기다려야 해. 여보게들, 다들 앉아서 내 말에 최대한 집중하게."

* * *

두 시간 후에 가정용 액화 가스통을 가득 실은 소형 트럭 한 대가 피라미드 지역의 파이살 지구를 향해 가고 있었다. 운전석에는 마흐굽 박사가, 보조석에는 타하 알샤들리가 앉아 있었고 압두 알샤피는 트럭 짐칸에 쌓여 있는 가스통 더미 사이에 서 있었다. 세 사람은 수염을 깎고 가스 배달부 차림을 하고 있었다. 예정된 계획은 이랬다. 적어도 작전 개시 한 시간 전에 현장을 실사하고, 국가 보안국 장교가 집에서 나올 때까지 길에서 자연스럽게 기다린다. 장교가 건물에서 나와 자동차에 타려고 할 때까지의 시간 동안 모든 수단을 동원해서 장교를 지체하게 만든다. 그런 다음 운전석 밑에 숨겨 둔 자동 소총 세 정으로 그자에게 총격을 가한다. 그 외에 세 사람은 엄격한 추가 지시 사항도 받았다. 만약 장교가 작전 실행 전에 자동차에 탄다면 트럭으로 가로막고 그들이 지급받은 수류탄 전부를 동시에 그에게 투척한다. 그런 다음 트럭을 버리고 도주하되, 아무도 추격하지 못하도록 공중으로 총을 발사하며 각자 다른 방향으로 간다. 만약 그들이 감시당하고 있다는 의심이 들면 마흐굽 박사는 공격조 대장으로서 즉시 작전을 취소할 권한을 갖고 있다. 그렇게 되면 그들은 아무 샛길에나 차량을 버리고 흩어졌다가 대중교통 수단을 이용하여 훈련소로 복귀한다는 내용이었다.

파이살 지구로 들어서자 트럭은 속도를 낮추었고 압두 알샤피는 렌치로 가스통을 두드리며 주민들에게 가스 차가 왔음을 알렸다. 여자 몇몇이 발코니와 창문으로 몸을 내밀고 가스 트럭을 불렀다. 트럭은 여러 번 멈춰 섰고 압두 알샤피는 주민들에게 가스통 몇 개를 날라다 주고 돈을 받은 다음 다시 빈 통을 가지고 차로 돌아왔다. 이는 철저히 위장하기 위해 셰이크 빌랄이 내린 지침에 따른 것이었다. 그런 뒤 트럭은 장교가 살고 있는 아키프 거리에 도착했다. 어떤 여자가 발코니에서 가스통을 주문하자 압두 알샤피가 배달했다. 마흐굽과 타하는 그 틈을 타 주변을 천천히 살폈다. 장교의 파란색 1970년대 말 모델의 메르세데스가 건물 앞에 대기 중이었다. 마흐굽은 건물들 간 거리(距離)와 주변 상점들과 출입구를 세심히 관찰했다. 압두 알샤피가 돌아오자 트럭은 그 장소를 떠나 멀리 이동했다. 마흐굽 박사가 시계를 보며 말했다.

"앞으로 한 시간 남았어. 샤이 한잔하는 게 어때?"

마흐굽이 독려하는 듯 쾌활하게 말했다. 근처 거리에 있는 작은 찻집 앞에 트럭을 세우고 세 사람은 박하 향이 든 샤이를 마셨다. 그들의 모습은 지극히 자연스러워서 의심을 살 여지가 없었다. 마흐굽이 홀짝이는 소리가 들리도록 샤이를 마시며 말했다.

"하나님께 찬양을. 모든 일이 순조롭군."

타하와 압두 알샤피도 나직이 되뇌었다. "하나님께 찬양을"

"자네들은 알자마아 원로 회의의 동료들이 목표물을 꼬박 1년 동안 주시했다는 걸 알고 있나?"

"꼬박 1년을요?" 타하가 물었다.

"진짜로 꼬박 1년이야. 조사하기가 힘들었어. 국가 보안국 고위 장교들은 철저히 숨기거든. 이름도 여러 개를 사용하고 거처도 여러 곳인 데다 가끔은 가족들을 데리고 세간이 딸린 아파트를 옮겨 다니지. 그래서 그자들의 거취를 파악하기란 거의 불가능하지."

"마흐굽 대장님, 그 장교 이름이 뭡니까?"

"자네가 알아서는 안 돼."

"금지 사항이라는 건 알고 있습니다만 그래도 알고 싶습니다."

"그자 이름을 안다고 해서 그게 자네와 무슨 상관이라도 있나?"

타하는 입을 다물었다. 그러다가 마흐굽을 한참 바라보고는 흥분해 말했다.

"마흐굽 대장님, 우리는 이제 정말로 지하드를 시작했습니다. 하나님께서 순교의 자비를 베푸신다면 우리의 영혼은 창조주께 함께 올라갈 것입니다. 죽음의 문턱에 우리가 함께 있는데도 저를 믿지 못하시는 겁니까?"

타하를 아끼는 마흐굽이 그의 말에 감동해서 나직하게 말했다.

"살리흐 라쉬완."

"살리흐 라쉬완 대령?"

"범죄자에다 불신자이고 살인자야. 그놈은 이슬람주의자들을 고문하는 것을 감독하면서 즐겼어. 구치소에서 수많은 동료들이 죽임을 당한 일에 직접적인 책임이 있는 놈이야. 게다가 그놈은 이슬람 형제들의 모범인 알파이윰의 지도자 하산 알슈르바시와 알자마아의 대변인 무함마드 라피 박사를 총으로 살해했어. 그놈은 알아크라브 교도소*에 구금 중인 동료들 앞에서 그 두 사람을 죽인 일을 자랑하기도 했지. 하나님의 자비가 무고한 순교자들과 함께하시어 그들 모두를 하나님의 넓은 천국에 살게 하시고, 하나님의 은총으로 우리를 그들과 온전히 하나로 모아 주시기를."

1시 5분 전에 가스 트럭은 건물 입구 맞은편에 멈춰 섰다. 압두 알샤피가 짐칸에서 내려 운전석으로 다가가더니 주머니에서 작은 수첩을 꺼내 들었다. 그는 운전사 역할을 맡은 마흐굽과 계산을 맞추어 보는 척했다. 두 사람은 옆에서 들릴 정도의 큰 소리로 팔려 나간 가스통 개수에 대해 열심히 이야기했다. 두 사람의 모습은 자연스러웠다. 타하는 단단히 준비한 듯 차 문손잡이를 움켜잡았다. 건물 입구가 타하의 눈앞에 훤히 보였고 심장이 터질 듯 마구 뛰는 것을 느꼈다. 타하는 한 가지에만 정신을 집중하려고 애썼지만 우르르 울리며 쏟아지는 폭포처럼 많은 장면들이 머릿속으로 밀려들었다. 1분이 지나는 순간에 그간의 삶이 한 장면씩 보였다. 야쿠비얀 빌딩 옥탑에 있는 방, 어린 시절의 추억들, 인자하신 부모님, 옛 연인 부사이나 알사이드, 아내 라드와, 아버지의 직업을 들먹이며 그를 모욕한 경찰 대학 심사 위원장을 맡은 장군, 구치소에서 그를 때리고 신체를 욕보였던 군인들. 타하는 자신이 구치소에서 고문을 당할 때 이 장교가 그것을 감독했는지 알고 싶은 마음이 간절했다. 하지만 그런 속내를 마흐굽에게 털어놓을 경우 자칫 마흐굽이 그 점을 염려한 나머지 그를 작전에서 뺄까 두려워 말을 꺼내지 않았다. 지난 추억들이 눈앞에서 빠르게 지나가는 동안 타하는 건물 입구를 계속 지켜보고 있었다. 그때 장교가 나타났다. 동료들이 말한 대로 뚱뚱하고 허여멀겋게 생긴 자였다. 잠이 덜 깬 얼굴에는 더운 목욕을 한 표시가 났고, 유유하고 자신 감에 찬 모습으로 걸으며 입에는 담배를 피워 물고 있었다.

타하는 서둘러 문을 열고 길거리로 내려섰다. 타하의 임무는 동료들이 총격을 가할 때까지 어떻게 해서든 그 장교를 붙잡고 있다가, 그런 다음 달려가서 트럭에 올라타고 수류탄을 던져 동료들의 도주를 엄호하는 것이었다. 타하는 장교에게 다가가 자연스럽게 보이려고 애쓰면서 길을 물었다.

"저기요, 선생님, 아키프 10번가는 어디로 가야 되나요?"

장교는 걸음을 멈추지 않고 타하에게 거만한 태도로 손짓했다. 장교는 자동차 쪽으로 걸어가면서 웅얼거렸다.

"이쪽 길."

바로 그놈이었다. 그의 고문을 감독한 놈이었다. 군인들에게 그를 때리고 채찍으로 살을 찢고 몸에 막대기를 쑤셔 넣으라고 여러 차례 지시한 놈이었다. 일말의 의심을 할 여지도 없이 바로 그자였다. 쉰 목소리에 냉정한 어투와 흡연의 영향으로 살짝 헐떡이는 숨소리. 똑같았다. 타하는 제정신을 잃고 장교를 향해 뛰어오르며 성난 야수의 포효처럼 날카롭고 모호한 고함을 질렀다. 장교는 겁에 질린 눈으로 타하를 바라보다가 자신이 처한 상황을 이내 알아챈 듯 두려움으로 얼굴이 일그러졌다. 장교는 입을 벌려 뭔가 말하려 했지만 할 수 없었다. 갑자기 자동 소총이 연방 총탄을 퍼부었고 몸에 총탄 세례를 받은 장교는 땅에 쓰러져 피를 쏟아 냈다.

타하는 계획을 어기고 그 자리에 서서 두 눈으로 장교가 죽는 모습을 지켜보았다. 그런 뒤 타하는 "하나님은 위대하시다. 하나님은 위대하시다"라고 외친 뒤 트럭으로 되돌아가려고 내달렸다. 그런데 돌발적인 상황이 일어났다. 1층에서 거칠게 유리창을 깨는 소리가 들리더니 남자 둘이 나타나 트럭 쪽을 향해 총을 쏘기 시작했던 것이다.

타하는 상황을 깨닫고 훈련 과정에서 배운 대로 사선(射線)에서 벗어나기 위해 고개를 숙인 채 지그재그로 달렸다. 트럭에 가까워지자 총알이 빗발처럼 주위에 쏟아졌다. 2미터가량을 남겨 두었을 때 갑자기 그는 어깨와 가슴이 서늘해지는 것을 느꼈다. 얼음장처럼 매서운 한기에 깜짝 놀라 쳐다보니 솟구쳐 흐르는 피로 온몸이 피투성이였다. 한기는 그를 물어뜯는 격심한 고통으로 변했다. 타하는 차량 뒷바퀴 옆 바닥에 쓰러졌고 고통에 겨워 비명을 질렀다. 그러다가 끔찍한 고통이 조금씩 사그라지는 것 같았고 엄습해 오는 낯선 편안함이 느껴졌다. 그를 얼싸안고 감싸 주는 편안함이었다. 넘칠 듯 가득하고 아스라한 소리가 그의 귀에 들려왔다. 종소리와 영창조의 노래, 그리고 암송하듯 웅얼거리는 소리가 반복되면서 그에게 가까워졌다. 그 소리들은 새 세상에 온 그를 맞이하는 것 같았다.

* * *

늦은 오후부터 맥심 식당이 발칵 뒤집혔다.

식당 종업원들에다가 다른 일꾼들 열 명까지 가세해 물과 세제 그리고 소독제까지 사용하여 바닥, 벽, 화장실 청소에 열심이었다. 그런 다음 탁자와 의자들을 홀의 양쪽으로 옮겨 입구와 바 사이에 넓은 통로를 내고, 홀 한가운데에는 춤을 출 수 있는 넓은 공간을 만들었다. 일꾼들은 헐렁한 운동복을 입은 크리스틴의 지시에 따라 힘을 쏟아 일을 했다. 크리스틴도 직접 일꾼들을 도와 물건들을 들어 날랐다. (그것은 사람들이 일을 열심히 하도록 독려하는 그녀만의 비법이었다.) 때로는 서툰 아랍어로 남녀 불문하고 아무에게나 여성형으로 말을 걸며 소리를 높였다.

"당신, 여기 이것들 다 옮겨요. 깨끗이 청소해요. 당신, 무슨 일이지요? 지쳐서 그래요? 아니면 뭐지요?"

저녁 7시가 되자 파티장은 윤이 났다. 탁자에는 행사를 위해 특별히 꺼낸 눈부시게 하얀 새 식탁보가 깔렸다. 꽃바구니들이 도착하자 크리스틴은 꽃을 배치할 장소를 정하는 일을 감독했다. 그녀는 작은 다발들을 풀어 화병에 꽂고 직원들에게 큰 바구니는 식당 입구 바깥쪽과 통로를 따라 놓으라고 지시했다. 그런 뒤 책상 서랍에서 아랍어와 프랑스어로 '오늘 밤 식당은 개인 파티로 예약되었음'이라고 쓰인 운치 있고 오래된 표지판을 꺼내 바깥 출입문에 걸었다. 그녀는 고개를 기웃하면서 눈으로 마지막 점검을 하고는 식당의 꾸밈새에 흡족해했다. 그러고 나서 자기도 옷을 갈아입으러 근처에 있는 집으로 서둘러 갔다.

한 시간 뒤 크리스틴은 우아한 파랑 드레스에 능숙한 솜씨로 절제된 화장, 그리고 1950년대식으로 틀어 올린 시뇽 스타일 머리를 하고 돌아왔다. 어느덧 악단도 도착하여 단원들은 자신들의 악기를 점검하고 있었다. 미즈마르,* 색소폰, 바이올린, 그리고 다양한 리듬 악기들의 음을 맞추느라 쏟아 내는 불협화음이 마치 음악의 거장(巨匠)이 중얼거리는 소리처럼 울려 퍼졌다.

초대된 손님들이 모습을 보이기 시작했다. 자키 베 알두수키의 친구인 연로한 사람 몇이 도착했는데, 그중 일부는 크리스틴도 아는 사람들이었다. 그녀는 그들 모두와 악수를 하고 맥주와 위스키를 무료로 제공하는 바로 안내했다. 손님들이 속속 도착해 그 수가 늘어 갔다. 부사이나의 상업 학교 친구들도 가족과 함께 왔다. 운전기사 알리도 왔는데, 그는 도착하자마자 술이 있는 바로 갔다. 세탁 일을 하는 사비르가 아내와 아이들을 데리고 왔고, 옥탑의 다른 주민들도 참석했다. 여자들은 금실과 금박으로 장식된 반짝이는 옷을 입고, 시집갈 때가 된 처녀들은 결혼식장에 숨어 있을지도 모를 결혼 기회를 고대하며 한껏 아름답게 치장하고 왔다. 옥탑 사람들은 식당의 웅장함과 유서 깊은 유럽식 스타일에 기가 눌려 있었다. 하지만 여자들은 결혼식 분위기보다는 음탕함에 더 가까운 소소하고 유쾌한 대화와 큰 웃음소리로 압도당한 듯한 느낌을 조금씩 털어 냈다.

9시경에 문이 열리더니 몇 사람이 급히 들어왔고 이어 자키 베 알두수키가 유유히 그들 뒤를 따라 들어왔다. 그는 멋진 검은 양복에 흰 셔츠 차림으로, 목에는 큼지막한 빨간 나비넥타이를 맸고 이발사가 추천해 준 새로운 스타일에 따라 염색한 머리를 뒤로 빗어 넘긴 모습이었다. 공들인 보람이 있어 열 살은 더 젊어 보였다.

그는 오늘 밤을 시작하는 의미로 더블 위스키 두 잔을 마신 탓인지 걸음이 약간 둔해지고 눈도 충혈되어 있었다. 자키 베가 식장에 나타나자 "축하해요", "진심으로 축하해요" 하고 사방에서 큰 소리로 환호하며 휘파람을 불고 박수를 쳤다. 수줍음이 담긴 자가리드 소리도 울렸다. 그러는 동안 사람들은 자키 베와 악수를 나누며 축하 인사를 건넸다. 크리스틴도 자키 베에게 달려가 안아주고 다정하게 입을 맞췄다.

"인기 영화배우 같아요."

크리스틴이 열성적으로 말했다. 그녀는 크게 숨을 내쉬고 자키 베를 한참 쳐다보다가 말을 이었다.

"자키, 오늘 당신을 보니 정말 좋아요. 오래전에 결혼을 하셨어야 했어요."

자키 베 알두수키와 부사이나 알사이드의 결혼식 파티였다. 여느 신부들이 그렇듯 미용실에서 오느라 조금 늦게 도착한 부사이나가 순백색 드레스를 입고 입장했다. 긴 드레스 자락은 부사이나의 여동생들과 어린 남동생 무스타파가 잡고 들어왔다. 신부가 입장하자 하객들 모두 그녀의 모습에 감동했고, 한차례 폭풍이 지나가듯 고운 선율의 자가리드 소리가 맑고 깨끗하게 울렸다. 모두 행복했다. 악단이 결혼식 음악 연주를 마친 후에 뷔페식 식사가 시작되었다. 크리스틴은 유럽식 파티 분위기를 내려고 에디트 피아프의 「장밋빛 인생(La Vie en Rose)」을 피아노로 연주하며 달콤한 목소리로 노래를 불렀다.

그가 나를 품에 안고 가만히 내게 속삭일 때
내게는 인생이 장밋빛으로 보입니다.
그는 내게 사랑의 말을 해 주지요.
매일 똑같은 말을 해도
그 말은 내 마음속에 무언가 싹트게 하지요.

신랑과 신부 단둘이 춤을 추었다. 부사이나가 조금 흥분해서 춤을 추다가 넘어질 뻔했지만 신랑이 스텝을 잘 이끌어 주었다. 신랑은 신부를 자기 쪽으로 가까이 끌어당길 기회를 잡았다. 그 동작이 하객들의 눈에 딱 걸려, 하객들은 농담조의 말을 한마디씩 던졌다. 자키 베는 웨딩드레스를 입은 부사이나가 마치 오늘 태어난 경이롭고 순수한 생명체처럼 보인다고 생각했다. 그녀는 죄 없는 자신을 더럽혔던 지난날의 흠을 영원히 청산했다. 노래가 끝나자 크리스틴이 우아한 자세로 프랑스 노래를 한 곡 더 하려 했지만 소용이 없었다. 사람들이 강력히 원해서 결국 그녀는 요구에 따르게 되었고, 악단은 아랍 춤곡을 연주하기 시작했다. 마법 같은 순간이었다. 부인들과 처녀들은 마침내 본연의 모습을 되찾은 듯 박수 치고 노래하며 박자에 맞추어 몸을 흔들었다. 여러 명의 여자가 허리에 띠를 두르고 춤을 추면서 신부에게도 춤을 추라고 권했다. 간청에 못 이긴 신부가 여자들이 둘러 준 띠를 허리에 찬 채 춤의 대열에 합류했다. 그런 신부의 모습을 자키 베 알두수키는 사랑스럽고 경탄에 찬 눈길로 바라보며 박자에 맞추어 열심히 박수를 쳤다. 하객들이 환성을 지르며 즐겁게 웃는 가

운데 자키 베도 조금씩 팔을 위로 쳐들고 부사이나와 함께 춤을
추기 시작했다.

7   **이만 타이무르** Īmān Taymūr. 작가의 아내.

15   **베** bē. 터키, 이집트에서 사용되는 고위 인사에 대한 경칭. 베이 (bey)라고도 한다.

   파샤 pasha. 이집트 사회에서 지위가 높은 사람에게 사용하는 칭호.

   술라이만 파샤 가 카이로 시내 중심가 중 하나. 술라이만 파샤 가 (街)라는 명칭은 이집트 총독인 무함마드 알리에 의해 이집트군 최고 사령관으로 임명된 프랑스인 장교 조제프 세브(Joseph Sève, 1788~1860)의 이름을 딴 것이며, 1954년에는 탈라아트 하릅(Ṭala ʿat Ḥarb) 가로 변경되었다.

17   **와프드당** Wafd. 20세기 전반 이집트 군주제하의 최대 정당으로, 이집트가 영국으로부터 독립하는 데 기여한 민족주의 정당.

   팟단 faddan. 이집트의 토지 측량 단위. 1팟단은 1에이커보다 조금 더 크다.

20   **수수** 보통 s로 시작하는 여자 이름을 애칭으로 부를 때 쓰는 말.

   바스부사 설탕과 견과류가 들어간 이집트의 단 과자.

22   **질밥** jilbāb. 넓은 소매가 달린, 긴 통옷 모양의 아랍 전통 의상.

25   **기네** ginēh. 이집트의 화폐 단위. 표준어 발음은 '주나이흐

(Junayh)ʹ.

27   **핫즈** ḥājj. 이슬람 교도의 의무인 메카 순례를 행한 나이 든 남자에 대한 경칭.

28   **무함마드 나깁** 이집트 제1대 대통령. 1953년 즉위했다가 1954년 가 말 압델 나세르에 의해 물러났다.

31   **이얄** '아이들' 을 뜻하는 아랍어. 여기서 이얄은 우리말로 '안사람', '집사람' 의 의미이다.

    물루키야 물루키야라는 잎줄기 채소로 만든 수프로, 끈적이는 느낌 의 아랍 전통 음식.

32   **라크아** rakʹah. 무슬림들이 예배를 드리는 과정에서 행하는 동작 중 하나로, 서 있는 자세로 있다가 몸을 앞으로 구부리는 동작을 가리킴.

    알라 Allāh. 이슬람의 유일신. 통상 우리말로는 '하나님' 으로 번역됨. 이하 본문에서는 문맥에 따라 '알라' 나 '하나님' 을 사용할 것이다.

33   **샤이** shāy. 아랍인들이 즐겨 마시는 홍차(紅茶).

34   **바크쉬시** baqshīsh. 이집트에서 수고의 대가로 주는 팁을 일컫는 말.

35   **가말 압델 나세르** 1918~1970. 이집트의 군인이자 정치가로 제2대 대통령을 지냄. 1952년 이집트 혁명을 주도했으며, 이집트의 산업화 와 범아랍주의를 이끌었음.

40   **인샤 알라** In Shāʹ Allāh. '알라의 뜻이라면' 이라는 의미로, 아랍 무 슬림들이 앞일에 대한 기원이나, 약속을 할 때 자주 사용하는 표현.

42   **왕좌 구절** 코란 2장 255절. "알라 외에 신은 없고, 그분은 살아 계신 분, 영원하신 분이시다. (중략) 그분은 사람들 앞에 있는 것도 사람 들 뒤에 있는 것도 다 아신다. (중략) 그 왕좌는 하늘과 땅을 덮고, 또 그분은 그 두 개를 유지하는 데도 지치지 않으신다. 참으로 그분 은 숭고하시고 위대하신 분이시다."

43   **사이드** Ṣaʹid. 이집트 남부 지역으로, '상(上)이집트' 라고도 한다.

    콥트 Copt. 이집트 내에서 토착 기독교를 믿는 사람들.

46   **키르시** qirsh. 이집트의 화폐 단위.

55 **맛자** mazzah. 아랍의 전채(前菜) 음식.

56 **이슬람주의** 근대에 들어와 무슬림 사회의 서구화, 종교의 세속화에 대한 반발로서 무슬림 선각자들에 의해 일어난 이슬람 부활 운동. 이슬람 부흥주의, 이슬람 원리주의 등으로 일컫기도 함.

59 **부르굴** burghul. 아랍어로 '밀 낟알'의 뜻.

63 **압두** 이하 원문에서는 '압두 랍부흐'의 준말인 '압두흐'로 나오지만 번역문에서는 편의상 '압두'로 사용함.

65 **라마단** Ramaḍān. 이슬람력 9월로, 무슬림들이 일출에서 일몰까지의 낮 시간에 단식하는 달.
   이프타르 ifṭār. 라마단 동안 매일 낮 시간의 단식을 마치며 먹는 음식.
   마그립 예배 maghrib. 일몰 시간의 예배.

68 **카드라 알샤리파** 힐랄 부족에 관한 아랍 민간 서사시에 나오는 명문가 출신의 여성 인물. 부당한 비난을 받는 가운데 순결을 지켰던 여성으로 알려져 있음.

74 **우두** wuḍū'. 무슬림들이 예배 전에 얼굴과 팔, 발 등 신체 일부를 물로 씻는 의식
   알후세인 예언자 무함마드의 외손자. 알후세인의 성물이 구(舊)카이로에 있는 한 사원에 안치되어 많은 이집트인들이 찾고 있음.

75 **압둘 할림 하피즈** 1929~1977. 이집트의 유명한 남자 가수로, 아랍 젊은이들의 우상이었음.

78 **하디스** Ḥadīth. 이슬람의 예언자 무함마드의 말씀과 관행을 기록한 것.

81 **핫자** ḥājjāh. '핫즈'의 여성형. 즉 메카 순례를 행한 나이 든 여자에 대한 경칭.

82 **셰이크** Shaykh. 종교 지도자나 부족장 등의 지위에 있는 자, 또는 학자 등에 대한 경칭. 나이 많고 존경할 만한 사람에게 붙이기도 함.

84 **히잡** ḥijāb. 이슬람 여성들이 머리, 목 등을 가리기 위해 쓰는 전통 복장.

85   알라이스 하층민 사회의 전통적 직업에서 책임자로 일하는 사람을 가리키는 명칭.

마흐르 Mahr. 아랍 사회에서 혼인 때 신랑 측이 신부 측에게 지급하는 결혼 지참금. 우리말로는 '신부 값'으로 번역됨.

후불금 혼인 시 신랑 측에서 신부 측에게 지급하는 마흐르 중 하나로, 결혼한 후에 지급하기로 한 대금. 보통 남편의 사망이나 이혼 시에 지급한다.

87   자가리드 zaghārīd. 아랍 여인들이 결혼식 같은 경사를 맞거나 희소식을 들었을 때 혀를 굴려서 소리를 내는 것.

109 파기 법원 이집트의 상고 법원(上告法院).

112 타하 후세인 20세기 아랍 세계를 대표하는 이집트 작가이자 문학 비평가, 교육가(1889~1973).

알리 바다위 1940년대 이집트 내 법학의 대가.

자키 나기브 마흐무드 현대 이집트 지성계를 대표하는 사상가이자 문학 비평가(1905~1993).

114 카프탄 두루마기 모양의 이집트 전통 의상.

타르부시 차양이 없는 원뿔형의 모자.

누비아 고대 아프리카 북동부에 있던 지방.

123 아스완 이집트 남부, 나일 강 기슭에 있는 도시.

아우카프 awqāf. 국가에 맡긴 재산을 이슬람교의 자선 사업이나 공공의 목적에 쓰이도록 관리하는 정부 부서.

127 진 Jinn. 이슬람에서 불로 창조되었다고 믿는 영적 존재로, 인간과 교류하기도 함.

128 파티하 Fātiḥah. 코란의 첫 장(章)으로, 무슬림들의 종교 의식이나 업무상 자주 사용됨.

130 샤리아 Sharī'ah. 코란과 순나(예언자 무함마드의 관행)를 바탕으로 하는 이슬람 성법.

131 울라마 'ulamā'. 이슬람 종교학 학자 및 권위자로 인정된 사람들.

135 **아잔** adhān. 이슬람 신자들에게 금요일 공동 예배와 1일 5회의 기도 시간을 알리는 외침 소리.

137 **자힐리야** Jāhiliyah. 아랍인이 이슬람 신앙을 모르던 이슬람 이전 시대를 가리킴. '자힐리야'는 '무지(無知)'를 뜻함.

무슬림 형제단 1928년·이집트에서 하산 알반나가 창시한 종교 정치 조직. 이슬람 경전을 현대 이슬람 사회의 지침으로 삼아 그것에 복귀하기를 주장했다.

138 **사이드 아불 아을라 마우두디** Sayyid Abul A'la Mawdudi(1903~1979). 파키스탄 출신으로, 20세기의 대표적인 이슬람 사상가이자 정치가.

사이드 쿠틉 Sayyid Quṭb(1906~1966). 이집트 무슬림 형제단의 지도자로, 이론과 조직의 핵심 인물.

유수프 알카라다위 Yusuf al-Qaraḍawi(1926~). 이집트 출신의 이슬람 학자이자 이슬람권에 널리 알려진 강연자.

아부 하미드 알가잘리 Abu Ḥamid al-Ghazali(1058~1111). 중세 이슬람 시대의 탁월한 이슬람 철학자, 신학자이자 신비주의자.

139 **민바르** minbar. 이슬람교에서 설교를 행하는 연단.

시와크 무슬림들이 치아를 문지를 때 사용하는 작은 나무 막대.

141 **지하드** Jihād. 이슬람을 확장하거나 지키기 위한 성전(聖戰).

143 **헤즈볼라** Hezbollah. '하나님의 당(黨)'이라는 뜻으로, 레바논에 기반을 둔 시아파 이슬람 조직이자 정당.

하마스 HAMAS. 팔레스타인의 이슬람 저항 운동 단체 겸 정당.

144 **아부 바크르** Abu Bakr(634년 사망). 예언자 무함마드의 동반자이자 이슬람 공동체의 제1대 정통 칼리프.

오마르 오마르 이븐 알캇탑(Umar ibn al-Khaṭṭab, 644년 사망). 이슬람 공동체의 제2대 정통 칼리프.

칼리드 칼리드 이븐 알왈리드(Khalid ibn Walid, 642년 사망). 이슬람의 영토 확장에 기여한 장군.

사아드 사아드 이븐 아비 왁카스(Sa'ad ibn Abi Waqqas, 595년 생).

예언자 무함마드의 동반자이자 장군.

이맘 Imām. 원래는 이슬람 사원에서 예배를 인도하는 신앙이 깊은 자를 가리키며, 시아파에서는 이슬람 공동체의 지도자를 의미함.

알리 이븐 아비 탈립 Ali ibn Abi Ṭālib(661년 사망). 수니파 이슬람 공동체의 제4대 정통 칼리프이자, 시아파의 제1대 이맘.

알아크사 사원 이슬람의 3대 성소 중 하나로, 동예루살렘에 있음.

145 **움마** Ummah. 이슬람 공동체.

146 **자신들은 주저하면서…… 하나님께서는 진실하시도다** 알 이므란 장, 168~174절.

147 **알자마아** '알자마아 알이슬라미야(the Islamic Group)'. 이집트의 이슬람주의 단체 중 하나.

166 **파루크 왕** 1936~1952년 재위. 이집트의 국왕. 1952년 가말 압델 나세르가 이끈 군부 쿠데타로 퇴위당했다.

자유 장교단 가말 압델 나세르가 이끈 민족주의 군인 단체로, 1952년 군부 쿠데타의 중추 세력이었다.

180 **알아즈하르 사원** Al-Azhar. 이집트에 있으며 이슬람 수니파의 중심지. 함께 있는 알아즈하르 대학교와 더불어 이슬람 학문과 종교적 권위에서 전 세계 무슬림들에게 막대한 영향을 미치고 있음.

208 **카이바르** Khaybar. 아라비아 반도의 메디나에 있는 오아시스 정착지로 유대인들이 거주하던 지역. 카이바르의 유대인들은 다른 아랍 부족과 공모하여 예언자 무함마드가 이끄는 이슬람 공동체에 대적하였다가 무슬림 군대의 공격을 받아 패배하였다.

211 **이샤 예배** 'ishā'. 하루의 다섯 번째이자 마지막 예배. 밤 예배.

212 **케밥** kebab. 숯불에 구운 아랍의 전통적인 고기 요리.

213 **쿠프타** 고기를 갈아 만든 완자 형태의 아랍 전통 요리.

시샤 shīshah. 아랍 지역의 전통적인 물담배.

237 **안와르 와그디** 1940년대 말에서 1950년대 초에 활동한 이집트의 유명한 영화배우.

238 **무스타파 알나하스 파샤** 이집트의 정치인. 1952년 이집트 군부 혁명 발발 당시를 비롯해 그 이전에도 여러 차례 이집트 총리 직을 맡았음. 1965년 사망.

267 **샤하다** shahādah. 아랍어 '샤하다'는 '학위'라는 의미 외에 '이슬람 신앙 고백'의 의미를 나타내기도 함.

280 **이자르** 허리에 두르는 의상.

295 **타프시르** tafsīr. 코란에 대한 주해, 설명.

307 **루돌프 발렌티노** 이탈리아 태생의 미국 영화배우. 1920년대 영화 「위대한 연인」으로 우상화되었음.

316 **다푸** 북의 일종.

　　붉은 금 금과 구리의 합금. 적금(赤金).

324 **타블리야** 높이가 낮고 둥근 상.

347 **알아크라브 교도소** 이집트 서부 사막에 있으며, 경비가 철저함.

351 **미즈마르** 피리처럼 생긴 아랍 전통 악기.

해설

용기 있는 치과의사가 쓴 아랍 혁명의 예언서

김능우(서울대 연구교수)

1. 알라 알아스와니

이집트의 소설가이자 치과 의사인 알라 알아스와니('Alā' al-Aswānī, 1957~)는 수도 카이로의 중산 계층 가정에서 태어났다. 높은 수준의 교양을 지닌 그의 가문은 문인을 배출한 집안으로 알려져 있다. 부친 압바스 알아스와니는 변호사이자 문인으로 활동했는데, 중세 아랍의 독특한 형식의 산문인 마카마트(maqāmāt)를 되살려 1960년대에 '아스와니 마카마트'로 명명하기도 했다. 부친은 또 소설 『높은 담장(al-Aswār al-ʿāliyah)』으로 국가상을 수상하기도 했지만 아들만큼 유명세를 누리지는 못했다. 알라 알아스와니의 조부 또한 즉흥 시인이었다.

알라 알아스와니는 자신의 첫 문학 스승은 아버지라고 말한다. 부친은 그에게 글쓰기를 가르쳐 주었을 뿐 아니라 집의 큰 서재를 내주었다. 덕분에 알라 알아스와니는 어릴 적부터 온갖 휴머니즘 도서로 가득한 서재에서 성장했다. 또한 그는 이집트의 지성을 대표하는 부친의 친구들로부터도 가르침을 받았다. 이처럼 유년기부터 그의 취미는 독서와 글쓰기였다. 그런데 변호사인 부친은 아들이 소설에 매진할 경우 자칫 생업을 포기할 수 있음을 우려해 소설을 직업으로 삼지 말라는 충고를 했다. 이에 알라 알아스와니는 미국 시카고의 일리노이 대학교 치의대에 들어가 석사 학위를 취득했다. 그는 대학교에서 학문과 더불어 프랑스어와 스페인어 등의 외국어도 익혀 능통한 수준에 이르렀다.

그는 여전히 치과 의사로 생업을 이어 가고 있다. 그 이유에 대해 그는 글쓰기를 생계 해결의 방편으로 삼기보다는, 자신에게 꿈을 꾸고 숨을 쉬게 해 주는 취미로 하고 싶다고 말한다. 또한 실천하는 지식인이기도 한 알라 알아스와니는 이집트에서 30년간 독재해 온 무바라크 전 대통령을 퇴진시키려는 국민 운동인 '키파야(Kifāyah)' 운동의 회원으로 활동하고 있다. 그는 이집트 신문 『자리다 알아라비(Jarīdah al-'Arabī)』에 매달 칼럼을 쓰고 있다.

현재까지 출간된 그의 소설 작품으로는 『지도자를 기다리는 자들의 모임(Jam'iyah Muntaẓirī al-Za'im)』(1998), 『야쿠비얀 빌딩('Imārah Ya'qūbiyan)』(2002), 『아군의 포격(Nīrān Ṣadīqah)』(2004), 『시카고(Shīkāgū)』(2007) 등이 있다. 그의 대부분 소설들은 주제 면에서 2011년 1월 이집트 민주 혁명(1 · 25 혁명) 이전 당시 이집트 독재 체제를 모든 사회 문제의 근본 원인으로 여겨 정부를 공격하는 성향을 띠고 있다.

작가는 2011년 1월 카이로의 중심지 '마이단 알타흐리르'(자유

광장)에서 시민들과 함께 민주 혁명 시위 대열에 서 있었다. 소설로써만 독재 정부를 공격하는 데 그치지 않고 이집트 국민들과 함께 '반독재', '무바라크 퇴진'을 연호하며 몸을 사리지 않는 행동하는 지식인으로서의 면모를 보여 주었던 것이다. 최근에도 끊임없는 글쓰기와 강연, 언론 활동을 통해 이집트의 민주화 실현과 국민의 자유, 권익 보장을 지속적으로 강조하면서 미완성인 혁명을 이루려는 운동에 적극 동참하고 있다.

2. 『야쿠비얀 빌딩』

1) 개관

이 소설은 1990년 제1차 걸프전 시기를 시간적 배경으로 하는 한편, 이집트에서 가말 압델 나세르가 이끈 1952년 군사 혁명 이전부터 걸프전 시기에 이르는 50여 년간의 이집트 사회를 조명하는 성격도 띠고 있다. 소설의 공간은 카이로 시내에 자리 잡은, 성인(聖人) 야곱의 이름을 딴 '야쿠비얀 빌딩'이다. 이 건물은 현대 이집트에 대한 비유이자, 작품 내 주요 인물들이 살거나 일하면서 소설 속의 사건들이 벌어지는 통합된 장소가 된다.

야쿠비얀 빌딩은 1934년에 아르메니아 출신의 사업가 하굽 야쿠비얀이 투자해서 지은 10층짜리 최고급 아파트 건물이다. 당시 정부 고위 관리와 장관들, 부유한 상공인들, 외국인들이 그곳에 거주하거나 사무실을 갖고 있었다. 1952년 군사 혁명 후 그 건물에는 군 장교와 장성의 가족들이 거주했다. 건물 옥상에는 작고 불결한 방들이 있다. 이 방들은 원래 창고로 쓰이다가 시골 지역에서 수도로 올라오는 빈민들의 거주지로 사용되었다. 옥상에 형성된 빈민촌은 카이로의 도시화와 더불어, 인구의 폭발적 증가 및 도시 집중 현상을 보여 준다.

소설 속 현재 시점에서 야쿠비얀 건물에는 다양한 계층의 사람들이 거주하거나 그 안에 사무실을 갖고 있다. 그들은 저마다 다른 사회적 배경을 지닌 채 모두 한 건물에 들어와 있는데, 특히 옥상에는 가난하고 소외된 하층민들이 그 아래층의 중산층이나 부유층 사람들과는 동떨어진 삶을 힘겹게 살아간다.

야쿠비얀 빌딩에 살거나 그곳에 사무실이 있는 주요 인물들과 특징을 소개하면 다음과 같다.

- 자키 베 알두수키: 프랑스에서 교육받은 엔지니어로 귀족층 출신의 부유한 65세 노인. 야쿠비얀 건물에 사무실을 갖고 있으며 대부분의 시간을 여성 편력으로 보낸다. 세계주의적 시각과 높은 수준의 교양을 갖추고 있으나 이슬람 교의에 동떨어진 생활을 한다.
- 타하 알샤들리: 야쿠비얀 건물 문지기의 아들로, 성실한 학생. 우수한 성적으로 경찰 대학에 입학하길 꿈꾸지만 아버지의 직업에 대한 사회적 차별과 냉대로 인해 입학이 좌절된다. 일반 대학에 들어간 뒤에는 자신을 절망케 한 사회의 구조적 모순에 불만을 품고 무장 이슬람 단체에 가입한다.

- 부사이나 알사이드: 어린 시절부터 타하와 이웃으로 지내 온 여자 친구이자 애인. 부친 사망 후 가족의 생계를 위해 직장을 다니는데, 고용주가 그녀에게 성(性) 상납을 요구한다. 어머니는 그런 딸의 고민을 눈치채면서도 딸이 고용주의 요구에 따르는 것을 묵인한다. 이후 타하와 헤어진 부사이나는 자키 베의 비서로 일하게 되고, 큰 나이 차이에도 불구하고 그와의 사랑에 빠진다.

- 아바스카룬, 말라크 형제: 자키 베의 사무실 하인인 아바스카룬은 겉으로는 비굴할 정도로 자신을 낮추어 주인에게 봉사하지만 뒤로는 몰래 주인을 속이면서 자기 실속을 챙기는 자이다. 영악한 셔츠 재단사인 동생 말라크는 형의 도움으로 야쿠비얀 빌딩 옥탑방을 매입해 가게를 연 뒤 온갖 일을 하면서 돈 버는 데 혈안이 된다.

- 하팀 라쉬드, 압두: 이집트인 아버지와 프랑스인 어머니 사이에서 태어난 하팀은 프랑스어 신문사 편집장이다. 어릴 적 부모의 사랑을 받지 못한 그는 남자 하인과 어울려 자라다가 동성애에 눈을 뜬 뒤 성인이 되어서도 계속 남색에 탐닉하고 결국 젊은 군인 압두를 만난다. 시골 출신의 무지하고 가난한 청년 압두는 하팀의 유혹에 넘어가 몸을 팔지만 죄책감에 사로잡힌다.

- 핫즈 무함마드 앗잠: 이집트 부호의 대열에 속하는 환갑 나이의 앗잠은 시골에서 카이로로 올라와 구두닦이로 시작해 부자가 된 자이다. 그러나 실제로는 마약 암거래로 막대한

돈을 벌었고, 남들이 보기에 독실한 무슬림처럼 행동한다. 자신의 성적 욕구를 해소할 합법적인 방법을 모색하다가 매력적인 과부 수아드와 비밀리에 결혼한다. 이어 고위 권력층에 뇌물을 상납해 국회 의원에 당선된다.

소설에는 야쿠비안 빌딩과 밀착해 살아가는 이러한 인물들 외에도, 그들이 카이로 도심에서 접촉하거나 부딪치는 여러 인물들이 등장한다. 가령 사회에서 주변으로 밀려난 사람들을 끌어들여 반정부 테러를 조장하는 급진 이슬람 세력의 지도자(셰이크 샤키르), 거부(巨富)에 아첨하고 정부의 주구(走狗)가 된 기회주의 종교 지도자(셰이크 알삼만), 최고 권력자의 하수인 노릇을 하는 부패 정치인(카말 알풀리) 등이 있다. 야쿠비안 빌딩 사람들은 각자 처한 상황에서 건물 공간 내 다른 사람들 혹은 도심 속의 다른 사람들을 만나 서로 충돌하거나 타협하는 가운데 온갖 사건이 발생한다. 그런 사건들은 얼핏 개인적인 문제에서 비롯되는 것처럼 보이지만 실상은 이집트 사회에 만연하고 깊이 뿌리박힌 사회 전반의 총체적 문제점들을 함축하고 있음을 간파할 수 있다.

작가 알라 알아스와니는 치과 의사이다. 그는 썩은 이를 찾아내듯, 이집트 사회를 카이로 도심의 한 건물에 집약해 놓고 사회를 썩게 만드는 원인을 찾아 나선다. 작가는 과감하고 용감하게 사회의 치부를 드러낸다. 고위 권력자가 개입하는 정치 부패, 파트너를 찾아 도시를 누비는 동성애자, 사회 빈민층 문제, 미래의 꿈을 상실한 젊은 세대, 가족의 생계를 위해 몸을 팔아야 하는 여성, 이슬람 급진 세력이 행하는 테러의 근본 원인, 무기력하고 향락에 취한 원로 세대 등. 이집트 사회의 이러한 전반적 문제점을 작가는 예리한 시각으로 파헤친다. 이집트의 소설가 자말 알 기타니(Jamāl al-Ghītānī)는 "『야쿠비얀 빌딩』은 우리가 현실 속에서 그 원형을 찾을 수 있는 많은 인물을 그리고 있다. 그 인물들은 부패를 확산시키고 경제와 사회, 영혼을 파괴하는 데 막대한 영향력을 행사하는 그런 자들이다"라며 이 소설이 지닌 강력한 사회 비판적 성격을 내비친다. 이 소설은 비단 이집트 사회의 문제 외에도 지구 어디에서나 목격하는 정치 폭력과 '가진 자'들의 횡포, 물질 만능 풍조 등 우리가 경계해야 할 사항을 재확인시켜 준다.

2002년 첫 출간된 알라 알아스와니의 대표작인 『야쿠비얀 빌딩』은 출간되자마자 아랍과 세계의 문학계에 엄청난 반향을 불러일으켰다. 판매 부수가 예상을 뛰어넘었을 뿐 아니라 독자와 평론가 모두로부터 큰 호응을 얻었다. 쇄를 거듭해 발간되며 첫 출간된 이후 5년 동안 아랍 세계에서 줄곧 베스트셀러 1위를 차지하다가 2007년이 되어서야 역시 자신의 소설 『시카고』에 밀려 2위로 내려갈 정도였다. 이어 『야쿠비얀 빌딩』은 영어, 이탈리아어, 프랑스어, 히브리어 등 20개 이상의 외국어로 번역되었다. 이탈리아와 프랑스에서 베스트셀러 목록에 랭크됐는데, 특히 프랑스에서는 한 해 동안만 16만 부가 팔려 2006년 프랑스에서 출간된 20개 도서 중에서 6위에 오르기도 했다. 같은 해 미국의 잡지 『뉴스데이(*Newsday*)』는 미국 내에서 번역된 가장 중요한 소설로 선정하기도 했다. 아랍의 유명한 평론가 살라흐 파들(Ṣalāḥ Faḍl)은 "알라 알아스와니가 이 소설 외에 다른 작품을 쓰지 않는다 해도 이 작품 하나만으로 그는 아랍 문단의 선두 대열에 놓이기에 충분하다"고 평할 정도이다. 이집트에서는 2006년에 동명의 영화로 제작되었고 이후 텔레비전 드라마로도 만들어졌다.

『야쿠비안 빌딩』은 아랍과 서구의 중요한 상들을 수상하기도 했다. 그중에는 바쉬라힐(Bashrahil) 아랍 소설상, 프랑스 툴롱 축전에서의 소설 대상, 이탈리아 토리노에서의 그린차네 카부르(Grinzane Cavour) 번역 문학상, 그리스 정부가 탁월한 문학 작품에 수여하는 카바피스(Kaváfis) 상 등이 있다.

2) 작품 구상과 집필 계기

작가는 1998년 말, 『야쿠비안 빌딩』을 구상하고 쓰기 시작했다. 이 소설에 대한 아이디어가 떠오른 계기에 대해 그가 직접 밝힌 바에 따르면, 카이로 시내에서 목도한 두 가지 장면이 큰 영향을 주었다.

그 첫 번째 사건은 카이로 시내를 가다가 오래된 집을 허무는 장면을 보고 나서이다. 작가의 말을 요약해서 옮겨 본다.

"나는 어느 날 내가 살고 있던 가든 시티의 거리를 걷고 있다가 낯선 장면을 보게 되었다. 미국 대사관 전용 주차장을 마련하기 위해 낡은 집을 허무는 공사가 진행되고 있었다. 그 집 건물은 최신 공법으로 절단되고 있었는데, 마치 칼로 치즈 덩어리를 자르는 것 같았다. 집의 외벽이 제거되자 내 눈앞에는 그 안의 방들이 드러났다. 그곳에 살던 사람은 이사 가면서 있던 물건을 전부 가져가지는 않은 듯했다. 낡은 수건이나 못 쓰는 장난감 등 중요하지 않은 물건은 그대로 내버려 두었던 것이다. 나는 한참 동안 그 자리에 서서 집을 주시하였다. 나는 그 방들이야말로 인간 삶의 순간순간들을 무수히 목격했을 것으로 생각했다. 아이의 출생, 늙은 병자의 임종, 신랑 신부의 행복하고 수줍었던 첫날밤, 이웃집 여학생을 사랑하여 발코니에서 연애편지를 던지던 고교생, 이혼을 앞두고 쓸쓸했던 순간 등 끝없이 펼쳐지는 휴먼 스토리를 그 공간은 지켜보아 왔던 것이다. 절단된 건물 속에 드러난 그 낯선 장면을 보고 나는 한 건물에 관한 역사를 상상으로 엮어 소설을 써 보겠다는 구상을 처음으로 떠올리게 되었다."

이렇게 알라 알아스와니는 사람의 체취가 고스란히 남아 있는 거주 공간으로서의 건물에 관심을 갖고, 사람들의 애환과 희비의 개인사를 한 건물 안에 집약시켜 투영하려는 발상을 하게 되었다. 건물과 사람을 연결시킨 소설을 구상하려는 그의 생각은 한 걸음 더 나아가 도심, 즉 시내 한복판의 건물로 그 공간을 구체화하는데, 그 계기에 대해 그는 이렇게 말한다.

"1990년대 초, 나는 시내에서 치과 개원을 위해 큰 사무실을 구하고 있었다. 나는 부동산 중개업자를 만나 매일 그에게 사례를 하면서 사무실을 구하려고 함께 시내를 돌아다녔다. 그런데 첫날부터 보물을 찾은 듯한 느낌이 들었다. 나는 보았다. 시내 뒤편의 공터, 빈민들로 가득한 건물의 옥상들, 여자 행상, 주변화된 사람들, 범법자들을. 또 이집트를 떠나기를 거부하고 이제는 무너져 버린 넓은 아파트에 여전히 머무르며 죽음을 기다리는 노년의 외국인들을. 프랑스의 파리나 이탈리아의 로마에 있는 화려한 건물을 닮은, 그러나 지금은 쓰레기 처리장이나 행상들이 모여드는 장소로 변해 버린 멋들어진 양식의 건물들을. 나는 그러한 도심의 내면을 들여다본 뒤 너무도 흥분한 나머지 중개인과 함께 계속 다니면서 건물들과 사람들을 관찰하느라 병원 사무실 구하는 일을 까마득히 잊고 있었다."

작가는 이렇듯 카이로 도심이 간직하고 있을 듯한 역사적 진실, 그리고 그 안에 뭔가 결여되고 뒤틀린 듯한 사회 현실이 있으리라 여기며, 도심의 건물과 사람을 소재로 이집트 현대 역사의 전개 과정과 그 안의 문제점들을 소설로 풀어 보겠다는 구상을 굳혀 갔다. 그의 말을 계속 들어 본다.

"도심의 중요성이 갖는 비밀은 무엇인가? 카이로 도심은 왜 카이로의 나머지 구역들과 같아 보이지 않는 것일까? 도심은 실제로 단순한 주거나 상업 지역이 아니라 이상의 것이다. 도심은 이집트가 지녔던 관용, 즉 다양한 국적과 문화, 종교에 속한 사람들을 포용하는 탁월한 능력이 돋보였던 한 시대를 온전히 재현하고 있다. 무슬림, 콥트인, 유대인, 아르메니아인, 그리스인, 이탈리아인 그들 모두 수 세기 동안 이집트를 실질적인 조국으로 여기며 그곳에서 살아왔다. 도심은 다양한 문화들을 수용해 그것을 휴머니즘의 용광로에 녹여내는 이집트의 위대한 역량을 구현한 장소였다. 내 견해로, 도심은 또한 무함마드 알리[1] 시대부터 1970년 가말 압델 나세르 대통령의 타계 시기까지 이어 온 이집트 현대화 계획의 표본이 된 곳이다. 놀랄 만한 일도 아니지만, 그 후 도심은 자신이 지녔던 의미를 상실하게 되었고 그 중요성이 후퇴하면서 시들해지고 말았다. 공존의 문화는 끝났고 이집트는 1980년대 이후로, 이슬람에 대한 온건하고 개방적인 이집트식 해석을 퇴보시킨 와하비즘[2]의 이슬람 원리주의 사상에 함몰되었다. 현대화 계획이 끝나면서 이집트는 창안하고 생산하는 나라에서 상업과 관광의 나라로 변해 버렸으며, 급기야 국가는 이집트의 국민 기업들을 대금 지급 능력이 있는 자라면 누구에게나 헐값으로 팔아넘기는 지경에 이르고 말았다. 이집트의 엘리트층도 변했다. 도심의 의미를 이해하지 못하고 도심을 좋아하지 않는 신흥 부자 계급이 생겨난 것이다. 그들은 자기들의 취향과 기호에 맞는 새로운 구역을 카이로에 만들었다. 내가 보기에 도심은 이집트가 상실한 모든 것, 즉 현대화와 국가 차원의 계획, 공존과 관용, 이슬람에 대한 개방적 해석 등 그 모든 것을 재현하는 곳이다."

알라 알아스와니는 카이로 도심이야말로 현대 이집트 사회가 지나온 모든 변화의 국면들을 소리 없이 보여 주는 곳이라 여긴다. 카이로 도심에 남아 있는 — 비록 지금은 매연과 먼지로 뒤덮여 있지만 — 화려한 유럽식 건축물들은 지난 19세기 초반에서

---

1) 무함마드 알리(Muḥammad ʿAlī, 1769~1849). 19세기 초반에서 20세기 중반까지 이집트를 통치한 왕조의 창건자로서 이집트의 근대 국가 형성에 이바지했음.
2) 와하비즘(Wahhabism). 18세기에 아라비아 반도에서 이슬람 사상가인 무함마드 이븐 압둘 와합(1703~1792)이 창시한 이슬람 부흥 운동. 오늘날 종교 경찰 국가인 사우디아라비아의 건국 이념이기도 함.

20세기 중반에 이르는 기간 동안 이집트가 간직해 왔던 문화적 공존과 다양성, 개방성의 특질을 아련히 보여 준다. 그러나 찬란했던 과거와 달리 오늘날 카이로 도심에서 보이는 찌든 먼지로 뒤덮인 건물들의 잔해는 이집트가 폐쇄되고 정체되어 있음을, 이집트 국민들이 더 이상 창조적인 활동에 참여하고 있지 못함을 말해 준다. 이처럼 작가는 카이로 도심이라는 공간에서 읽어 낼 수 있는 조국 이집트의 행적과 현재의 모습을 소설로 담아내고자 했다. 그런 가운데 작가는 지난날 이집트의 관용과 세계주의적 사고의 영광스러운 시대를 그리워하는 한편, 장기 독재 체제하의 이집트 사회의 부조리와 모순들을 예리한 시각으로 샅샅이 밝혀 독자들에게 보여 주고자 했으며, 이런 개인 경험이 소설 『야쿠비얀 빌딩』을 쓰게 되는 결정적 동기로 작용한다.

이와 더불어 작가가 어떻게든 『야쿠비얀 빌딩』을 쓰겠다는 결심을 확고히 한 데에는 이집트 사회의 폐쇄성 및 경직성 등에 대한 작가의 개인적 불만이 작용했던 것으로 보인다. 그 동기는 다름 아닌 그의 작품 출간에 관련된다. 그는 『야쿠비얀 빌딩』에 앞서 1990년 『이삼 압둘 아티의 보고서(Awrāq ʿIṣam ʿAbd al-ʿĀṭī)』라는 사회 비판 소설을 쓴 적이 있었다. 그는 소설 원고를 들고 정부 산하 출판부인 '도서청'을 찾아갔다가 도서청이 유명 작가들이나 고위직과 연줄이 닿는 작가들의 작품만 출판해 주고 무명 작가들의 작품에 대해서는 심사 위원단을 통과해야 겨우 출판을 고려한다는 사실을 알게 되었다. 더구나 문인이나 평론가 같은 전문가가 아니라 문학에 문외한인 도서청 직원들로 구성된 심사 위원단은 알라 알아스와니에게 소설 일부를 삭제하라는 등의 허황된 요구를 해 댔다. 이후에도 비슷한 일이 있었다. 1997년 알라 알아스와니는 역시 사회 비판적 성격의 단편집『지도자를 기다리는 사람들의 모임』을 완성하고 정부 산하 '문화 궁정청'에서 출판하려 했다. 다행히 출판 책임자는 문학 작품을 이해할 수 있는 소설가여서 내심 큰 기대를 걸었다. 그러나 이번에도 아무 이유 없이 책임자의 독단으로 출판할 수 없다는 결정이 내려졌다. 알라 알아스와니는 이런 일을 겪으며 큰 충격과 함께 좌절감을 느꼈다.

작가로서 자신의 작품도 마음대로 출판할 수 없는 상황이라면 이집트 사회는 이미 그 존재 가치를 상실했다는 판단이 알라 알아스와니에게 들었음은 자명하다. 그 상황에서 그는 자문했다. "내가 문학에서 얻은 것이 무엇인가? 나는 미국에서 치의학을 공부한 뒤 왜 그곳에 남지 않았던가? 나는 걸프 지역 아랍 나라들에서 높은 급여를 제안했는데도 가지 않았다. 그것은 오직 문학을 위해서였다. 그런데 문학은 그 보상으로 내게 고통과 모욕감 외에 대체 무엇을 주었는가? 결국 내 소설도 출판할 수 없단 말인가?" 이처럼 그는 문학 작품조차 독자들에게 선보일 기회를 주지 않는 정부 기관의 무지와, 무질서가 뒤얽힌 관료주의에 염증과 환멸을 느꼈다. 그는 더 이상 국내에서 작품 활동을 할 수 없고, 비합리적이고 경직된 국내 사회에 적응하기 어렵다고 판단하여 해외 이민을 결심하기에 이르렀다. 그는 아내와 상의하고 여러 나라를 조사한 후 뉴질랜드로의 이민을 결정하였다. 이민을 위한 수속 준비를 하면서 알라 알아스와니는 아내에게 이민 수속 절차가 1, 2년 걸리니 그동안 소설 한 편을 쓰겠노라고 말했다. 이렇게 해서 쓰인 것이 바로 『야쿠비얀 빌딩』이다. 작가 스스로도 당시 자신의 앞선 소설들의 출판을 두고 정부 기관과 씨름하면서 느낀 환멸과 해외 이민 결정이 『야쿠비얀 빌딩』을 추진한 자극제가 되었다고 술회한 바 있다.

이상에서 『야쿠비얀 빌딩』을 쓰게 된 동기에는 작가의 개인적 체험이 비교적 크게 작용한 듯싶다. 그 체험은 도심 속 건물의 목격과 작품 출판 과정의 경험, 두 가지이다. 전자의 경험이 작가로 하여금 카이로 시내 한복판의 유명한 건물이라는 작품 공간을 설정하고, 건물로 비유되는 이집트 사회의 내면 곧 사람들의 다양한 삶의 모습을 그리게 했다면, 후자의 경험은 작가로 하여금 이집트 사회를 비판적으로 바라보고 그 부조리와 비합리성의 근본 원인을 파헤치게 했던 것으로 보인다.

한 가지 더 부연하면, 소설 제목 '야쿠비얀 빌딩'은 현재 카이로 시내에 소재한 실제 건물의 이름으로, 변호사였던 작가의 부친 아부 압바스 알아스와니는 이 건물에 사무실을 갖고 있었다. 작가는 어린 시절부터 부친의 사무실이 있는 야쿠비얀 빌딩을 오갔고, 부친의 타계 후엔 작가가 그 사무실을 이어받아 몇 년간 치과 의원으로 사용해 왔다. 하지만 소설에서의 야쿠비얀 빌딩은 실제의 건물과는 아무 관련이 없으며 단지 이름만 빌려 온 것이다. 그러나 작가는 실제 그 빌딩 내 자신의 사무실에서 일하면서 많은 사람들을 만났고 많은 일들을 접했으며 이 또한 소설의 소재를 풍성하게 하는 데 도움을 주었을 것이다.

『야쿠비얀 빌딩』 쓰고 교정하는 데 3년이 걸렸고, 집필을 끝냈을 때 운명은 작가로 하여금 이집트를 떠나지 못하게 했다. 문단의 많은 지인들이 소설을 읽어 주었는데 그중에는 잘랄 아민(Jalāl Amīn), 바하 타히르(Bahā' Ṭāhir), 그리고『문학 소식지(*Jarīdah Akhbār al-Adab*)』편집장이자 유명한 소설가인 자말 알기타니 등이 있었다. 자말 알기타니는 2002년 초 이 소설을『문학 소식지』에 연재해 주었을 뿐 아니라고 출간을 격려해 주었는데 이것이야말로 알라 알아스와니*로 하여금 이민을 철회하게 한 계기가 되었다.

역자가 알라 알아스와니의『야쿠비얀 빌딩』에 관심을 갖게 된 직접적인 계기는 소설보다 영화를 통해서였다. 2008년 대학에서 아랍 사회 및 아랍어 강의용 교재로 구입했던 DVD판 이집트 영화들 중에 바로 이 작품이 포함되어 있었던 것이다. 이 영화를 보았을 때 무척 흥미로우면서도 예리한 시각이 들어 있다는 느낌이 들었다. 우선 이야기 전개가 역동적이고 배우들의 진지하면서도 실감 나는 연기에 힘입어, 거의 두 시간 넘는 아랍 영화임에도 전혀 지루한 감이 들지 않았다. 특히 이집트의 유명 남자 배우인 아딜 이맘이 바람둥이 노인 자키 베 역할을 맡아 재미를 더했다. (그러나 후에 소설을 읽고 난 다음에는 이 인물 역을 희극에 어울리는 아딜 이맘보다는 미남이고 귀족적 용모인 오마르 샤리프와 같은 배우가 맡았으면 더 좋았을 거라는 생각이 들었다.) 또한 무엇보다 현실감 넘치는 다양한 사건들이 역자의 관심을 끌었다. 그중에는 드러내 놓고 이집트 독재 정권의 부패상을 비판하는 부분이 있어 '이집트에서 이렇게 반정부적인 성향을 띤 영화 제작이 허용될 수 있는가?' 라는 의문이 들기도 했다.

그러던 중 영화의 원작이 소설 『야쿠비얀 빌딩』이라는 사실을 알게 되었다. 그 순간 이 소설을 번역하고 싶은 충동에 가까운 의욕이 밀려왔다. 이처럼 독특한 공간 설정과 아랍 사회의 금기를 깨는 파격적인 장면과 정부 비판, 사회 고발의 내용을 아우른 아랍 소설을 한번 읽고 싶었기 때문이다.

2009년 1월 말, 이집트에서 열리는 카이로 국제 도서 전시회에 연구 자료를 수집하러 갔다가 마침 이전부터에 염두에 두었던 『야쿠비얀 빌딩』 번역 건을 추진해 보기로 했다. 그리고 운좋게도 도서 전시회에서 독자들에게 서명을 해 주는 작가 알라 알아스와니를 잠깐이나마 만날 수 있었다. 나를 소개하고 나서 내가 이전에 이집트 여성 작가 살와 바크르(Salwā Bakr)의 『황금 마차는 하늘로 오르지 않는다』(도서출판 아시아, 2008)를 번역한 경험이 있으며, 이번에 『야쿠비얀 빌딩』을 번역하고 싶다고 하자 그는 멀리 한국에서 온 나를 밝은 표정으로 맞아 주며 흔쾌히 동의해 주었다. 현대 아랍 소설이지만 2년 정도의 긴 시간이 걸렸다. 역자에게 따로 소설을 번역할 시간이 충분치 않은 데다, 이집트 고유의 역사와 사회, 문화에 대한 지식이 필요하고, 작중 대화문에 이집트 지역 방언이 섞여 있어 이집트인 교수의 도움을 청해야 하는 등 지난한 작업이 수반되었기 때문이다.

무엇보다 역자를 흥분케 했던 사건은 『야쿠비얀 빌딩』의 번역

완료 시점에 일어났다. 올해, 즉 2011년 1월 중순경 이 소설의 번역과 최종 검토가 거의 끝나 가고 있던 때에 독재 치하에서 신음하던 아랍 민중의 혁명이 튀니지를 기점으로 불붙듯이 이집트와 여러 아랍 나라들로 확산되었던 것이다. 마치 아랍 국민들이 내가 소설 번역을 마치기까지 기다렸다가 번역이 끝나 일제히 혁명을 외치는 것 같은 착각이 들었다. 그러다 보니 나 또한 이 소설을 통해 그들의 혁명 대열에 참가하고 있다는 생각이 들었다. 독재 체제하 이집트 사회의 온갖 모순과 비리를 고발하고 이집트 서민들의 고통 어린 소리를 대변한 『야쿠비얀 빌딩』의 한국어판 번역은 우리 독자에게 바로 이번 아랍 시민 혁명이 일어날 수밖에 없는 이유를 생생하게 보여 줄 것으로 의심치 않는다. 그래서 역자가 이 작품에 '2011년 아랍 시민 혁명의 예언서'라는 부제를 달아 본다면 그것은 무리한 시도일까? 결코 그렇지 않으리라. 역자는 이 소설이 그만한 가치를 갖고 있다고 확신한다. 그 어느 보고서나 연구서가 자유를 억압당한 채 궁핍하게 살아가는 아랍 서민의 심정을 헤아리고 세상에 제대로 알려 주었던가? 『야쿠비얀 빌딩』은 그 일을 용감하게 해냈다. 이집트를 비롯한 아랍 나라들에 만연한 독재 치하에서 정권에 빌붙어 호의호식하는 권력층의 부정과 비리가 어떻게 이루어지는지, 반면에 옥탑의 다닥다닥 붙은 작은 방들에서 미래의 희망을 잃고 근근이 살아가는 빈민층 사람들의 탄식 소리가 얼마나 큰지 이 소설은 보여 주고 들려준다. 이제 우리는 알라 알아스와니의 손에 이끌려 야쿠비얀 건물이 자리 잡은 카이로 시내 한복판으로 들어가, 2011년 혁명이 있기까지 그동안

이집트인들에게 어떤 일이 일어났는지를 그들의 애환이 무엇이었
는지 하나씩 귀 기울여 들어 보자.

판본 소개

　번역에 사용한 판본은 카이로의 마드불리 출판사의 2006년판이다. 'Alā' al-Aswānī, *Imārah Ya'qūbiyān*, 9th edition (Cairo: Maktabah Madbūlī, 2006).

알라 알아스와니 연보

1957   5월 27일 이집트 카이로에서, 높은 수준의 교양과 문학 재능을 지
         닌 중산층 가정에서 태어남.

1972   변호사이자 소설가인 부친 압바스 알아스와니가 소설 『높은 담장
         (*al-Aswār al-ʿĀliyah*)』으로 국가 문학상을 수상함.

1970년대   카이로 소재 프랑스 리세(Lycée)를 졸업. 글쓰기에 뛰어난 재능
         을 보였으나, 소설 쓰기를 하되 본업으로 삼지 말라는 부친의 권유
         에 따라 치과 의사가 되기로 함.

1977   아버지 사망.

1980   카이로 대학교 치의대 졸업.

1980년대   미국 시카고, 일리노이 대학교 치의대에서 석사 학위를 취득하
         고 시카고에서 치과를 개업함.

1987   첫 부인과 이혼.

1980년대 말   미국에서 귀국하여 카이로에서 치과를 개업하는 동시에 작가
         로 활동하기로 결심.

1990   첫 소설 『이삼 압둘 아티의 보고서(*Awrāq ʿIṣām ʿAbd al-ʿĀṭī*)』를
         정부 산하 출판부인 '도서청'에서 출판하려 했으나 작품의 사회비
         판적 성격에 대한 도서청의 검열과 비합리적 절차에 환멸을 느끼

고 그곳에서 출판하지 않음. 이후에 이 소설과 다른 단편들을 묶은 소설집 『가까이 가서 보았다(*Alladhī Iqtaraba wa Raʾā*)』를 사비로 출판함.

1993 이집트 신문 『알아라비(*al-ʿArabī*)』에 칼럼 기고 시작함.

1994 재혼.

1997 단편 소설집 『지도자를 기다리는 자들의 모임(*Jamʿīyah Muntaẓirī al-Zaʿīm*)』을 완성해 정부 산하 '문화 궁정청'에 출판 신청했다가 거부당함.

1998 『지도자를 기다리는 자들의 모임』을 사비로 출판함.

1998 이집트 사회 체제의 비합리성과 부당함에 대한 깊은 절망감으로 해외 이민을 결심하고 뉴질랜드를 택해 이민 준비 작업에 들어감. 일이년 걸리는 이민 수속 기간 동안 소설 한편을 쓰기로 결심하고 1998년 말부터 『야쿠비얀 빌딩(*Imārah Yaʿqūbiyān*)』 집필을 시작함.

2002 장편소설 『야쿠비얀 빌딩』을 완성해 『문학 소식지(*Jarīdah Akhbār al-Adab*)』에 연재하고, 이어 카이로의 마드불리 출판사에서 출간함. 이집트를 비롯한 아랍 세계와 해외 여러 나라들에서 폭발적인 관심과 격려를 받음. 2002년~2007년 아랍 세계에서 베스트셀러 1위를 차지함.

2004 이전의 두 단편집 『가까이 가서 보았다』와 『지도자를 기다리는 자들의 모임』에서 추린 작품을 묶은 단편집 『아군의 포격(*Nīrān Ṣīqab*)』을 출간.

2004 후스니 무바라크 대통령 퇴진을 위한 이집트 국민운동인 '키파야(Kifāyah)' 운동 발족 회원.

2006 『야쿠비얀 빌딩』이 영화로 제작됨.

2007 『야쿠비얀 빌딩』이 텔레비전 드라마로 제작됨.

2007 1월 장편소설 『시카고(*Shīkāgū*)』 출간. 전작과 마찬가지로 대성공을 거둠.

2008   오스트리아의 브루노 크라이스키상, 독일의 코부르거 뤼케르트상 수상.

2011   **1월** 카이로의 중심지 '마이단 알타흐리르'(자유광장)에서 이집트 시민들과 함께 민주혁명에 참여. 지금도 문필 작업과 언론 활동을 통해 혁명의 지속과 완성을 강조하고 있음.

새롭게 을유세계문학전집을 펴내며

을유문화사는 이미 지난 1959년부터 국내 최초로 세계문학전집을 출간한 바 있습니다. 이번에 을유세계문학전집을 완전히 새롭게 마련하게 된 것은 우리가 직면한 문화적 상황에 적극적으로 대응하기 위해서입니다. 새로운 을유세계문학전집은 세계문학의 역할이 그 어느 때보다 중요해졌다는 인식에서 출발했습니다. 오늘날 세계에서 타자에 대한 이해는 우리의 안전과 행복에 직결되고 있습니다. 세계문학은 지구상의 다양한 문화들이 평등하게 소통하고, 이질적인 구성원들이 평화롭게 공존할 수 있는 문화적인 힘을 길러 줍니다.

을유세계문학전집은 세계문학을 통해 우리가 이런 힘을 길러 나가야 한다는 믿음으로 만들어졌습니다. 지난 5년간 이를 준비하기 위해 많은 노력을 기울였습니다. 세계 각국의 다양한 삶의 방식과 문화적 성취가 살아 있는 작품들, 새로운 번역이 필요한 고전들과 새롭게 소개해야 할 우리 시대의 작품들을 선정했습니다. 우리나라 최고의 역자들이 이들 작품 속 한 문장 한 문장의 숨결을 생생히 전하기 위해 심혈을 기울였습니다. 또한 역자들은 단순히 번역만 한 것이 아니라 다른 작품의 번역을 꼼꼼히 검토해 주었습니다. 을유세계문학전집은 번역된 작품 하나하나가 정본(定本)으로 인정받고 대우받을 수 있도록 최선을 다했습니다. 세계문학이 여러 경계를 넘어 우리 사회 안에서 주어진 소임을 하게 되기를 바라며 을유세계문학전집을 내놓습니다.

을유세계문학전집 편집위원단(가나다 순)
김월회(서울대 중문과 교수)
박종소(서울대 노문과 교수)
손영주(서울대 영문과 교수)
신정환(한국외대 스페인어통번역학과 교수)
정지용(성균관대 프랑스어문학과 교수)
최윤영(서울대 독문과 교수)

을유세계문학전집

BC 401 **오이디푸스 왕 외**
소포클레스 | 김기영 옮김 |42|
수록 작품: 안티고네, 오이디푸스 왕, 콜로노스의 오이디푸스
그리스어 원전 번역
「동아일보」 선정 '세계를 움직인 100권의 책'
서울대 권장 도서 200선
고려대 선정 교양 명저 60선
시카고 대학 선정 그레이트 북스
클리프트 패디먼 선정 '일생의 독서 계획'

1191 **그라알 이야기**
크레티앵 드 트루아 | 최애리 옮김 |26|
국내 초역

1496 **라 셀레스티나**
페르난도 데 로하스 | 안영옥 옮김 |31|

1608 **리어 왕 · 맥베스**
윌리엄 셰익스피어 | 이미영 옮김 |3|

1630 **돈 후안 외**
티르소 데 몰리나 | 전기순 옮김 |34|
국내 초역 「불신자로 징계받은 자」 수록

1699 **도화선**
공상임 | 이정재 옮김 |10|
국내 초역

1719 **로빈슨 크루소**
대니얼 디포 | 윤혜준 옮김 |5|

1749 **유림외사**
오경재 | 홍상훈 외 옮김 |27, 28|

1774 **젊은 베르터의 고통**
요한 볼프강 폰 괴테 | 정현규 옮김 |35|

1799 **휘페리온**
프리드리히 횔덜린 | 장영태 옮김 |11|

1804 **빌헬름 텔**
프리드리히 폰 쉴러 | 이재영 옮김 |18|

1831 **예브게니 오네긴**
알렉산드르 푸슈킨 | 김진영 옮김 |25|

1835 **고리오 영감**
오노레 드 발자크 | 이동렬 옮김 |32|
서머싯 몸 선정 세계 10대 소설
연세 필독 도서 200선

1836 **골짜기의 백합**
오노레 드 발자크 | 정예영 옮김 |4|

1847 **워더링 하이츠**
에밀리 브론테 | 유명숙 옮김 |38|
서머싯 몸 선정 세계 10대 소설
서울대 선정 동서 고전 200선
미국대학위원회 SAT 권장 도서

1850 **주홍 글자**
너새니얼 호손 | 양석원 옮김 |40|

1855 **죽은 혼**
니콜라이 고골 | 이경완 옮김 |37|
국내 최초 원전 완역

1880 **워싱턴 스퀘어**
헨리 제임스 | 유명숙 옮김 |21|

1888 **꿈**
에밀 졸라 | 최애영 옮김 |13|
국내 초역

1896 **키 재기 외**
히구치 이치요 | 임경화 옮김 |33|
수록 작품: 섣달그믐, 키 재기, 탁류, 십삼야, 갈림길, 나 때문에

1899 **어둠의 심연**
조지프 콘래드 | 이석구 옮김 |9|
수록 작품: 어둠의 심연, 진보의 전초기지, 「청춘과 다른 두 이야기」 작가 노트, 「나르시 서스호의 검둥이」 서문
미국대학위원회 SAT 권장 도서
연세 필독 도서 200선

1900 **라이겐**
아르투어 슈니츨러 | 홍진호 옮김 |14|
수록 작품: 라이겐, 아나톨, 구스틀 소위

1908 **무사시노 외**
구니키다 돗포 | 김영식 옮김 |46|
수록 작품: 겐 노인, 무사시노, 잊을 수 없는
사람들, 쇠고기와 감자, 소년의 비애, 그림의
슬픔, 가마쿠라 부인, 비범한 범인, 운명론자,
정직자, 여난, 봄 새, 궁사, 대나무 쪽문, 거짓
없는 기록
국내 초역 다수

1909 **좁은 문 · 전원 교향곡**
앙드레 지드 | 이동렬 옮김 |24|
1947년 노벨문학상 수상

1924 **마의 산**
토마스 만 | 홍성광 옮김 |1, 2|
1929년 노벨문학상 수상
서울대 권장 도서 100선
연세 필독 도서 200선
「뉴욕타임스」 선정 '20세기 최고의 책 100선'
미국대학위원회 SAT 권장 도서

1925 **소송**
프란츠 카프카 | 이재황 옮김 |16|

요양객
헤르만 헤세 | 김현진 옮김 |20|
수록 작품: 방랑, 요양객, 뉘른베르크 여행
1946년 노벨문학상 수상
국내 초역 「뉘른베르크 여행」 수록

위대한 개츠비
프랜시스 스콧 피츠제럴드 | 김태우 옮김 |47|
미 대학생 선정 '20세기 100대 영문 소설 1위
모던 라이브러리 선정 '20세기 100대 영문학 중 제2위
미국대학위원회 추천 '서양 고전 100선'
「르몽드」 선정 '20세기의 책 100선'
「타임」 선정 '20세기 100대 영문 소설'

1927 **젊은 의사의 수기 · 모르핀**
미하일 불가코프 | 이병훈 옮김 |41|
국내 초역

1930 **식(蝕) 3부작**
마오둔 | 심혜영 옮김 |44|
국내 초역

1935 **루쉰 소설 전집**
루쉰 | 김시준 옮김 |12|
서울대 권장 도서 100선
연세 필독 도서 200선

1936 **로르카 시 선집**
페데리코 가르시아 로르카 | 민용태 옮김 |15|
국내 초역 시 다수 수록

1938 **사형장으로의 초대**
블라디미르 나보코프 | 박혜경 옮김 |23|
국내 초역

1946 **대통령 각하**
미겔 앙헬 아스투리아스 | 송상기 옮김 |50|
1967년 노벨문학상 수상 작가

1949 **1984년**
조지 오웰 | 권진아 옮김 |48|
1999년 모던 라이브러리 선정 '20세기 100대
영문학'
2005년 「타임」 선정 '20세기 100대 영문
소설'
2009년 「뉴스위크」 선정 '역대 세계 최고의
명저' 2위

1954 **이즈의 무희 · 천 마리 학 · 호수**
가와바타 야스나리 | 신인섭 옮김 |39|
1952년 일본 예술원상 수상
1968년 노벨문학상 수상

1955 **엿보는 자**
알랭 로브그리예 | 최애영 옮김 |45|
1955년 비평가상 수상

1955 **저주받은 안뜰 외**
이보 안드리치 | 김지향 옮김 |49|
수록 작품: 저주받은 안뜰, 몸통, 술잔, 물방
앗간에서, 올루야크 마을, 삼사라 여인숙에서
일어난 우스운 이야기
세르비아어 원전 번역
1961년 노벨문학상 수상 작가

1964 개인적인 체험
오에 겐자부로 | 서은혜 옮김 |22|
1994년 노벨문학상 수상

1970 모스크바발 페투슈키행 열차
베네딕트 예로페예프 | 박종소 옮김 |36|
국내 초역

1979 천사의 음부
마누엘 푸익 | 송병선 옮김 |8|

1981 커플들, 행인들
보토 슈트라우스 | 정항균 옮김 |7|
국내 초역

1982 시인의 죽음
다이허우잉 | 임우경 옮김 |6|

1991 폴란드 기병
안토니오 무뇨스 몰리나 | 권미선 옮김
|29, 30|
국내 초역
1991년 플라네타상 수상
1992년 스페인 국민상 소설 부문 수상

1996 아메리카의 나치 문학
로베르토 볼라뇨 | 김현균 옮김 |17|
국내 초역

2001 아우스터리츠
W. G. 제발트 | 안미현 옮김 |19|
국내 초역
전미 비평가 협회상
브레멘상
「인디펜던트」 외국 소설상 수상
「LA타임스」, 「뉴욕」, 「엔터테인먼트 위클리」
선정 2001년 최고의 책

2002 야쿠비얀 빌딩
알라 알아스와니 | 김능우 옮김 |43|
국내 초역
바쉬라힐 아랍 소설상
프랑스 툴롱 축전 소설 대상
이탈리아 토리노 그린차네 카부르 번역 문학상
그리스 카바피스상

새로운 을유세계문학전집은 구 을유세계문학전집(1959~1975, 전100권)에서 단 한 권도 재수록하지 않았습니다.
을유세계문학전집은 계속 출간됩니다.